JN151126

地球の文学

山口裕之 編

東京外国語大学出版会

地球の文学　**もくじ**

Ⅲ 〈詩〉のアクチュアリティ

Ⅳ 〈政治〉の力学のなかで

V 〈歴史〉のなかでの受容と変容

地球の文学

本書で紹介している言語圏・地域

東ヨーロッパ・中央ヨーロッパ

チェコ語文学　チャペック『ロボット』における複数言語使用
ポーランド語文学　シマノフスキの《神話》、イヴァシュキェーヴィチの『ザルーチェ』
ロシア語文学　ロシア詩の地層 ——アレクサンドル・プーシキンをめぐって
ロシア語文学　初期ソ連の「映画的」偽翻訳文学
——マリエッタ・シャギニャン『メス・メンド』を中心に
ドイツ語文学　主観性の表現をめぐって

西ヨーロッパ・南ヨーロッパ

フランス語圏文学　『失われた時を求めて』の「壁」
——プルーストの翻訳から日本文学へ
イタリア語文学　変化する心（クオーレ）
——イタリアと日本におけるデ・アミーチス
バスク語文学　バスク語文学の挑戦
——少数言語で書くことが当たり前になるまで

南アジア・西アジア

ベンガル文学　同じであって同じでない ——ベンガル文学の場合
サンスクリット文学　知的快感を楽しむ——カーヴィヤ文学の世界
ペルシア古典文学　ルーミー著『精神的マスナヴィー』より「葦の嘆き」
アラブ文学　ナギーブ・マフフーズ、アラブ近代小説の成熟
アラブ文学　アラブ文学とは何か

アフリカ

アフリカ発／系文学　たったひとりでことばの荒野に立ち、たったひとりでことばの泉を飲む
——アフリカ発／アフリカ系の文学を訳して

東アジア

日本語文学　大移動時代の日本語文学の再編成

中国語文学　〈文の学〉は異人の声のほうへ——中国大陸の言語作品が地球の生命を聴く

韓国・朝鮮文学　韓国社会と文学の距離——記憶の忘却に抗うナラティブ

チベット語文学　危機を乗り越える文学——チベット語現代文学の創成とその背景

南北アメリカ

ラテンアメリカ文学　『歌、燃えあがる炎のために』を読んで、翻訳をして、本ができあがっていくまでのあいだに考えてきたこと

ラテンアメリカ文学　旅する驚異　アレホ・カルペンティエール

ブラジル文学　翻訳の力、文学の力——人生観を変えた一冊『ブラス・クーバスの死後の回想』

アメリカ文学　ウィリアム・フォークナーと現代——神話的アメリカ南部の周縁性と普遍性

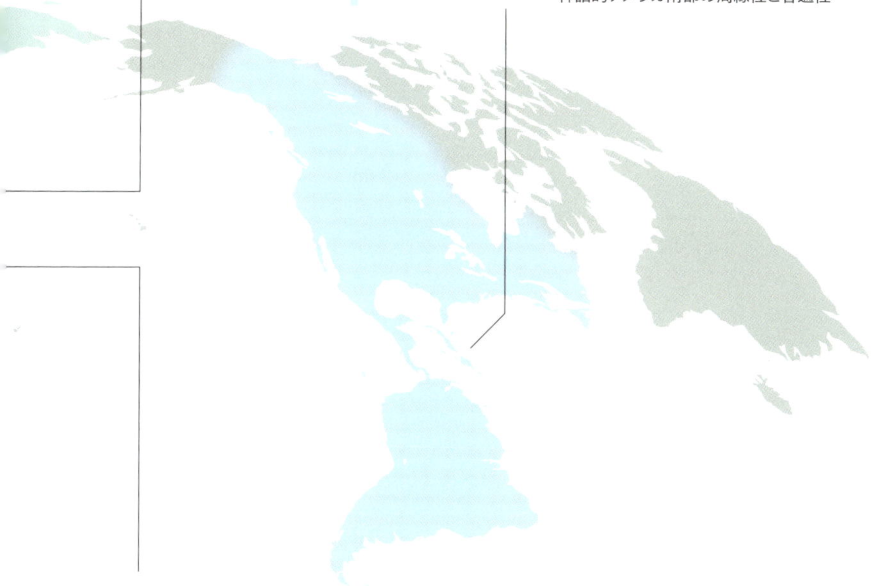

東南アジア

タイ語文学　「Y小説」の誕生——タイにおける性的多様性受容への転換点

カンボジア文学　カンボジアはメコン川の賜物——水とともに紡がれる物語

ベトナム文学　『翹伝（ぎょうでん）』とその心

地域流動

サバルタン文学　ガルシア＝ロルカの群島——スペイン、アイルランド、琉球におけるサバルタンな声の響鳴体

まえがき

「地球の文学」というのは、少しばかり不思議な言葉かもしれない。

世界のさまざまな言語圏や地域の文学を表す言葉としては、「世界文学」という表現が広く用いられている。とりわけデイヴィッド・ダムロッシュの著作『世界文学とは何か？』の翻訳が出版された2011年以降、日本では「世界文学」をタイトルに含む本の刊行が目立つようになった。この15年ほどの「世界文学」を掲げた書物は、ダムロッシュ、フランコ・モレッティ、エミリー・アプターをはじめとする、おもに21世紀になってからの世界文学の議論を直接・間接に踏まえたものといえるだろう。

もちろんこの言葉は、出発点としてしばしば言及されるゲーテに立ち返るまでもなく、すでに広く使われていた。とくに「世界文学全集」としてかつて出版されてきたものは、伝統的な「世界文学」のイメージをわかりやすく体現している。一言でいえば、世界中の「傑作」とみなされるような文学作品、誰もが読んでおくべき「規範」のようなテクスト（例えばホメロス、シェイクスピア、ゲーテ、ドストエフスキーの代表的な作品）の総体である。そのような考え方からすれば、「世界文学」のうちには、本来なら日本の文学作品も含めてよいはずだが、ふつうは「日本文学」に対置されるものとして「世界文学」がイメージされていた。そして、似たような意味の「海外文学」と比べて、「世界文学」は、傑出した文学作品としての確固とした地位を、その言葉のうちに含みもっていたように思われる。

21世紀以降の「世界文学」をめぐって展開する議論は、そのようなかつての意味合いとは異なる位置づけと意義を、この概念に対して新たに与えようとしてきた。世界文学は、必ずしも傑作や規範的な作品とみなされるものでなければならないわけではないし、とかく西欧や北米の文学作品に偏りがちであった傾向に対しても、意識的・批判的に向き合う。「世界文学」をめぐるあらたな議論にはさまざまな立場や見解があるにせよ、そこでは基本的に、世界中の文学テクストに対してどのような読みのスタンスをとるかという考え方そのものが問題となっている。こういった議論が展開することになった土台には、1990年代後半以降、爆発的に拡大することになったインターネットの利用によって、グローバリゼーションがあらたな次元に入ったこともまちがいなく関わっているだろう。

そのような流れの中で、本書があえて「地球の文学」というあまり一般的ではない言葉を選びとっていることには、表面的でわかりやすい理由から、「世界文学」の議論にも関わるものまで、いくつかの理由がある。「世界文学」の議論に関係するものについては、本書の末尾に置かれた「あとがき」でまたふれることにして、ここではごく表面的とも見える理由をあげるにとどめておきたい。全部で26篇の「地球の文学」として書かれたエッセイをこれからお読みいただくにあたっては、そのほうがよりふさわしいだろう。

最も単純な理由としては、本書が2022年3月に同じく東京外国語大学出版会から刊行された『地球の音楽』(山口裕之・橋本雄一編)の続編として位置づけられるからということがある。とはいえ、続編だとしても、本書には別のタイトルもありえた。しかし、3年前に『地球の音楽』としてできあがった本のイメージは、本書でも同じように浮かび上がるものとなるのではないか、と編者は思い描いている。続編だから同じようなタイトルをつけているというよりも、むしろ目指しているイメージが引き継がれているからこそ、タイトルの方向性も引き継がれているということなのである。

『地球の音楽』の「エピローグ」の中の言葉を引用してみたい。

> 地球の上のさまざまな場所で、その土地に固有の音楽が鳴っている。それらの音楽は、その場所で個別に奏でられているものであると同時に、地球上で大気が流れていくように移動し、ほかの音楽と混じり合ってゆく。そのようにして、それぞれの場所で異なる音楽が鳴りわたりながら、地球全体が壮大な音楽を響かせている。

ここで描かれているのはとても感覚的なイメージだが、地球上のさまざまな場所で、その土地と歴史に固有の文学が鳴り響く本書の26篇のエッセイを前にして、この『地球の文学』でも、まさにそのような地球全体の響きのイメージをまたあらたに感じとっている。

この『地球の文学』では、『地球の音楽』のときとは異なり、アジアやヨーロッパといった「地域」ごとの章によってではなく、「翻訳」「モダニズム」「詩」「政治」「歴史」という大きな主題の枠組みによって、さまざまな言語圏の文学をめぐるエッセイがまとめられている。文学では、言葉によって提示される対象や思想の関わる領域が、やはり中心的な位置を占めることになるからである。とはいえ、これらの主題の枠組みももとよりかなりゆるやかなものである。そのようにゆるやかな主題ごとに集められたさまざまな地域・言語圏のエッセイは、どのような順序で読んでいただくこともできる。それらのエッセイが互いに交錯し合いながらモザイク的なイメージの総体となり、全体として「地球の文学」が鳴り響くかのように感じとっていただけるものになればと願っている。

山口裕之

I

〈翻訳〉が挑発するもの

フランス語圏文学

『失われた時を求めて』の「壁」

プルーストの翻訳から日本文学へ

荒原邦博

● はじめに

マルセル・プルーストの長篇小説『失われた時を求めて』(以下、『失われた時』)について、筒井康隆はこう言っている。長すぎてさすがに第5篇『囚われの女I』まで来て「挫折した」(『創作の極意と掟』講談社文庫、2017年、100頁)。そうは言っても稀代の作家、読者にとってのいわゆる「ゲルマントの壁」、19世紀末のパリ社交界の話が延々と続くあの関門(第3篇『ゲルマントのほう』)をはるかにこえて、全体の3分の2まで進んだところで「壁」に行き当たったわけだ。それにしても、プルースト作品の「壁」とは何だろうか。物語を読み進めるかどうかはともかく、『失われた時』が抱える「壁」とは実際にはどんなものなのだろうか。

プルースト作品の受容には時間の「壁」は存在しないようだ。『失われた時』こそ、フランス文学中のフランス文学である。そう言ったときにまず思い出されるのは、ピエール・ノラ編『記憶の場』(1996)に収録された、アントワーヌ・コンパニヨンによるプルースト論だろう。この『失われた時』の受容史は、フランスには長らく国民的な作家が欠如していたが、プルーストがまさにそれであるとして小説家を聖別するものであった。ダンテやシェイクスピア、ゲーテに匹敵する作家をついにフランスも得たことを言祝ぐその議論は、来るべき「世界文学」という問題系とも無縁ではないものの、それは西欧の国民文学であるという前提の中にとどまっていた。

マルセル・プルースト

それでは地理的な「壁」はどうだろうか。『失

われた時』については、2022年に『プルースト＝世界（*Proust-Monde*）』（Blanche Cerquiglini éd., Gallimard）というアンソロジーが編まれており、「フランス」の外でプルーストを読み、その作品についての言及を残している著述家たちの文章、83篇が収められている。編者はこのタイトルを、ゲーテの「文学＝世界」（すなわち「世界文学」）、あるいはグリッサンの「全＝世界」越しに見るように誘っている。いずれにしても、そこから明らかになるのは、世界中に拡散してゆく受容の運動体としての『失われた時』である。

とはいえ、このアンソロジーが「プルーストを翻訳する」という章から始まっているように、プルーストがプルーストとして今日まで読み継がれるには、フランス語以外の言語を経由する必要があった。今日までに『失われた時』の翻訳は35カ国語以上にのぼっている。プルースト作品の歴史的な解釈に不可欠な優れた理論的枠組みを提供したヴァルター・ベンヤミンは、同時にまた第2篇『花咲く乙女たちのかげに』と第3篇『ゲルマントのほう』のドイツ語への翻訳者でもあった。プルースト作品の「死後の生」はこのように翻訳と切り離せないことは明らかであり、そうだとすれば、言語間翻訳の問題を回避することはできないだろう。『記憶の場』に相応しい「国民文学」でもなく、『プルースト＝世界』が含意する「世界文学」でもない何かとして『失われた時』を読むことはできるのだろうか。その可能性を探るために、ここでは『失われた時』をめぐる「壁」のいくつかを辿ってみることにしたい。

● 文の「壁」：『失われた時』を翻訳すること

ヴァルター・ベンヤミンは、ボードレールの『悪の華』の一部、「パリ情景」をドイツ語に翻訳した際の刊行物の序文として書かれた「翻訳者の課題」（1923）でこう言っている。翻訳によってはじめてその文学作品の本質が明らかになることがあるという点で翻訳はオリジナルとは別の意味を持ち、その起源が隠していた不安定性を明るみに出す。「二つの言語において、意図する仕方は補完し合って、意図されたものを作り上げる」。言語ごとに異なる様々な意図する仕方の調和から出現するのが、意図されたものとしての「純粋言語」である。ただし、ベンヤミンによれば「翻訳の志向は、文学創造の志向とは別の何か」である。そして、「意味に即した再現の自由」よりも「語の忠実さ」が重要である。なぜなら、「文

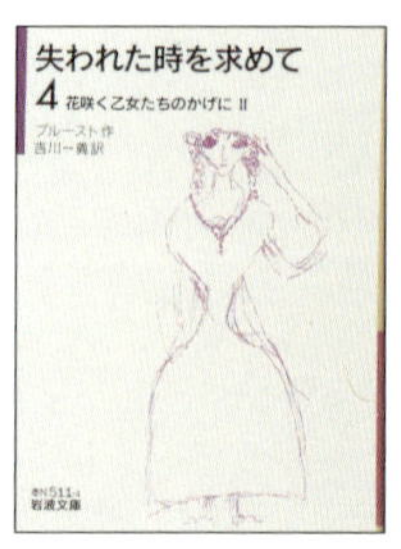

『失われた時を求めて』の日本語完訳版３点、
左から井上究一郎訳、鈴木道彦訳、吉川一義訳

は壁であり、語はアーケードである」からだ。かくして、「真の翻訳は向こう側を透かして見せることのできるもの［アーケード］であり、原作を覆い隠したり、原作に当たる光をさえぎること［壁］もなく、翻訳に固有の媒質（メーディウム）によって強められることで、純粋言語をより一層完全なかたちで原作の上に注ぐ」のである。しかし、逐語訳は意味を成すことと成さないこと（文彩の優位）のぎりぎりのせめぎ合いであり、限界体験である。意味と文彩の間にある解決し難い齟齬は、ポール・ド・マン（『理論への抵抗』大河内昌・富山太佳夫訳、国文社、1992年）も指摘するように、ベンヤミンのこのテクスト自体に内在するアポリアでもある。

ここで例として、『失われた時』の中にある「壁」をめぐる一節を取り上げてみよう。『花咲く乙女たちのかげに』におけるカルクヴィルの教会の「壁」、すなわちポーチとその列柱の描写である。この教会は木蔦に覆われており、主人公はその木蔦の幕を通して中に包まれた石造りの教会の各部分を推量する。するとそのとき一陣の風が吹く。この箇所はフランス語原文では次のようになっている。

> Mais alors un peu de vent soufflait, faisait frémir le porche mobile que parcouraient des remous propagés et tremblants comme une clarté ; les feuilles déferlaient les unes contre les autres ; et frissonnante, la façade végétale entraînait avec elle les piliers onduleux, caressés et fuyants.
>
> 〔II、75頁〕

続いて、完結している個人全訳3つにおける、この一文の日本語訳を比べてみよう。まずは井上究一郎訳。

しかし、そうしているうちに、すこし風が吹いてきて、動くポーチを、そよそよとわたり、波紋が、光のようにふるえながら、つぎつぎにひろがっていった、そして葉という葉は一つ一つひるがえり、植物の正面入口は、おののきながら、円柱の手を自分にひっぱりつけるが、円柱のほうは、波うち、愛撫され、逃げて行こうとするのだった。

〔ちくま文庫、第3巻、46-47頁〕

次に鈴木道彦訳。

だがそのときに軽く風が吹いて、動くポーチをざわざわと揺らし、光のように震えながら広がる波紋がそこを渡って行った。葉はたがいにぶつかりあう波となって崩れた。そして植物の形作る教会正面は、身を震わせながら円柱を引き入れ、円柱は波立ち、愛撫を受けながら、またするりと逃れて行くのであった。

〔集英社文庫、第4巻、62-63頁〕

最後に吉川一義訳。

だがそのとき、さっと一陣の風が吹いてざわざわと玄関ポーチを揺り動かし、ポーチのうえを光のように震える波紋が渡ってゆく。葉叢は波となり、ぶつかりあって砕けちる。ぶるっと身震いした植物のファサードは、並み居る柱をひき連れようとするが、波うつような愛撫を受けた列柱はとらえるすべもなく逃れゆく。

〔岩波文庫、第4巻、174-175頁〕

どれが一番正確であるかを判断するのはひじょうに難しい。「ポーチ」には「動く（mobile）」という形容詞がかかっている必要があるだろうし、「波立ち、愛撫され、逃れゆく」という最後の3つの形容詞は文体的な特徴として並んでいることが求められるが、そのままでは意味がつかみづらい。さらに、すべての訳文で「引きつける、引き連れる」と「逃れゆく」が対比されているが、フランス語にそうしたニュアンスがあるわけではなく、あくまでも「引き連れてゆく」ことが文章の中心であるはずだろう。この場面では比喩ではなく、文字どおり「壁」を「アーケード」とするのは木蔦なのだが、この木蔦の「動く」様子こそこの一節の核心であるものの、似て非なる3つの異文が読者を混乱させる。「壁」を描写する言語自体が「壁」となり、フランス語原文の知られざる本質を引き出すというよりも、おそらく分かり易さをより重視した日本語、すなわち「壁としての文」になってしまっている。あるいは世界文学という観点からは、この3つの異なる翻訳もまさに、プルースト作品の豊かさということになるのだろうか。

● ラスキンの「壁」：プルーストによる翻訳

ところで、この一節が興味深いのは、そこに翻訳に対する言及があるからだ。訳文を比較した文章のすぐ前のところで、木蔦の覆いから教会の姿を推し量ることが、外国語の訳読や作文に喩えられている。「学校の生徒が（中略）ひとつの文から日頃なじみの形態をとり去らなければならなくなって、はじめてその文の意味をより完璧に把握できる場合があるのと同じだ」（II、75頁）。

蔦を剝ぎ取られた教会とはまさに翻訳によって取り出される文の本質——つまり、ベンヤミンの「純粋言語」を注がれた「原作」——なのだが、なぜプルーストは教会と翻訳を結びつけているのだろうか。周知のとおり、プルースト自身が翻訳という体験と深く関わっていた。イギリスの美学者・思想家ジョン・ラスキンの2つの著作、『アミアンの聖書』と『胡麻と百合』のフランス語への翻訳が、『失われた時』に見られる翻訳をめぐる言説の元になり、それを裏打ちするものであることは間違いない。プルーストは翻訳の下調べのためにヴェネツィアを訪れるが、その手にはラスキンの『ヴェネツィアの石』と『サン＝マルコの休息』があった。サン＝マルコ大聖堂からアミアンの大聖堂へと、教会の壁（あるいは石）は翻訳という作業と直結するものだったのである。

ヴェネツィアのプルースト

それでも再び留保が必要になる。なぜなら、プルーストは英語がよく分からな

かったため、まず母親あるいは友人の従妹マリー・ノードリンガーに一旦英語からフランス語にしてもらったものを推敲するという形で翻訳を行っていたからである。『胡麻と百合』翻訳中の有名な手紙で、アミアン大聖堂の「壁」に彫られた聖書の一場面についてごく初歩的な動詞の意味をつかみかねている様子は、プルーストの翻訳者としての適性を疑わせるものだ。

プルーストはしかし、おおよそ意味の取れるフランス語として提示された女性たちの文章を、そのまま受け入れることはしない。とりわけ、イギリス人マリーについて、彼女のフランス語は完璧だが、英語を翻訳する際には、フランス語の仮面を被った英語の容貌が再び姿を現してしまう、と言う。英語の言い回しの「生命全体を冷却し、フランス語化し、オリジナルからさらに遠ざけ、その原典性を消していく必要がある」。これは一見するとベンヤミンが翻訳の本質として指摘していることとは逆のことを述べている印象を受けるが、このときプルーストは、すでに翻訳者から小説家へと自身の創作に立ち戻ろうとしており、「壁としての文」に対する批判のさらに先にいたと捉えるのが正しいだろう。というのも、プルーストはマリーに対して「かなり頻繁に単語を飛ばしている」と難詰しているからだ。

プルーストによる推敲は、その書物の中、あるいはラスキンの全著作の中にある語彙の関連性に最大限配慮した、ある種のテーマ主義的感性に支えられたものであり、その意味ではラスキンの思想の本質にさらに迫る——あるいは原著者であるラスキンがそう意図していなかったところにまでそれを読み込む——ものであり、「アーケードとしての逐語訳」を作家としてさらに踏み込んで実践していると言える。第7篇『見出された時』の最後で、印象や無意志的記憶が与えてくれるものの把握に努める者の中には本質的な書物がすでに存在しているのだから、作家はそれを発明する必要はなく、「ただそれを翻訳すればよい」、したがって「作家の義務と責務は翻訳者のそれなのである」と小説の話者が述べるとき、プルーストの文章には翻訳の記憶が刻み込まれており、そのため『失われた時』はフランス語のオリジナルからして、すでに翻訳だったのである。

● ゲルマントの「仕切り壁」

ジル・ドゥルーズは『ディアローグ』の中でプルーストの一節、「美しい書物は一種の外国語で書かれている」(『サント＝ブーヴに反論する』) に注目している。それはどういうことだろうか。ドゥルーズはこう説明している。「自国語とは異なる言語の中でアイルランド人のように、あるいはルーマニア人のように話すのではなく、その反対に、自分自身の言語の中で外国人のように話すこと」(15頁) である。哲学者によればこれがプルーストの文体の定義なのだが、それはつまりラスキンの翻訳に際して、ノードリンガーのようにフランス語を英語化する作業のさらに先で、プルースト自身はフランス語の中で英語との間に生み出される別の何か、吃り、すなわち逃走線を出現させるのである。翻訳が2言語の間に起こる生成変化——そこでドゥルーズはまた、ゲルマントの館の中庭で起こるシャルリュスとジュピアンの出会いを、マルハナバチと蘭の出会いがもたらす生成変化の見事な事例として挙げている——なのだとすれば、そのときひとつしかないオリジナルとも二次的な存在としての翻訳とも別の何かが生成することになるのではないだろうか。

ところで、本稿の筆者が第1節で取り上げた『失われた時』の日本語訳の問題に気づいたのは、ミシェル・ビュトールの2つ目のプルースト論「プルーストにおける架空の芸術作品」を翻訳しているときであった。そこで試みた新たな翻訳をここに挙げておこう。

> だがそのとき、さっと一陣の風が吹いて動くポーチをざわざわと揺らし、ポーチの上を光のように広がる震える波紋が渡ってゆく。葉叢は波となり、ぶつかりあって砕けちる。ぶるっと身震いした植物のファサードは、愛撫を受けて逃れゆく波うつような列柱をひき連れてゆく。
>
> 〔『レペルトワールII』荒原訳、293頁〕

ビュトール『レペルトワールII』

ビュトールの慧眼は3つ目のプルースト論、「ジルベール・ル・モーヴェの七人の女」(『レペルトワールIV』に拙訳で収録) でも「壁」に引き寄せられている。批評家はその第4節で、小説第4篇『ソドムとゴモラ』の冒頭で小説の主人公がシャルリュスとジュピアンの出会いを目撃した後、2人の交わりの様子にさらに近くから聞き入ることに触れているが、それはまさにゲルマントの館の一角にある「ジュピアンの店とごく薄い仕切り壁だけで隔てられた貸店舗」（III、9頁）からなのである。「私」はこの経験によって初めてシャルリュスが同性愛者であることに思い至るのだが、それは「文字がでたらめに並んでいるとなんの意味も示さない一文が、文字を然るべき順序に並べ替えるだけで、二度と忘れえぬ考えを表出するのと同じ」（同、16頁）である。「壁」はここでも文の問題に喩えられているが、果たしてビュトールはすでにその論の第3節でプルーストとラスキンの翻訳作業を通じた本質的関係に言及していた。そうだとするならば、カルクヴィルの教会のポーチが動く＝モビール（mobile）であることには、ビュトールがその批評において中世から現代までのフランス文学の気の遠くなるような幅広い星座と戯れ、また多様な引用文による『モビール』を制作したことを踏まえて言われた「モビールのようなフランス文学史」（蓮實重彦）、その文学史をさらに他の言語を含んだ世界文学史へと開く契機があると言ってもあながち牽強付会とは言えないだろう。

●プルーストの「動く壁（モビール状の）」としての日本文学

『失われた時』は日本語に翻訳され、そして日本語の小説へと様々な形で接続される。古くは堀辰雄から三島由紀夫、『失われた時』の最初の全訳である新潮社版に訳者として名を連ねる中村真一郎の作品が知られているが、ここでは井上究一郎による筑摩書房版個人全訳が完結した1990年前後から現代までの例に触れておこう。

まずは、無意志的記憶との戯れの系譜がある。阿部和重『アメリカの夜』（1994）における、主人公唯生（ただお）による無意志的記憶の戯画的反復。紅茶に浸したマドレーヌならぬ、あり合わせのチョコ菓子と牛乳という組み合わせは、おそらくは朝吹真理子の『きことわ』（2011）におけるカップラーメンを経由し、千葉雅也によるエッセイ「「失われた時を求めて」を求めて」（2021）に至る。無意志的記憶の体験自体が、探している音楽をいつでもどこでもスマホで自由に呼び出せるようになった今日では、もはや不可能になってしまう（だが、本当にそうだろうか？）。

あるいは、やはり無意志的記憶と関係しているものの、『失われた時』とのさらに錯綜した関係を生きていると思われる仏文科卒の作家の系列がある。堀江敏幸の「熊の敷石」(2000)では、物語はノルマンディーでの敷石の夢から始まり、一口のタルト・タタンがもたらす歯の激痛から十数年前のパリのパイを思い出すという形で終わる。鹿島田真希の「波打ち際まで」(2012)は、「マドレーヌの匂い」と「バールベックの海岸にいた乙女たち」を参照している。松浦寿輝は同年の東京大学の退官記念講義のひとつ『波打ち際に生きる』(羽鳥書店、2013年)で、小説第1篇第3章「土地の名、名」における「バルベック」という地名に関する考察に触れている。そして「小説と時間」(吉川一義編『プルーストと芸術』水声社、2022年)では、『失われた時』の「終わり」近くの頁で、小説の主人公による小説の「始まり」が語られることへの分析が行われる。

とはいえ、これらの作家たちとは違って、村上春樹と『失われた時』との関連はあまり知られていないのではないだろうか。『世界の終りとハードボイルド・ワンダーランド』では、第1章からプルーストが登場している。ここでの参照は曖昧なままにとどまっているが、この言及の潜在的な効果を作家が十分に引き出すのは『1Q84』においてである。そこでは主人公の青豆が『失われた時』を読み、「時間が不規則に揺らぐ感覚」を感じ、それが「首都高三号線」の非常階段を通して1Q84から1984へと出る体験と繋がるのだから、その重要性は明白だろう。

彼女が手にするのはもちろん、1984年の時点ですでに刊行されていた5巻本の新潮社版だ。作中では「ようやく『ゲルマントの方』の巻にかかったところ」であることが示されているから、ひょっとすると「ゲルマントの壁」に阻まれた可能性はなきにしもあらずだ。それはともかく、順番からすると青豆が本稿で問題になっている一節を目にしたのは確実で、それは井上究一郎訳、ただし先に挙げた筑摩書房版ではなく、1957年の最初の日本語訳に1974年に手を入れたものである。

村上春樹『1Q84　BOOK3』(前編・後編)

> しかし、そうしているうちに、少し風が吹いてきて、動く玄関を、そよそよと渡り、波紋が、光のようにふるえながらひろがった。葉は一つ一つひるがえり、植物の正面入口は、おののきながら、その道づれに、波うち、

愛撫され、逃げ去る円柱の手を、引っぱってゆくのだった。

〔新潮社版、第2巻、280頁〕

日本文学によるプルーストの本質の抽出は、まさにこの一節に集約されているのではないだろうか、つまり、壁と石、波打ち際、記憶である。記憶はなぜこの一節に含まれているのだろうか。そう、カルクヴィルの木蔦に覆われた教会とは、その直後に置かれたユディメニルの3本の木の挿話と深く関係している。立木を見て「私」は深い印象を覚えるが、その理由にまでは至らない。だが、それは木＝植物に隠された、コンブレーのゲルマントのほうへの散歩における経験、3本の鐘塔が作り出す新たなパースペクティヴが生み出す印象の歓喜とその文章化の記憶にほかならない。プルーストのこの一節は、『失われた時』にとって本質的な生成変化の中に、つねに巻き込まれている。プルーストのテクストにはすでにして翻訳があり、翻訳と文章の記憶があり、それが翻訳によって作品の新たな本質として取り出される。だからこそ、プルーストはフランス文学であるだけでなく、日本文学との間にモビール状の効果をもたらし、それはさらに、今日もまた世界のどこかで新たな「生成のブロック」を形成し、前代未聞の生成変化へと開かれ続けているのである。

読書案内

・マルセル・プルースト『失われた時を求めて』
　井上究一郎訳、ちくま文庫、1992-1993年
　鈴木道彦訳、集英社文庫、2006-2007年
　吉川一義訳、岩波文庫、2010-2019年
・ジル・ドゥルーズ、クレール・パルネ『ディアローグ』江川隆男・増田靖彦訳、河出文庫、2011年
・ヴァルター・ベンヤミン「翻訳者の課題」『ベンヤミン・アンソロジー』山口裕之編訳、河出文庫、2011年
・ミシェル・ビュトール「プルーストにおける架空の芸術作品」荒原邦博訳、『レペルトワールII』石橋正孝監訳、幻戯書房、2021年
・マリー・ダリュセック『ここにあることの輝き―パウラ・M・ベッカーの生涯』荒原邦博訳、東京外国語大学出版会、2023年
・Marcel Proust, *À la recherche du temps perdu*, édition publiée sous la direction de Jean-Yves Tadié, 4 vol., Gallimard, coll. « Bibliothèque de la Pléiade », 1987-1989

チェコ語文学

チャペック『ロボット』における複数言語使用

阿部賢一

●「世界文学はどうやってできるか」

チェコ語には「マレー・アレ・ナシェ（malé, ale naše）」という言い回しがある。文字通りの意味は「小さいけれど、私たちのもの」であり、ドイツやロシアという大国に囲まれ、その自立性がしばしば脅かされた環境にあって、自分たちの文化へのこだわりや愛着を示す表現である。チェコ共和国は約1,000万の人口を有する中欧の国であるが、1918年のチェコスロヴァキア独立、1939年のドイツによる保護領、第二次世界大戦後にソ連の衛星国となり、東欧革命後の1993年にはスロヴァキアとの分離があるなど、チェコがたどった20世紀の歴史はきわめて複雑である。そのような錯綜した環境にあって、自分たちのもの、とりわけ、その言語に対しては並々ならぬこだわりがあることは言うまでもない。

20世紀前半のチェコ文学を牽引した人物のひとりが、カレル・チャペック（1890-1938）である。1920年刊の戯曲『ロボット　RUR』は世界の主要な言語に翻訳され、「ロボット」という言葉は世界共通の語彙となった。つまり、チェコ以外では話されていないチェコ語という「小さな言語」（ここでは文化資本が相対的に小さい言語という意味で用いている）で執筆された作品が、世界各地で読まれ受容されたのである。「小さいけれど、私たちの」作家が世界的に知られるようになると、その人物に対する敬意が高まると同時に、なぜ他の人物はそうならないのかという疑問が生じるのは当然だろう。当時のチェコにおいても、チェコ文学のような小さい文学はどうしたら世界で読まれるようになるのだろうか、という議論がしばしばなされていた。

このような問いかけに対し、チャペックは、1936年に「世界文学はどうやってできるか」というエッセイを書いて返答を試みている。まず「世界文学」とは「様々

カレル・チャペック（1934年）
（https://commons.wikimedia.org/wiki/ より）

な理由から世界で成功を収め、ありとあらゆる言語に翻訳され、何百万もの人の愛読書になっている」とした上で、そのような文学を4つに分類している。第一は、一時的に流行するが時間が経つと忘れられてしまう作家たち。第二は、あまりにも新奇であるため、時間が経過してからでないと評価されない作家たち（例えば、ヴェルレーヌ、ランボー、ロートレアモン）。第三は、歴史的なアクチュアリティを有している作家たち。そして第四として、チャールズ・ディケンズやニコライ・ゴーゴリの名前に触れながら、土地や経験という点で移し変えられないものを描いた作家たちを挙げ、「より英国的、よりロシア的、より北欧的になればなるほど、作品は深みを帯び、世界的になる」と言う。チャペックの分類は、時代の要請に応える作品、受容に時間がかかる作品、歴史的に普遍性を有する作品、そして個別的な特徴を有する作品と言い換えることができるだろう。

● 文学作品における「複数言語使用」

主題という観点から考えると、チャペックの分類は一定の有効性をもっていると言える。だがその一方で、別の疑問が生じる。翻訳を介した作品の受容は画一的なものになるのかという点である。原典と翻訳された作品の受容の相違、あるいは、翻訳の可能性と不可能性などについては、近年、翻訳研究で様々な議論がなされているが、ここで検討したいのは、ある作品のなかで外国語の表現が用いられた場合、どのように翻訳されるのか、読解に何らかの影響を及ぼすのか、つまり、文学作品における「複数言語使用」の問題である。

一般的に、文学はある特定の言語によって執筆される。チャペックはチェコ語で小説や戯曲を執筆した。その第一の読者はチェコ語の読解能力を有する人たちであり、かれらはチェコ語で読み、チェコ語で意見を述べ、チェコ語で批評する。いわゆる「読者共同体」が構築され、作品の生成、受容において重要な役割を担う。だが翻訳を介して、作品は異なる「読者共同体」に届けられる。文学作品における外国語の使用は、他の言語を参照することで自言語にはない要素に取り組むという側面があり、起点言語から目標言語へと指向する一般的な翻訳とは異なる方向性を有している。

以下では、チャペックの代表作『ロボット　RUR』における複数言語の様相を題材にして、その可能性について検討を加えていきたい。同作を選んだ理由は、世界的に知られた古典であるだけではなく、近未来のどこかという無国籍的な設定になっており、一見すると中立的な特性を有しており、それゆえ、特定の文化圏に固有な表現や風習は少なく、かえって外国語の使用という点が際立っているからである。

● Rossum / universal / robot

新聞記者、小説家、戯曲家など、多様な領域で活躍したチャペックは、1918年に独立したチェコスロヴァキア、いわゆる「第一共和国」(1918-1938)を代表する作家であり、初期の代表作は、言うまでもなく、1920年に発表された戯曲『ロボット』である。今日、日常の語彙となった「ロボット(robot)」はこの作品を通して世界に広がった。作品は、近未来のある島を舞台にして展開するが、具体的な地名は明かされない。人造人間のロボットを製造する工場は、開発者ロッスムの名前を冠しているが、それ以外の地理的な情報も明かされない。このような無国籍的な

カレル・チャペック『ロボット』初版(1920年)の書影
(https://commons.wikimedia.org/wiki/File:Rosumovi_Univerz%C3%A1ln%C3%AD_Roboti_1920.jpg)

設定において、外国語の要素はどのように使われているのか、検討していこう。

まず注目すべきは、タイトルである。作品の題名はロボットの製造を手がける会社の名称であるが、じつは、チェコ語ではなく、《Rossum's Universal Robots》と英語で表記されている（以下、RUR社）。チャペック自身は英国文化に造詣が深く、『イギリスだより』（1924）などの旅行記を残しているが、本作は英国という特定の文化圏を意識したものではない。むしろ、工業化が進んでいるアメリカの未来図（さらには英語の覇権主義）を見通すものだったかもしれない（じっさい、序幕冒頭のト書きでは工場の取締役ドミンが「アメリカ風のデスクの回転椅子」に坐っている描写から始まっている）。またドミンが「古いヨーロッパ」と述べて揶揄する箇所があることからも、いわゆる「新世界」アメリカを含意したものと捉えることもできるだろう。以下では、「Rossum」「universal」「robot」という3つの単語をそれぞれ検討しよう。

この作品において、ロボットを開発したのは「ロッスム（Rossum）」という人物であり、ロボットを製造する会社も彼の名前を冠している。だが、この名前は英語話者にとっては幾多ある人物の名前としか響かず、具体的な含意を喚起するものではない。むしろ、この名称に何らかの意味を感じとるのはチェコ語の読者であろう。というのも、この名称の綴りは「理性」を意味するチェコ語の「rozum」を想起させるからである。作中では2人のロッスムが登場している。ひとりはロボットの原材料となる原形質を発見した老ロッスムであり、もうひとりは甥の若いロッスムである。機械としてではなく、生物学などの知見を用いて人造人間をつくりたいと考えた老ロッスムは、神は不要であることを示したいと考える科学的唯物論者の典型であり、理念を探求する学者にふさわしい人物である。それに対し、若いロッスムは、大量生産を実現するためにいかに効率化すべきかを考える近代的な科学者である。つまり、「ロボット」をつくるという理念は同じだが、両者の思想的立場は異なっており、それは「理性」と呼ばれるもののあり方が異なっていることを示し、それが、本作で様々な理念の対立として光が当てられるのである。この2人の対立は、例えば「認識の時代から製造の時代へと移行した」といった表現からわかるように、翻訳を通しても十分に理解できる。だが、ロッスムという名称が「理性」を含意するという知識は、チェコ語を媒介しなければ得られない。翻訳不可能性の問題が名称の使用という点に明確に反映されているのである。

これに対し、「universal」という言葉はあくまでも英語で一般的な表現であり、そればかりかヨーロッパ系の諸言語において共通の語彙を有する表現であり、「普遍的」「全般的」「全世界的」など、個別的な事象の対義語として用いられる語彙である。本作では、人間の労働者を代替するロボットの汎用性の高さを意味し、それは特定の国や地域に限らず、全世界的に有用な存在として描かれている。それゆえ、アルゼンチンの平原に、小麦の栽培を手掛ける50万体の熱帯用のロボットを送るといった表現も見られ、RUR社は無国籍企業として活動を行っている（後述するように、同社の役員も多国籍と想定される）。つまり、人間の労働を代替するロボットの活動（労働）が特定の地域に限定されない、普遍的なものとして求められることを、チャペックは1920年の段階で予見していたのである。

しかし、チャペックは多面的な視点をつねに作品のなかで提示する作家である。ロボットもまた普遍的な存在から、個別的な存在へと変わっていく。作中、ロボットたちは徐々に自我をもち始め、所有者である人間に反旗を翻し、ロボットによる革命を呼びかける。RUR社の工場がある島もロボットに包囲され、ドミンたちは危機に直面する。その時、ドミンは新しいロボットの製造を提案する。妻のヘレナからどういうロボットかと尋ねられた彼は、こう答える。

> **ドミン**：民族型ロボット。
> **ヘレナ**：どういうこと？
> **ドミン**：各地の工場で、異なる肌の色をし、異なる毛をもち、異なる言語を話すロボットができるということ。そうすれば、ロボットはそれぞれ外国人のようになり、石になったかのようによそ者になる。そして、相手を永遠に理解できなくなる。そこで私たち人間がほんの少しだけ教育するというわけだ。わかるか？　ロボットは死んで墓地に行くまで、他の工場の刻印がされたロボットを永遠に憎むようになる。

ここでの「民族型ロボット」のチェコ語の原文は「Roboti nacionální」つまり「national」なロボットである。人間の指示を一方的に聞いていたロボットは人間から見れば普遍的に有用な存在であり、ロボット同士においても序列や差異は存在しなかった。だがドミンは、ロボットに差異をもたらすことで、憎悪の感情をロボットたちに植え付けようとする。つまりここで展開されているのは、本来、汎用性や普遍性を有する、つまり「universal」であったロボットに、異なる外見、異なる言語を付与することで「national」という個別の特性を強調する存在へと転換させる試みである。ロボットが当初人間から労働以外の余分なものを省いて製造されていたのに対し、労働には不要な「肌の色」「言語」という要素を加えるという逆説的な営みである。ある価値観が一瞬にして転覆してしまう脅威が本作における「universal - national」の対であり、題名にもまた、つまり「universal」であると同時に「national」なものになりうるという多義的な意味が込められていると言えるだろう。もちろん、その多義性はロボットは人間の姿を投影したものであるという理念の表れでもある。

最後の要素として検討すべきは「ロボット（Robot）」という語である。今日、この表現はもはや世界のあらゆる言語の一般的な語彙として浸透しているだけではなく、人工知能とともに我々の日常生活を構成する不可欠な要素となっている。逆に言えば、この単語がチェコ語に由来するという事実を知っている人はほとんどいない。本来は外来語であったものが、時間の経過とともに、その外国語の起源が忘れ去られた、当該言語の一般的な語彙として採用された一例である。じつは、この表現を思いついたのは、カレル・チャペックではなく、兄の画家ヨゼフ・チャペック（1887-1945）である。この作品の構想を思いついたカレルは人造人間にふさわしい名前が浮かばない。当初は「ラボル（labor）」といった語も候補になっていたがしっくりとこなかったため、兄に相談をしたところ、「ロボット（robot）」はどうだ、と提案を受け、人造人間の名称が決まったのである。

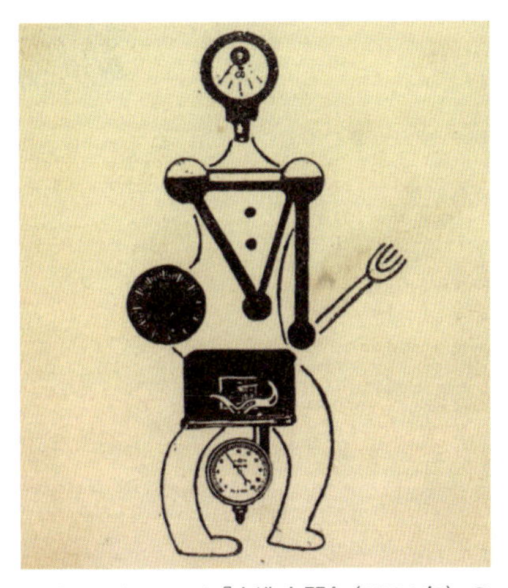

ヨゼフ・チャペック『人造人間』（1924年）の挿絵
（Josef Čapek, *Umělý člověk*. Praha: Aventinum, 1924, s. 54）

今日、日本語で「ロボット」と言えば、コンピュータ制御で動く自動機械といったものを思い浮かべるだろうし、それは他の言語でも同様だろう。だが、候補だった「labor」が英語で「労働」を意味するように、チェコ語ではこの表現にもある具体的な意味が込められている。「robot」という語は、明らかにチェコ語の「robota」という表現を参照している。「robota」とはチェコ語で「賦役」「苦役、重労働」を意味する名詞であり、その語尾「a」を取って、「robot」という単語が誕生したのである。つまり、「robot」という単語を見て、チェコ語話者であれば「賦役」「重労働」といった含意を想起するのに対し、他の言語話者の場合はそのような含意を理解せず、ある種の外来語のように、しかも「人造人間」という新しい概念を指し示す表現として受け止めるだろう。

このようにして見ると、『Rossum's Universal Robots』というタイトルは英語でありながらも、チェコ語話者のみが感知しうる意味が込められていることがわかる。つまり、表面的には、何の障壁もなく翻訳されうるタイトルのように思われるのだが、その内実は「Rossum」という人名、「robot」という新語がチェコ語固有の意味を内包する翻訳不可能性の問題が生じている。換言すれば、「universal」の装いをしていたものが、じつは「national」な要素を含んでいたのである。もちろん、ここで触れたようなチェコ語の知識がなければ、戯曲『ロボット』が満喫できないわけではないし、読解に大きな障害が生じるわけでもない。ただし、その知識の有無によって読解に影響を与える可能性は十分にあるだろう。

●「親愛なる紳士」の訳し方

チャペックの戯曲『ロボット』には、タイトル以外にも外国語の要素が見受けられる。一読してすぐに気づくのが人物の名前である。ハリー・ドミン（Harry Domin）取締役、ファブリ（Fabry）技師、ガル（Gall）博士など、名前だけでは出自がわからないように工夫がされている。ロボットの心理・教育を担当するハレマイヤー（Hallemayer）の名前はドイツ語を想起させ、ビジネスマンを想起させるブスマン（Busmann）は「ユダヤ人」と説明されている以外は、民族や国籍は明らかにされない。たしかに、取締役の名前はラテン語で「主」「支配者」を意味する「dominus」、あるいは、ロボット・プリムスは同じくラテン語で「一番目の」を意味する「primus」など、ラテン語起源の表現が散見される。だが、本作における人物の命名での特徴は、多民族的、多国籍的な命名であり、無国籍的な舞台設定になっている点であろう。登場人物の素性が不明であり、かつ、言語的なバックグラウンドも多様であるがゆえに、多国籍企業としてのＲＵＲ社という側面がより明確に浮かび上がってくるのであろう。

そのような命名は、ロボットに対しても見受けられる。スラは女性のロボットであるが、なぜかローマ軍の司令官（男性）の名前が付けられている。ここで立ち止まってみたいのが、ロボットが話す外国語についてである。序幕、島に降り立った人道連盟のヘレナは、ドミンから工場で製造されるロボットの説明を受ける。その際、ドミンはロボット・スラに対し、ヘレナと会話をするように命じる。「私は4つの言語ができます」と答えたスラは次のように言葉を発する。

SULLA: (...) Dear Sir! Monsieur! Geehrter Herr! Ctěný pane!

このようにスラは、「親愛なる紳士」という表現を、英語、フランス語、ドイツ語、チェコ語で返答する。複数の言語が話せる能力を示すべく、これらの言葉を話しているのだが、注目すべきは言語の選択である。英語、フランス語、ドイツ語の選択は、ヨーロッパの主要言語としてそれほど異論はないだろう。だが最後のチェコ語は、ヨーロッパで4番目に主要な言語とは言えないだろう。冒頭でも触れた「小さな言語」だからである。それゆえ、これは「小さいけれど、私たちのもの」という意識を有するチェコ語話者に向けた配慮だったのかもしれない。英、独、仏の表現は、チェコの一般的な読者も理解できるだろうが、万が一これらの知識がない人のためにチェコ語の等価表現を提示することで、注を使わずに外国語の意味を提示しているのである（なお、本作は演じられ、読み上げられる戯曲であり、書籍に付される注は二次的な役割しか担っていない）。そのため、外国語に翻訳される際、その機能、つまりチェコ語話者に向けた配慮は無効となる。

では、外国語に翻訳される際、この箇所はどのようになるのだろうか。例えば、1999年刊のPeter MajerとCathy Porterによる英訳では次のようになっている。

SULLA: (...) 'Dear Sir, Cher Monsieur, Geehrter Herr, Uvazahaemy tovarishch...'

英語、フランス語、ドイツ語までは同じである（ただ、フランス語では「親愛な（cher）」という形容詞が加えられている）。ただし、4番目にあるのは、チェコ語ではなく、ロシア語の表現を転記したものである。なぜ、英訳者がチェコ語ではなく、ロシア語の表現を選択したのだろうか。おそらく、英語の読者は、フランス語やドイツ語の知識があるとしても、チェコ語の知識はないと判断したのだろう。そこで比較的知られている言語であり、冷戦下に大きな影響力を行使していたロシア語が選択されたのだろう。ただこの選択は、チェコ語あるいはチェコ文学をロシアと関連付ける訳者の意図を感じさせるものであり、「忠実な翻訳」とは言えない。たしかにここでチェコ語の表現をそのまま残すという選択肢は、多くの英語読者に戸惑いを残すものであろう。では、そのような場合、削除あるいは別の外国語へ代替してよいのかという問いかけ、ある意味で倫理的な問いかけが生じている。

それから、もうひとつ指摘したい点がある。今一度、この4つの表現が発せられた状況を思い出してほしい。ロボット・スラは、島を訪れたヘレナ（女性）に対して、外国語を話している。だが、スラが発したのは「親愛なる紳士」といういずれも男性形の表現である。果たしてこれはロボット・スラが犯したミスだろうか。おそらくそうではないだろう。スラが習得したのは「男性」と会話するための外国語でしかなかった。そのため、スラのデータには男性形しかなく、この島を訪問した稀有な女性ヘレナに対しても男性形を用いたのであり、昨今話題になっている機械学習のジェンダーバイアスの事例の先駆けとも言える。

このように『ロボット』という近代SFを代表する作品、時に「universal」と評価される先駆的な作品においても、外国語の使用という観点から考察すると、作品の解釈とは異なるレベルで考察を促す箇所が多々あることがわかるだろう。

●「翻訳」と「複数言語使用」

これ以外にも、チャペックの著作には複数言語の問題を提供してくれる作品がある。例えば、戯曲『マクロプロスの処方箋』（1922）では、謎の多いオペラ歌手マルティが相手に合わせてロシア語、ドイツ語、スペイン語などを使い分けるが、それは、ヨーロッパを遍歴した過去が、彼女が発する言葉の隅々に息づいていることを示している。彼女が発する言語そのものに彼女の来歴が刻まれているのである。

　このように「複数言語」の視点を導入することで、ひとつの言語の文学作品と思われているものが、じつは多層的な作品となっていることが理解できる。言語Ａが言語Ｂにどのように訳されるのかという「翻訳」の問題に加え、言語Ａで執筆された作品に外国語Ｘの要素がいかに導入されるのかという「複数言語の使用」の問題は相補的なものであり、外国文学あるいは母語の文学であるかを問わず、テクストを読む際に新たな視点を提供してくれるだろう。

読書案内

・阿部賢一『翻訳とパラテクスト　ユングマン、アイスネル、クンデラ』人文書院、2024年
・飯島周『カレル・チャペック　小さなくにの大きな作家』平凡社新書、2015年
・カレル・チャペック『ロボット　RUR』阿部賢一訳、中公文庫、2020年
・カレル・チャペック『マクロプロスの処方箋』阿部賢一訳、岩波文庫、2022年

『歌、燃えあがる炎のために』を読んで、翻訳をして、本ができあがっていくまでのあいだに考えてきたこと

久野量一

● 作者について

フアン・ガブリエル・バスケスは、1973年にコロンビアで生まれた作家である。日本語になっているものを数えると、ここで話題にする『歌、燃えあがる炎のために』を含めて5冊もある。現役の、しかもまだ50代のラテンアメリカのスペイン語作家で、ここまで日本語に翻訳されている作家はいないはずだ。日本語で多くが読めるガルシア＝マルケスやバルガス＝リョサ、フリオ・コルタサル、カルロス・フエンテス、ボルヘスなどの大御所や、それ以降のイサベル・アジェンデ、レイナルド・アレナス、ロベルト・ボラーニョの後のラテンアメリカ作家として、これからどのような仕事をするのか注目している。

彼の経歴を作家に限定して見るだけでは十分ではない。作家になる前のバスケスは、翻訳家として生計を立てていた。英語からスペイン語に訳したものとして、ジョゼフ・コンラッドの『闇の奥』やジョン・ハーシーの『ヒロシマ』、そしてフランス語からスペイン語に翻訳したものとして、ヴィクトル・ユーゴーの『死刑囚最後の日』が知られている。彼が翻訳者について書いたエッセイでは、ラテンアメリカの文学が欧米の作品を翻訳で読んだ作家たちによって書かれたこと、またその逆に、欧米作家がラテンアメリカ作家を翻訳で読んで着想を得た例を挙げている。エッセイは「透明人間礼賛」と題され、翻訳者がもっと目に見える存在にならなければならないと説いている。じっさいユーゴーの翻訳書では、バスケスの名前は本のどこにも記されず、翻訳者は透明人間だ。したがってこのエッ

セイは、自身が翻訳をしていたことと、翻訳家によって自分の作品がさまざまな言語に翻訳されていることの両方を踏まえ、翻訳者がどれほど大きな役割を演じているかを評価するものだ。ここではそんなバスケスに向けて、日本語の一翻訳者からの応答として、私（筆者）が彼の本を翻訳しながら、そしてその本が出版されていくまでに考えてきたことを書いておきたい。

●翻訳しながら

私がバスケスの作品を翻訳したのは2冊目で、1冊目は長篇、今度の『歌、燃えあがる炎のために』は短篇集である。最初、本を手にとったとき、9篇のうち2、3篇を読んだ。自分のブログで少しだけ触れて、スペイン語圏の文学の優れた作品として紹介した（日本文藝家協会編『文藝年鑑2021』新潮社）。しばらく経って、1冊目の長篇を出した出版社の編集者にバスケスの短篇集を翻訳してみたいと申し出た。編集者はやってみましょうと言ってくれて、社内での議論はあったと思うが、その後、版権が取得できたと連絡があり、翻訳をはじめた。

この短篇集は「川岸の女」ではじまり、表題作「歌、燃えあがる炎のために」で終わる。2作には同じ人物が登場する。〈ホタ〉というニックネームの報道写真家である。作品では女性として出てくるが、バスケスによれば、コロンビアの報道写真家ヘスス・アバッド・コロラド（Jesús Abad Colorado、1967-）をイメージしている。コロンビアの内戦の惨状を写した彼の写真は、BBCなど多くのメディアで見ることができる。

「川岸の女」ではホタの経験談が語られる。その後の作品でホタは姿を消すが、「歌、燃えあがる炎のために」で一瞬とはいえ彼女が登場したとき、それが最後に置かれている短篇であることも手伝って、本が終わりに近づいているのを感じ、この短篇集が、作家がそれまでに書きためた短篇を寄せ集めたものではなく、一冊の本として構想されているのだとわかった。

前に訳した長篇に比べると、この短篇集では一つひとつの言葉の選び方に気を遣うことを迫られて、何度も壁にぶつかった。似たような訳語でも少しの違いでがらっと雰囲気が変わってしまう。それに、日本語と西洋語の文では、情報が出てくる順番が違う。原文では動詞とその目的語がきて、それを修飾する関係代名詞があって、さらに理由の接続詞が続いても、日本語にするときには変えなければならない。しかし語順を変えてしまうと、その次に出てくる文とのつながりがうまくいかないことがある。

バスケスはハーシーの『ヒロシマ』を英語からスペイン語に翻訳したときのことを、あるところで語っている。それによれば、英語なら少ない音節で言える言葉（dieなど）がスペイン語にはないが、このハーシーの本では、そういう「距離と冷たさ」があるアングロサクソンの言語で書かれていることが大切で、重厚で温かみのあるスペイン語への翻訳は偽造に等しいとさえ言うのだ。英語からスペイン語と、スペイン語から日本語への翻訳で同じことは言えないが、翻訳というものがはらむ難しさと楽しさの実例を翻訳家バスケスが打ち明けているところで、共感できる。とくにバスケスは、偽造の感覚を少しでも減らしたいと考えているようで、そこもよくわかる。

● 装幀について

翻訳原稿ができあがり、日本語での翻訳書に訳者が書くならわしの「訳者あとがき」をまだ書いていない段階で、担当の編集者（この人は、最初に翻訳の話をもちかけた編集者ではなく、その後を引き継いでくれた、私にとって新しい編集者だ）と打ち合わせをもった。原稿の細部について意見を聞いたり、今後のスケジュールの確認をしている中で、装幀の話になった。

この本は、すべての短篇がそうではないが、コロンビアの内戦を経験した人たち、あるいは内戦でなくても、身近な人の唐突な死（事故死や殺害）に立ち会った人たちを描いている。翻訳しているあいだ、コロンビアで言うところの「暴力（la violencia）」をいかにして書くのか、バスケスがそれを考えながらこの短篇を書き継いでいったのだと思った。

だから、装幀にコロンビアの内戦を写した写真を使っても良いのではないかと漠然と考えた。頭にあったのはホタのモデルになったアバッド・コロラドの写真ではなく、コロンビアで写真を撮ったことのある日本の写真家で、面識がないわけではなく、少なくとも交渉してみる価値はあると思い、編集者にそのことを伝えた。そうすれば、「あとがき」でも触れることのできる話になるはずだった。結果から言えば、その写真家に接触することはなく、本はできあがった。そのことについては最後に説明する。

装幀について、私の頭には、日本語版が出る前から出た後の今になっても、3つのヴァージョンが存在している。どういうことか。

ひとつ目は原書の書影である。(a) を見てみよう。奥にキッチンが見える家の室内ですでに火事が発生し、机と椅子に火が燃え移りそうな場面をとらえている。この本は原書のタイトルが「Canciones para el incendio」、直訳すれば「火事のための歌／火事に対する歌」である。火事 (incendio) を具体的に写した写真は原書のタイトルにふさわしいものだ。

それに対して日本語版は、(b) のように、真っ黒の背景に立ち上る炎を写している。これは日本語のタイトルに合わせたと言える。原書と日本語版は似ているが、日本語版のほうが原書よりもシンプルだ。そして炎以外に見えるものはなく、抽象度が高い。

私の頭にある3つ目の装幀は、実在はしていないが、最初思い描いていたような、コロンビアの内戦などの写真を用いたものである。インターネットでコロンビアの報道写真を探して、(c) に当てはめてイメージしていただきたい。その3つを頭の中で比べてみると、抽象度が一番高いのは日本語版 (b) で、一番低いのは (c) である。しかしその (c) を念頭に置けば、どの火事なのかわからない写真を使って

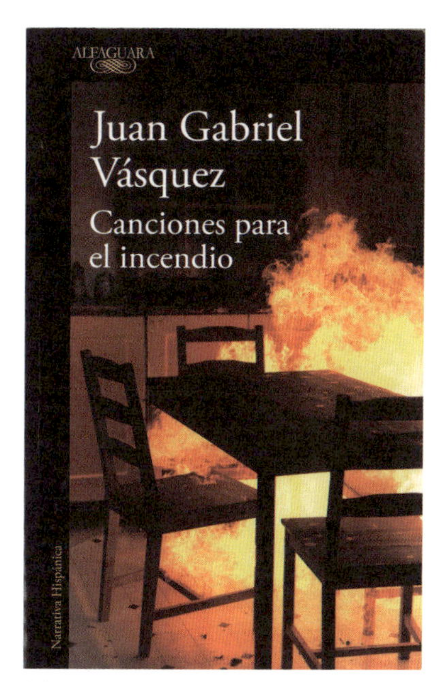

(a) 原書の書影

(b) 日本語版

(c) 真っ白の本の書影

いる原書（a）も抽象的に見えてくるだろう。

● タイトル

ラテンアメリカへの、ましてやコロンビアの内戦への関心がほとんど存在しない日本語の世界とはいえ、紛争地帯を写した写真が表紙にあれば、世界情勢に関心のある者の目にとまるかもしれない。しかし、装幀はもちろん、本の内容を伝える情報として重要な本の帯(d)、それに基づいて書かれる出版社のブログにも、ラテンアメリカやコロンビアの内戦という情報は出ていない。具体性に対してここまで抑制的になった理由のひとつとしては、本の装幀と同じように、抽象度、あるいはここでは普遍性と言ってもよいが、それを高めようとしたことにある。それはタイトルの翻訳とも関係している。

日本語のタイトルに「炎」を入れるには時間がかかった。原書の直訳に近い「火事のための歌」のようなものにはしたくなかった。「火事」という単語が直截的過ぎるような気がして、ある時期は「火にうたう歌」にしようと考え、別のところでそう書いたこともある（『ラテンアメリカ文学を旅する58章』明石書店、2024年）。英語版は「Songs for the flames」と訳され、「fire」ではなく「炎」の意味の「flames」が使われているので、徐々に思いは「炎」にしようと傾いていった。

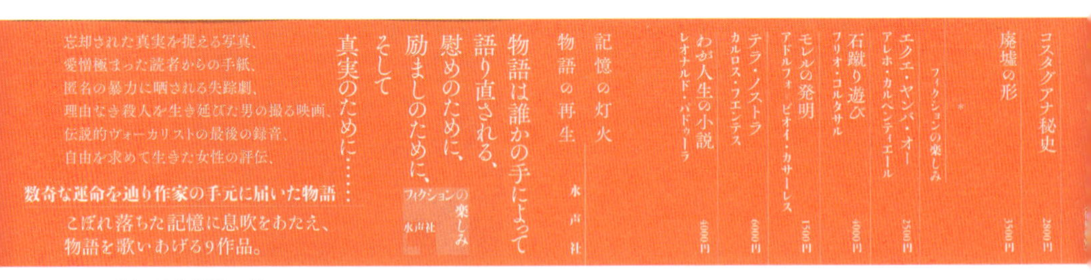

(d) 日本語版の帯

そもそも原書タイトルにある「火事」は、表題作の中でアウレリア・デ・レオンが住んでいた屋敷が、殺し屋たちに燃やされた火事を指している。アウレリアは殺され、息子のグスタボが逃げるとき、山の下から上のほうを見上げると、炎が燃えあがっている。この短篇の、いや、この本全体を通しても、最も強烈な場面だ。こうして「火事」を「炎」に置き換えることに抵抗はなくなった。

「歌」とは、暴力を象徴するこの「炎」に対し、暴力を経験した者たちが、その記憶を語り継ぐために作る「歌」をさす。先に書いたように、常に頭を悩ませていた、翻訳のさいの語順が気になって、迷いに迷った末、原書の語順で最初にくる「歌」をタイトルの頭にもってきた。

● 世界のどこにでもあることを書いた本として

コロンビアの写真を装幀に使おうと思って編集者に提案したとき、編集者は、この本に統一性を与えているのは、具体的な言及対象であるコロンビアの内戦もさることながら、それ以上に、それぞれ個別の人から届けられた物語を「語り直していること」ではないか、と指摘した。確かにそのとおりだった。

「川岸の女」でホタは、ある女性の写真を撮る。するとその女性は泣き出す。なぜ泣き出したのか。その女性に暴力を受けた経験があることが予想される。しかし本当にそうなのか、ホタにはわからず、その女性を写した写真に「何が写っているのか」を知るために、友人にその女性の話を語り、友人はそのまま文字にする。言葉でできたその物語の中に、当事者に気づけない何かが隠されている。

写真家ホタと友人（小説家）の仕事には大きな違いがある。写真というのは、現場にいなければ撮れないのだから、写真家は当事者である。しかしここでの友人は、必ずしも当事者ではなく、現場に行かずして語っている。この「語りによる出来事の再現」、他人の語りを「再話する人」がこの本の中で最も重要な存在なのだった。

編集者とのやりとりを通じて、「語り直している人」について考えるようになった。この「人」は、出来事との関係では当事者ではないが、非当事者でもない。出来事とのつながりがあって、自らの生に影響がおよんでいるから、語り直しているのだろう。こうして本に書かれたことを振り返っていくうちに、本の中からひとつの文が浮かびあがってきた。

それが、「(もしかすると死んだのは)自分だったかもしれない」である。自分は死ななかったが、それは偶然の積み重ねでしかないと思った人物の頭にふとよぎるフレーズだ(3番目の作品「蛙」)。わずかの差で自分は死なずにすみ、身近な人は死んだ。この隣接性が、「語り直す人」と出来事とのつながりをあらわした一文にちがいない。親友に死なれた話は「分身」と題され、隣接性がより切実にあらわれている。

「死んだのは自分だったかもしれない」という表現は今、世界の多くの場所で共有できるのではないか。編集者はそれをつかんで炎の写真を採用した。その炎に焼かれずにすんだ人は、出来事の近くにいたが、たまたま助かったのだ。出来事に近い人が語り直すことによって、その記憶は次の人に受け継がれていく。この本(歌)は、コロンビアという状況から生まれながら、世界のどこにでもありうる話を書いているのだろう。

読書案内

バスケスが書いた本

・フアン・ガブリエル・バスケス『物が落ちる音』柳原孝敦訳、松籟社、2016年
・フアン・ガブリエル・バスケス『コスタグアナ秘史』久野量一訳、水声社、2016年
・フアン・ガブリエル・バスケス『密告者』服部綾乃・石川隆介訳、作品社、2017年
・フアン・ガブリエル・バスケス『廃墟の形』寺尾隆吉訳、水声社、2021年
・フアン・ガブリエル・バスケス『歌、燃えあがる炎のために』久野量一訳、水声社、2024年

バスケスが翻訳した本

・Joseph Conrad, *El corazón de las tinieblas,* Alfaguara, 2024
・John Hersey, *Hiroshima,* Debolsillo, 2018

ラテンアメリカ文学の概説書

・久野量一・松本健二編著『ラテンアメリカ文学を旅する58章』明石書店、2024年

ブラジル文学

翻訳の力、文学の力

人生観を変えた一冊『ブラス・クーバスの死後の回想』

武田千香

●人生の分岐

私（筆者）には人生の分岐点となった文学作品がある。ブラジルの文豪マシャード・ジ・アシス（1839-1908）の『ブラス・クーバスの死後の回想』（1881）である。出合ったのは20代の後半、その奇抜で非常に奥深い小説に私は一気に魅了されたが、内容は難解で、納得できるまで相当の年月を要した。その理解を助けてくれたのが翻訳作業であった。

マシャード・ジ・アシス
（https://commons.wikimedia.org/wiki/）

翻訳は、原書と訳文を突き合わせるたびに文化の衝突が起こる。まったく異なる背景を背負う言葉同士に向き合う文学の翻訳は、究極の異文化体験とすら言いたくなる。その衝突を通して私自身は変化し、同時にブラジルの理解も深めていった。本稿ではそのプロセスの一端を紹介したい。

●『ブラス・クーバスの死後の回想』

小説の舞台は19世紀のリオデジャネイロ。ある60代半ばの男性ブラス・クーバスが、心気症の特効薬の開発を思い立ち、それに打ち込むあまり養生せず肺炎をこじらせ死んでしまう。だが、なんと彼は死後作家になり、自らの人生を振り返る。語られた人生は、まったく自慢できるものではない。大臣になりたかったがなれず、結婚を望んだができず、結局はある女性と道ならぬ関係になった。だがドラマチックな展開もなく、スキャンダルにもならずに別れた、それだけだ。

マシャード・ジ・アシス展（イタウ文化センター、2023年11月〜2024年2月）
マシャードはブラジルの人々の誇りだ。過去の同様のシリーズ企画62回の中で最大の88,000人の来場者を記録した

一言でいうと、偉業を成し得なかったごく平凡な男の、何の変哲もない不倫物語となる。死者となって語り直した手記がこの小説という設定だ。

当時は物語性豊かな新聞小説全盛の時代だったから、それは読者の期待を裏切るものだった。案の定、「これは小説か？」と問う批評も出て、それに対しては、ブラス・クーバスがその後の版の序文の中で、「これは、ある人にとってはそうだが、ある人にとってはそうではない」と答えている。つまり『ブラス・クーバスの死後の回想』は、「小説」にして「非-小説」なのだ。実はこのことがこの小説の物語世界をよく象徴している。そこに描かれているのは世の中の常識や規範と非-常識や非-規範が併存し両立する境地なのだ。

だが、それが私の腑に落ちるまでに時間がかかった。言語上の問題ではないから日本語には置き換えられるが、内容がしっくりこない、そんな箇所がいくつかあり、そうした疑問がこの小説の物語世界の、ひいてはブラジルの文化や社会の理解を深めるための大きなヒントとなった。まずはそのひとつを紹介しよう。

● ヴィルジリアの「心から」の行為

次の場面は、ブラス・クーバスが、かつての愛人ヴィルジリアの夫の葬式から帰ってくるところだ。葬式で夫の死を「心から」悼んで泣いていたヴィルジリアを思い出し、疑問を抱いた。

> もう全員が帰ってしまっていた。わたしの車だけがぽつんと主を待っていた。わたしは葉巻に火をつけ、墓地をあとにした。葬式の光景がまぶたから消えず、耳からはヴィルジリアの泣き声が離れなかった。とりわけ泣き声は虚ろに、ある問題を孕みながら謎めいて響いた。ヴィルジリアは夫を裏切った、心から。そしていまは夫を悼んで泣いていた、それも心から。

それこそが、道すがらずっと結びつけられずにいた難しい取りあわせだった。だが、家に着き、馬車を降りるときには、その取り合わせもじゅうぶん可能で、むしろかんたんかもしれないと思った。やさしい自然よ！

〔152章　ヴェスパシアヌスの貨幣（傍点は筆者）〕

ブラス・クーバスがひっかかりを覚えたのは「心から」という言葉だ。「心から」夫を裏切ったヴィルジリアがなぜ夫の死も「心から」悼んで泣けたのか理解できなかったのだ。「心から」の原語は「com sinceridade」で、sinceridadeの形容詞sinceroは「真心の、嘘偽りのない」という意味なので、それは「真心をこめて、正直に」ということになる。長年連れ添った夫であれば、たとえ過去に裏切ったことがあっても、死なれて悲しむのは自然だろう。だが「正直に」「真心」から泣けるのだろうか。昔、裏切った申し訳なさや自責の念がわずかでも混ざることはないのか。表向きは泣いても心のどこかで痛恨の念など複雑な思いは渦巻かないのか。私もその疑問を抱いた。だが、墓場から家に着くまでの短時間で疑問が解決してしまったブラス・クーバスとは対照的に、私はそれを何年も引きずった。

●「本当の」コトリン

またブラス・クーバスの義兄弟コトリンという人物の人となりにも違和感を抱いた。ブラス・クーバスはコトリンを「本当のコトリン」と題する章で「高潔」で「模範的」な人物として紹介している。だが同時に次のような否定的な側面も挙げている。

やり方がドライだったために敵も多く、野蛮だとも非難された。この点で唯一あてはまる事例は、彼がひんぱんに奴隷を地下牢に閉じ込めたことで、奴隷は、いつもそこから血を流して出てきた。だが彼だって、凶暴な奴隷や逃亡奴隷しかそこへは送らなかったし、なにしろ長年、奴隷貿易にたずさわったために、本来この職業が必要とする以上に多少は手荒な扱いにある意味で慣れてしまっていたわけで、純粋に社会的な関係から生じた結果を、素直に人間の生来の性格に帰してはいけないのだ。

〔第123章　本当のコトリン〕

当時ブラジルでは奴隷制度が敷かれ、コトリンは奴隷貿易に携わり、奴隷に酷い扱いをしていた。納得できなかったのは、人身売買に手を染め、奴隷に残酷な仕打ちをする人間を、なぜブラス・クーバスが「高潔」で「模範的な人間」としているのか、だった。たしかにそれは野蛮な側面の「唯一あてはまる事例」だとはされている。とはいえ、それは彼の生業で、生業である以上それは常態であるからもう一例の域を超えている。「高潔」と「模範」の原語はそれぞれ「honrado」と「modelo」で、「honrado」には「名誉・栄誉ある」という語義を核に「尊敬に値する、徳の高い、誠実・正直な」という意味がある。また「modelo」は「手本」「模範」という意味である。ブラス・クーバスはその後で、コトリンが自分の子どもに深い愛情をかけ、兄弟会の役員を務めていることを挙げ、彼の情の深さや、社会への貢献度にも触れている。

もしコトリンの描かれ方が、社会的な徳を積んでいるが、実は裏では奴隷貿易を営み奴隷の扱いも酷く、それが「本当のコトリン」だというのであれば納得できたのだが、ブラス・クーバスはそういう言い方をしない。「高潔」で「模範的」で、かつ否定的な面も持つと言っている。さらにはコトリンが「完全無欠」でなく兄弟会で自らの肖像画を描かせたことや、自分の善行を新聞社に送る「妙な性癖」があることまでを紹介している。私はその描かれ方に矛盾を感じ、頭が混乱した。

● マシャード文学の相対性

だが、それこそがマシャード文学の最大の特徴である「相対性」の表れである。相対性という言葉は日本でもよく使われるが、私には、マシャード文学の相対性と多くの日本人が捉える相対性には決定的な違いがあるように思えている。たとえば善悪という対概念を考えてみよう。善悪は相対的だと言うとき、たいがいの日本の人は善も悪も純粋なものはなく、善は悪になり悪も善になるという状況を想像する。つまり二元論的発想に立ち、善悪二項の転覆や混在を考える。だがマシャード文学（そして後述するように、ブラジルの文化や社会）の発想は三元論的で、対立する二項のほかにもうひとつ別の境地を持つ。

これがよくわかるエピソードを挙げよう。ブラス・クーバスはこの小説で2回、金を拾っている。1回目は舞踏会から帰宅した際に門の前で金貨を拾ったとき、

マシャード・ジ・アシス展（イタウ文化センター）

そしてもう1回は海岸で大金の入った包みを拾ったときだ。同じ金の拾得でも彼は正反対の行動をとった。1回目は良心との葛藤の末警察に届けたが、2回目は着服して銀行に預けたのだ。なぜ正反対の行動に出たのか。その理由に金額の差がなかったとは言えないが、それ以上に大きな理由があった。1回目は前日の晩に、今は人妻となっている元婚約者のヴィルジリアと舞踏会で再会し、恍惚とワルツを踊り、いい感触を得ていた。人妻を相手にそんな気持ちを抱いたことは後ろめたく、その埋め合わせをしたかったのだ。つまり悪行を善行で相殺したわけだ。

面白いことにブラス・クーバスは、そんな人間の心の動きに「窓の等価性の法則」と命名している。「ある窓が閉まっていたら代わりに別の窓を開けることで、道徳が継続的に良心の風通しをできるようにする」、それが人間の心の理だというのだ。つまり現実社会で善と悪は一見対立しているように見えるが、どちらもその根源には人間の心があり、それが都合や必要性に応じて善や悪の姿をとっているだけなのだ。善と悪が入れ替わるのではない。心が善と悪を相対化させているのだ。この心こそが第3の境地である。

通常私たちは物事を語ったり世界を理解したりするために、善／悪、美／醜、正／不正、聖／俗といった対概念を用いるが、これらは人間が作り上げた決まり事、すなわち秩序界の制度にすぎない。

●二刀流のヴィルジリアとコトリン

さてこれをふまえて、ヴィルジリアとコトリンに立ち戻ってみたい。当初私が、なぜ不倫を犯したヴィルジリアが何のわだかまりもなく「心から」泣けたかが理

世界のマシャード・ジ・アシス『ドン・カズムッホ』の一説の音読が日本語でも紹介された（イタウ文化センター）

解できなかったかと言えば、それは私が道徳という秩序界のルールに一義的に縛られていたからなのだ。夫以外の男性と関係を持つことは、たしかにカトリックの影響の強いブラジルや現代の日本の道徳に照らせば悪いことだ。だが、よくよく考えてみれば、その善し悪しを決めている道徳は人工的に作られた秩序界のルールにすぎない。規範や道徳を度外視して、自然界の生物としてのありのままの人間の観点に立てば、不倫の何が悪い？、ということになる。つまりヴィルジリアは、秩序界の善悪だけを基準にせず、それに囚われない秩序を逸脱した境地、すなわち自分のありのままの心に素直に従った。ヴィルジリアは、秩序界の制度である結婚をしながら、脱-秩序界の感情や欲望も素直に発露できる両刀遣いなのだ。

では、コトリンの場合はどうか。たしかに奴隷貿易に携わり奴隷を虐待する行為は、道徳や博愛、自由平等思想の観点に立てば悪いことだ。自分の肖像画を描かせたり、自分の手柄を新聞社に送ったりすることも、良識に照らせば芳しくは映らないかもしれない。だが彼もやはり、道徳や良識といった秩序界の論理とは別に、脱-秩序界の欲望のまま行動できる人間なのだ。都合がよければ兄弟会で役員を務めて徳を積み、他方で脱-秩序界の欲望も満たす。秩序界と脱-秩序界の発想を都合と必要性に応じて使い分けられる二刀流なのだ。

●「心から」と「本当の」の本当の意味

その視点に立つと、コトリンを紹介する章のタイトルにある「本当のコトリン」の本当の意味も見えてくる。当初の私は「本当の」という言葉を見たとき、表面では善行を積みながら裏で悪を働く人間を想像した。というのも私が暮らす社会では、通常そのような使い方をするからだ。「あの人には表と裏がある。表では善人ぶっていても、本当は裏で悪いことをしている」というように。そしてそれを否定的に捉える。だから「悪行」を公然と働く人間がなぜ「高潔」で「模範的」なのか解せなかったのだ。だが、人間の本性の心の都合と必要性のまま行動がとれるコトリンこそ「本当のコトリン」なのだ。

ヴィルジリアの「心から」についても同様だろう。世間では多くの場合、「心から」や「真心」を道徳上の肯定的価値に結びつける。「真心」のこもった贈り物というように（もしかしたら下心かもしれないのに）。私も無意識のうちに「心から」という表現に道徳を挟み込んでいたのだ。だがむしろ道徳に縛られないありのままの人間の心のほうが「嘘偽りのない」「真の心」なのではないか。秩序界と脱-秩序界の行動もとれる両刀遣いのヴィルジリアは「心から」夫を裏切った一方で、「心から」夫の死を悼むことができた。それが理解できなかったのは、私が秩序界の一義的な発想しかできず、「心」に社会的な衣をまとわせていたからなのだ。

人生の薬「ブラス・クーバス膏薬」

今振り返ると、私がいかに秩序に縛られた発想しかできない偏狭な堅物であったかを痛感する。2人の行動に矛盾を感じたのは、秩序界の規範を単一的に適用することを良しとし、ダブルスタンダードをタブー視する日本社会の発想に立っていたからだ。秩序界の基準を一義的に当てはめれば、ブラス・クーバスの語る内容に一貫性はなく、矛盾している。だが、脱-秩序界の発想も併せ持てば、2人の行動はごく自然だ。そもそも人間は、気まぐれで勝手で、一貫しない存在なのだから。

ところでブラス・クーバスが命を削って開発に取り組んだのは、人類の憂鬱を和らげる抗心気症の薬「ブラス・クーバス膏薬」だった。小説の中でその新薬の開発は失敗に終わったが、『ブラス・クーバスの死後の回

マシャード・ジ・アシスの作品の翻訳書。日本語版も紹介されていた（イタウ文化センター）

想』の執筆で、その目標は果たしたのではないか。この小説は、死者の語り手が事あるごとに生者の読者を挑発し、現世の固定観念をことごとく覆していく。私の場合はそこに文化の違いが加わり、何度も強烈なパンチを喰らった。そのたびに〈私の言語〉と〈非-私の言語〉、〈私の文化〉と〈非-私の文化〉、〈私の社会〉と〈非-私の社会〉の間を往復した。面白いもので衝突は何度も繰り返すと、徐々に境界が曖昧になっていく。私の場合も、頭の中に厳然と存在していた諸々の基準がいつの間にか柔軟になっていった。そしてこれにより、人生に対し鷹揚に構え、少しは自由な発想ができるようになり、人生を生きるのが少し楽になった。「ブラス・クーバス膏薬」のおかげである。

●「秩序」と「脱-秩序」

さて、マシャードはなぜそうした秩序界と脱-秩序界が併存する物語世界を描いたのか。それは当時のブラジル社会の実態がまさにそうだったからにほかならない。19世紀のブラジルは、近代化に邁進し、ヨーロッパから自由平等主義や博愛精神などの思想を理想として取り入れたが、先述したように奴隷制度が敷かれていた。また神の前で平等を謳い、隣人愛を説く教会も奴隷を所有していた。まさに現実の社会で〈規範〉と〈非-規範〉が同居していたのだ。そしてポルトガルの植民地であったブラジルは、カトリックをはじめ多くの規範や制度をヨーロッパから強制的に課された。だがブラジルにはそれとはまったく異なる現実があった。このため常に〈西洋〉と〈非-西洋〉を相対化し、臨機応変に使い分ける必要があった。『ブラス・クーバスの死後の回想』には、そんなブラジルの姿が表象されている。

そのような形成過程を反映して、実は〈秩序(ordem)〉と〈脱-秩序(desordem)〉は、ブラジルの文化や社会を理解するキーワードとされている。これらの用語自体は研究書などで読んでかなり前から知っていたが、今から思えば、完全に私の腑に落ちてはいなかった。だからヴィルジリアやコトリンの行為が理解できなかったのだ。「Desordem」という語はしばしば日本語で「無秩序」と訳されるが、「無秩序」と「脱-秩序」はまったく違う。「無秩序」は、文字通り「秩序」が無い状況を言い表し、その有無が焦点化され、二元論的発想に立っている。しかし「脱-秩序」の場合「秩序」も存在している。存在しつつそれが度外視された境地も存在する。ブラジルはまさにその〈秩序〉と〈脱－秩序〉が併存するケースなのだ。秩序から成る現実界では両立し得ない矛盾も、脱－秩序界にずらされると相対化されるから、どちらも実現可能となる。私にはこの三元論的発想ができなかったのだ。

● 継承される〈秩序〉と〈脱－秩序〉のリズム

マシャードが書き込んだこの〈秩序〉と〈脱－秩序〉間の揺らぎは、現代のブラジルの文学にも継承されているように私には思えている。それは、法や制度と本能や欲望のあいだの葛藤という形でよく描かれ、その表象として登場人物にはよく対照的な双子や2人の兄弟が仕立てられる。そしてその揺れが結局は収まらず、宙づりのまま結末を迎えることも多い。現実と神話的世界が交錯する物語世界も珍しくない。モチーフとしては擬装性、相対性、ユーモア、官能性、原点としての人間などがよく用いられるが、それも〈秩序〉と〈脱－秩序〉の併存と深く関係していると思う。

最近私は、20世紀のブラジル文学を代表する女性作家クラリッセ・リスペクトルの短編を翻訳した。その作品は理知的で難解で、ときには晦渋とまで言われる。だが翻訳を通して感じたことは、リスペクトルが文学を通して迫ろうとしたのは人間の根源、心の闇、文明以前の人間の原点、すなわち秩序以前の人間であり、その文学に迫るためには〈秩序〉界の理屈で理解しようとするよりも〈脱－秩序〉の発想で共感しようとするほうがふさわしいのではないかということだった。難しく感じるのは、リスペクトルが言語以前の境地を、制度化された言語で表現しようとしているからなのだと思う。

ブラジル文学にはこのような特異性が見られるが、おそらくはそれこそが、ブラジル文学を日本の読者に馴染みにくくさせているのかもしれない。とかく発想が秩序界に縛られがちな日本人には、支点が定まらず〈秩序〉と〈脱－秩序〉の間をふらふらするブラジルの文学の世界には、なかなか入っていけないようなのだ。

● ずらしの美学

〈秩序〉と〈脱－秩序〉間を往復するリズムはまたブラジル文化を理解する切り

口としても有効だ。ブラジルと言えばカーニバル、サッカー、そして陽気で情熱的で心温かく、ユーモアある人々というイメージを抱かれることが多い。またセクシーなイメージも流布している。もちろん特定の地域の人々をステレオタイプで語ることは危険だが、大方の傾向と捉えれば、そのイメージにもまったく根拠がないとは言い切れないのではないか。

カーニバルはまさに〈脱-秩序〉の祭典だ。本家のヨーロッパで半ば観光行事化してしまったカーニバルが、ブラジルでなぜ立派に息づいているのか。それは〈秩序〉と〈脱-秩序〉が併存するブラジルの文化的風土と関係があるのではないか。情熱や心温まる感情も〈脱-秩序〉に結びつくし、セクシーさ（つまり人間的欲望に対する大らかさ）はまさにありのままの人間的な境地からくるものだ。そして〈秩序〉に縛られていないからこそ解放されて明るく陽気になれるわけだし、ユーモラスなことを言えるのも、ユーモアが常識からのずれによって生じることを考えればうなずける。このずれはブラジル文化の核でもある。サンバのリズムにも拍からのずれが見られるし、ブラジルの格闘技のカポエイラの基本姿勢は重心をずらすことにある。私はこれを「ずらしの美学」と呼んでいる。

ずらしの美学はまだある。ブラジルのサッカーではマリッシアと呼ばれるプレーがよく見られる。相手の不意を突いてドリブルでかわす機転を利かせたプレーや、相手に絡まれたとき故意に倒れるシミュレーション、ファウルを犯してちゃっかり点をとるプレーなど、それをずるいと思う日本人は多いが、そこには規則や常識の裏をかくという共通点がある。サッカーのルールに従いつつも、それからずれたプレーも見せる。まさに〈秩序〉と〈脱-秩序〉の競演だ。ブラジルのサッカーに遊び心があると言われるのも、秩序からずれたプレーがあるからだろう。

これが日常的に行われると「ジェイチーニョ」というブラジル人の行動様式になる。ブラジルでは、困難な状況に陥っても、巧妙に解決が図られることが多く、ときには多少ルールに抵触することも憚らない。決まりだからと言って諦めず、本当に必要ならば、決まりを括弧に入れて要求を満たしてしまう。〈秩序〉を尊重しつつ、それに過度に縛られない。この〈秩序〉と〈脱-秩序〉の両刀遣いをブラジル人は自分たちの才能だと称賛する。

このように私は、『ブラス・クーバスの死後の回想』のおかげでブラジルの人、

世界のマシャード・ジ・アシス関連の書。『千鳥足の弁証法―マシャード文学から読み解くブラジル世界』も展示されていた（イタウ文化センター）

文化、社会への理解を深めることができ、また柔軟な発想と人生を幸せに生きる術を学んだ。まさに文学の、そして翻訳の力である。だがもちろん秩序のルールを尊重することは忘れていないし、日本での私とブラジルでの私を臨機応変に使い分ける二刀流も忘れてはいない。

読書案内

・マシャード・ジ・アシス『ブラス・クーバスの死後の回想』武田千香訳、光文社古典新訳文庫、2012年
・武田千香『千鳥足の弁証法―マシャード文学から読み解くブラジル世界』東京外国語大学出版会、2013年
・武田千香『ブラジル人の処世術―ジェイチーニョの秘密』平凡社新書、2014年
・小池洋一・子安昭子・田村梨花編『ブラジルの社会思想』現代企画室、2022年
・マシャード・ジ・アシス『ドン・カズムッホ』武田千香訳、光文社古典新訳文庫、2014年

＊本稿では、拙著『千鳥足の弁証法―マシャード文学から読み解くブラジル世界』（東京外国語大学出版会）、『ブラジル人の処世術―ジェイチーニョの秘密』（平凡社新書）で論じたことや、拙訳のマシャード・ジ・アシス『ブラス・クーバスの死後の回想』（光文社古典新訳文庫）のあとがきの内容を部分的に抜粋している。詳細は各書をご参照いただきたい。またブラジルの現代文学の特徴については「ブラジル文学を楽しむために」（『ブラジル特報』日本ブラジル中央協会、2018年9月号）、「ブラジル文学の簡易版見取り図 日本語で読める作品を中心に」（コメット通信21号 特集「ブラジル現代文学の輝き」水声社）、ずらしの美学については「ずらしの美学」（『パブリッシャーズ・レビュー』2014年4月号、白水社）、リスペクトルの文学については、クラリッセ・リスペクトル『ソフィアの災難』（福嶋伸洋・武田千香訳、河出書房新社、2024年）のあとがきで論じている。

日本語文学

大移動時代の日本語文学の再編成

邵 丹

●世紀末のパラダイム・シフトと惑星的転回

21世紀から振り返ると、過ぎ去った20世紀の後半は死の告知に満ちていた様相を呈する。1960年代後半にロラン・バルトの「作者の死（La mort de l'auteur）」の宣言の衝撃から回復しきれないうちに、人びとはまた、1990年代の初頭にアルヴィン・B・カーナンによって「文学の死（The Death of Literature）」という惨憺たる現実を突きつけられた。20世紀を貫く一連の訃告は、もちろん小説や詩を書くことを生業とする人間の実際の死を意味するものではなく、近代において創り上げられてきた「作者」や「文学」の神話の死の申し渡しだ。第二次世界大戦後、「作者」や「文学」にまつわる近代的言説編成（ディスクール）が「完全」な機能「不全」に陥っていることは火を見るより明らかになった。国民国家（ネーションステート）という想像の共同体を支える物語（ミソロジー）は、「象の消滅」の年老いた象、あるいは、「消滅」が定期的に押し寄せる小川洋子の『密やかな結晶』の島の品物や住人のように、徐々にではあるがやがて消えてなくなることが運命づけられているように見える。

1990年代以降の文学研究の窮状は、はたしてアルヴィン・B・カーナンが言うように「破壊天使のように現れる（appear like destroying angels）」文学理論の半世紀におよぶ洗礼によるものか、それとも、近代の発明である「人間」という概念はフーコーが言った通り、そもそも「波打ちぎわの砂の表情（comme à la limite de la mer un visage de sable）」のような不確かなものだったからなのか。人間の終焉とは、「他者」——被植民者（原住民）や女性、そして性的少数者——の異議申し立てによって、近代を標榜する特権的な存在である「人間」という看板は降ろさざるを得なかったようになったのかもしれない。

いずれにせよ、1990年という世紀末の序幕に「文学の死」が取り沙汰されたことには一種の歴史的必然性が感じられなくもない。1970年代以降の経済的下部構造の変容のため、近代を統括する表象体系には、ベルリンの壁のように完全なる崩壊とまではいかなくとも、新自由主義（ネオリベラリズム）の台頭で既に修復不可能な亀裂が入ってしまったのである。このような背景を基に文学研究は文学離れといった厳しい現実に直面し、いわゆるアイデンティティの危機に陥った。そこで、アメリカ比較文学会（ACLA）は率先して10年間調査を実施し、2006年までに2回の調査結果をその都度まとめあげ書籍化している（*Comparative Literature in the Age of Multiculturalism, 1995; Comparative Literature in the Age of Globalization,* 2006）。当会は文学を成り立たしめる、文学的なテクストをそれ以外のものから区別する言語的形式、いわば、「文学性（literariness）」の再定義を提言した。調査報告では現代的「文学性」は、躍動的（ダイナミック）であると同時に「多文化主義」と「グローバリゼーション（地球化）」などの21世紀の社会文化的現象という文学外の条件から独立したものだとされた。

一方で、1990年代という百家争鳴の時代にふさわしく、文学テクストがその外部となる自然環境との連動に焦点を当て、エコロジー思想のもとで文学における環境問題を考えるアプローチ、つまり、エコクリティシズムもまた同時期に確立されたのである。文学・環境学会（ASLE）とその日本支部となるASLE-Japanはそれぞれ1992年と1994年に設立された。環境文学研究者たちは、アメリカのネイチャー・ライティングやイギリスの牧歌詩をはじめ、旅行記や回想録などの自然環境重視のジャンルに注目し、人間と自然界（natural world）の相互作用的な関係を再検討しながら文学史の読み直しを行った。その作業において心象風景という人間精神の投影、ひいては従来の人間中心主義からの脱出が試みられ、人間があくまで自然環境の一部であり、環境から影響を受けるという一種の解読の逆転が行われた。私（筆者）は昔、ハーバード大学のカレン・L・ソーンバー（Karen L. Thornber）教授のエコクリティシズムのゼミに参加し、じっさいに作品解読の作業に加わったことがある。実践を通して私は、国際社会（グローバル）と国民国家（ナショナル）そして地域社会（ローカル）といった意識形態を結びつける『場所の感覚と惑星の感覚―地球規模の環境想像力（*Sense of Place and Sense of Planet: The Environmental Imagination of the Global*）』(2008）の方法論が体得でき、惑星全体という観点から文学を捉えることを学んだ。

そのほか、G・C・スピヴァク（Gayatri Chakravorty Spivak）やデイヴィッド・ダムロッシュ（David Damrosch）といった見識者もまた、1990年代に「惑星」や「世界」規模で文学を語る独自の考えや構想を温めていた。2003年に、2人は立て続けに「文学」にまつわる発想のコペルニクス的転回を示す作品となる『ある学問の死』と『世界文学とは何か？』を世に問うた。21世紀初頭の問いかけが今でも有効なのは、2023年に『ある学問の死』の20周年記念版がコロンビア大学出版から出たことにも左証されている。スピヴァクは同書でいかに前世紀の「死」をきっかけに「ある学問」、つまり比較文学に日本語版の補足説明的な副題が示唆する通り「惑星思考」に基づく新世紀の「生」をもたらすかということを探求した。スピヴァクの問題意識は、例えば、ワイ・チー・ディーモック（Wai Chee Dimock）の「惑星の文学（Literature for the Planet）」やマサオ・ミヨシの「惑星に目を向けよ：文学、多様性、そして全体性（Turn to the Planet: Literature, Diversity, and Totality）」といった2001年頃の考察につながる一方、彼女自身の1999年の論考「惑星を再想像する必要性（Imperative to Reimagine the Planet）」の流れを汲むものだった。そして『ある学問の死』において、スピヴァクは「惑星的なあり方」の章でかの有名な提案をした。

> わたしは惑星（planet）という言葉を地球（global）という言葉への重ね書きとして提案する。グローバリゼーション［地球全域化］とは、同一の為替システムを地球上のいたるところに押しつけることを意味している。わたしたちは現在、電子化された資本の格子状配列のうちに、緯度線と経度線で覆われた抽象的な球体をつくりあげている。（中略）地球は、わたしたちのコンピューター上に存在している。そこには、だれも暮らしていない。それは、わたしたちがそれをコントロールすることをもくろむことができるかのように、わたしたちに想わせる。これにたいして、惑星は種々の他なるもの（alterity）のなかに存在しており、別のシステムに属している。
> 〔G・C・スピヴァク『ある学問の死―惑星思考の比較文学へ』みすず書房、2004年〕

12年後、「他なるもの（alterity）」へ目を向けるというスピヴァク式の倫理のもとで『プラネタリー・ターン―21世紀における関係性と地球美学（*The Planetary Turn : Relationality and Geoaesthetics in the Twenty-First Century*）』（2015）が刊行され、文学研究における「惑星的転回（the planetary turn）」がついに到来したのである。『プラネタリー・ターン』の寄稿者のひとりであるワイ・チー・ディーモックは、ギルガメシュ叙事詩を例にとって「惑星的転回」が文学研究に及ぼす影響を分析し、「世界文学」という由緒ある概念の再検討を促した。ディーモックの観察によると、惑星全体という視座の獲得は、世界文学が静的な正典（キャノン）の作品群からトランスナショナルなモチーフやテーマ、そして移動するテクストの集まりへと変わることを意味するという。期せずしてデイヴィッド・ダムロッシュもまた『世界文学とは何か？』においてテクスト群の移動に着目し、「世界文学は、翻訳であれ原語であれ（中略）、発祥文化を越えて流通する文学作品をすべて包含する」（デイヴィッド・ダムロッシュ『世界文学とは何か？』2011年）という「世界文学」の再定義を試みたのである。

● 大移動時代の翻訳の表象＝再現（リプレゼンテーション）

世界文学の批評的系譜（the critical genealogy）をたどってみるとわかるように、ゲーテは当初、「国文学（Nationalliteratur）」に対抗するために「世界文学（Weltliteratur）」の概念を提唱した。ゲーテを筆頭として、批評的系譜に連なる論者には国家的規模（ナショナルスケール）での文学的体系への挑戦と、商業的もしくは大衆的とみなされる作品を排除したがるエリート主義への固執といった姿勢を読み取ることができる。つまり、彼らは、支配的な文学制度に反旗を翻す一方、文学性に欠ける商業的な「世界文学」への危惧から文学の物質的な一面、すなわち、書籍が生産され、流通し、

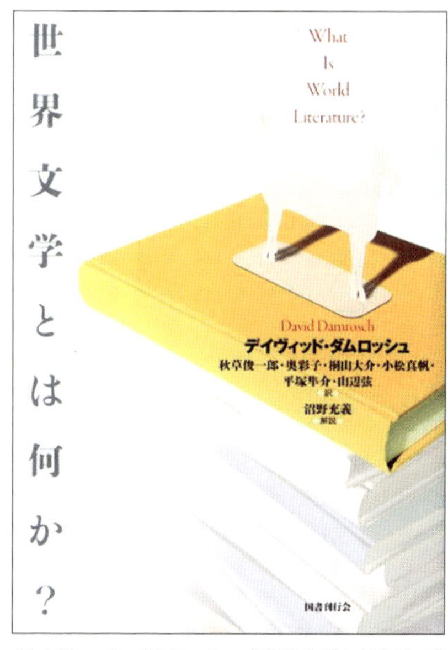

デイヴィッド・ダムロッシュ『世界文学とは何か？』
秋草俊一郎ほか訳、国書刊行会、2011年

そして消費される状況そのものへの糾弾もはばからない。だが、時代が下がって1990年代となり、消費が経済を牽引するようになったという深刻な社会構造の改革のもとで、ふたたび流通に焦点が当てられたのである。そこで、ダムロッシュは、先駆者ゲーテの概念を批判的に継承しながら、『世界文学とは何か？』の序章「ゲーテ、新語を造る」において21世紀おける「世界文学」たるものの再定義を行った。

これから、ダムロッシュ版定義の要となる「発祥文化を越えて流通する（circulate beyond their culture of origin）」と「翻訳であれ原語であれ（either in）」の翻訳の表象＝再現と文学の関係について考えてみたいと思う。

まず、「発祥文化を越えて流通する」文学作品の「流通」は「移動」の一種類であり、その力学のもとで世界文学の正典（キャノン）が液体化（リキッド・モダニティ）する社会に伴って静止から流転の形態に変わりつつある。その現象はとりわけ21世紀という大移動時代において顕然化してきたのである。なぜ21世紀を「大移動時代」と名づけたかというと、現代は時系列的に近代の延長線上に位置づけられながらも「移動の時代」である近代とは質的な違いを示しているからだ。思えば、世界史における近代という時代はもとより16世紀以降の西ヨーロッパ人の非西洋の土地への「移動」に始まり、ロビンソン・クルーソーをはじめ、『オルメイヤーの阿房宮』や『闇の奥』のように西洋人の「移動」とともに表象されてきたと言っても過言ではない。移動するか否かで区分けされた文明人と原住民の二項対立は、差異化や包括化といったオリエンタリズムのメカニズムでいっそう強化され、西洋（the west）とその残余（the rest）という近現代科学の規範を作り上げたのである。だが、20世紀の後半および世紀の変わり目に起こった人類の大移動には、近代的な移動とは明らかに異なるところがあった。

現在、移動しているのはかつての「西洋」人というより、移民や難民などの民族移動に象徴されるようにむしろ「残余」の住人であるほうが多い。そして、移動や移住に伴う人種の混交によって、「西洋とその残余」といった二元論的な対立を解体するハイブリッド的な文化空間――ホミ・K・バーバ（Homi K. Bhabha）の文化的「第三の空間（cultural third space）」やエミリー・アプター（Emily Apter）の「翻訳地帯（the translation zone）」――が日々その領土を広げつつある。その上、「電子メディア化と大規模な移動」で「巨大で不規則なトランスナショナルな領域」が生じ（アルジュン・アパデュライ『さまよえる近代―

グローバル化の文化研究』門田健一訳、平凡社、2004年）、現代文化と同様、言語そのものもまた異種混淆的な性質を備え持つようになった。

文学に照らし合わせてみると、作品を生み出す側（＝作者）と作品を受け止める側（＝読者）はともに移動中、もしくはここではない何処かへ移動する可能性を想像しているのである。現実のものであれ想像上のものであれ、大規模な移動そのものは、必然的に人びとの文化的アイデンティティに一種のあいまいさを生み出し、特定の国民国家への帰属意識に変化をもたらすことになる。サルマン・ラシュディ（Salman Rushdie）の言葉をもじって言えば、大移動時代において私たちは、みな、翻訳された人間になる。

次に、ダムロッシュ版定義の「翻訳であれ原語であれ」という表現に注意を払いたいと思う。旅や移動のイメージを連想させるかのように、翻訳学は出発地の原語を「起点言語（Source Language）」と、旅先の翻訳を「目標言語（Target Language）」と規定した。ヤーコブソンのあまりにも有名な定義によると、本来の翻訳（translation proper）、つまり、言語間翻訳（interlingual translation）という文化的実践は、いわば、テクストを起点から終着点へ運び、まるで互いに完全独立した2つの言語システムである起点言語と目標言語の間の搬送運動のようなものだ。

伝統的な文学研究は、「起点言語」である原語を基準枠とし、「目標原語」の翻訳を副次的な存在として扱う原典主義的な傾向にあった。しかし、ダムロッシュは世界文学の再定義に際して、翻訳にまとわりつく追従的（エピゴーネン）なイメージを払拭するかのように、発祥文化を越えて流通する際の翻訳テクストが原語テクストと同等な地位を占めることを認めている。つまり、世界中の日本語学習者や日本からの移住者や2世に原語で読まれる日本文学も、さまざまな言語に置き換えられたジャパニーズ・リテラチャーもともに世界文学の有機的一部をなすということになる。

だがダムロッシュの考えでは、世界文学を考えるときに翻訳がとりわけ大事なのは、流通のさいの文化的機能のためだけでなく、世界文学がそもそも「翻訳を通して豊かになる」ように仕組まれているからだという。ダムロッシュの意図をどう汲み取るのか。もし慣性的に創作を一次的な生産、翻訳を二次的な流通だと考えるのであれば、ダムロッシュが口にする「豊かさ」は世界規模での読者層の急激的な増大と読み替えられなくもない。が、大移動時代の文化の在り処（ホ

レベッカ・L・ウォルコウィッツ『生まれつき翻訳―世界文学時代の現代小説』佐藤元状・吉田恭子監訳、松籟社、2021年

ミ・K・バーバが問う「The Location of Culture」）を念頭に置くと、文化的生産、ひいては文学の創作に翻訳があらかじめ組み込まれているケースはけっして珍しくはない。カズオ・イシグロや村上春樹など例は枚挙にいとまがなく、「世界文学時代の現代小説」は往々にして「生まれつき翻訳」だと言えなくもない（Born Translated: The Contemporary Novel in an Age of World Literature）。そのため、旧態依然のまま、翻訳を2つの言語の間の「媒介」、それゆえに2つの文化の「橋渡し」とみなすくせを改めないといけないかもしれない。大移動時代を生き、否応なしに「翻訳された人間」となった私たちは、「翻訳」をめぐる表象ないし再現の仕方への再考を迫られている。それは、『日本思想という問題―翻訳と主体』における酒井直樹の問題意識および問題提起に直結していくのであろう。

> 「二つの異なった読者層に向かって書くという行為」として特徴づけられる構えの問題性に気がつくためには、私たちが翻訳を表象する際に用いる基本語彙の全面的な見直しと、翻訳の発話行為が社会関係を作り出したり変更したりすることをどのように表象すべきかという点での再考が、必要になっていると私は信じている。私たちが翻訳において遂行していることを自らに向かって表象する際に動員される語彙が根本的に再編成されない限り、翻訳が本質的に雑種化の事態であるその側面に注目する代わりに、翻訳を二つの分離された共同体の橋渡しをする仲介者による何か陳腐に英雄的で例外的な行為として形象化し続けることになるだろう。
>
> 〔酒井直樹『日本思想という問題―翻訳と主体』岩波書店、2012年〕

●翻訳という営みと日本「語」文学

酒井直樹が翻訳の表象について使った「再編成」という言葉は、いろいろな意味合いで21世紀の日本「語」文学について語る際にも適用できるかもしれない。1990年代のパラダイム・シフトの動きの一環として、日本の文学研究の現場でもいろいろな「脱」境界的な試行が重ねられた。先駆的な研究として西成彦と沼野充義による一連の考察が挙げられよう。前者には『イディッシュ―移動文学論 I』(1995)、『エクストラテリトリアル―移動文学論 II』(2008) および『外地巡礼―「越境的」日本語文学論』(2018)、後者には『亡命文学論』(2002)、『ユートピア文学論』(2003) と『世界文学論』(2020) といった著作群があった。「移動」や「越境」といったワードは、時代精神(ツァイトガイスト)を捉える鍵語となりつつあった。

沼野充義『世界文学論　徹夜の塊 3』作品社、2020 年

そのほか、『〈外地〉日本語文学論』(2007) や『旅する日本語―方法としての外地巡礼』(2022) が示すように、「日本語文学」という拡張された概念とともに「外地」という言葉もまた頻繁に使われている。たしかに「外地」の「外」という文字に国境を越える欲望が認められる。「外地」と「日本語文学」を組み合わせる時点でその射程距離が、従来の国民国家としての日本という地政学的な空間からいっきに日本語圏というより包括的な空間へと広がったのである。しかし、『〈外地〉日本語文学論』の編者が自ら認めたように、「『内地』と対をなす概念」である「外地」という言葉には植民地的な響きに対して感じる「居心地の悪さ」と「歴史的に受けつがれてきた(中略)『隠蔽』へのかすかな記憶」(神谷忠孝・木村一信編『〈外地〉日本語文学論』世界思想社、2007年) がつきまとう。

そこで、代わりに「翻訳」と「日本語文学」のコンビネーションについて考えてみることにする。本質的に雑種的である翻訳はたちどころに国語としての日本語が想像される際の単一かつ均質的な形象を変質させていくのである。つまり、言葉の間、例えば、2つや3つの言語系統の間に横たわる未知の領域（テラ・インコグニタ）の開拓によって、翻訳という文化的営為は日本語を国民国家－国語－国文学という近代的な三位一体の神話から解放し、複合的なものに仕上げていく。そう考えてみると、日本に輸入され、日本語に訳された世界の文学、いわば翻訳文学もまた、日本語文学という文学的多元システムの一部として機能する。起点言語、つまり、原語を日本語としないことがもとで翻訳文学は長らく日本語文学の枠組みから排除されてきたのである。しかし、「翻訳であれ原語であれ、発祥文化を越えて流通する文学作品」が世界文学なのであれば、その逆照射で最初から日本語での創作にせよ、日本語への書き換え（翻訳）にせよ、翻訳は創作とともに日本語文学のうちのひとつとして数えられる。

その一方で、翻訳文体の生産的効果を強調し、翻訳の方法論を積極的に取り入れる作家の創作群もまた「翻訳」と「日本語文学」のコンビネーションを考える際の好例となる。「言語のあいだの詩的な峡谷」に創造力の源泉を見出す「エクソフォニー」志向の作品群は、世界文学の文脈に解き放たれる可能性をつねに秘めている。その典型例である多和田葉子は、世界文学を翻訳文学として捉え、「人びとが異言語で話し出す空間」や「一人の人間が複数の声を持つ」空間そのものを現代の世界文学的な空間として体感しているように見える。「母語の外へ出る旅」の多かった多和田は、「『どこの国の人間として』というような感覚」がわからないと自白し、それは「誰の中にもいろいろな文化と言語が混在している」（多和田葉子『エクソフォニー──母語の外へ出る旅』岩波現代文庫、2012年）からだと述べたことがある。さらに、「移動」について彼女は次のように示唆した。

> 今の時代は、人間が移動している方が普通になってきた。どこにも場所がないのではなく、どこへ行っても深く眠れる厚いまぶたと、いろいろな味のわかる舌と、どこへ行っても焦点をあわせることのできる複眼を持つことの方が大切ではないか。（中略）暮らすということは、その場で、自分たちで、言葉の力を借りて、新しい共同体を作るということなのだと思いたい。（同前）

これは紛れもなく「翻訳」の方法論だ。その奥義とは、酒井直樹の概念を借りていうのであれば、何かについて語りだす前にまず構えのこと、つまり、「異言語的な聞き手への語りかけ（heterolingual address）」の姿勢を整えることにほかならない。これから起こるであろう世界文学のキャノンと日本「語」文学の再編成もまた、読者一人ひとりが「自分たちで、言葉の力を借りて」新たに作る、あるいは成し遂げるものになるかもしれない。

読書案内

・村上春樹『「象の消滅」短編選集 1980-1991』新潮社、2005年
・デイヴィッド・ダムロッシュ『世界文学とは何か？』秋草俊一郎ほか訳、国書刊行会、2011年
・沼野充義『世界文学論　徹夜の塊 3』作品社、2020年
・レベッカ・L・ウォルコウィッツ『生まれつき翻訳—世界文学時代の現代小説』佐藤元状・吉田恭子監訳、松籟社、2021年
・邵丹『翻訳を産む文学、文学を産む翻訳—藤本和子、村上春樹、SF小説家と複数の訳者たち』松柏社、2022年

たったひとりでことばの荒野に立ち、たったひとりでことばの泉を飲む

アフリカ発／アフリカ系の文学を訳して

くぼたのぞみ

●はじめに

「アフリカと文学」について考えてみる。これまで40年近く、アフリカ発／アフリカ系の文学作品を日本語に移すことを仕事としてきたため、これはブッキッシュな体験を中心にしたものであることをお断りしておく。

●作品との出会い

トニ・モリスンやアリス・ウォーカーなどの作品を貪るように読んでいた時期がある。30歳をすぎたころだ。作品の底から、学生時代に聞いたジャズヴォーカルの声が聞こえてきたこともあるけれど、それぞれの作品には元奴隷として生き延びた「黒い女たち」の強烈なレジリエンスが滲み出ていた。でもそのとき「アフリカ」はまだ、北米のアフリカ系作家たちがオリジンとして思いを馳せる土地にすぎなかった。「憧れ」にも似た抽象的なイメージだ。

そこへ南アフリカのズールー民族の叙事詩を訳さないかという話がやってきた。詩人マジシ・クネーネが英訳した民族創生神話だった。さっそく「遠い」南アフリカとズールーについて調べはじめた。インターネットなどなかったから、藁をもつかむような気持ちで、当時、東京都北区西ヶ原にあった「AA研（アジアアフリカ言語文化研究所）」に電話をかけた。耳にしたのは「ハウサ」という語だけだった。そんなとき悶々としながら偶然読んだのが、友人から手渡されたペーパーバック『マイケル・K』、43歳のJ・M・クッツェーが最初のブッカー賞を受賞した作品だ。

クッツェー作品はシンプルな英語で書かれているため、一見わかりやすそうに見えるが、どうも背景がよく見えない。そんなときジンバブウェのハラレを訪れる機会が舞いこんだ。1989年1月、どきどきしながら初めてアフリカ大陸の土を踏んだ。国連が主催する反アパルトヘイト会議だったので、そのときは南アフリカへの入国はかなわなかったが、なんとかこの年『マイケル・K』(1989) を訳出した。その後、南アフリカからボツワナへ難民として渡ったベッシー・ヘッドの短篇集『優しさと力の物語』(1996) を訳して、南部アフリカから出てくる作品の背景や細部を読みこむ目を養った。

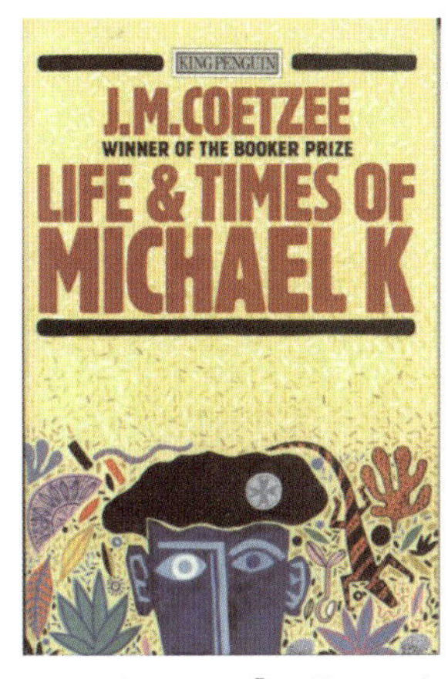

J・M・クッツェー『マイケル・K』
(1987年版、キングペンギン)

やがてディアスポラのアフリカ系作家のことも気になりはじめ、カリブ海グアドループ出身のフランス語で書く作家、マリーズ・コンデの少女時代の回想記『心は泣いたり笑ったり』(2002) を訳した。その勢いでハイチ出身の英語で書く作家、エドウィージ・ダンティカの『アフター・ザ・ダンス』(2003) も訳した。大西洋を囲む地域へぐんと視界が広がったところへ、勢いよく飛びこんできたのがナイジェリア出身のイボ人作家、チママンダ・ンゴズィ・アディーチェだった。さらにスーダン、ケニア、ジンバブウェ、モザンビークの作家たちの短篇を訳していくうちに、抽象的だった「アフリカ」が、具体的な地名と人の顔といっしょに思い浮かぶようになった。そしてようやく「アフリカは複数」と言えるようになったのだ。

● 複数のアフリカ

「アフリカ」という呼称は、長いあいだ、あの大陸を一色に塗りつぶす固有名詞として使われてきたし、いまも使われている。似たような広い地域を指す「アジア」とか「ヨーロッパ」とは異なるニュアンスをもつ語として使われることが多い、その事実から出発しよう。なぜなら、世界の表舞台で活躍しているアフリカ出身の作家たちは、長年にわたって作られてきたこの固定観念をラディカルに批判してきたからだ。アディーチェはTEDトーク「シングルストーリーの危険性」

（2009）で、自分の体験を含む具体例をあげながらこう語っている。

> シングルストーリーが危険なのは、それが真実ではないからではなく、ある一面で、すべてを理解したつもりになるステレオタイプに陥りやすいからです。それはひどく不十分なものの見方です。これまでは、書物でも映像でも、さんざんヨーロッパ人の目から見たアフリカが描かれてきました。でもそれは私たちの物語ではありませんでした。いまは、アフリカ人がアフリカの物語を書くときです。

アフリカから出てくる文学は、この地域をヨーロッパ列強が植民地にした歴史をもろに被り､宗主国の言語に強力な影響を受けざるをえなかった。そもそも「アフリカ」といっても、地中海沿岸のイスラーム圏マグレブは別にして、と言われることが多く、それだけですでに「アフリカ」という表現がどれほど、なにかを欠いたまま、暗に意図的な使われ方をしてきたかが想像できる。意図的、というのは、地中海文化にはイスラーム文化との関係を見ずには語れない歴史があるのに、地中海の北は「文明世界ヨーロッパ」、南は「未開のアフリカ大陸」と色分けすることで、近代以降の歴史は形成されてきたからだ。それをアジアにあるこの国の教育も受け継いで、「暗黒大陸」のイメージは人々の認識に深く染みこみ、アジア人である日本人は無意識に「名誉白人」であるかのような錯覚を養ってきた。無意識的「支配」なので、この病理の重症度は深刻である。

2021年10月、そんな認識を否応なく変えざるをえないニュースが伝えられた。ザンジバル生まれの英語で書く作家アブドゥルラザク・グルナが、ノーベル文学賞を受賞したのだ。1986年受賞のウォレ・ショインカ（ナイジェリア）、1988年のナギーブ・マフフーズ（エジプト）、1991年のナディン・ゴーディマと2003年のJ･M･クッツェー（いずれも南アフリカ）に続くアフリカ出身作家の受賞である。

じつは1957年受賞のアルベール・カミュもアルジェリアに生まれたフランス人植民者（セトラー）作家。つまりアフリカ出身なのだ。ところが日本に紹介された1960年代、その意味を論じる人はほぼ皆無だった。フランス文学全盛時代の日本でフランス語とその文学を学ぶ学生だった者として、当時の認識をここに明記しておきたい。

ちなみに、グルナが1948年に生まれたザンジバルとは、インド洋に面した東アフリカ沿岸にある諸島の名で、古くからアラビア半島、アフリカ東岸、インド亜大陸を結ぶ海洋貿易の拠点となってきた場所だ。さまざまな人が移り住み、何層もの歴史、文化が重なり合っている。現在は1964年に独立したタンザニアに属する自治領だが、アブドゥルラザクという名前からもわかるように、グルナはアラブ系だ。

● 大言語（リングア・フランカ）と文学

植民地支配を受けて、小説や詩といった文字による表現形式が、宗教と教育が混じり合った「ヨーロッパ由来のもの」としてアフリカ各地に伝わった歴史は確かにある。もちろん口承文芸は大陸各地にあったし、アラビア語による詩や物語の歴史は長くて奥が深い。ナイジェリア、ケニア、南アフリカ、ジンバブウェなどは、近代化以降、独自の出版文化と流通手段を維持してきたことが知られている。しかしそこで公的に使われる言語は、宗主国の言語であることが多い、と言った途端に、独立とともにスワヒリ語というクレオール言語を公用語としたタンザニアにはスワヒリ語文学があると言わなければならない。「アフリカは」と言ってすぐ、こぼれ落ちる事例をあわてて補足しなければならないのだ。それだけで、

大西洋を中心に見たアフリカ、アメリカス、ヨーロッパ

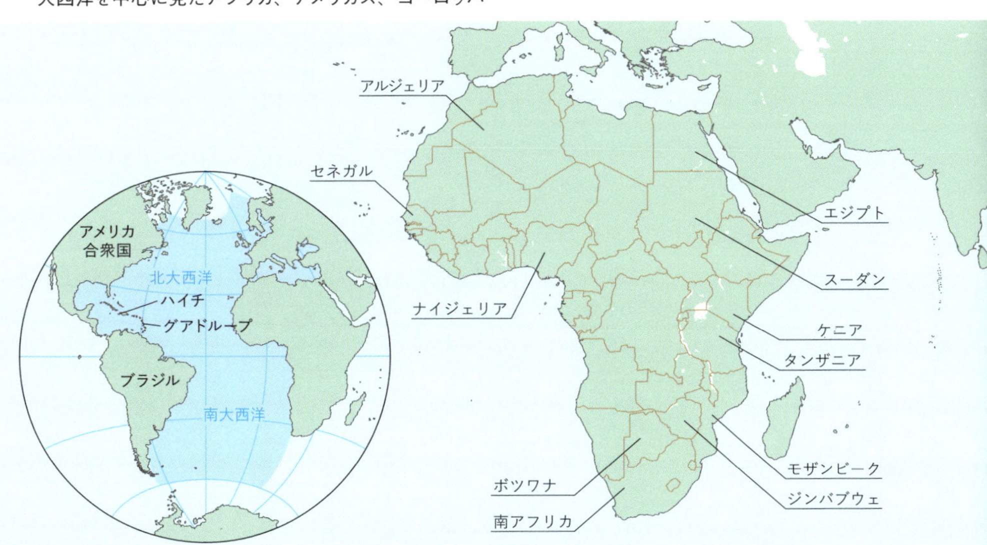

外部から「アフリカ」と一般化してしまうことがどれほど無謀かがわかるだろう。なにしろ日本が80個すっぽり入ってしまう大きな大陸なのだ。一方的に「アフリカン」というエキゾチックなベールをかけて済ますことも避けたほうがいいかもしれない。個々の歴史や言語や文化をもったさまざまな人が住んでいる大陸の、細部に目をこらす時期がきているのだ。

とはいえ、この大陸に共通するヨーロッパ諸国による植民地支配の歴史は、しっかりおさえておく必要がある。それぞれの地域の社会や政治が、なぜ、いま、ああなっているか、脈絡を知ることは不可欠だ。資源絡みの、国境など存在しないかのように広がる武力紛争や、それと不可分の権力闘争、難民問題などを理解するには、個々の地域の歴史を知らずにはすまされない。いま目の前にある事実といかに取り組み、誰に向かっていかに書くか、それがアフリカ出身の作家たちが格闘している内実なのだから。

21世紀に入る直前、英語とコンピュータがまたたくまに地球を席巻して、資本、人、モノ、情報は軽く国境を越えるようになった。グローバル資本にとって、国境はすでに邪魔といわんばかりの勢いだ。文学という営みもまた、英語、フランス語、スペイン語、ポルトガル語など、かつて広大な植民地をもったヨーロッパ諸国の主要言語をリングア・フランカとして、すごい速さで国境を越えるようになった。出版産業の要を握るイギリス、アメリカなどを拠点とする大手出版社の情報の輸出入はめざましい。

旧宗主国の言語のなかでも、英語を用いて作品を書く傾向はインターネットの発達によって加速され、世界を取り巻く英語の支配力はとどまるところを知らないかのように、多くの作家を生み出している。でも英語が作家の第一言語ではないことが多いため、多言語を横断的に生きる作家は、常に引き裂かれる感覚、不安、焦燥を内部に抱えこみ、それが作品内にはっきりと、あるいは埋めこまれた形であらわれている。英語圏のアフリカ系作家の多くは、たまたま生まれ育った土地が、イギリスという（現在、面積は日本の約3分の2、人口が約半分の）国家が、ある時期、強力な支配権をふるった地域であったことの結果なのだ。かつてヨーロッパ植民地だったアメリカ合衆国も例外ではない。

しかし、英語、フランス語、スペイン語、ポルトガル語など、リングア・フランカとも言えるヨーロッパ言語によって作家が作品を書き、それを翻訳者が日本語に移し替えて、アフリカという大陸に生きる人たちのようすが多くの読者に届けられるようになったのも否定できない事実だ。民族言語だけで書いていては、こうはいかなかっただろう。

ケニアの作家グギ・ワ・ジオンゴは「精神の脱植民地化」を主張して、ある時期からギクユ語だけで作品を書きはじめた。誇り高い素晴らしい試みと絶賛されたが、最近は自作をみずから英訳している。多くの読者に読まれるためには、ヨーロッパ言語への翻訳は避けられない。ならばいっそ英語やフランス語で書いてしまおう、それによって失われるものがあっても、と若い作家が思うのも無理はない。だが、思考そのものが使用言語による枠をはめられてしまう危険が常にあって、そこがまことに厄介である。

これまで短篇やエッセイを訳した作家で言うなら、ナイジェリアのチママンダ・ンゴズィ・アディーチェの作品には、イボ語、ヨルバ語、ハウサ語などが出てくる。ケニア出身のビンニャヴァンガ・ワイナイナはギクユ語やスワヒリ語、ジンバブウェ出身のノヴァイオレット・ブラワヨはンデベレ語が作品の奥にある。また、スーダン出身のレイラ・アブルエラーが書く作品はイスラーム文化が背景にあるので、当然アラビア語が顔を出す。モザンビークの作家ミア・コウトはポルトガル語で書く白人作家だが、ンダウ語と英語が第二言語と言われ、作品は非常に土着的だ。

また、南アフリカのいわゆる「カラード」として生まれたゾーイ・ウィカムやメアリー・ワトソンは、英語とアフリカーンス語の混成社会で育ったことが作品に投影されている。先祖から聞き取ったズールーの叙事詩をみずから英訳したマジシ・クネーネは、自作詩は英語で書く。オランダ系入植者の末裔であるＪ・Ｍ・クッツェーは、カフカのドイツ語を連想させる無国籍風な英語を駆使しながら、南アフリカが舞

チママンダ・ンゴズィ・アディーチェ（Chimamanda Ngozi Adichie　東京で、2010年）（©Nozomi Kubota）

台の作品の奥にはアフリカーンス語世界が強く根を張っていて、作品にはコーサ語やナマ語などが登場する。最近､英語の覇権に抵抗する姿勢を見せはじめたクッツェーは、「英語が自分の言語だと思ったことはない」「自分の書いた本は英語にルーツをもたない」と明言するまでになった。まず、スペイン語で発表した『モラルの話』は日本語訳、オランダ語訳、ドイツ語訳はあっても、オリジナルの英語版はついに出版されなかった。

こんなふうに、どの書き手にも、作品の奥に、創作言語以外の多様な言語が見え隠れしていて、そのことを無視して深い理解は成り立たない。さまざまな「民族言語による世界」が埋めこまれた作品は、作家の内部で必要に迫られて「翻訳されて生まれてきた」と言える。それがアフリカで生まれ、アフリカで育った作家が書く作品の大きな特徴である。

●「アフリカン」の重層性

概して「アフリカ発」の作家に共通するのは､「アフリカ」という地続きの大陸の、ある地域から出てきたことで、個々人としての作家が「アフリカを代弁」するわけではない。クッツェーが1980年代に「南アフリカの作家」としてアパルトヘイト体制下の情報発信者、通訳者と見なされることを忌避したことや、アディーチェが「あなたはアフリカン・ライターか」と同胞のアフリカ人に問われるとき、心のなかでは「もちろん」と思いながら「ノー」と答えるという、ちょっとねじれた状況がある。アディーチェへの質問には暗に、アフリカの作家はアフリカをポジティヴに表象しなければならないという意味合いがこめられていて、それにあえて「ノー」と答える姿勢に、あくまで自分の書きたいことを書くのだという決意が感じられる。

1977年生まれのアディーチェは、ビアフラ戦争を背景にした『半分のぼった黄色い太陽』(2006) でオレンジ賞を最年少で受賞した。この作家の最大の特徴は「自室」にこもらないことだ。早くからナイジェリア国内で出版社を作り、ワークショップを開催して200人を超える若い書き手を育ててきた。世界的著名人となったことを後ろ盾に、歯に衣着せぬ批判をして、ナイジェリア社会を変革しようとしている。

2013年にアフリカ人として初の全米批評家協会賞を受賞した長篇『アメリカー

ナ』で、アディーチェは「アメリカで人種を発見した」「アメリカへ行って初めて自分が黒人だと知った」と書き、「人種」や「黒人」という語が、誰から見た「表現」かを読者に再考させた。英語という言語内に「アフリカから見る」杭を打ちこみ、読者の側に視座の決定的な転換を迫ったのだ。この作品を訳しながら、それまで無意識に西欧中心にものを見てきた日本語使用者のひとりとして、視界から霧が晴れるようだった。

一方、クッツェーは1940年にアフリカ大陸の南端に生まれ、アパルトヘイト体制下の南アフリカで、白人として生まれて生きた作家である。その運命と真っ向から対峙して作品を書いた。自国の外へ出て10年ほど暮らすことで、自分はアパルトヘイト体制から最大の恩恵を受ける世代として育ったと気づき、さまざまな意匠を凝らした作品によって、植民地主義を発展させた西欧の近代思想を根底から問いなおしていった。そして、みずからの存在を徹底検証して変革しようとした。そのプロセスは『少年時代』『青年時代』と続いた自伝的三部作の最終巻『サマータイム』で、登場人物の口を借りて語られている。自省や自己検証という批判の方法が、彼自身を形成したヨーロッパ的思想に基づいたものであることも深く認識している。クッツェー作品と出会ったころは、そこまで理解していたわけではなく、これは何冊か翻訳する過程で見えてきたことだ。

2003年にノーベル文学賞を受賞したときの授賞理由に、この作家の「小説はよく練られた構成、含みのある対話と鮮やかな分析を特徴とする。だが同時に、彼は厳正実直な懐疑心の持ち主で、西欧文明のもつ残酷な合理主義と見せかけのモラリティを容赦なく批判した」とある。この、西欧文明の残虐な合理性と見せかけのモラリティへの容赦ない批判がその後じわじわと世界の底に浸透し、その「見せかけ」に亀裂が入る時代を迎えているようだ。植民地主義的拡大によって築かれた「世界の歴

J・M・クッツェー（J.M.Coetzee　アデレードで、2014年）（©Nozomi Kubota）

史」を、時代をさかのぼって検証する作業が進められている。2015年3月にケープタウン大学で起きた「ローズ・マスト・フォール」という、教育の「脱植民地化」を求める運動もそのひとつだ。

クッツェーの母校であり長年の職場でもあったケープタウン大学がつくられたのは、南部アフリカを植民地化することに「大いなる貢献をした」イギリス人の鉱山王セシル・ローズの別荘が建っていた場所だ。大学構内には、書斎の椅子に腰かけ、右手にあごをのせて遠くを見やり、アフリカ大陸南端からエジプトのカイロまで鉄道を敷設することを夢想するローズ像があった。それを学生たちが「フォール（撤去）」と主張した。学内で徹底的に討論が行われて、ローズ像は構内から撤去されて別の場所に移された。

数年前にアメリカで始まり、イギリス、フランス、ベルギー、オランダなど世界各地に広まったブラック・ライヴズ・マター運動の歴史的文脈も、「ローズ・マスト・フォール」などとの関連で注意深く読み解き、広く共有される時期にきている。なぜなら、こういった運動の根には、大航海時代に始まるヨーロッパ列強が、三角貿易や奴隷制に基づくプランテーション経営によって吸いあげた利益を本国へ流して蓄積し、代々継承してきたグローバルな富と、人種主義によって差別される生命の問題が横たわっているからだ。

アディーチェが2021年9月、ドイツのフンボルト・フォーラムで、居並ぶ壮年のヨーロッパ白人男性を前に基調講演をしたとき、ドイツやフランスの美術館にある貯蔵品は誰のものか、とドッキリするような問題提起をした。アフリカ起源の美術品をめぐってヨーロッパの国々とアフリカ諸国が今後どんなやり取りをするか、大いに注目しなければいけない時期にきている。

● ズームで見る

2021年は、ノーベル賞の他にも名だたる文学賞がアフリカ出身、あるいはアフリカ系の作家に授与された。具体的に見ると、国際ブッカー賞を受賞したダヴィッド・ジョップは、1966年にパリでフランス人の母とセネガル出身の父をもって生まれている。ノイシュタット国際文学賞のブバカル・ボリス・ジョップは1946年セネガル生まれ、若くしてゴンクール賞を受賞したモハメド・ムブガル・サールは1990年セネガル生まれ。ペン・ピンター賞のツィツィ・ダンガレンバは1959

年ジンバブウェ生まれ。ポルトガル語圏最高の賞と言われるカモンイス賞を受賞したパウリーナ・シズィアネは1955年モザンビーク生まれ。そしてブッカー賞のデイモン・ガルグートは1963年南アフリカ生まれで、アフリカンの作家と自他ともに認めている。個々の作品に光が当たることで、読者の目は否応なく、あの広大な「アフリカ」の多様で、多彩な、暮らしの細部に引き寄せられる。この年にアフリカ勢が名だたる文学賞を総なめにしたことは、アフリカを単一の視線ではなく、ズームで見るべき時期になったことをはっきりと示している。

さらに考えてみたいのは、敗戦後の日本に紹介されたアメリカ文学のなかに「黒人文学」という領域があったことだ。あれは「アフリカン・ディアスポラ」と呼ばれる人たちの文学の一部だった。アフリカン・アメリカン文化の発祥の地はカリブ海諸島だ、と『甘さと権力』の著者シドニー・ミンツが述べたのは、アフリカから連行された人々が奴隷として「調教された」のがカリブ地域だったからだろう。しかしアフリカ大陸から大西洋を渡って南北アメリカに連行された人の数は、北より南が圧倒的に多い。なかでもブラジルが群を抜いている。それも三角貿易ではなくアフリカとブラジルの直接貿易だ、と知ったときは「目から鱗」だった。南北アメリカのなかで奴隷制廃止がいちばん遅かったのがブラジルだ。そういったことが、1980年代初めに「アメリカの黒人文学」だけ読んでいた者の視野には入らなかった。それだけで当時の情報がどれほどアメリカ寄りのものであったかがわかる。その後、カリブ海セントキッツ出身のイギリス人作家キャリル・フィリップスが『大西洋の音』(2000) を書き、ブルックリン生まれの学者サイディア・ハートマンが「憧れのアフリカ幻想」をメリメリと剝がす旅を『母を失うこと』(2006) に記録し、トニ・モリスンがアメリカの白人文学が「黒さ」を「他者」としてどのように作中に「使いこんで」いったかを『暗闇に戯れて』や『「他者」の起源』(2017) で分析した。

● 新たな視野で

優れたアフリカ系／アフリカ発の文学作品はどれも、近代の「西欧」という色眼鏡を通して「アフリカ」を見ようとする視点を痛烈に批判し、「世界」を新たな視野でとらえなおそうとしてきた。目を凝らしてみると、どの作家も自己形成をめぐる個別の場所と時代の刻印を抱えて、ファンタジーやリアリズムを駆使しながら、作品の出版を手探りしていることがわかる。複数のメトロポリスと周辺的な土地のあいだに身を置き、帰属とアイデンティティをめぐる「常に引き裂かれた状態」をひきずって書いている。それが語るべき物語をもった文学の担い手として、土地から土地へ、言語から言語へ移動する作家たちについてまわる条件なのだろう。

作家たちはそれぞれの持ち場で、人間にまつわる出来事を、克明に、執拗に描きつづける。たったひとりでことばの荒野に立ち、たったひとりでことばの泉を飲む。書くとは、そして読むとは、おそらくそのような行為なのだ。アフリカ出身の、あるいはアフリカ系の作家たちの個々の作品もまた、そのようにして読者と出会いたがっているのだろう。

＊この文章は2021年12月の國學院大学主催のオンラインイベント「アフリカン文学をめぐって」の基調報告を大幅に圧縮リライトしたものです。

読書案内

・J・M・クッツェー『マイケル・K』くぼたのぞみ訳、岩波文庫、2015年
・J・M・クッツェー『サマータイム、青年時代、少年時代—辺境からの三つの〈自伝〉』くぼたのぞみ訳、インスクリプト、2014年
・チママンダ・ンゴズィ・アディーチェ『アメリカーナ』（上下）くぼたのぞみ訳、河出文庫、2019年
・マリーズ・コンデ『心は泣いたり笑ったり—マリーズ・コンデの少女時代』くぼたのぞみ訳、白水Uブックス、2024年
・マーカス・レディカー『奴隷船の歴史』上野直子訳、みすず書房、2016年
・くぼたのぞみ『J・M・クッツェーと真実』白水社、2021年

II

〈モダニズム〉の肖像

シマノフスキの《神話》、イヴァシュキェーヴィチの『ザルーヂェ』

関口時正

作曲家のカロル・シマノフスキ（Karol Szymanowski、1882-1937）と作家のヤロスワフ・イヴァシュキェーヴィチ（Jarosław Iwaszkiewicz、1894-1980）は遠縁の親類同士であると同時に、ともにウクライナに生まれ育ち、私生活でも仕事でも深いつながりがあったポーランド人藝術家だが、ここでは彼らの親交ではなく、二人が創作の舞台とした、今では存在しない、ある空間を素描する。

1919年のクリスマス・イヴ、37歳になって間もないシマノフスキがワルシャワに到着する。彼の「ウクライナ時代」が終わり、「ポーランド時代」あるいは「ヨーロッパ時代」が始まった瞬間であり、故郷ウクライナへの道は閉ざされ、もはや二度と帰ることのない土地となった。

サライェヴォ事件が起きた時、シマノフスキは地中海沿岸旅行（イタリア、シチリア、北アフリカ）を終えてロンドン滞在中だったが、第一次世界大戦開戦時にはすでに故郷のティモシュフカに帰っていた。私が作った地図（図1）でキーウからドニプロ河を下ったところ、同じ右岸に星印（★）を付けた地点が「ティモシウカ」である。

《ハーフィズの愛の歌》《おとぎ話のお姫さまの歌》《第三交響曲・夜の歌》、ピアノのための《メトープ》と《マスク》、ヴァイオリンとピアノのための《神話》《第一ヴァイオリン協奏曲》《第一弦楽四重奏曲》——大戦中に生まれた曲をこうして並べると壮観だが、同時にシマノフスキは小説『エフェボス』を書き始め、歌劇《ルッジェロ王》を構想し始めていた。大戦を含む5年半、彼が創作活動の拠点にしていたのは、ティモシュフカ（Tymoszówka、現ティモシウカ）の領主屋敷だった生家であり、キユフ（Kijów、キーウをポーランド語でこう呼ぶ）であり、エリザヴェトグラート（Elizawetgrad、現クロピヴニツキー）に母親が所

図1 現在のウクライナ（筆者作図）

有していた家であり、友人の富豪ユゼフ・ヤロシンスキがザルーヂェ（Zarudzie、現ザルッヂャ Zaruddya）に構えていた館、あるいは別の友人アウグスト・イヴァンスキの領地リジャフカ（Ryżawka）だった。すべてウクライナの地である（以下、地名表記はポーランド語を基にするが、地図ではウクライナ語式の読みにした）。

キユフ、エリザヴェトグラートのような今も残る都会と違って、ティモシュフカやザルーヂェ、リジャフカは本当に普通の農村だったために、そこにあったポーランド人荘園領主たちの館が消滅してしまった現在、出かけていっても見るべきものはもはや何もないという印象を与える。200年前にそこにあったはずの空気は、残された数葉の白黒写真で感じ取るか、楽譜や文章というテクストの缶詰めを開けてみるほか接する手立てがない。

●《神話》

シマノフスキの《神話（Mity）》は、《アレトゥーサの泉》《ナルキッソス》《ドリュアデスと牧神》の3曲からなるヴァイオリンとピアノの連作作品で、ヴァイオリンの名手パヴェウ・コハンスキ（Paweł Kochański、1887-1934）の妻ゾフィアに献呈されている。1915年3月当時ザルーヂェの館に逗留していたシマノフスキは、まず連作第一部となる曲を書き上げ、4月5日、キユフの商業倶楽部で披露した。ヴァイオリンはコハンスキが、そしてピアノはシマノフスキ自身が弾いた。三部作《神話》の全体が初演されたのは1年後、地図のほぼ中央に★で示したウマニ（ポーランド語フマン（Humań））で1916年5月10日に催された戦争犠牲者のための慈善演奏会においてだった。16世紀にポーランド王国の町として築かれたフマンは、ウクライナ人にとってだけではなく、ポーランド人にとってもユダヤ人にとっても大切な町だった。ブラツワフのナフマンという人望があったラビの墓もあり、ハシディズムの重要な巡礼地になっている。《神話》初演の頃、町の人口の半分以上、あるいは3分の2くらいはユダヤ人だった。

フマンから見て北西へ90キロメートル、キユフからは南南西に180キロメートルほど行った、ザルーヂェ村にある領主屋敷で、大戦をよそに、シマノフスキは《第一ヴァイオリン協奏曲》《ノクターンとタランテラ》《神話》を書いた。いずれもヴァイオリンが主役で、親友コハンスキの協力なしではできない創作だった。「彼の助力がなかったら、ヴァイオリン曲などは書けなかった、それどころか、書こうという気さえ起こらなかっただろう」と、後年シマノフスキは力説している。

コハンスキは、黒海北岸の港町オデッサ（現オデーサ）でユダヤ系ポーランド人家庭に生まれ、同地でポーランド人エミル・ムイナルスキ（Emil Młynarski、1870-1935）にヴァイオリンを教わったあと、1901年にムイナルスキが創立に参画し、監督・指揮も務めたワルシャワ交響楽団の初代コンサートマスター、1907年にはワルシャワ音楽院ヴァイオリン科教授となるだけでなく、世界各地を旅するヴィルトゥオーソのキャリアも始めた。年齢も同じでやはりユダヤ系ポーランド人だったピアニストのアルトゥル・ルビンシュタインも同じ頃ヴィルトゥオーソとして独り立ちするが、二人には、ウクライナに地盤を持つ実業家ユゼフ・ヤロシンスキという共通のパトロンもいた。この3人は1908年の春から夏にかけて、アルトゥル発案の「ヨーロッパの三大首都を巡る、純粋に享楽のみを目的とする特別物見遊山ツアー」に出かけた。ワルシャワからベルリン、パリ、ロンドン、カールスバート、バイロイトと続くその珍道中は、ルビンシュタインの破天荒な青春回顧録『*My Young Years*』で読むことができるが、ザルーヂェはその第46節に登場する。

ザルーヂェの館

ヤロシンスキ一族は大富豪として知られていたが、その財力の多くは、ウクライナで収穫される良質の甜菜から作る砂糖の商品力によるものだった。1875年生まれのユゼフ・ヤロシンスキ（Józef Jaroszyński、1875-1948）は自身もピアノを能くした。前述の《アレトゥーサの泉》初演があった会では、シマノフスキ以外に大バッハ、タルティーニ、クライスラー、サン＝サーンス、ヴィエニャフスキの曲も演目に上がっていて、伴奏を必要とする曲はヤロシンスキがピアノで伴奏した。

アウグスト・イヴァンスキは、こう回顧している。

> ユゼフ・ヤロシンスキは、極めて富裕な一族の中でも、趣味と藝術的教養にかけてひとり飛びぬけた存在だった（中略）館には、現代的な設備と調度品の整った数多くの客間があり、一級品の絵画や版画、古いキリムやイコンで飾られたいくつかのサロン、食堂があり、2台の上等なベヒシュタインがあった。（中略）カロルがいちばん長く逗留したのはやはりザルーヂェだった。そこには彼にとってあらゆる点で理想的な環境があり、なおかつパヴェウとその2挺のストラディヴァリ（1挺はヤロシンスキからの贈り物だった）が、小さからぬ磁石となってカロルを惹きつけた。このヴァイオリンの名手は、カロルにとって共同作業の理想的な相棒だった。（中略）ザルーヂェでの生活は日課が決まっていた。朝のうちは各人がそれぞれしたいことをした。ピアノに向かってヴァイオリン曲の仕上げに余念のないカロルとパヴェウはその例外だった。ヤロシンスキは剪定鋏と籠を手に庭を歩き回り、芳香を漂わす、極めて種類豊富で良く選ばれたご自慢の薔薇を手入れした。午餐の時刻が来てようやく、全員が一堂に会した。食事はいつもおいしく、上等なワインがさらにその味をひきたてた。（中略）シマノフスキの生涯において、あの2年半は例外的に憂いのない、順調な、創作においても頗（すこぶ）る実り多き歳月だった。それを可能にしたのは疑いもなくヤロシンスキであり、彼が醸成するザルーヂェの比類なき環境だった。

午餐の後、男たちはブリッジに興じ、またゾフィア・コハンスカを含めた全員で徒歩もしくは馬で、あるいは自動車で散策し、テニスをし、夕食後は決まって音楽の夕べが始まる——そんな館の日常を綴ったイヴァンスキの思い出は興味深いが、長すぎて割愛せざるを得ない。

●『ザルーヂェ』

ザルーヂェから南へ半日も歩けば到達するカルニク（Kalnik）に生まれたイヴァシュキェーヴィチは、ノーベル文学賞候補として4度推薦されたほどの作家である。日本にも愛読者はいるし、『菖蒲』『ヴィルコの娘たち』『白樺の林』『尼僧ヨアンナ』『ノアンの夏』など、映画化された作品もある。「1974年3月28日、タオルミーナ〔シチリア島〕にて」という擱筆の辞で締め括られる『ザルーヂェ』（未邦訳）は、ポーランド語文学とウクライナといったテーマとなれば必ず引き合いに出される小説だが、そもそもイヴァシュキェーヴィチは、エリザヴェトグラート、キユフの高校、大学で学び、作曲を志してキユフ音楽院にも通い、ウクライナ各地も精力的に探訪した作家だから、他にも「ウクライナ物」は色々ある。

中篇小説『ザルーヂェ』は、第一次世界大戦ではなく、ロシア帝国に対する「一月蜂起」（1863-1864年）を背景としている。だが、背景と言うより遠景、あるいは遠雷と言うべきかもしれないほど、蜂起そのものは描かれない。夏から秋への季節の移ろい、天候、雲、光、風、植生の状態など、イヴァシュキェーヴィチお得意の自然描写が続く中、領主、執事、使用人、農民、東方教会の聖職者、ポーランド人、ウクライナ人、両者の間に生まれた婚外子、ロシア軍将校、フランス人家庭教師、老人、青年、蜂起を画策して歩く密使等々ザルーヂェの館に住む人々、そこに出入り、あるいは来訪する多種多様な人々のふるまいや言葉が微妙なニュアンスで書き分けられる。とりわけ支配者層のポーランド人と被支配者層のウクライナ人の間に存在する緊張が、人によって蜂起に対する態度がさまざまに異なるという有り様（よう）とも重なる複雑な情況が、複雑なままに描かれる。

植民地にある一軒の家を多種多様な人々が出入りする様子を眺めながら、人々が抱えるそれぞれの現実を彼らのふるまいと科白を通して想像し、やはり複雑な情況を複雑なままに見るという経験をさせるという点で、小説『ザルーヂェ』は平田オリザの戯曲『ソウル市民』に似通った構造と味わいを持つ。

事件らしい事件、目立ったアクションなどもないまま、見わたす限りの田園風景の中、極端に異質な文明的空間として存在する館と庭で、有閑階級特有の倦怠に浸された時間と日々が流れるうち、小説の最後の「日」になって初めて、それも夜になって、秘密めいた響きの、二つの固有名詞が登場人物の口をついて出る——耳慣れぬ熟語の「黄金誓文」と地名「ソウォヴィユフカ」である。

1863年1月にワルシャワで始まった反ロシア帝国の武装蜂起、いわゆる「一月蜂起」はそれなりの勢いをもって広がっていったが、かつてのポーランド《共和国》のうち、同じロシア占領地域でも、北部（現リトアニア、ベラルーシ）に比べると南部のウクライナでは、蜂起に対する共感、支持は少なかった。その理由のひとつは、農場や町村を所有してそこから収益を得る領主層すなわちポーランド語を話すポーランド人と、彼らのために働き、耕作する使用人・小作農・農奴すなわちウクライナ語を話すウクライナ人という二つの社会階層のあいだにわだかまる対立だった。

その障害を少しでも克服しようと、ワルシャワで樹立された暫定国民政府は1863年4月12日付で、ポーランド語とウクライナ語を並記したウクライナ農民向けの御触書、一種の宣言である「父と子と聖霊の名において農村の民に与える黄金誓文」を発布した。農民に対して自由と平等な公民権を約束する一方で、蜂起に対する協力を要請したもので、「ズウォタ・フラモータ（Złota Hramota）」の通称がある。「黄金誓文」というのは私が仮につけた訳である。画像（図2）に見る通り、宣言の題のうち「父と子と聖霊の名において」という前半部分は、キリル文字のウクライナ語のみが金文字で大書されている。

Во Имя Отца и Сына и Святаго Духа

図2 ズウォタ・フラモータ（黄金誓文）

しかし、ここで話題にしているキユフ県（県＝ロシア帝国のグベルニャ）、ヴォウィン県、ポドーレ県ではそうした努力がなかなか実を結ばず、蜂起はしばしば抵抗に遭う。その最たるものが、5月9日、キユフ県のソウォヴィユフカ

(Sołowijówka) 村で起こった惨劇で、キエフ大学のポーランド人学生を中心とする21人の青年活動家たちが「黄金誓文」を持って農奴解放と蜂起支援を訴えに行ったところ、彼らに賛同して従えば、ソウォヴィユフカの村全体がロシア当局によって弾圧を受けると考えた農民たちによって捕らえられてリンチに遭い、半数がその場で殺害され、残りも傷を負ってロシア側に引き渡された事件である。学生たちは抵抗しなかったという。

小説『ザルーチェ』の主人公ユージョ（ユゼフの愛称）は、ウクライナの地で蜂起を促すためにフランスからやって来たポーランド人密使カリクストと一夜過ごした翌朝、きわめて唐突な挙に出る――密使と行動をともにして館を後にするのだが、館の前を流れるルーダ河を渡る際、密使のピストルを奪って自分のピストルとともに水中に投げ捨ててしまうのである。そして「黄金誓文」だけを携え、丸腰で農民の中へと向かう。それが小説の終わり方なのだが、ユージョのロマン主義的な行動を冷ややかに眺める人物や、ポーランド人領主（ユージョの父）とウクライナ人農民女性との間に生まれた、ユージョの異母弟フィワレットの行動も同時に描かれるおかげで、複雑な味わいが残る。ポーランド・ロマン主義についての両義的な批評だと言って差し支えないだろう。

作者はわざわざ小説に前書きを置き、作品が完全な虚構であることを強調しているが、お屋敷とその周辺の描写には、明らかに作者自身が身をもって知っていた第一次世界大戦頃のザルーチェが写実的に投影されていると思われる。主人公のユゼフ・ドゥーニンは、ルビンシュタインやイヴァンスキの伝えるユゼフ・ヤロシンスキ像とは大きくイメージが異なるが、唯一、ピアノを弾く音楽好きだという特徴は、おそらく作者の遊び心もあって、現実世界から密輸したようだった。小説では、屋敷の広大な食堂の隅に置かれたピアノも出てきて「それは実に巨大なグランド・ピアノで、かつてドゥーニン家のためにショパンその人がプレイエル社に赴いて選んだものだった」と語り手が語るのも作家の遊び心のように見える。

物語がクライマックスを迎える日、朝からユージョの耳を離れずつきまとう、おそらくはシューマンのどれかの小品なのだが、具体的に何の曲なのか思い出せない旋律があった。それが晩になってようやく思い出せ――

夕食の前、ユージョはピアノに向かった。そしてついに、一日中彼を悩ましつづけていた、あのゆらゆらとして曖昧なシューマンのメロデイを弾き通した。《たそがれに（O zmroku）》というその歌に、マーシャは注意深く聴き入っていた。そのことがユージョを落ち着かせた。

ここに一度だけ出る《たそがれに》は、ローベルト・シューマンが作曲した歌曲集リーダークライス（Liederkreis）作品39の第10番《黄昏（Zwielicht）》に違いない。「ゆらゆらとして曖昧な」という形容があるからだけではなく、曲調も、アイヒェンドルフの詩に基づく歌詞も、この小説にあまりにもぴったり符合するからだ。ドイツ語ではあるが、この歌詞を聴くことで、読者が参加するインターテクスチュアリティ空間は大きく拡張され、楽音に耳を澄ますことで、感覚的なインパクトも一挙に強度を増す。この小説を佳篇に仕立てているひとつの重要な要素が、シューマンの《黄昏》だと私は思う。

● ウクライナのポーランド人たち

ここでしている話の内容は、一般的に流通している「ポーランド人＝被害者」「ポーランド＝悲劇の国」というイメージにそぐわないだろう。また「ウクライナ人農民を搾取するポーランド人領主」というような図も、少なくとも日本ではエキゾチックなはずだ。そもそもまだポーランドはロシア、プロイセン、オーストリアという3国に分割統治されていた時代なのに、ロシア領ウクライナで、なぜポーランド人資産家がこれほどのんきに生活できていたのかという疑問が生じても不思議はない。

第一次世界大戦前夜、ロシア帝国のキエフ、ヴォウィン、ポドーレ3県だけでも約100万人のポーランド人が住んでいたという。この人数だけでも多いが、同じ時期、同じ地域に、ポーランド人の所有する農場が約4,000近くあったという記述を見ると、あらためてその規模に驚かされる（ポーランド人所有の町や山林は含まれていないと思われる）。この数字は、ズヂスワフ・グロホルスキ伯爵（Zdzisław Grocholski、1881-1968）という、シマノフスキとほぼ同時期、ザルーヂェの西方80キロメートルにあった一族の領地ピェッチャーネ（ポドーレ県（Pietczany））に生まれた人物が1929年頃に発表した冊子にあるもので、時代の制約と信条的バイアスを割り引いても、参考にはなるだろう。

ユゼフ・ヤロシンスキの弟カロル（Karol Jaroszyński、1878-1929）にいたっては、19の製糖所（ある文献では23）を経営し、ロシアでも最大規模の銀行数行の最大株主であり、ヴォルガ河、ドニプロ（ドニエプル）河の航行権を占有し、ロシア各地の都市のみならず、イギリスやフランスの都市にも、ホテルや家作、土地などのさまざまな不動産を所有していた。ちなみに彼は、1918年の創立から第二次世界大戦、社会主義時代を経て今日まで続くポーランドの「ルブリン・カトリック大学」設立に巨額の私財を投じた、創立者のひとりである。

先に触れたように、ウクライナでは、農民層においても領主層においても、ポーランド人の「一月蜂起」に対する共感が少なく、大きな蜂起にはいたらなかった。他方で、蜂起後に導入された土地売買の禁止という政策は、逆説的ではあるが、ウクライナのポーランド人地主・領主たちの世襲的地位を固定強化し、肥沃な土地の生産力も手伝って、ポーランド人領主とウクライナ農民との経済格差はむしろ広がっていったようだった。つまり、ポーランド的な古い荘園制や階級差が、ウクライナ地方にこそ色濃く残ったようなのである。

● 失地

「Ziemie zabrane」というポーランド語がある。「奪われた領土」という意味で、19世紀半ば以前に使われ始め、今も使われる。かつてはポーランド《共和国》の領土だったが、18世紀末の「三国分割」でロシア帝国に編入された土地を指す。つまり「失地」である。キユフを除けば、シマノフスキの活動範囲のほぼ全体が「奪われた領土」に含まれていた。都市キユフそのものも、1569年のルブリン合同から1667年のアンドルソヴォ講和まではポーランド王国に、それ以前は1363年からリトアニア大公国に属した。「蒙古襲来」以前、栄光の「キエフ大公国」時代（9世紀-1240年）においてさえ、キユフは、早くも1018年にポーランド王ボレスワフ1世によって、続く1069年にはポーランド公（のちに王）ボレスワフ2世によって攻め落とされている。

ポーランド語詩人アダム・ミツキェーヴィチ（Adam Mickiewicz、1798-1855）のバラードに「百合の花（Lilie）」という傑作があるが、その女主人公は、「ボレスワフ王に従って、キユフの地まで戦しに」夫が出かけている留守に密通するという不義を犯す。そして、やがて思いがけず早く遠征から戻った夫を殺害してしまう。この詩の原材料は、古くから民間に伝わっていた《奥様が旦那様を殺した》という類型の民謡で、ポーランド人の言う「奪われた領土」でもっともよく知られた民間バラードだった。「ポーランド人のキエフ東征」という記憶が怨念とともに、あたかも中世以来連綿と800年近くも伝えられてきたかのように近代ポーランド語に定着する力のある文学を、ミツキェーヴィチは遺した。

小説『ザルーヂェ』の中には、東方教会の司祭ヴィタリスが発する、ややたどたどしいポーランド語の科白にこんなくだりもある——

> わしらの土地は難儀の土地だ、昔から、日々おく露のように、血がうるおしてきたこの土地、いったいどうすれば、人が人を喰らうことのない土地になるのやら。

読書案内

- リシャルド・カプシチンスキ『新版帝国―ロシア・辺境への旅』工藤幸雄訳、関口時正解説、みすず書房、2024年
- 飯島周・小原雅俊編『ポケットのなかの東欧文学―ルネッサンスから現代まで』成文社、2006年
- スタニスワフ・レム『主の変容病院／挑発』関口時正訳、国書刊行会、2017年
- ボレスワフ・プルス『人形』関口時正訳、未知谷、2019年〈第2版〉
- 関口時正『ポーランドと他者』みすず書房、2014年

アメリカ文学

ウィリアム・フォークナーと現代

神話的アメリカ南部の周縁性と普遍性

加藤雄二

●はじめに

F・スコット・フィッツジェラルドなどの現代アメリカ作家たちに大きな影響を与えたジョゼフ・コンラッドやヘンリー・ジェイムズ、モダニストと呼ばれるジェイムズ・ジョイス、ヴァージニア・ウルフなどが、19世紀末から20世紀にかけて小説の語りの技法に革新をもたらしたことには相応の理由があった。三人称過去の語りからなる典型的な19世紀のリアリズム小説では、語りの言語は過去の出来事に従属するものとされ、客観的な記述の体裁をとる三人称の語りは公的な地位を得て読者に語りかける。そのため、階級、人種、性差などに関わる一定の偏りが、想定された読者とイデオロギー的偏向を共有する形で語りに生じるからである。しかも、リアリズム小説ではテキストを構成する言語の再現的な機能が強調され、差異による意味生成が「ありえそうなこと」、つまり蓋然性への要求によって抑圧される。19世紀の芸術的規範を革新しようとしたモダニストたちは、フィクションにおける言語表現を、再現性とそれに付随する公共性の軛と偏向から解き放とうとしたのである。極めて難解なモダニズム文学は、リアリズム芸術の前提となっていた固有色や遠近法の規範を逸脱したピカソ、カンディンスキーなどの画家たちや、新しい音楽の形態を模索したシェーンベルクやストラヴィンスキーなどの作曲家たちの営みに通底する、芸術における自由と民主主義を模索する試みだった。D·H·ロレンスの『古典アメリカ文学研究』(1923)などにより、アメリカ文学が世界的に認知され始めたのが、フィッツジェラルド、アーネスト・ヘミングウェイ、ウィリアム・フォークナーなどが世界的に注目を浴びた1920年代だったことはおそらく偶然ではない。極端に単純化して述べるならば、その時代から世界の文化が民主化を志向し、アメリカ文化を受け入れ始めたのである。

モダニズムの方法をアメリカで最も意欲的に取り入れ、その後の世界の文化に大きな影響を与えたのは、20世紀最大の作家とされるフォークナーだった。フォークナーは1897年深南部ミシシッピに生まれ、豊かとは言えない文化的環境にあってまず詩人としてキャリアをスタートさせた。その後、当時の大作家シャーウッド・アンダーソンの導きによって故郷南部を舞台とした小説に転じ、『響きと怒り』(1929)、『八月の光』(1932)、『アブサロム、アブサロム!』(1936) など、ジョイスやT・S・エリオットの影響を受けた実験的形式による名作を産み出した。しかし、極めて難解なそれらの作品が一般読者に評価されることはなく、センセーショナルな「ポットボイラー (potboiler)」を狙って執筆された『サンクチュアリ』を除き、作品はほぼ絶版になっていた。フォークナーが一般読者に知られるようになったのは、フランスのサルトル、カミュなどの導きで世界的な規模でのフォークナー・ブームが起き、レジオン・ドヌール勲章、ノーベル文学賞を受賞して以降のことだった。

ピカソの作品。フォークナーにもキュビズムの影響が見られる

フォークナーの影響は、ガブリエル・ガルシア=マルケスなどのラテンアメリカ作家たちや、現代アメリカ作家たち、大江健三郎、中上健次などの戦後日本作家などに広く見られる。戦後のフランスでは、フランス作家と錯覚されるほどにフォークナーの人気が高まり、以来アンドレ・ブレイカスタンらにより本格的なフォークナー研究が続けられてきた。近年でも、フランス作家エドゥアール・グリッサンが『フォークナー、ミシシッピ』と題された印象的なフォークナー論を発表している。フォークナーの存在が圧倒的であったため、以降のアメリカ作家たちの多くはその影響を免れなかった。とりわけアフリカン・アメリカンの大作

家トニ・モリソンは、大学院でヴァージニア・ウルフと並んでフォークナーを研究しただけでなく、『愛されしもの』などの作品でフォークナーの方法をとり入れた。フォークナーの実験的作品が提示した形式は、アメリカ南部の地域性を超え、様々な文化にいわば翻案される形で現代文学に貢献してきた。しかし、ごく限られたアメリカ南部という地域について書き続けたフォークナーが、なぜそれほどまでに広範な影響力を持ち得たのだろうか。

ここではその問いを念頭に置きつつ、フォークナー自身が自作について語った独特な２つのポイントからフォークナー作品の現代性と普遍的性格にアプローチし、主要作品を紹介してみたい。フォークナーはミシシッピの故郷に身を潜めるようにして創作を続け外部との接触を嫌ったが、1949年にノーベル文学賞を受賞して以降、ヴァージニア大学で授業を担当したり、フランス文壇に迎えられセレブリティとしてインタビューを受けるなど、自作について積極的に発言するようになった。1955年にはアメリカ国務省の使節として来日し、長野でセミナーを開催したりもした。そうした際のインタビューでフォークナーは、「100年後に動く」ように作品を創作したと語り、自作の動的な性質を強調した。また別のインタビューでは、「アクチュアルなものをアポクリファルなものに昇華する」ことが作品の目的だと述べている。「アポクリファ」とは、聖書の正典に与えられた権威を持たない、いわゆる外典のことである。これらの発言はフォークナーの作品を理解する上で重要な鍵となる。

●静から動へ

作品の動的でダイナミックな特質は、未発表のものを含む初期作品から、傑作『響きと怒り』に至る過程にまず深く関わる。フォークナーは『大理石の牧神』(1924) など初期の詩集や短編作品において、呪縛され動きを封じられた沈黙する人物像をしばしば描いた。静止から逃れることができないキャラクター像は、フォークナーが小説に転じて以後の初期小説作品にも見られる。最初の長編作品『兵士の報酬』(1926) の主人公ドナルド・メアンは、第一次世界大戦で傷つき、病の床についたまま死んでゆく。『響きと怒り』に先立ち、現代に生きる南部貴族の末裔を描いた『土にまみれた旗』(完成1927、出版1973) の主人公で元飛行士のベイヤード・サートリスは、猛スピードで 自動車や航空機を操る動的な側面を持つにもかかわらず、双子の兄の死と家の過去に囚われ、沈黙し変化することがない静的なキャラクターにとどまる。キャラクターたちが静止と沈黙から辛うじて解放され始めるのは、『響きと怒り』でフォークナーがジョイス、ウルフなどのモダニストたちに特有の「意識の流れ」の手法を用い、現在の時の流れに沿って過去を回想する「白痴」のベンジャミンや、その兄クェンティン・コンプソンとジェイソン・コンプソンの無意識を映す語りを、内的独白の形式で提示したときだった。つまり、動きに関わるフォークナー作品の大きな変化は、伝統的な三人称の語りで語られた『土にまみれた旗』とモダニズム的な内的独白を用いた『響きと怒り』という、似て非なる2作品の間で起きたことになる。

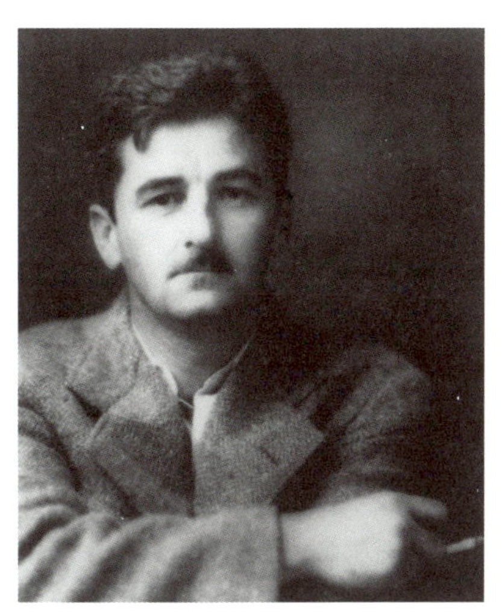

フランスで撮影された若き日のウィリアム・フォークナーのポートレート

この質的飛躍には、リアリズムとモダニズムそれぞれの手法の特質が関わっている。『土にまみれた旗』の三人称の語り手は、出来事をリアリスティックに伝達する役割を通して、深南部ミシシッピの地域的なイデオロギーに親しい観点を獲得する。この作品には、第一次世界大戦からの帰還兵で黒人使用人のキャスピーを、雇い主である白人の家長老が薪で非情に殴り倒す衝撃的な場面があるが、語り手が白人雇い主の残酷な振る舞いを問題視することはなく、妻ナーシッサを粗暴に扱う主人公ベイヤードを批判することもない。そうした場面では、語り手と差別的イデオロギーとの暗黙の共犯関係が明瞭に感じとられるはずだ。人種差別と性差別を批判的に描く『八月の光』や『アブサロム、アブサロム！』など後の作品と違い、『土にまみれた旗』は、当時のアメリカ合衆国で必ずしも共感を得られなかったはずの南部貴族階級の古めかしい神話的物語を、リアリズムの形式による公的な語りとして無批判に提示しているのである。若き日の作者がこの作品に情熱を注いだにもかかわらず、いくつものプロットが並行する形式が編集者に問題視されるなどしたため、1973年までオリジナルの形で出版されることはなく、エージェントによって削除、改訂された『サートリス』として1929年に出版された。この経緯にもおそらく十分な理由があったのである。

● 脱中心化と脱神話化への志向

全力を傾けた作品が出版を拒否されたことに絶望したフォークナーは、作家自身の言葉によれば「出版社との間にドアを閉ざし」て類似のテーマを扱った次作の執筆に取り掛かり、完成後身動きができなくなるほどの集中力で『響きと怒り』を書き上げた。作品は、旧南部貴族の家に生まれたベンジャミンが、家から追放された姉キャディーを回想する第1部、北部のハーバード大学に進学した長兄クェンティンが妹のキャディーの男性関係に悩み、ボストンのチャールズ河に身投げして自死するまでの独白を収めた第2部、差別的バイアスを露にしつつ語る次男ジェイソンの粗暴な語りによる第3部、コンプソン家に長年仕えてきた黒人女性ディルシーの視点に寄り添う三人称体で書かれた第4部から成る。

フォークナーは当初短編として構想されたこの作品が、キャディーの汚れたズロースのイメージから生まれ、書き継ぐうちに現在の形になったと説明している。『土にまみれた旗』と『響きと怒り』が大きく異なるのは、前者にも見られる近親相姦的なきょうだい愛のテーマがより深められ、女性キャラクターであるキャディーへの関心が中心に置かれていること、前者ではベイヤード・サートリスが黙して内面を語らないのに対し、後者ではクェンティン・コンプソンの内的独白が明確に提示されていること、前者では黒人たちが脇役としてパストラルな劇を演じるにすぎなかったのに対し、後者の第4部では黒人女性のディルシーが重要なキャラクターとして扱われていることである。うめきながら歩き回ることしかできない去勢されたベンジャミン、妹キャディーの性的純潔さを守ることができず、何者とも知れない妹の恋人に挑んで敗北し、男性としての弱さを認めざるを得ないクェンティン、虚勢を張りつつもキャディーの娘である姪のクェンティンに出し抜かれ怒り狂うジェイソンは、南部の男性が誇るべき強い男性性の神話を徹底的に打ち砕く。その反面、家から追放されたキャディーや、後にフォークナーが「耐え忍んだ」黒人キャラクターと呼んだディルシーなど、女性たちの強さが際立つ。

『土にまみれた旗』が白人南部貴族たちの神話的物語を枠組みとするのに対し、

神話的次元を一方で共有しながらも、『響きと怒り』はこのように、脱神話化へと向かう小説としての批判的契機を同時に持ち合わせている。この2作品の違いには、リアリズムからモダニズムへの形式的移行が明確に示されており、一見矛盾するようであるが、『響きと怒り』には、旧南部の退行的イデオロギーの再利用と再検討を目的として、極めて前衛的な方法が導入されているのである。意識の流れの断片を並置する形式によって、従来内面を語ることを許されなかったフォークナーのキャラクターたちは、三人称の語りの公的枠組みから解き放たれ、南部特有の偏った語りを語ることを許される。解放された彼らの言葉は、その極端な偏向によって神話性を帯びると同時に、それを解釈、統合する読者によって批判的に検討されもするため、読者に共有されるべき公的性格を持つ必要がない。

つまり、南部的語りが真正性と通用性を認められないのだとすれば、正典として認知されない「アポクリファルなもの」として提示されるほかなく、20世紀初頭の退廃した南部に特有の語りは、それよって息を吹き返す。フォークナーが「出版社との間にドアを閉ざし」、テーマとしても言語としても理解不能な独白の形式を用いたのは、南部的語りを救い出し利用するためだった。「響きと怒り」（シェイクスピアの『マクベス』からの引用で、意味をなさない言葉）としてのテクストは、読者による批判的解釈を許容するモダニズム特有の形式を外枠として用いることにより、意味生成の支配的枠組みから排除、周縁化された深南部の語りを、周縁の神話的言語として提示する試みだったのである。

『響きと怒り』で胚胎し、中心と周縁の動的緊張関係を導き入れた脱中心化と脱神話化への志向は、その後の作品で次第に深められていった。それに伴い、南部貴族階級の神話が抑圧する人種とジェンダーに関するテーマが浮上する。このように『土にまみれた旗』の失敗は、その後のより先鋭な作品が産み出される契機となり、カリブ系の作家グリッサンがフォークナー作品に見出す「クレオール化」へと向かう方向性を決定づけたと言ってもいいだろう。『響きと怒り』以降、フォークナーは周縁化され排除された人々の語りを可能にする方法を模索し、ある程度の成功を収めたのである。

●「他者」たちにも開かれうる語り

ハロルド・ブルームなど一部の研究者たちがフォークナーの最高傑作と呼ぶ『死

の床に横たわりて』(1930)では、特権化された南部貴族の家という設定が放棄され、15人のキャラクターによる独白を繋ぎ合わせる手法で、南部社会のイデオロギーの機能と再生産における言語の役割がさらに深く探究される。『死の床に横たわりて』を構成する教養のないプア・ホワイトたちによる独白は、彼らの内面よりも、それを形づくる共同体の言語の重要性を際立たせるからである。語り手たちはオリジナルな創造的内面を言語を通して表出するのではなく、必ずしも現実に根ざさない言語によってむしろ語らされている。「死の床に横たわ」る一家の母アディーは、彼女の死後提示される独白で、言語と行いがはるかに隔たった別の事象であることを強調し、作品の言語が提示するその認識を再確認している。この作品でフォークナーは、伝統的文学の要であるキャラクターの内面と、言語によるリアリティの再現可能性への信頼を放棄し、根拠を欠いた言語の働きに目を向け始めたのである。『サンクチュアリ』(1931)では、法を司る判事の娘である女子大生テンプル・ドレイクが、悪党ポパイに陵辱、誘拐された挙げ句堕落した性に目覚め、裁判での偽証 により無実の男性の死を招き、法の言語の権威と南部淑女の神話が徹底的に批判される。冤罪で殺人犯とされた男が、テンプルの偽証により暴徒たちに焼き殺されるエピソードでは、事実性に裏打ちされない言語の破壊的な力が示される。

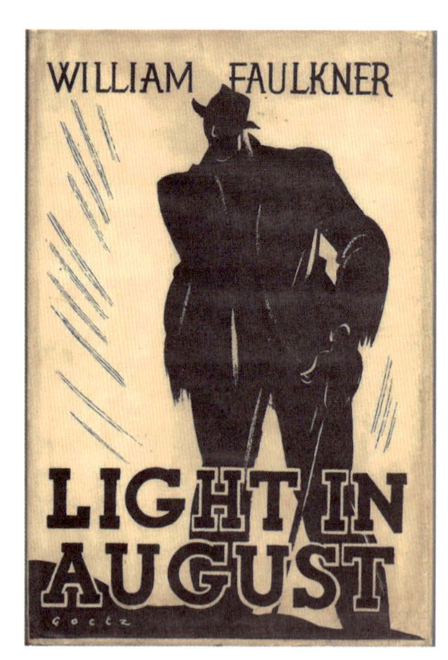

ウィリアム・フォークナーの『八月の光』

フォークナーの最高傑作のひとつとされる『八月の光』では、父親の人種がわからないために、人種的な「白さ」と「黒さ」という言語による分割のシステムに翻弄され、南部共同体によって黒人として殺される主人公ジョー・クリスマスの悲劇的な生涯を通して、人種に関わる言語の力と残酷さが示される。「白」「黒」という言葉が絶対的な違いを意味したアメリカ深南部では、その区分に応じて分類されない人間は存在しえない。フォークナー自身が述べたように、人種的アイデンティティを確証することができないクリスマスは、もっとも悲劇的な運命を招き寄せるのである。クリスマスが奴隷制廃止論者の末裔ジョアナ・バーデンを殺すのは、ジョアナが彼を黒人として扱おうとしたからであり、共同体の人々も白人女性であるジョアナを殺したのは黒人に違いないと根拠なく信じようとする。その結果クリスマスは、共同体の暴力性を体現する若者パーシー・グリムによって黒人として去勢、銃殺される。クリスマスの死の場面で暗示されるように、神話的言語によってもたらされた彼の死は共同体が共有する記憶となり、新たな神話となって語り継がれるはずだ。『八月の光』は、白人女性を陵辱する黒人という、人種差別に伴って流通する神話的語りによって抹殺される人物を取り上げ、神話的言説の作用とその再生産を明確に前景化しているのである。

アメリカ文学初のポストモダン小説とも言われる代表作『アブサロム、アブサロム!』もまた、言語の恣意性への鋭利な認識に基づき、南北戦争前から20世紀初頭に至るアメリカ南部の歴史を語り直す意欲的な試みとなっている。この作品における言語そのものの重要性は、『響きと怒り』で自死したクェンティン・コンプソンを再登場させ、存在しない人物の語りをあえて利用する設定によって示される。冒頭でクェンティンは「過去を語る頑固な亡霊たちで一杯のバラック」と呼ばれ、南部的語りによって生成され、それを代表する「連邦(commonwealth)」としての言語的主体とされているのである。

クェンティンは、年老いたローザ・コールドフィールドに促され、19世紀に生きた謎の人物トマス・サトペンが遺した大邸宅の廃墟に赴き、屋敷に潜んで死を待つサトペンの息子ヘンリーと、彼の世話をする黒人の異母妹クライティーに出会う。サトペンはプア・ホワイトの出身でありながらハイチで財を成し、のちにミシシッピに現れて強引に南部貴族のものと等しい生活を創り上げ、息子をもうけて貴族の家系を創始しようとして失敗した人物だった。しかし、サトペンの息子ヘンリーが、友人で妹の婚約者チャールズ・ボンを射殺し失踪したため、彼の夢は断たれる。クェンティンは、ハーバード大学の寮の一室で、ルームメイトのカナダ人学生シュリーヴ・マッキャノンと共にサトペン家の神話的過去を語り直し、サトペンの失敗の理由を明らかにする語りを作品の結末として提示する。

しかし、時の流れに沿って偶発的に語られる彼らの「サトペン物語」が、語り手たちの個人的関心に基づいた恣意的なものであることは、研究者たちによって認められてきた。また、ヘンリーが実は異母兄であったボンを撃ち殺したのは、妹ジュディスとボンの近親婚が避けられなければならなかったからではなく、ボンに黒人の血が流れていたからだとの結論も彼らの想像にすぎない。しかし、南部に生まれ育ち、その言語や言説を内化したクェンティンは、ロマンティックな近親愛のプロットに加え人種的要因を考慮しなければ、不可解なサトペン家の崩壊を説明することはできないことを理解している。彼の自我を形成する南部貴族の神話が、黒人や女性たちの犠牲の上に成り立ってきたことを苦悶しつつ認知するクェンティンは、自らの作品が依拠する南部の神話を批判、解体し、その緊張関係に依拠するダイナミックな作品を産み出した作家フォークナーの姿と重なるはずだ。

つまり、アメリカ文学を代表する名作とされ、世界の作家たちの想像力をかき立てた『アブサロム、アブサロム！』もまた、歴史の1ヴァージョンでありながらもその真正性を保証されない「アポクリファルなもの」にすぎない。しかし、絶対的な権威と中心性を欠いたそのような語りにおいてこそ、不在の「他者」の存在がより鮮やかに浮かび上がり、読者の共感を招く。フォークナー作品は、支配的言説と「他者」たちとの緊張関係を原動力として、存在としての歴史を解体し、「他者」たちにも開かれうる語りの可能性を示したのである。『アブサロム、アブサロム！』で最も印象的かつ悲劇的なのは、「おれはお前の妹と寝ようとしている黒人さ」という、洗練されたクレオール、チャールズ・ボンが射殺される直前に発する言葉なのではないだろうか。

したがって、現在世界文学と呼ばれる何かが支配的な文学的言説と結びついているのだとすれば、フォークナーをそこに位置づけることは難しいはずだ。上で述べたように、フォークナー作品が、ラテンアメリカや日本、フランスなど、アメリカ南部以外の文化においていわば翻案され再利用されてきたのは、支配的言説を批判し、脱構築しつつ語る方法を提供したからであり、支配的な文学的言説を提供したからではないのである。ガブリエル・ガルシア＝マルケスの『百年の孤独』『予告された殺人の記録』、トニ・モリソンの『ソロモンの歌』『ビラヴド』、大江健三郎の『同時代ゲーム』『M/Tと森のフシギの物語』、中上健次の『岬』『枯木灘』『地の果て 至上の時』『鳳仙花』など、フォークナー作品に触発された様々な作品は、どれも周縁的想像力に突き動かされている。フォークナーの影響は、ポストモダンの時代を代表するトマス・ピンチョン、ドン・デリーロ、ポール・オースター、村上春樹、カズオ・イシグロや、フランスの映画監督ジャン・リュック・ゴダールにも及んでおり、文学・文化のさらなる民主化に向けて語りえないものたちが語る可能性を模索する現代文学・文化にとって、いまだに重要な想像力の源泉となっているのである。

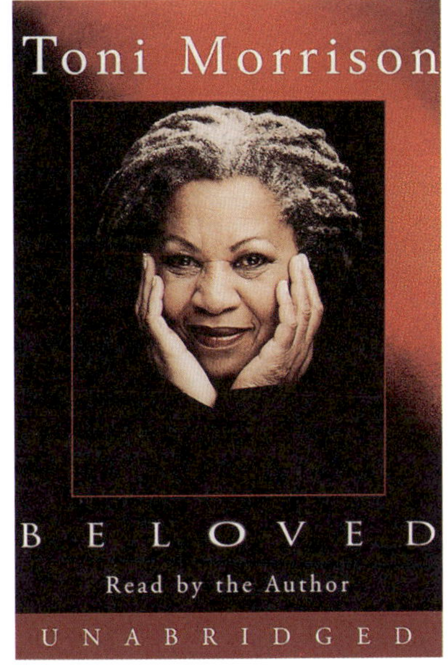

トニ・モリソンの『ビラヴド』

読書案内

・大橋健三郎『フォークナー―アメリカ文学、現代の神話』中公新書、1993年
・エドゥアール・グリッサン『フォークナー、ミシシッピ』中村隆之訳、インスクリプト、2012年
・Andr Bleikasten, *William Faulkner: A Life through Novels.* Indiana UP, 2017
・Carolyn Porter, *William Faulkner: Lives and Legacies. Oxford UP, 2007*

旅する驚異
アレホ・カルペンティエール

柳原孝敦

● 文学は旅から始まる

文学は旅から始まる。吟遊詩人たちは旅をして王の動向や騎士の武勲、思い姫との恋を遠くの者たちに伝えた。

文学はまた旅を歌いもした。戦いを終えて故郷に帰る英雄の困難な帰還を、あるいは余勢を駆ってローマの建国に向かう英雄の旅を歌ったのだった。

文学が旅から始まることを言うのに、そんなに遠くまで旅することもない。スペイン文学が小説の嚆矢として世界文学に誇る『ドン・キホーテ』は、書斎での読書にほだされ、遍歴の騎士に倣って旅に出る老人の物語だった。ただし、この時代遅れな騎士の遍歴の旅は、スペイン中央部カスティーヤ地方の小さな地域内に限定されており、後編にいたってせいぜいバルセローナまで達するというほどの規模ではあったのだが。

つまり、旅の範囲が世界の範囲であった。旅の範囲が広がると世界が広がった。ドン・キホーテがカスティーヤ高原を旅しているころ、現実の旅人たちは大西洋を渡り新大陸へと出向いていった。そして世界は地球になった。文学は地球を旅して回り、地球の旅を描くようになった。

国（国民）という単位が優勢を占めるようになると世界が少し狭くなった。本当はこの単位を作り出すのに貢献したのは文学であったけれども。そしてその「国民」には、相変わらず旅をする人や旅の果てにやって来た人たちも少なからずいたのだけれども。これは一種のパラドックスだった。

しかし、何よりパラドクサルなのは、「文学」という概念がこのときできてしまったことだった。文学は国民を基本単位とするものになってしまった。

ここでもうひとつの転換が起こる。旅が新たな気づきのもとになる。ひとたび

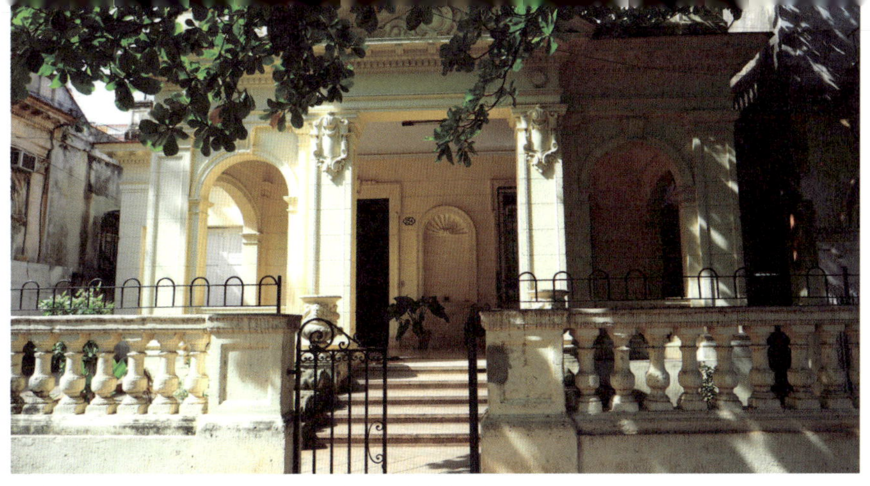

ハバナ市内のカルペンティエールの家。今は財団事務所になっている

国の範囲に限定されてしまった文学をなす者たちが、旅をして国の外に出たときに、実は国の外にも同じ言語を話す者たちがいることに気づくことになる。植民地の遺制であり、負けず劣らずパラドクサルな負の遺産だが、それを頼りにより大きな国＝世界を夢想することが可能になった。拡大ナショナリズムだ。

その結果、ラテンアメリカ（正確にはイスパノアメリカと言った方がいい）は見出される。そして「ラテンアメリカ文学」がひとつの拡大した国民の文学として認識され、喧伝され、広まる。

●「一つの文明が終わり、他の一つの文明が始まった」

旅が転機となるのは文学に限らない。知性による世界の認識も旅に関係してくる。クロード・レヴィ＝ストロースは、『親族の基本構造』（1949）や『野生の思考』（1962）などの著作によって文化人類学に言語学の知見を持ちこんでヨーロッパの知の刷新を推進した人物として知られている。彼のそうした新しい知は、1930年代に行ったブラジルでのトゥピナンバやナンビクワラらの先住民集団内でのフィールドワークと、1940年代、亡命先のアメリカ合衆国でのロシアの言語学者ロマン・ヤコブソンとの出会いの成果だった。旅と旅先での出会いがレヴィ＝ストロースの認識を変え、そんな彼が生み出した理論が世界の認識を変えた。

上記の専門的な著作以上にレヴィ＝ストロースの文名を高めたのは、『悲しき熱帯』であったと言うべきだろう。1955年発行のこの旅行記は、フランスで毎年もっとも優れた小説に贈られるゴンクール賞の対象外であったわけだが、社会現象と言えるほどの話題を呼ぶこの賞を主宰するアカデミー・ゴンクールが、これが対象外であったことは残念だとの声明を出したほどに評価されたというのだ。文化人類学の著作の枠を超え、紀行文学として認識され、作者の名を広く知らしめた書物であったということだ。

「私は旅や探検家が嫌いだ」という反語的な一文から始まる『悲しき熱帯』が印象的なのは、作者が「一つの文明が終わり、他の一つの文明が始まったということ」(川田順造訳)を自覚しつつアメリカ合衆国に亡命することになった顚末から語っていることだろう。終わった「一つの文明」とは、当時戦火に包まれていたヨーロッパのことに違いない。レヴィ＝ストロースはフランスでの兵役期間を終え、ヴィシー政権下のフランスを後にしたのだった。であれば、「他の一つの文明」とはアメリカのそれであるだろう。そしてこの場合の「アメリカ」は、いかにもその時は北米・ニューヨークを目指していたとはいえ、南米・ブラジルでの経験を既に経ている彼の意識の中では南北アメリカ全体を指していたと理解されるべきだろう。実際、彼は新天地(北)アメリカで、(南)アメリカでの経験をまとめることによって、ヨーロッパの知に変革をもたらすのだ。「一つの文明」の終焉と「他の一つの文明」の開始はいささか大袈裟な表現だとしても、大戦を契機に世界の重心が移動したのだということは、納得のいく認識だろう。

ところで、ニューヨークに向かったレヴィ＝ストロースが乗ったのは、マルセイユ発マルティニーク行き〈ポール・ルメルル大尉号〉という船だった。350人もの乗客がまるで「徒刑囚」のようにすし詰めにされたその船の旅は、決して安楽なものではなかった。それでも、知人の特別の計らいで4人部屋をあてがわれたレヴィ＝ストロースは、同室の人々を観察し、「オーストリアの金属商」「植民地生まれの富裕な白人」「風変わりな北アフリカ人」であったことを報告するだけの余裕はあったようだ。さらに彼は特別扱いを受けることのできなかった「賤民ども」の中に、シュルレアリスムの領袖アンドレ・ブルトンや、ロシアの作家ヴィクトール・セルジュが混じっていたことも報告している。しかし、その同じ〈ポール・ルメルル大尉号〉内に、スペインやフランスでの18年に及ぶ滞在期間を終え帰国する、キューバ人画家も同乗していたことには気づかなかったようだ。

キュビスムらの隆盛を一身に体感しながらヨーロッパで過ごしたそのキューバ人画家は、帰国後、密林の樹木をモチーフに代表作となる作品を描き上げた。画家の名はウィフレード・ラム。代表作とは、現在ニューヨーク近代美術館に収蔵されている《ジャングル》(1944) だ。ピカソ張りの多元的視覚、丸く大きな尻の人間に擬態される木々などが印象的な作品だ。父が中国系、母がムラータ (黒人と白人の混血ムラートの女性形) という出自のラムは、易経への示唆を含む作品なども描いている。そんな彼の作品は、ヨーロッパ、アメリカ、アフリカ、アジアの4つの世界のアマルガムと言ってもいい。「一つの文明が終わり、他の一つの文明が始まったということ」を自覚したレヴィ＝ストロースが、ラムのような新時代の知性に気づかなかったことは、今から見れば残念なことではある。

● カルペンティエールのマニフェスト

実際、ウィフレード・ラムの達成をもってキューバの、ひいてはアメリカ (合衆国ではない) の文化を称揚した人物が確かにいたのである。1920-1930年代のパリで前衛芸術・詩の運動シュルレアリスムに身を投じ、大戦を避け、一足先にキューバに帰国していたアレホ・カルペンティエールである。

スイスのローザンヌで生まれ、年少のおりにキューバに移住したカルペンティエールは、ハバナでの青年時代、ヨーロッパの前衛芸術運動とラテンアメリカ的土着主義の融合と言えるアフロクバニスモの潮流に身を置いた。先住民が全滅させられたキューバで、マイノリティである黒人の語法を取り入れた詩や、ルンバ、コンガなどの新しい音楽、黒人文化研究が隆盛を見ていたのだ。シュルレアリスムのメンバーのひとりロベール・デスノスがハバナを訪れた時には、フランス語話者でもあったカルペンティエールが黒人たちの舞踊や祭礼を案内してまわった。すっかりデスノスのお気に入りとなったおかげで彼は、デスノスの手引きでパリに渡り、そこで10年あまりの時間を過ごすことになった。

ハバナ旧市街にあるカルペンティエール記念館には、作家が旅先で収集した物なども展示されている

当時のパリにはシュルレアリスムの嵐が吹き荒れていたことも間違いないが、同時にそこではジャズが、

次いでキューバの新しい音楽が流行り、「失われた世代」のみならず「ハーレム・ルネサンス」のアメリカ（合衆国）作家たちが集い、マグレブやカリブのフランス語作家としてやがては知られることになる若者たちもいた。そして、カルペンティエールと同世代のラテンアメリカ人もいた。同世代のラテンアメリカ人とは、たとえば1967年にノーベル文学賞を受賞することになるグアテマラの作家ミゲル・アンヘル・アストゥリアスである。あるいは、当時美術批評誌に載った評論のタイトルの言葉を心に留め、のちに自国の小説の新しい流れにその言葉「魔術的リアリズム」を適用したベネズエラの作家アルトゥーロ・ウスラル＝ピエトリである。アストゥリアスやカルペンティエールが先鞭をつけ、ガブリエル・ガルシア＝マルケスが固めた20世紀ラテンアメリカ文学の専売特許ともなった作風「魔術的リアリズム」（近年では「マジック・リアリズム」という言い方が優勢を占めるようだ）とは、こうしてパリでの3人の若き作家たちの会話から生まれたのだ、と後年ウスラル＝ピエトリは誇らしげに回顧することになる。

こうしたパリの空気を吸ってその地で10年ばかり過ごしたカルペンティエールが、アメリカ（「他の一つの文明」）に戻ってのち、ウィフレード・ラムの名をあげてこの「文明」の優位を誇らしげに宣言することになるのだった。彼はこう言ったのだ。

> 「鳥を貪っている馬」というのはアンドレ・マソンの作品だが、注意していただきたいのは、そのマソンがマルティニーク島のジャングルを描こうとしたとき、信じられないほどに植物が絡み合い、ある種の果実が淫らに交わりあっているのを目の当たりにして、描くテーマの驚くべき本当のありさまにすっかり貪り尽くされてしまった画家は、真っ白な紙を前にしながらほとんど不能になってしまったということだ。熱帯のジャングルを描くことができるのはアメリカの画家でなければならなかった。キューバ人ウィフレード・ラムだけが熱帯の植物のマジックを、われわれの自然の留まるところを知らない〈形質の創造〉を、その変身も共生もひっくるめて、現代絵画におけるふたつとない表現を実現した記念碑的作品の中で、見せてくれることができたのだった。
>
> 〔『この世の王国』序文、拙訳〕

アンドレ・マソンが描けなかったジャングルを描くことができたのはラムであった。それはどういうことか？

戦争（第二次世界大戦）を避けるべくキューバに戻ったカルペンティエールは、ハバナを拠点にラジオの仕事をしたり、やがて『キューバの音楽』（1946）に結実する調査旅行で国内東部の都市サンティアーゴ・デ・クーバを訪れたり、出版契約のためにメキシコに渡ったりもしている。そしてまた、ハイチにも行った。このハイチ旅行で自身の小説のとるべき方向性を見つけたと、のちに彼は語ることになる。ハイチに旅行したのは1943年のことだが、そのようなマニフェストを表明したのは1949年のことだった。その年に発表した中編小説『この世の王国』序文でのことだ。

ちなみに、『キューバの音楽』も『この世の王国』も、カルペンティエールがカラカスで広告代理店に勤め、ラジオ番組を作っているころに出版されたものだ。1945年、パリやハバナでのラジオの仕事の実績を買われた作家は、広告代理店に勤務するためにベネズエラのカラカスに移住し、1959年のキューバ革命成就直後までの13年以上をこの地で過ごすことになる。ラジオ番組を制作したのみならず、教壇に立ったり、ほぼ毎日新聞のコラムを書いたりもしている。1953年には作家の国際的な評価を確立した『失われた足跡』を発表しているので、カルペンティエールはいわばベネズエラで作家として大成したと言ってもいい。『この世の王国』はハイチ旅行の成果であることはすでに言ったが、『失われた足跡』はベネズエラ国内を旅行した成果であり、カルペンティエールの作品が、そして一般に文学が、旅を起点とすることがここでも確認される。

『この世の王国』は1804年のハイチ革命を扱ったものだ。革命前夜の黒人たちの動きを黒人奴隷の視点から眺め、革命後、南北に分裂して北ハイチを掌握、王を僭称して栄華を誇ったアンリ・クリストフの絶頂と凋落の瞬間を記述したものだ。ヴォドゥ（ヴードゥー）の儀式やゾンビへの言及が当時としては新鮮だったに違いない。

そのような新鮮なインパクトをもたらしたに違いない小説の序文が一種のマニフェストになっているのだった。作家はハイチの地に足を踏み入れることによって「ある種のヨーロッパ文学は過去30年、躍起になって驚異（lo maravilloso）を喚起しようとしてきたことによって特徴づけられるし、その動きはつい最近まであったのだが、それが求めていたあの驚異が実在」するということに気づいたというのだ。「驚異を喚起しようとしてきた」「ある種のヨーロッパ文学」とはシュルレアリスムであることは間違いないだろう。この運動の領袖アンドレ・ブルトンはその『シュルレアリスム宣言』(1924) で「文学の分野ではただ驚異 (le merveilleux) だけが作品を豊かにする」と断言したのだった。カルペンティエールは、この「驚異」を求める文学の営為が官僚化し硬直している(「いつ何時でも驚異的なものを喚起しようとしてばかりいると、奇跡も官僚仕事に堕してしまう」)ことを批判したのだ。「驚異」の効力はそのままに認め、それがハイチに、ひいてはアメリカ(南北両アメリカもしくはラテンアメリカ)にあるということだ。

こうした主張を展開しながら、文学から絵画へと飛躍して示したのが、マソンとラムの対比だった。シュルレアリスムのムーヴメントのまっただ中で活躍し、かつて「鳥を貪っている馬」という「驚異的」な(しかし、「お馴染みの方程式」に則っただけの)絵を描いたマソンが、「ほんとうの驚異」であるマルティニークのジャングルを描くことはできなかった。ヨーロッパ式の、シュルレアリスム式の、「硬直化した」手段による表現では「ほんとうの驚異」は描けない。それを達成したのが、まさに同胞ウィフレード・ラムだったのだ。カルペンティエールの声高なマニフェストは、このようにラムを引き合いに出しつつ、「驚異」という創作理念の正当な継承者としてのアメリカの芸術家たちを(そして自身を)位置づけ、その達成を高らかに謳っているのだった。「一つの文明が終わり、他の一つの文明が始まった」と言っているのだ。

● 旅する驚異

こうしてカルペンティエールは自らの創作理念を謳い上げ、かつそれをアメリカ(ラテンアメリカ)作家の専売特許であるかのように主張した。アメリカには驚異が実在するけれども、それを表現できるのは地元の作家だけなのだ、と。こうした昂揚がこのマニフェストをして「魔術的リアリズム」の最初のそれと位置づけせしめる一因となったのだろう。「魔術的リアリズム」とは、ラテンアメリカの作家たちが集団的に世界で認識され、ブームと呼ばれるようになったころ、批評用語の側からそれを後押しした、一種の自己宣伝のコピーライトなのだから。

繰り返すが、カルペンティエールは、1943年のハイチ旅行で「ほんとうの驚異」に気づいたと申告しているのだった。あるインタヴューでは、ハイチでさまざまな史跡を巡った直後、「それ以上必要なものはない。私は直ちに『この世の王国』を書き始めた」とも言っている。ハイチ旅行がすべての始まりであり、そこで大いに霊感を受けたと言いたげだ。こうした主張は旅から文学が生まれるという私たちの論旨にも沿うものであろう。

しかし、この証言は虚偽とまでは言うまいが、いわば一種の演出と言うべきだろう。研究者たちが明らかにしているところでは、カルペンティエールは1943年の旅行のはるか以前から、すでにハイチに出会っているのだから。たとえば10年以上も遡る1929年、パリにいたカルペンティエールは、ウィリアム・シーブルック『魔法の島』のフランス語訳を読んで大いに刺激を受け、書評をキューバの雑誌に寄稿している。隣国ハイチの黒人たちの祭儀や生態に取材してアメリカ合衆国で評判を得たこの本を通じて、記述対象としてのハイチ黒人文化の存在には、この時点で気付いているはずなのだ。

ハイチは1915年から1934年にかけてアメリカ合衆国に占領されていた。途中、沸き起こった反米騒動を武力で弾圧するなどの事件もあった（1929年）。合衆国がみずからの「裏庭」と認識したカリブ、ラテンアメリカ地域への横暴を繰り返していた時期の典型的な事例のひとつだ。帝国主義の発露だ。政治的には非難すべきこうした帝国の横暴を、しかし、利用した人々がいた。作家や研究者たちだ。おりからいわゆるハーレム・ルネサンスの気運が盛り上がっていたアメリカ合衆国の黒人作家たちは、自らのルーツの探訪の旅の中継点もしくは足がかりとしてハイチを訪問した。特に1930年代のハイチ黒人研究の進展には目を見張るものがある。黒人たちの民間信仰としてのヴォドゥ、彼らの話すハイチ・クレオールなどが知られることになる。

その先陣を切ったと言えるのがシーブルックの『魔法の島』であっ

カルペンティエールの蔵書（カルペンティエール財団蔵）

た。発売後、ただちに評判を取ったこの本は、その年の内にフランス語にも訳され、パリ在住のカルペンティエールの手にも落ちることになった。キューバでの青年時代から、アフロクバニスモと呼ばれる黒人たちの文化や語法を研究し、取り入れる文学や学問研究の潮流に身を置いていたカルペンティエールはこれを読み、隣国にして黒人の国ハイチに展開するヴォドゥのあり方に大いに触発され、その地への関心を呼び覚まされたようなのである。まるでキューバの黒人たちのサンテリーアそのものではないか、と思ったのかもしれない。つまり彼は、フランスへの旅によってハイチと出会ったのである。そしてその下準備は、ヨーロッパからキューバに移住した時点でできていた。

事実、『この世の王国』内にはシーブルックが採集した黒人たちの祭礼の歌が引用されている。つまりこの作品は、遅くともこの『魔法の島』の刺激に始まる作家のハイチへの興味・関心の結実なのである。作家自身の旅ではなく、他の作家の旅の報告である一冊の本との出会いがもたらしたものである。それも一種の旅の結果なのだけれども。

したがって、いささか昂揚した口調で硬直したヨーロッパに対するアメリカの芸術の、文学の優位を謳いあげるカルペンティエールの主張は現在、鵜呑みにされるべきではないだろう。私たちはもう少し冷静に、それが旅の成果であり、それは地域を跨ぐものであったのだと言うべきだろう。おそらくは、ジェームズ・クリフォードの言にこそ意義を見出すべきなのだ。彼は言っている。「文化的想像の場としてのパリは、カルペンティエールのような人びとの迂回路と帰路を内包しています。彼はキューバからパリにわたり、のちにカリブと南アメリカに戻って、〈魔術的リアリズム〉をほんとうの驚異と名づけます。それは少し異なるシュルレアリスムでした。シュルレアリスムが旅をし、そして旅の中で翻訳されたのです」(邦訳の一部を修正)と。

読書案内

・アレホ・カルペンティエル『この世の王国』木村榮一・平田渡訳、水声社、1992年
・ジェイムズ・クリフォード『ルーツ——20世紀後期の旅と翻訳』毛利嘉孝・有元健・柴山麻妃・島村奈生子・福住廉・遠藤水城訳、月曜社、2002年
・アンドレ・ブルトン『シュルレアリスム宣言・溶ける魚』巌谷國士訳、岩波文庫、1992年
・クロード・レヴィ＝ストロース『悲しき熱帯』〈I、II〉川田順造訳、中公クラシックス、2001年

「Y小説」の誕生

タイにおける性的多様性受容への転換点

コースイット・ティップティエンポン

●「ニヤーイ・ワーイ」の現状

2010年代以降、タイ文学界では「ニヤーイ・ワーイ（Y小説）」という文学作品が徐々に知られるようになった。「ニヤーイ・ワーイ」の「ニヤーイ」とは小説であり、「ワーイ（Y）」とは実は日本語の「やおい」がなまったものである。同ジャンルはタイ国内で新たな文学としての地位を築きつつあると言っても過言ではない。「ワーイ」は、同性愛者の恋愛話を意味するが、狭義には男性同性愛者の恋愛を指すことが多く、特に若い男性カップルが取り上げられている。

「Y小説」の流行以前にも男性同性愛をテーマにしたタイの文学作品、つまりゲイ文学は存在していた。だが、日本のボーイズラブ（BL）の影響を受けたY小説は、独自の作風により大いに注目されるようになった。特に若年女性の間でインターネットを通じた情報交換が盛んであるため、Y小説は彼女たちの流行文化のひとつとなったのである。加えてY小説は、従来のゲイ文学とは異なり、登場人物がおしゃれであったり、心理描写が巧みであったりすることも相まって、読者の強い共感を呼び起こすという特徴を有している。

Y小説は商業的にも大きな成功を収めている。多くの書籍が出版されたのみならず、ドラマや映画として映像化されることも増えている。このようなメディアミックスがY小説の人気を一層高め、タイ国内外での認知度も向上し、タイ文学界における新潮流を形成するに至った。

●社会に葛藤を訴える従来の男性同性愛者の物語

ある日、出産が近いチンラーが自分の人生と夫のことを振り返り、ただただ気分が落ち込んだという描写は、女性作家クリッサナー・アソークシンの『開かずの扉（ประตูที่ปิดตาย）』（1976）での印象的な一節である。

> もちろん、チンラーが、ゲイとしての人生と子どもの父親としての人生を同時に送りたいという夫の気持ちを理解していないわけではなかった。ただ、あまりにも強い葛藤があり、それを抑えられなかった。彼女は、夫は自分のことを単なる子どもを産むための『機械』として扱っているのではないかと思った。それで、何度もひとりで泣いた。
>
> 〔167頁より〕

1970年代のタイでは、LGBT（レズビアン、ゲイ、バイセクシュアル、トランスジェンダー）という用語が使用されていなかった。同性愛をテーマにした文学作品は稀であり、このテーマに積極的に取り組む作家もほとんどいなかった。性の多様性に関する知識が希薄だった時代に性的マイノリティはどのように生活していたのか、その実態は明確に把握されていなかった。特に、男性同性愛者は差別や偏見に直面し、蔑視されることが多かった。

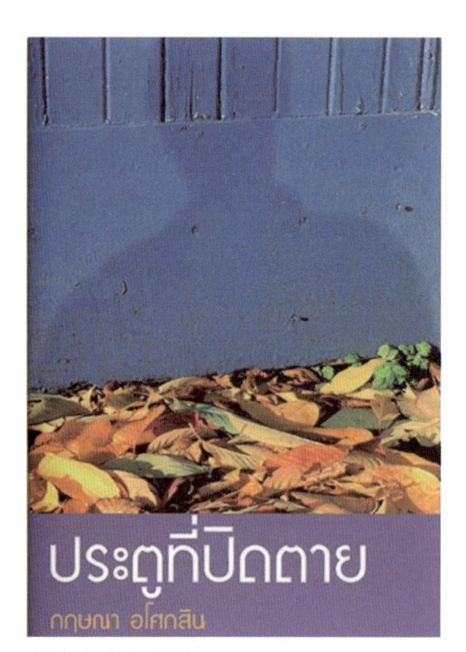

『開かずの扉』の表紙

『開かずの扉』は、バイセクシュアルとゲイという公の場での議論が難しいテーマを扱っており、当時の社会背景を考慮するならば大胆な作品であった。

だが、現代においてもその内容は時代遅れとはなっていない。作品の雰囲気は暗く、主人公であるチンラーは、肉体上の性別は男性である夫が、男性と不倫していることに悩んでいる。夫が自身の性的指向を隠すために、女性であるチンラーと結婚したという経緯も詳細に描写されている。この小説の登場人物たちが経験する不安感や苦悩は、現在でも共感を呼ぶテーマとなっている。

クリッサナーに加えて、同様のテーマを扱った著名な作品がいくつか存在する。例えば、キーラティ・チャナー著『第三の道（ทางสายที่สาม）』（1982）、トムヤンティー著『風に舞う落葉（ใบไม้ที่ปลิดปลิว）』（1988）、スワンニー・スコンター著『愛する我が子よ（ลูกรัก）』（1997）、そしてウィーラワット・カノックヌクロ著『花の残骸（ซากดอกไม้）』（1997）が挙げられる。これらの共通点のひとつは、同性愛者の人生がどうしても不幸になってしまい、かつ悲劇の結末を迎えるという点である。例えば、『風に舞う落葉』の主人公である性転換手術を受けたニラーは、おじに恋するがそれは叶わず、自殺してしまう。また、『花の残骸』の主人公チャートチャークリーは、運命の不条理ゆえ、最後は殺されてしまうなど、悲しい結末が待っている。

これらの代表作を通じて、従来の男性同性愛者の物語に関する特徴がいくつか見受けられる。第１に、男性同性愛者は結婚生活で性的指向を隠さざるを得ないということである。彼らの多くは家族や社会の期待に応えるために異性愛者のふりをし、結婚を強いられる。主人公たちが本当の性的指向を隠しながら生きていく苦難が詳細に描写されている。

第２に、叶わぬ恋が頻繁にテーマとして取り上げられているということである。同性への愛情が認められないため、主人公はいつも自分の感情を抑えたり、秘密の恋愛を続けたりする。同性愛者の恋愛がいかに困難であり、不幸な結末に終わってしまうかということも強調されている。作品の陰鬱な雰囲気は社会への問題提起でもある。即ち、同性愛者の権利や、その権利に対する認識を高めようとする啓発的な内容が含まれているのである。周囲に理解と共感を促し、偏見や差別を批判する視点が描かれることで、読者はこのテーマについて深く考えるだろう。

● 日本の「やおい」「百合」からタイの「Y小説」へ

近年LGBTの権利擁護やLGBTへの認識の必要性が高まり、同性愛の話題も文学界やメディア界で頻繁に取り上げられるようになった。現実社会でも男性同性愛者の自己表現の機会は増加傾向にある。過去には異性との結婚を通じて自らの性的指向を隠す必要性があったが、今では社会での受容が進み、自身の性的指向を表明できるようになった。このような変遷は個人の幸福が尊重されるようになったことに加えて、社会での多様性への認識向上を示すものでもある。

一方、1990年代後半に、日本で「やおい」として知られていたBLコミックがタイにも流入した。男性の同性愛を率直に描写するというのがやおいの特徴であるが、タイ語には適切な訳語が存在しなかった。やおいほど注目はされなかったが、「百合」や「GL（Girls'love）」と呼ばれる女性同性愛を取り扱った作品もタイで知られるようになった。百合もやおいと同様にタイ語の訳語がなかったが、日本語の呼び方をローマ字で表記すると、それぞれ頭文字「Y」で始まる「YAOI」と「YURI」となるので、タイの読者は総称として「Y」と呼ぶようになった。初期段階で「Y」は両方の意味を含んでいたが、BL（YAOI）の方が圧倒的な人気を博した結果、のちに「Y」の意味は狭まり、ほとんどの場合BLのみを指すようになったのである。以降、「ニヤーイ・ワーイ（Y小説）」から、「スィーリー・ワーイ（Series Y＝BLドラマ）」や「サーオ・ワーイ（腐女子）」といったように「Y」を含む語が増えていった。

日本のBLコミックの内容は様々であり、純愛や友情を描く作品もあれば、あからさまな性的描写が含まれる作品もある。特に後者は読者に強烈なインパクトを与えるため、タイで普及したものは規制の対象となる。以前、これらの作品は書店での陳列が許可されていなかった。こうした露骨な内容のBLコミックを公然と販売することは困難であり、法的および文化的な理由から、かつては地下市場で取引されるのが主流だった。書店は政府や世間からの圧力を考慮し、作品を公式に取り扱うことを避けていたのである。

いずれにせよ、タイでは日本に由来する「Y」という新しい形態のエンターテインメントが形成された。日本の漫画を発祥として、タイ人読者による「Y小説」や二次創作、さらには映像作品までもが生まれた。しかし、「Y」という呼称はあくまでも若者文化として誕生したものであり、その背景に対する理解は年齢層によって異なる。ほとんどの年齢層はY小説を男性同性愛者の恋愛話、つまりゲイの物語として捉えることが多いが、この捉え方に対し熱狂的なYファンは表面的であると批判している。

明確な定義が存在しないため、タイではどの作品を「Y」と呼ぶべきかについての議論が続いている。男性同性愛者の恋愛話という側面から見ると、確かに「Y」とされる作品の内容は、葛藤を抱え、悲劇的な結末を迎えるという形から大きく変化した。内容がより明るく、前向きなものへと進化し、幸福な結末を迎えるという傾向が見受けられる。この変化をきっかけとして、タイ人がオンライン上でY小説を配信するようになり、オンラインY小説も人気を博している。多くの読者層がいることが明らかになると、内容と表現を調整したうえでオンライン上の作品が紙媒体の書籍として出版され、書店ではY小説コーナーまで設けられるようになった。以前認められなかったものが、今は一種の文学作品として評価されるようになった。

Y小説は一般的にエンターテインメントとして位置づけられ、文学的価値が低いとみなされることがある。しかし、この見解は単純かつ一面的なものであり、実際には複雑な筋書きや繊細な表現を生かし、社会への問題提起を試みる作家も存在する。こうした作家たちの努力により、Y小説の質は向上し、多様性が増している。例えば、同性の恋愛模様を語ることを通じて、性の多様性尊重や偏見除去に向けての啓発が行われるのである。文学的探究や前向きな考えを発信する素材として、Y小説はますます重要性を増していると考えられる。

2020年代のY小説には、いくつかの明確な特徴が見受けられる。まず、これらの作品は、家族の背景や性的指向にはほとんど触れず、愛とは男女間のそれに限られない人間関係であるという点を強調している。異性愛にとらわれない多様性の尊重を伝えることで、社会的な意義を持つ文化として認識されている。また、愛のあり方は多種多様であるとしてそれら様々な絆を描き、読者に新たな視点を提供している。Y小説の主人公の大部分は幸福な結末を迎えるので、肯定的なメッセージが読者に伝わる。これに胸を打たれる読者は多く、共感と支持が広がっている。このような流れが文化や若者の価値観を変え、かつ多様な物語が受容されることで、文学界にも新鮮な刺激を与えていると言える。

● 国境を越えたY小説『SOTUS』と『2gether』

Y小説を映像化する際には原作の魅力を損なわずに表現するという難しさに加え、偏見や規制といった課題も存在する。そのような困難にもかかわらず、2014年にはオンライン小説を原作としたテレビドラマ「Love Sick The Series (รักวุ่น วัยรุ่นแสบ)」が人気を博し、タイにおける「Series Y (Yドラマ)」が本格的に社会に受容される突破口が開かれたと言える。それ以降に制作され

漫画化した日本語版『SOTUS』

『2gether』の日本語版

た「Yドラマ」は、予想以上の人気となった作品が多く、なかでも『SOTUS（พี่ว้ากตัวร้ายกับนายปีหนึ่ง：ソータス）』と『2gether（เพราะเราคู่กัน：トゥゲザー）』がその代表作である。

BitterSweet著の小説『SOTUS』は、2016年にタイのGMMTVによってドラマ化された。物語は大学の工学部を舞台とし、新入生と上級生との関係を描いている。新入生のコンポップは、上級生のアーティットが指導する厳格なオリエンテーションプログラム「SOTUS」に参加する。「SOTUS」とは、「Seniority 先輩、Order 秩序、Tradition 伝統、Unity 統一、Spirit 精神」という英語の頭文字を組み合わせたものであり、タイの大学生の上下関係に対する伝統的な価値観を示している。

当初、コンポップとアーティットは不仲であったが、２人の間に徐々に友情と愛情が芽生え、距離が縮まっていく。大学での伝統的なシステムやヒエラルキーとBLの要素を組み合わせた本作は、友情、努力、自己発見、そして愛に関するテーマを深掘りし、視聴者の共感を呼び起こした。このドラマは国内外で人気を博し、多くの視聴者に支持された。感動的なストーリーやキャラクターの魅力、演技の質などが評価された。

ジッティレイン著の『2gether』も2020年にGMMTVによりドラマ化された。内容はサーラワットとタインという２人の大学生のラブストーリーを描いている。タインは、しつこく付きまとってくるゲイの男子学生を避けるために、サーラワットに偽の恋人になってもらうよう依頼する。２人は偽の関係を続けるが、次第に本当の愛情が芽生えてしまうのである。『2gether』は、その軽妙でユーモアに富んだ内容と魅力的な登場人物により、放送開始直後から絶大な人気を博した。SNS上でも大いに話題になり、視聴者がリアルタイムで感想を共有する現象が見られた。このドラマもタイ国内外で大成功を収め、日本でも配信を通じて多くのファンを獲得した。

『SOTUS』や『2gether』が日本で配信されると、タイドラマへの関心が高まった。日本人がタイやタイ語学習に興味を持つきっかけともなり、ドラマを用いたタイ語教材まで作られるようになった。『SOTUS』と『2gether』以外にも、日本語訳されたＹ小説が増え、Ｙドラマに関する雑誌も創刊されるなど、その影響は多岐にわたる。日本でタイのＹドラマに関連するファンミーティングも頻繁に開催され、俳優たちが直接ファンと交流する機会が増えた。『SOTUS』や『2gether』などが国内外で成功を収めてから、「Ｙサブカルチャー」はより注目され、タイの新しいソフトパワー、即ち文化的な影響力として、小説やドラマの輸出本格化の気運が高まった。Ｙ小説とその展開は、このようにタイと海外との文化交流の架け橋となっていくだろう。

● 性的多様性を尊重する社会へ

2017年東南アジア文学賞受賞者であるタイ人作家チダーナン・ルアンピアンサムットは、Ｙ小説の進化について興味深い視点を提供している。彼女は、Ｙ小説が現実を完全に反映していないことを認識しつつも、その表現が過去から変化し、より多様で明るいものとなっていることを指摘したのである。

> Ｙ小説は100％現実社会を反映しているとは言えませんが、エイズで死ぬという悲劇的な描写や、ただ笑いを取るためだけの描写から、今ではより

多様で肯定的な表現が増えています。今後10～20年でもっと変化し、社会に受容されやすい形に発展していく可能性があります。

〔2024年3月The KOMMONによるインタビューより〕

純文学に加えてY小説も執筆しているチダーナンは、Y小説がエンターテインメントとしての役割を超え、社会的な役割をも担っていると主張していると思われる。Y小説が若い女性ファンを主な対象として読者に多様性への理解を促し、強い影響を与えていることは確かである。同性愛者に対する意識が高まり、寛容な社会が実現することが期待される。

一方、タイ社会は、仏教を基盤とする文化と伝統が人々の生活や倫理観に深く根付いている。仏教ではLGBTに対する明確な禁止や罰則が存在せず、その教義は多様性を尊重する側面を有する。このように仏教の教えがLGBTを肯定的に捉えているにもかかわらず、当事者は、特に若年期において社会からの偏見や差別に苦しんでいる。

性自認と性的指向の形成過程がまだ完全に理解されていない中、多くの人々はLGBTであることを「選択」と捉える人も少なくない。しかし、「生まれつき」と信じるLGBT当事者も多い。そこで、「なぜ自分はLGBTとして生まれたのか」「なぜ他の人と違うのか」「なぜ周囲から理解されないのか」という答えのない問いに葛藤し、深く苦悩するのである。このような状況下で、タイ社会では仏教的な業（カルマ）の概念がその悩みにひとつの解を提供している。

業の教義によれば、現世の苦難や不幸は一部、前世での行いの結果とされる。この観点から、タイのLGBTにとって、LGBTであることは前世の行いの結果、特に「浮気や不貞行為による罪」と解釈される。ここでの「罪」は罰を受けるべきという重い意味を持つのではなく、単に「なぜLGBTとして生まれたのか」という問いに対する説明のひとつにすぎない。前世の行いは変えられないため、現世でLGBTであることを受け入れ、現在をより良く生きるという考え方に繋がる。この解釈により当事者は納得に至り、自身のアイデンティティに対する心理的な負担は軽減される。

その上、タイ社会では「家の存続」という概念がそれほど強くなく、長男が家を継承するという価値観も弱いため、男性同性愛者が家の存続を脅かすという見解はほとんどない。このような背景が、他国と比較してではあるが、タイでのLGBTの生きやすさに繋がるのである。

宗教的および家族的な制限が軽減されたならば、社会でLGBTに対する寛容な価値観が形成されることが残された課題となる。幸いなことに、タイでは性の多様性への理解を深める教育や啓発活動が盛んに行われている。特筆すべき事例として、2018年にサヤーム博物館（Museum Siam）で開催された展示会「ラベリングとしての男性・女性：性の多様性と流動性について考える」が挙げられる。この展示会では、性の多様性と流動性に関する幅広い情報が提供され、多くの来場者が訪れた。こうした活動が性の多様性への理解を促進し、社会全体の寛容性を高める役割を果たしている。

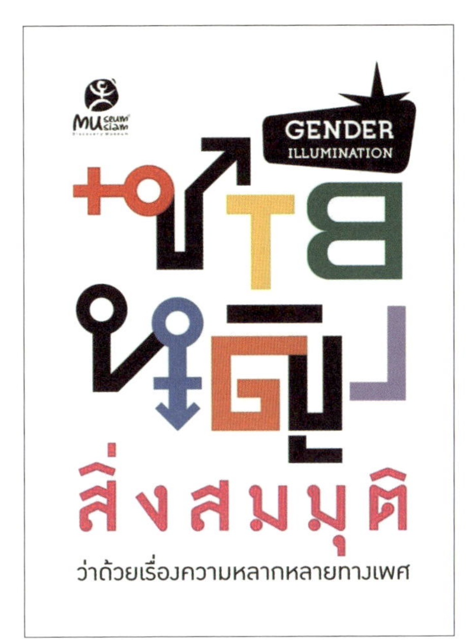

展示会「ラベリングとしての男性・女性：性の多様性と流動性について考える」のブックレットの表紙

また、タイでは2024年に性別を問わず結婚が可能となる法案が成立し、相続などの権利も付与されることとなった。この法案により東南アジアでは初の同性婚合法化が実現したのである。LGBTコミュニティにとって大きな後押しとなり、社会の価値観が変革されつつあることの象徴であるとも言える。

同時に、Y文学の台頭はタイにとってタイムリーな現象である。初期には認められなかったY小説は、現在、知名度が高まり、社会的・商業的にも重要な位置を占めている。具体例として、Y作品を専門とする出版社が多数誕生し、「Y Book Fair（มหกรรมนิยายและการ์ตูนวาย）」などのイベントも開催されている。Y小説における男性同性愛の描写や作品の映像化は、彼らとLGBTコミュニティの存在を浮き彫りにするだけでなく、様々な性的指向やアイデンティティを受容する方向へと発展する一助ともなっている。

もちろんこれらの作品が急速な社会変化を引き起こしたり、人々の認識を劇的に変革したりするわけではないが、LGBTへの理解を促進する効果は大きく、多様性受容を訴えかける文化ジャンルとしての地位を確立している。Y文学の隆盛により、性の多様性が尊重される社会の実現が一層期待される。タイ社会には仏教や人々の寛容さといった多様性を受容する土壌が既に存在しているが、Y小説はその土壌をさらに豊かなものへとしていくだろう。

読書案内

- 白水社編集部『「その他の外国文学」の翻訳者』白水社、2022年
- ジッティレイン『2gether』(1・2) 佐々木紀訳、ワニブックス、2020年
- Bacteria『A Tale of Thousand Stars』(上・下) イーブン美奈子訳、KADOKAWA、2021年
- BitterSweet『SOTUS』(1・2) 芳野笑訳、フロンティアワークス、2021年
- Prapt『The Miracle of Teddy Bear』(上・下) 福冨渉訳、U-NEXT、2023年

III

〈詩〉のアクチュアリティ

ロシア詩の地層

アレクサンドル・プーシキンをめぐって

前田和泉

●「ロシア文学の父」プーシキン

近代ロシア文学の原点がアレクサンドル・プーシキン（1799-1837）であることに異論を持つ者はあるまい。プーシキンの出現によって、ロシア文学はその様相を一変させた。

まず何より彼はロシア語に革命をもたらした。18世紀までのロシア文学は、教会スラヴ語の影響を強く受けた古めかしい文語体で書かれていたが、それは当時の話し言葉とは大きく乖離したものであり、人間らしい感情を自然に表現することができなかった。18世紀末にはニコライ・カラムジンが貴族階級の話し言葉を取り入れて言文一致を試み、これに追随する動きも見られたが、上流階級のサロン的な文体には限界があり、深い内容の作品を生み出すには至らなかった。19世紀初頭のロシア文学は、どのような言語で表現すべきなのかをいまだ見出せずに彷徨（さまよ）っていた。そこへ颯爽と現れたのがプーシキンである。

アレクサンドル・プーシキン（キプレンスキー画、1827年）
（https://commons.wikimedia.org/wiki/File:Kiprensky_Pushkin.jpg）

プーシキンのロシア語の特色は、教会スラヴ語的な規範を土台としつつ、民衆語を大胆に取り入れた点にある。幼い頃から乳母が民話を語り聞かせてくれる環境にあった彼は、民衆の言語のダイナミズムを体にしみ込ませて育った。プーシキンの筆のもとで、ロシア語は伸びやかで生き生きとした言語へと生まれ変わった。その新しいロシア語を駆使して、彼は抒情詩や物語詩、劇詩、小説など、多彩なジャンルの作品を次々と生み出していったのである。

専制体制にあったロシアにおいて、とりわけ自由への渇望を謳った作品は大きな影響を社会に及ぼした。そのため当局から危険視された詩人は1820年に南方へと追放されるが、彼の作品はその後も人口に膾炙（かいしゃ）した。社会改革を求める青年貴族らが1825年12月に起こしたクーデター（いわゆる「デカブリストの乱」）に際しては、蜂起が鎮圧された後、逮捕された者の多くがプーシキンの自由主義的な詩を所持していたという。

皇帝側は、急進改革派勢力へのプーシキンの影響力の強さを目の当たりにして、この自由主義のアイコンともいうべき詩人を懐柔すべく、1826年に恩赦を与え、追放処分を解除した。その一方で、詩人の行動を逐一監視し、すべての作品は事前に皇帝へ提出する義務を課すなど、様々な形で圧力をかけた。これに対してプーシキンは、時に恭順の姿勢を示して権力側の監視の目をかいくぐりつつ、自身の創作を深めてゆく。お互いの腹の探り合い、駆け引き、二枚舌、飴と鞭――プーシキンと皇帝ニコライ1世との間にあった息苦しいほどの緊張関係は、詩人が不慮の死を遂げるまで続き、それはロシアにおける「権力者と芸術家」のあり方の元型（アーキタイプ）となった。ソ連時代、とりわけスターリン体制下にこの独裁者と対峙することになった芸術家たち――作曲家ショスタコーヴィチ、映画監督エイゼンシュテイン、舞台演出家メイエルホリド、作家ブルガーコフなど――を想起するとき、多くのロシア人は「ニコライ1世とプーシキン」のイメージを重ね合わせずにはいられない。

権力との葛藤だけではなく、数多の恋愛遍歴や、学生時代の友人たちとの友情、奔放な振る舞いの数々、決闘による死など、ドラマティックなその人生もまたプーシキンが偶像化される一因であったのかもしれない。いずれにせよ、19世紀後半にはすでに、プーシキンが「ロシア文学の父」であることを疑う者はいなかった。1880年、モスクワにプーシキンの銅像が建立された際、その除幕式でドストエフスキーがプーシキンの天才性とロシア精神を熱烈に讃えた演説を述べて大きな反響を呼んだというよく知られた逸話は、ロシア文学史におけるプーシキンの位置づけを端的に示している。

20世紀に入ってもプーシキンは特別な存在であり続けた。詩人マンデリシュタームはごく当然のようにプーシキンを「太陽」になぞらえた（『言葉と文化—ポエジーをめぐって』斉藤毅訳、水声社、1999年）。一方、新時代の文学を目指した未来派の詩人たちが、かの名高い文集『社会の趣味への平手打ち』(1912)でプーシキンを「現代の汽船から放り出す」ことを高らかに宣言したのは、この詩人が彼らにとって乗り越えるべき「父」であったからに他ならない。そもそも、こう宣言した首謀者のひとりマヤコフスキーからして、実際にはプーシキンの詩を愛読し、長大な物語詩『エヴゲーニー・オネーギン』を「暗唱できる」と嘯(うそぶ)いていたほどだった。

ロシアでは伝統的に詩が重視されてきたが、それはロシア語の特性（大多数の単語にアクセントがあり、なおかつ語順の自由度が比較的高いので、アクセント位置を規則的に配置しやすい）が詩という形式と相性がよかったのもさることながら、やはりプーシキンの存在が大きかったと言えよう。作家人生の後半では小説にも取り組んだが、ロシア文学の「太陽」はまず何よりも詩人であった。後に続く者たちは彼が切り拓いた道を進み、さらに先を目指した。そうしてロシア詩の伝統は積み重ねられていったのだった。

アンナ・アフマートワ（1920年代中頃）
(*Лекманов О. А.* Осип Мандельштам: Жизнь поэта. М.: Молодая гвардия, 2009)

繋がり合う言葉たち ——アフマートワ「ヴォロネジ」とプーシキン

後に続いた者のひとりがアンナ・アフマートワ（1889-1966）である。20世紀初頭に登場し、ロシアを代表する女性詩人として一時代を築いた彼女は、「戦争と革命の世紀」に翻弄され、プーシキン以上に波乱に満ちた生涯を送った詩人であった。デビュー当初はモダンな恋愛抒情詩で人気を博したが、第一次世界大戦以降、ますます血なまぐさい様相を帯びてゆく時代の趨勢は、彼女の作品が私的なテーマに留まることを許さなかった。1917年のロシア革命後は苦難の連続で、1921年に最初の夫だった詩人ニコライ・グミリョフが反革命謀略に関与したとの濡れ衣を着せられて銃殺されると、元妻であるアフマートワも当局から警戒される対象となった。1924年にはロシア共産党中央委員会で名指しの批判を受け、翌1925年以降、作品発表を禁じられた。スターリン大粛清期には家族が逮捕され、それがきっかけとなって連作詩『レクイエム』(1935-1961)を執筆する。粛清の過酷な現実と正面から向き合ったこの作品が国内で公に活字になったのは、実にソ連時代のペレストロイカ後の1987年のことである。

アフマートワだけではなく、この時代を生きた詩人たちの多くが悲惨な運命をたどった。若い頃からアフマートワとも親交のあったオーシプ・マンデリシュタームは、スターリンを揶揄した風刺詩が原因で1934年に逮捕され、流刑判決を受ける。1937年に一旦は釈放となるが、翌1938年に再逮捕され、シベリア極北のコルィマ強制収容所へ移送途中に衰弱死した。さて、1度目の逮捕後、ロシア南西部の町ヴォロネジに流刑されていたマンデリシュタームを旧友アフマートワが訪ねたのは1936年2月のことだった。念のため補足しておくと、ソ連における「流刑」は強制収容所への禁錮刑とは異なり、牢獄の中に閉じ込められるわけではない。指定された町から離れることは許されず、労働奉仕や定期的な居住報告を行う義務はあるものの、一定程度の行動の自由はあり、一般市民と会うことも可能だった。とはいえ、スターリン批判という禁忌を犯した危険人物と会うために、自身の住むレニングラード(現サンクトペテルブルク)から1,200キロメートル以上離れた町へわざわざ足を運ぶのは並大抵のことではない。しかもアフマートワ自身、前年に夫と息子を逮捕されたばかりだった。

オーシプ・マンデリシュターム(1934年)
(*Лекманов О. А.* Осип Мандельштам: Жизнь поэта. М.: Молодая гвардия, 2009)

流刑中のマンデリシュタームを訪れたときのことを、アフマートワは「ヴォロネジ」と題された詩に書き残している。

ヴォロネジ

そして街中が凍りついている
樹々も壁も雪も、まるでガラスに閉じ込められたよう
氷晶の上を私はおそるおそる進んでゆく
模様の刻まれた橇が頼りなげに走る
ヴォロネジのピョートルの頭上には烏たち
そしてポプラの樹々と、陽の当たる埃の中で
ぼんやりと濁るライトグリーンの空
強大な勝者の大地の
斜面にはクリコヴォの会戦の気配
そしてすぐにポプラは私たちの頭上で、触れ合わせた杯さながら
いよいよ高らかに音を立てるだろう
まるで私たちの歓喜のため
幾千もの客人たちが婚礼の宴で祝杯をあげているかのように

一方、追放の詩人の部屋では
恐怖とミューズが交替で番をしている
そして夜明けを知らぬ
夜が更けてゆく

〔1936年3月4日（前田和泉訳）〕

いくつか解説しておくと、まず、「ヴォロネジのピョートル」とは、町の中心に立つピョートル大帝の銅像のことである。大胆な改革によってロシアを列強の一角へとのし上がらせたピョートルは、その政策の一環としてヴォロネジに造船所を建設し、ここで造られた艦船がロシア海軍の出発点となった。一方、「クリコヴォの会戦」は、1380年にモスクワ大公国連合軍がキプチャク・ハン国連合軍を破った戦いで、ロシアがいわゆる「タタールのくびき」から脱する最初のきっかけになったとされる歴史的事件である。戦いの舞台となったクリコヴォ平原はヴォロネジの北方にあり、ヴォロネジから広がる大地にアフマートワはそうした

歴史の息吹を感じ取っている。全体として、作品の約4分の3を占める第1連では、ロシア・ナショナリズムを喚起させる町としてヴォロネジが描かれ、その中で詩人は「おそるおそる進んでゆく」。

2連目では一転して、「追放の詩人」マンデリシュタームの部屋が描写される。「恐怖とミューズが交替で番をしている」という一節は、ヴォロネジ時代のマンデリシュタームを端的に言い表している。スターリンの気分次第でいつ命を奪われてもおかしくないという恐怖に日々襲われる一方で、この時期のマンデリシュタームは旺盛な創作力を発揮し、大量の詩を書き残した。「ヴォロネジ・ノート」と呼ばれるそれら一群の詩は、それまで理知的で衒学的とも言える作風だったのとは打って変わって、驚くほど平明な言葉で綴られている。「驚くべきことに、全く自由ではなかったヴォロネジにおいて、マンデリシュタームの詩には広々とした空間や深い呼吸が現れたのだった」(アフマートワ「マンデリシュターム」より)。

ところでアフマートワの「ヴォロネジ」に描かれた、「追放された詩人に会うため、遠方から旧友が橇に乗ってやって来る」という状況は、ある有名な詩を彷彿とさせる。それは、他でもないプーシキンの1826年の作品「I. I. プーシチンに」である。

僕の初めての友、かけがえのない友よ！
僕は運命を祝福したのだ
悲しみの雪に閉ざされた
我が孤独の庭に
君の鈴の音が鳴り響いた時に

聖なる神意に僕は祈る
どうか僕の声が
同じ慰めを君の心に与え
リツェイの明るい日々の光をもって
流刑の地を照らさんことを

〔前田和泉訳〕

この詩を捧げられたイワン・プーシチンはプーシキンの旧友で、2人の出会いはリツェイ（貴族の子弟のための帝立寄宿学校）に入学した1811年に遡る。当時プーシキンは12歳、一方のプーシチンはひとつ年上の13歳。寮の部屋が隣同士だった2人はすぐに意気投合し、リツェイ卒業後も親交が続いた。上述のようにプーシキンは1820年に南方へ追放されるが、その後さらにロシア北西部の村ミハイロフスコエへ移され、そこで幽閉生活を送ることになる。僻地の村で孤独な日々を過ごしていた詩人を、旧友プーシチンが突然訪ねてきたのは1825年1月のことだった。上に引用した詩の1連目は、そのときの回想である。プーシチンが乗ってきた橇には鈴が付いており、その音を聞きつけた詩人は、冬の厳寒の中、シャツ1枚だけを羽織り、裸足で親友を出迎えに家を飛び出してきたという。幽閉中の詩人に会いに行くのは危険なことであり、プーシチンも出発前には周囲から止められたが、それを振り切ってはるばるミハイロフスコエ村を訪ねてきてくれた友人の勇気ある行動に、プーシキンは強く心を打たれた。

この年の12月に首都サンクトペテルブルクで勃発した「デカブリストの乱」の知らせは、プーシキンに大きな衝撃を与えた。改革を求めて蜂起した青年貴族たちの自由主義思想は、そもそもプーシキンも共有するものであったのに加え、リツェイ時代以来のプーシキンの友人たちもこのクーデターに参加していたからである。そして、そのうちのひとりがプーシチンだった。反乱が鎮圧された後、関係者579名が裁判にかけられ、首謀者5名が絞首刑、120名がシベリアなどへ流刑にされた。プーシチンは当初、死刑判決を受けたが、のちに強制労働刑に変更となり、シベリアへ送られた。

彼が流刑になることを知ってプーシキンが記したのが先ほどの詩である。孤独な幽閉生活を送る自分をプーシチンが訪ねてきてくれたことで、詩人は大きな「慰め」を得た。その「かけがえのない友」が、今シベリアへ流刑にされようとしている。彼に捧げる言葉を紡ぐことで、今度は自分が友を励まし、勇気

イワン・プーシチン（ベストゥージェフ画、1837年）（https://commons.wikimedia.org/wiki/File:Пущин_I.I..jpg）

づけたいとプーシキンは考えた。そして2年後の1828年、知人らの仲介によって、この作品はシベリアで流刑生活を送るプーシチンのもとへ届けられたのだった。

プーシキンを敬愛し、彼に関する学術的な論考も数多く書き残しているアフマートワが、ロシア文学史上あまりにも有名なこの作品を知らなかったことはあり得ない。「ヴォロネジ」に登場する「橇」や「追放の詩人」といった語句は、プーシチンのミハイロフスコエ来訪を容易に想起させる。アフマートワの脳裏では、おそらくプーシチンが幽閉中のプーシキンを訪れたエピソードと、自身のマンデリシュターム訪問とが重ね合わされている。「追放の詩人」はマンデリシュタームでもあり、またプーシキンでもあった。生前は権力からの圧力を受け続けたプーシキンは、やがてロシア文学の「太陽」として称揚されることとなる。一方、デカブリストたちの蜂起は失敗に終わったが、社会変革を求める動きは最終的に帝政ロシアを崩壊へと導いた。そのような歴史の流れも、アフマートワの念頭にはあったのではないか。

ヴォロネジでマンデリシュタームと会ったとき、彼はアフマートワに対してこう述べたという――「詩は権力だ」（ナジェージダ・マンデリシュターム『流刑の詩人 マンデリシュターム』木村浩・川崎隆司訳、新潮社、1980年）。為政者が詩人を弾圧するのは、詩の言葉の力を恐れているからに他ならない。自身が今ここに流刑にされていること自体、権力を持つ者たちが詩の孕む力を重んじていることを、図らずも証明しているのだとマンデリシュタームは言おうとしている。

プーシキンがそうであったように、詩人は死んでもその言葉は生き続ける。過去に綴られた言葉は新たな言葉を導き、それらが積み重なってロシア詩の地盤を成してゆく。プーシキンの詩を踏まえてアフマートワが「ヴォロネジ」を書いたとき、100年以上前にプーシキンがデカブリストの旧友に宛てて記した作品は、単なる過去のものではなく、今この粛清時代を生きる者たちにとって新たな意味を帯びることとなった。そのようにしてロシアの詩人たちの言葉は、繋がり合い、重なり合いながら、紡ぎ続けられているのである。

● 21世紀のプーシキン

さて、ここで筆を置いたならば、本稿は「権力」対「詩人」というわかりやすい物語として締めくくることができたろう。ここまで見てきたように、専制体制が長く続いてきたロシアにおいて、文学は「反体制」「反権力」の位置に置かれることが珍しくなかった。言論が極度に統制された社会において、それが文学に求められた役割でもあった。ただ、事はそれほど単純ではない。とりわけそこにナショナリズムが絡む場合には。

プーシキンの場合、皇帝ニコライ1世とは緊張関係にあったが、自由を求めることと愛国感情を持つことは彼の中では矛盾することなく共存していた。たとえば1830年、当時ロシア帝国支配下にあったポーランドで「11月蜂起」と呼ばれる反ロシア武装反乱が起きると、その翌年、プーシキンは「ロシアの中傷者たちへ」と題する詩を執筆している。当時、欧米諸国の世論は概ねポーランドに同情的で、ロシアに対しては強い批判が沸き起こった。「ロシアの中傷者たちへ」には、

ウクライナ・キーウのプーシキン胸像跡。1899年にプーシキンの生誕100年を記念して建立されたキーウ最古のプーシキン像だったが、2022年10月に像が撤去され、台座だけが残された（https://commons.wikimedia.org/wiki/File:Повалене_погруддя_Пушкіна.jpg）

こうした状況へのプーシキンの苛立ちが表れている。この詩の内容を一言で要約すると、「これはスラヴ人同士の争いなのだから、無関係な西欧諸国の者たちは黙っているがよい」ということである。今から200年前の時代に生きた詩人の国際政治認識の是非についてはここでは問うまい。問題は、2022年2月のロシアによるウクライナ侵攻以後、この作品が否応なく帯びることとなった政治的色彩である。

ウクライナ侵攻を正当化するロシア政府のナラティヴを信じる人間にとって、19世紀のポーランドの11月蜂起と、21世紀のウクライナ侵略戦争は重なり合って見える。同じスラヴ人同士の争いに無関係な諸外国が干渉し、ロシアが一方的に悪者扱いされているように彼らは受け止めている。荒々しい筆致で書かれた「ロシアの中傷者たちへ」は、そうした一般

市民のナショナリスティックな感情と見事に合致した。侵攻後、動画配信サイトには、この作品の朗読動画がいくつもアップされ、熱烈な共感のコメントが数多く付けられている。

一方のウクライナにおいては、プーシキンはもはや「反体制のヒーロー」ではない。「ロシア文学の父」として権威化された詩人は、彼らを武力によって侵略する国のアイコンである。ウクライナ各地に建てられていたプーシキンの記念碑には市民の反ロシア感情がぶつけられ、赤いペンキが塗られたり、ロシア憎悪の文言が書きなぐられたりした。2022年4月以降、プーシキンの記念碑は次々と解体・撤去され、プーシキンの名を冠した地名や駅名（実際にプーシキンとゆかりのある場所ばかりではなく、帝政期やソ連時代の「ロシア化」政策の一環として、ウクライナにはプーシキンの名が付けられた場所が数多くあった）も続々と変更されていった。

こうした一連の動きは、ソ連崩壊後、旧ソ連の各所でレーニンをはじめとする社会主義体制の指導者たちの記念碑が次々と取り壊され、彼らの名を冠した町や通りが改称された事例を彷彿とさせる。現代ウクライナにおいては、「詩は権力だ」というマンデリシュタームの言葉が皮肉な形で具現化されたとも言える。

時代が進むにつれ、それぞれの状況において詩や詩人たちには新たな意味づけが行われてゆく。それらの蓄積がロシア詩の地層を成すのであるならば、21世紀の読者がプーシキンをいかに読み、そこからいかなる言説が生み出されているのかも、私たちはしかるべく目を向けなくてはならないだろう。これもまたロシア詩の地層の中に痕跡を残し、その上に新たな言葉たちが紡がれてゆくのである。

読書案内

・池田健太郎『プーシキン伝』中央公論社、1974年
・アンリ・トロワイヤ『プーシキン伝』篠塚比名子訳、水声社、2003年
・アンナ・アフマートヴァ『レクイエム』木下晴世編訳、群像社、2017年
・安井侑子『ペテルブルク悲歌　アフマートワの詩的世界』中央公論社、1989年
・高柳聡子『埃だらけのすももを売ればよい　ロシア銀の時代の女性詩人たち』書肆侃侃房、2024年
・岡林茱萸『ロシアの詩を読む　銀の時代とブロツキー』未知谷、2017年

ベンガル文学

同じであって同じでない

ベンガル文学の場合

丹羽京子

●ジボナノンドが描いた風景

千年にわたって　わたしは歩いた　この地上の道を
わたしは彷徨った　セイロンの海から　マラヤの海まで
夜の闇の深みを　ビンビサーラとアショーカの　灰に覆われた世界を
わたしはそこにいた　さらなる遠い暗闇に　ビダルバの町に
わたしは一個の疲れた命　四方には泡立つ波　生きとし生けるものの
わたしにひとときの　平安を与えるのは　ナトルのボノロタ・シェーン
〔引用した詩の訳は、特に註のない限り拙訳〕

ベンガル人ならだれでも知っている、ジボナノンド・ダーシュ（Jibanananda Das､1899-1954）の「ボノロタ・シェーン（Banalata Sen）」冒頭部である。ベンガルではなんと言っても非欧米人として初めてノーベル賞を受賞したタゴールが知られているが、そのタゴール後最大の抒情詩人と言われるジボナノンドは、同じベンガル語圏だが、今では国境線を隔てている東側のバングラデシュと西側のインド、西ベンガル州双方で愛されている。ボノロタ・シェーンとは架空の女性の名、ナトルは現在ではバングラデシュ領内にある町の名である。セイロンやマラヤ、そしてビンビサーラ（マガダ国の王）、

ジボナノンド・ダーシュ
(wikimwdia commons)

ベンガル地図

アショーカ、ビダルバ（現在のマハラーシュトラ州に位置する古代都市）といった固有名詞からもくみ取れるように、古今東西を縦横無尽にイメージしながら、孤独と疲弊感、そしてかすかな安らぎを詠ったこの詩は、「現代」の始まりを象徴するものとも目されている。この詩はこのように締めくくられる。

一日の終わりに　露のしずくの　ことばのように
夕べが訪れ　鳶（とび）もその翼から　太陽の香りを消し去る
この地上のすべての　色が消えたなら　原稿を取り出すのだ
そのとき物語のために　蛍の光が　ちらちらと色づく
すべての鳥は家に帰る——すべての河は——人生のすべてのやり取りは終わり
ただ暗闇だけがある　そのとき目の前に坐るのは　ボノロタ・シェーン

しばしば引用されるこの夕べの光景は、等しくベンガル人が共感を覚えたものと言っていいだろう。そんな詩を書いたジボナノンドが生まれたのは、今のバングラデシュ領内であるボリシャルである。この時代の知識人の多くがそうしたように、ジボナノンドは高等教育を受けるために故郷を離れ、現在のインド、西ベンガル州の州都であるコルカタに赴いた。カルカッタ大学で修士号取得後、いったんは教職につくものの、不可解な理由で解雇され（一説によれば、彼の詩作品が猥褻であると中傷されたせいであるとのこと）、しばらく故郷のボリシャルに戻っていた時期もある。

「ボノロタ・シェーン」と同名の詩集が発表されたのは、タゴール没後間もない1942年、このころからベンガルは未曽有の混乱の時期を迎える。1943年には数百万人の命が失われたというベンガル大飢饉に見舞われ、その後第二次世界大戦の時期と重なって独立への希求も高まり、戦後になると独立を見据えたコミュナル暴動が激化していく。最も激しかったのが西のコルカタ、そして東のノアカリでの暴動であり、この時代を生きたものはこうした厄災に巻き込まれ、あるいは目撃し、自分自身の身の振り方に悩まなければならなかった。

そして迎えた1947年のインド・パキスタン分離独立、すなわち、ベンガルにとっては東西の分断の直前にジボナノンドはコルカタに腰を据えることを決断し、その結果、故郷のボリシャルは「外国」となった。そのジボナノンドに、ボリシャルを詠んだと思しき詩集がある。『美わしのベンガル（Rupasi Bangla）』である。

ベンガルの顔を私は見た、だから地上の美しさを
もう探しには行かない　暗がりに起きあがり　いちじくの木の
傘のように大きな葉のしたに　明けがたの鵲（かささぎ）が
とまっているのを見る――あたりは深々とした葉群（はむら）のかたまり、
黒苺の木、バニヤン、カンタル、ヒジョル、菩提樹が沈黙している、
サボテンの茂みに、ショティの森に　それらは影を落としている

〔臼田雅之訳〕

語り継がれた伝説上の人物や物語を織り込みつつ、草花や田畑や河に彩られるベンガルを詠んだこれらの詩は、ひたすらに美しい農村を映し出すが、これはコルカタに移住せざるを得なかったジボナノンドの望郷の詩ではない。これらが書かれたのは1930年代の初めで、このころジボナノンドはまさにボリシャルに暮らしていた。謎とされているのは、ジボナノンドがこれを生前発表しようとしなかったことであるが、それはともかく、ひたすらにボリシャルを甘美に描いたこれら61篇は、ジボナノンドの没後3年目である1957年に出版された。そしてそれは、

ボリシャルの人々のみならず、全ベンガル人の心の故郷の風景と化したのである。

実はジボナノンドの名を不動のものにしたのは、この『美わしのベンガル』である。生前、ジボナノンドは実生活においても文壇においても、あまり恵まれることがなく、今では不朽の名作として知られる冒頭の「ボノロタ・シェーン」も発表当時の評判は芳しくなかった。この『美わしのベンガル』こそがジボナノンドの詩人としての名声を押し上げ、そしてこれらの詩はのちのバングラデシュ独立戦争においても心の支えとして、繰り返し人口に膾炙（かいしゃ）することになる。

『美わしのベンガル』の表紙

独立戦争を詠む

少し先走りすぎたかもしれない。時間を戻してベンガルが2国に分かれた時点に時計の針を戻そう。1947年の分離独立は、イスラム教徒がマジョリティーだった東ベンガルとヒンドゥー教徒がマジョリティーだった西ベンガルの間に国境線を引くという事態を引き起こした。東側は東パキスタンに、西側はインドの西ベンガル州になったわけだが、「生体解剖」とも言われたこの分断は多くの悲劇を生んだ。名前からわかるようにヒンドゥー教徒だったジボナノンドが、故郷の東ベンガルを離れ、西ベンガルのコルカタに移住したのもこの流れにおいてのことである。このように、この世代のベンガル人には、西から東へ、あるいは東から西への移動を余儀なくされたものが数多く存在した。

引っ込み思案でなかなか詩壇で認められなかったジボナノンドを引き立てたのは、同世代の詩人ブッドデブ・ボシュ（Buddhadeva Bose, 1908-1974）なのだが、この人ももともとは東ベンガルの出身である。ブッドデブは、ダッカ大学修了後――それは分離独立よりも前のことになるが――コルカタに移住し、文学活動を行うと同時にその名も『コビタ（Kabita、詩）』という雑誌を発行する。この詩誌は1935年から四半世紀にわたって出版が続けられ、まさにベンガル詩壇を牽引し続けたのだが、ジボナノンドの詩もこの冊子で紹介されている。

ジボナノンドより一世代若く、同じ『コビタ』誌でデビューした詩人にショヒド・カドリ（Shaheed Quadri、1942-2016）がいる。ショヒド・カドリの場合はイスラム教徒だがコルカタ生まれで、分離独立の5年後に、ジボナノンドとは逆に西のコルカタから東のダッカに移住している。ショヒド・カドリは早熟な詩人で、初めて『コビタ』誌に作品を掲載したのは14歳のときだった。

ショヒド・カドリはもともと都会的で「個」を打ち出したモダンな作風を得意としていたが、東側（当初は東パキスタン）の詩壇を担ううちに、避けては通れない「歴史」と格闘することになる。東側最大の歴史的「事件」、バングラデシュ独立戦争である。東側の文人にとっては、それが作家であれ、詩人であれ、いかなる作風を持とうとも、独立戦争、あるいはそれ以前のパキスタン軍事政権下の数々の事件を扱わないということはあり得ない。その独立戦争の始まりを描いたショヒド・カドリの詩「禁じられたジャーナルより（Nishiddha journal theke）」の一部を引用してみる。

明け方の光が破壊された塔にさしかかる。

レストランから毎日朝食を
わたしのテーブルに運んでくれた少年、
三叉路で彼を見た、血に染まったシャツを着て横たわっているのを。
友人の家に行く途中のDITマーケットは灰の山、
抗議の印をもって、青ざめた首都は立ち尽くす。
そのだだっ広い廊下は空っぽだ。

町を離れていくだろう、みんな
（そして群れをなして離れていく）

けれどこの破壊された塔に手をあてて、わたしたち幾人かは
一生ここに留まるだろう、引き裂かれた自分の国に、同胞の死体のそばに、
だからそれをこの目で見るために、悪鬼のようなカーキ色のトラックの
不毛な鬨（とき）の声を無視して、壊れたバリケードに身を擦りつけるようにして

わたしは外を出歩いた、3月27日の朝。(中略)
昼日中、破壊された塔で、とり憑かれたようにひとりの少年が
ガラスと鉄と煉瓦のかけらと折れた木切れと缶切れと
穴のあいた麻袋と錆びついた丸釘を繋ぎ合わせた、
　　　　　　熟練した魔法使いのような技で。
そして無意識に動く手をもって、戒厳令の出る前に
なにも考えずにひとつひとつ文字を並べたのである――ど・く・り・つ。

1971年の3月25日深夜、パキスタン軍は突然攻撃を開始し、たちまちのうちにダッカは蹂躙された。3月27日というのはその直後であることを意味する。こうして9カ月におよぶバングラデシュ独立戦争は始まった。すべてのバングラデシュ人――ベンガル人ではない、東側のベンガル人、パキスタンから苦悩の末に独立を勝ち取ったバングラデシュ人――に消えることのない傷跡を残したこの内戦は、人々の記憶に残るおびただしい詩編を生み出した。バングラデシュの詩人ニルモレンドゥ・グン(Nirmalendu Gun、1945-)は「初めてのお客(Pratham athihi)」でその内戦をこのように描き出す。

こんなバングラデシュを君は見たことがない。
一瞬のうちに緑の草は焼けただれ、
恐怖の炎が燃え移り、月までもが真っ赤に燃え上がる。
やわらかい河の中州は嘆きの墓となり、
究極の敵を飲み込んでいく。
(中略)
風はただの風ではない、300万の人間の
溜息に満ちた空はただの空ではない、
こんなバングラデシュはバングラデシュではない。

このバングラデシュ独立戦争では300万人が亡くなったとされ、死者のみならず、傷つき家を失い、難民となった人々や失われた美しい風景など、どれほど言葉を尽くしても、その悲劇を言い尽くすことはできないだろう。ゆえにバングラ

デシュの詩人は繰り返し独立戦争について語り、人々も独立記念日や戦勝記念日に、あるいはそうした日でなくともこうした詩編を読み、歌を歌う。

この思いを、言葉を同じくするインド側のベンガル人は共有することができるのか。もちろん共感はするだろう。独立戦争時も同じベンガル人としてやるせない思いをしたに違いない。けれども厳然たる事実として、1947年以降の東西ベンガルは、歴史を共有してはいない。西側のベンガル人は、バングラデシュ人の思いに共感することはあっても、その熱量を共有しているわけではない。

●２つのベンガル詩壇

現在の東西のベンガル詩壇の違いを際立たせているのは、独立戦争などの歴史的事件だけではない。それを理解するために、若干の解説を加えておくべきだろう。

1947年の分離独立以前にはベンガルはひとつであり、文壇、詩壇ともにコルカタが唯一の求心点であったと言ってよい。この時代多くの文人はごく当たり前にコルカタを目指したのであり、そこにはヒンドゥー、ムスリム双方の文人が存在していた。とは言え、この両者は実はイーブンの存在だったわけではない。ベンガルの近代化はヒンドゥーの中産階級がリードして進められ、それを反映して文学界もヒンドゥーの中産階級出身者がその多くを占めていたのである。人口の上で劣っているわけではないムスリムの詩人や作家が少なかったのはなぜなのか。そこにはベンガリ・ムスリムの特殊な言語事情がある。当時のベンガリ・ムスリムは、いわゆる貴族層であるアッパームスリムと庶民に二分され、中間層が薄いという特徴を持っていた。そしてアッパームスリムは主として西方からの移住者で構成され、一方、圧倒的多数である庶民は地元ベンガル人の改宗者であり、この両者は異なる言語を用いていたのである。すなわち、もともとアッパームスリムはウルドゥー語を、庶民はベンガル語を用いており、教育が普及していなかった近代初期においては、ムスリムにはベンガル語世界で文人になり得る人材が圧倒的に少なかったのである。のちにはカジ・ノズルル・イスラム（Kazi Nazrul Islam、1899-1976）というスーパースターのような詩人の登場によって、多くのムスリムが文壇に参入するようになっていったのだが。

つまりひとつのベンガルだった時代には、ひとつの文壇にヒンドゥーもムスリムも混在していたとは言え、そこには不均衡もあったということになる。それが分離独立によって2つの国になると、ベンガル文学はコルカタとダッカという2つの求心点を持つようになる。ダッカの文壇が実効性を持つまでに多少の時間がかかったにせよ、人々の移動が落ち着いてみると、この2つの潮流のありようは違いを見せるようになる。

分離独立直後の東ベンガルの文学潮流には「イスラム化」の傾向が見てとれる。それはパキスタンの一翼を担うことを選択したためでもあり、またそれまであまり表に出てこなかったムスリム作家や詩人が文壇の中心を担うようになったこととも関係があった。ただし、東はイスラム教徒、西はヒンドゥー教徒という単純な類型化は避けるべきである。先に挙げたニルモレンドゥ・グンも、生まれも育ちも東ベンガルの生粋のバングラデシュ詩人だが、ヒンドゥー教徒であるし、双方に分離独立時にマイノリティーでありながら「移動しなかった」詩人や作家も少なからず存在しているからだ。それはともかく、東ベンガルのこの「イスラム化」の傾向はしかし、長くは続かなかった。

ことの発端は、独立後間もない時期の「国語問題」である。パキスタン政府はウルドゥー語を唯一の国語とする方針を打ち出し、それに対してベンガル人が猛反発、「ベンガル語国語化運動」が巻き起こった。このころまでにはアッパームスリムのほとんどもベンガル語を使用するようになっていた東ベンガルは、一丸となって「ベンガル語を守る」姿勢を示し、それに伴って、イスラムに代わってベンガルという民族意識が高揚するようになる。

この民族意識は、現在に至ってもさまざまな場面で見ることができる。ベンガル語を守り、ベンガル人の国(ただし少なからぬ少数民族を擁するバングラデシュは100パーセントのベンガル人国家ではない)を作ったというバングラデシュ人のプライドは多くの文学作品に見え隠れするし、それと同時に、「ベンガル文化」を体現すると思われる民俗歌謡やフォークロアの掘り起こしや保護は、バングラデシュの方が盛んである。

忘れられたベンガル

このような文脈で「バングラデシュらしい」ベンガル詩人を最後にひとり挙げておきたい。その名はジョシムッディン(Jasimuddin、1903-1976)。生まれは分

ジョシムッディン
(Jasimuddin – Banglapedia)

離独立前の東ベンガル、フォリドプルだが、この人もまた、コルカタにあるカルカッタ大学に進学し、修士号を取得している。卒業後しばらくはコルカタに留まり、高名な民俗学者であるディネシュ・チョンドロ・シェン（Dinesh Chandra Sen、1866-1929）のもとで助手をつとめ研鑽を積む。ジョシムッディンは詩作以外にもさまざまな功績を残したが、そのひとつが『東ベンガル民謡集（Purba Bangla Gitika）』の編纂である。1万曲を集めたというこの民謡集は、この分野における金字塔と言える。ジョシムッディンは分離独立の10年ほど前にダッカ大学に移り、しばらく教鞭をとったのちに情報放送局（department of information and broadcasting）に職を得、定年退職まで勤め上げた。先に言及した「ベンガル語国語化運動」にも積極的に関わり、詩のほかにも歌や小説、紀行文など多くの作品を残したが、彼の代表作はなんと言っても物語詩「ノクシカンタの野原（Nakshikanthar math）」であろう。

ノクシカンタとは、ベンガルに伝わる一種の刺し子で、ベンガルの女性は古いサリーなどを重ねて美しい刺繍をほどこしながら、布を再生させてきた。物語はある村の青年ルパイが隣村のシャジュと出会い恋に落ちるところから始まる。2人は無事結婚し、しばらく幸福な日々を過ごすが、あるとき稲の刈り入れを巡って流血を伴う乱闘が起こり、ルパイは村を離れざるを得なくなる。シャジュはルパイを待ち続けるが、何年経ってもルパイは戻ってこない。シャジュはルパイを待ちながらノクシカンタを縫い

ノクシカンタ
(wikimedia commons)

あげるが、ルパイは戻らず、ついにシャジュは帰らぬ人となる。亡くなる前に、シャジュは自分が死んだら墓の上にそのノクシカンタを被せてほしいと頼む。その布には、彼女の人生の悲喜こもごもの事柄が綴られていた。シャジュの死からしばらく経って、ある若者がその布を体に巻き付けて墓のそばで亡くなっているのがみつかる。その若者はルパイであった。数十ページにおよぶこの長詩は、このように幕を閉じる。

しばらくして村の人々はある夜更けに
だれかが竹笛を吹いているのを聞いた、悲しげなリズムで。
朝になってみると、あの墓の足元に、
やせこけ、青ざめた見知らぬだれかが死んでいた、ああ！
（中略）
その体にはあのノクシカンタが巻き付けられ——
今でも村の人々は、竹笛を吹いてこの悲しい物語を歌う。
（中略）
それ以来、その地はノクシカンタの野原と呼ばれるようになり
老いも若きも、村のものはみな、その悲しい物語をそらんじる。

1929年に発表されたこの長詩は、当時のベンガル詩のメインストリームとは方向性の異なる異色の作品であった。冒頭に挙げたジボナノンドが登場するのはもう少しあとになるが、大詩人タゴールが晩年を迎えていたこの時期、次世代の詩人たちは英詩を中心とした西洋の詩に刺激を受け、モダニズムの道を進みつつあった。しかしジョシムッディンの関心は東ベンガルの農村にあり、その詩的センティメントは古くから伝わる民俗歌謡やフォークロアに根ざしていたのである。それはまさに近代化の勢いのなかで忘れられようとしていたベンガルであり、そ

『ノクシカンタの野原』の表紙

れゆえ、ジョシムッディンは「村の詩人（Palli kabi）」と呼ばれてきた。

こうして3人の詩人の作品をなぞってみたが、結局のところ、東と西ではなにが違うのか？　冒頭のジボナノンドが東でも西でも等しく親しまれていることはすでに述べたが、ショヒド・カドリやジョシムッディンは、バングラデシュでは完全に「我々の詩人」であるのに対して、西側からは距離感がある。それはこの2人がムスリムだからではない。共有してはいない歴史や、東ベンガルの農村に軸足を置いた作風がそう感じさせるのだ。

とは言え、ショヒド・カドリとジョシムッディンの立ち位置もまた同じではない。ジョシムッディンは「東」ベンガルの民俗歌謡を収集し、その際「東」ベンガルの農村で見聞きしたエピソード――ルパイとシャジュはともに実在の人物をモデルにしている――をもとに「ノクシカンタの野原」を書いた。ゆえに言葉の点でも「東」寄りである。そして同時にこの作品は、より強い民族意識を持つようになったバングラデシュで圧倒的に支持されるのだが、これは同じベンガル人であれば共有可能な感覚でもある。こうした作品は、西ベンガルの読者にとって、ある種「忘れていた」ベンガルを思い出させる合わせ鏡のような存在なのかもしれない。

分離独立から77年が経ち、バングラデシュ独立からも53年が経とうとする今、ベンガルがひとつだった時代を記憶する世代はわずかになりつつある。そして現在の双方の文壇は、お互いが「外国」である前提で生まれてきた世代が中心になっている。双方の本屋を覗くと、タゴールのような大伝統は別として、それぞれ自国の作家や詩人の作品がラインアップの中心になっていることが見てとれるし、そこには微妙に共有できない感覚が横たわっているのかもしれない。一方で、同一作品が東西双方で権威ある文学賞を受賞することもあるし、行き来はもちろん、お互いの作品を読むのになんの障壁もない。同じ言葉を用いるこの2つのベンガル文学は同じなのか、同じではないのか、時代と共に離れていくのか、そうではないのか、これからもこの双子のようなこの文学から目が離せない。

読書案内

・ジボナノンド・ダーシュ『美わしのベンガル』臼田雅之訳、花神社、1992年
・『もうひとつの夢』丹羽京子編訳、大同生命国際文化基金、2013年
・『バングラデシュ詩選集』丹羽京子編訳、大同生命国際文化基金、2007年

サンスクリット文学

知的快感を楽しむ

カーヴィヤ文学の世界

水野善文

●はじめに

サンスクリット語およびヒンディー語で、薬指のことをアナーミカー(anāmikā,「名をもたないもの」の意)と呼ぶ。おそらく今は中国の地で漢訳された仏典に載って日本にも至ったと思われるが、現代の我々にはあまり馴染みのない「無名指」の原語である。このアナーミカーには通俗語源解釈があって、それは、サンスクリット文学の詩聖カーリダーサ（Kālidāsa、4-5世紀）にまつわる。指を使って数をかぞえるとき、インドの往時の文化では、親指の爪先を小指、薬指、中指……の順に、それぞれ内側の第1関節あたりに当ててかぞえていたようで、薬指が「2番目」に相当する（現代インドでの一般的な指数え方式と若干異なる)。優れたサンスクリット詩人をランキングしようと先ず最初に「カーリダーサ」と小指に差し当て、それに次ぐ第2位にランク付けできる詩人の名を挙げようにも、カーリダーサが飛び抜けて優れていたがゆえに挙げられず、「名無し」と薬指に差し当てざるをえなかったというのだ。もちろん、サンスクリット文学のなかでもカーヴィヤ文学と呼ばれる、王宮などの文学サロンにて展開された文学世界には数多の詩人たちが登場したが、カーリダーサ作品の評価がどれほど高かったかをうかがわせるエピソードだ。

カーリダーサ像
（https://commons.wikimedia.org/wiki/File:Kalidas.jpg）

近代に至って、イギリス人学者がサンスク

リット文学諸作品のなかで最初に注目し翻訳を試みたのも、カーリダーサの作品、とりわけ最高傑作と評価の高い戯曲『シャクンタラー姫』であった。1789年に英訳刊行したのは、インドを舞台に、サンスクリット語の古代ギリシア語やラテン語との類似を説き、比較言語学の火付け役を演じたウイリアム・ジョーンズ（William Jones、1746-1794）である。この英訳本が紹介されるや、ヨーロッパではたちまち諸言語に重訳され普及し、諸々の文人たちの心も動かした。

● ゲーテ、鷗外

> 劇場にての前戯は、ギョオテがサクンタラ（Sakuntala）を模して書いた。カリダサ（Kalidasa）のサクンタラは、ギョエテがフォルステル（Forster）の譯で讀んだ。それが世に現はれたのは、フアウストの斷簡が發行せられたと同時であつた。
>
> 〔森林太郎鈔『フアウスト考』冨山房、1913（大正２）年、148-149頁〈国立国会図書館デジタルコレクション〉〕

という、ゲーテ（Johann Wolfgang von Goethe、1749-1832）の『ファウスト第一部』翻訳本と同年に刊行された『ファウスト考』における言及から推測するに、森鷗外（1862-1922）も、カーリダーサ作『シャクンタラー姫』のフォルスター（Georg Forster、1754-1794）による独訳を読んでいたのかもしれない（最初の邦訳本刊行は、1926（大正15）年とのこと。金沢篤「戯曲『シャクンタラー姫』の和訳――「カーマ・シャーストラ」受容史構築のために」『駒澤大學佛教學部論集』第40號（2009）、458-405頁：456）。

ゲーテ自身は、1791年7月１日付けヤコービ（F.H.Jacobi）宛の手紙に、次のような詩を添えて、『シャクンタラー姫』の独訳本刊行を喜んだという（片山敏彦訳『ゲーテ詩集（三）［全4冊］』岩波文庫、1955年、岩波書店：204）。

> 早き季節の花、晩（おそ）き季節の木の實を欲しと思はば、
> 魅惑の歓喜を與ふるもの、又は養ひと飽満とを齎すものを欲しと思はば、――
> 天と地を、唯だ一つの名もて把へんと思はば、――

シャコンタラよ、われおんみの名を稱ふ。それにて一切は言ひ盡さる。

〔片山 前掲書：30〕

サンスクリット文学は、こうして西洋近代に歓迎された。ゲーテが絶賛したことでカーリダーサの『シャクンタラー姫』は､世界的に知名度を高めることになったのである。

サンスクリット語、諸学問

カーリダーサが創作に用いたサンスクリット語は文法が人工的に整備され、かつ固定化された特殊な言語であり、各種の重要な情報を永く後世に伝えるべく記録するために用いられた。また、4世紀頃から14世紀頃までは広く東南アジア諸地域をも覆うリングア・フランカの役割を演じた。

紀元前12世紀頃、西方より移住してきた自らをアーリヤンと称する人々を中心に、神に人間の願望をとどけるための祭祀儀礼で唱える讃歌の集成も編まれていたが、文字に依らず、祭官たちによって組織的に記憶伝承されてきた。そうした祭式関連文献群（文字化は紀元前後頃）が依拠した言語はヴェーダ語という呼称で区別される。紀元前4世紀頃の北西インドに登場した文法学者パーニニ(Pāṇini)によって整備されて成った（saṃs-kṛta-）言語であるからサンスクリタと呼ばれた。イギリスがインドを統治していた時代､潜在母音 'a' を発音しないヒンディー語風の発音を聴いたイギリス人が、忠実に音写して「サンスクリット（Sanskrit)」と英語化した名称で世界に知られるようになったのだろう。ちなみに、本邦では「梵語」、文字が「梵字」あるいは「悉曇」という漢訳で天平年間にはその存在が知られていた。

後世に伝えるべき重要な情報の最たるものはシャーストラと総称される諸学理論書である。祭祀儀礼の有効性を万全とするため、ヴェーダ補助学（ヴェーダーンガ）として、早くから音声学、語源学、文法学、韻律学、天文学、祭事学（幾何学をふくむ）の諸分野で考究が進められ、サンスクリット語で記録された。また彼らは、人間としてこの世に生を受けたからには、次の3点において充足して人生を全うしたいという「トリヴァルガ（人生の三大目的)」と呼ばれる人生観を有していた。一般に「法」と訳されるダルマ、すなわち人倫の道。「実利」と訳されるアルタ、物質的充足。「性愛」と訳されるカーマ、精神的充足の3点である（後代、これに究極の目標である「解脱」モークシャが加えられた）。それぞれのシャーストラが歴史を通して多数編まれたが、ダルマ・シャーストラ（法典類）は、祭官階級バラモンたちが自らの社会的地位保全を意図して「生き方」を説いた。アルタ・シャーストラ（実利論）は為政者のための政治学書であり、例えば農政長官は農学に通じていることが必須とされるなど、各種の行政の長が修めるべきそれぞれの専門分野の研究が推進されていたことが分かる。初のカーマ・シャーストラ（性愛学）書である『カーマ・スートラ』（4世紀頃）には、ナーガラカ（都会人）と呼ばれる富と時間に恵まれた風流人たちが文化を謳歌する様子が語られるが、併せて、ナーガラカや花魁芸者たちが素養として具えもつべきカラー（kalā）と呼ばれる技芸・教養の類いが64種類も列挙されている。歌舞音曲、絵画などをはじめ、化粧術、裁縫、大工仕事、冶金術、謎々遊び、等々が掲げられ、文化の諸相を示してくれている。

こうした諸学問の知識、百科万般にわたる技芸の素養は、後述するサンスクリット・カーヴィヤ文学の世界に遊ぶための素地でもあった。

● 民衆の言語、民話、カヴィ・サマヤ

ヴェーダ聖典時代もサンスクリット語が成立して以降も、一般民衆は時代的・地域的にかなり狭い範囲で通用していたであろう各個の口語の世界にいた。文字文化が興って以降、こうした口語によっても情報を記録することがなされたが、ひとたび文書化されれば、それはもはや口語ではなく一種の文語と化す。こうした時代的、地域的にバラエティーが豊富な諸言語はプラークリット諸語（Pra-ā-kṛta-、ありのままの）と呼ばれ、名が示すとおりサンスクリット語の対極に位置する諸言語である。

史上初めてインド統一を果たしたマウルヤ朝のアショーカ王（紀元前3世紀）が各地に建てた石柱碑には、それぞれの地方のプラークリット語が使われていた。また、初期仏典が依拠したパーリ語も、ジャイナ聖典を記したアルダ・マーガディー語などもプラークリット諸語に包含される言語である。このように、インドは時代を通して諸言語がレイヤーをなして存在する社会であったことを諸資料が明示してくれている。

為政者や宣教者がターゲットを意識してそれぞれ口語で発信し始めるよりも遥か先んじて、民衆たちは素朴な言語表現文化を展開していたことが、間接的な証拠から推察される。日常会話の延長線上に、単なる情報伝達に留まらず、忠告・教訓、フィクション性、娯楽性などの要素を賦与して、いわゆる「語り」なるものを生み出したのだろう。行商人が客集めのために語ったり、いわゆる吟遊詩人に相当するプロおよびセミプロの語り部が登場してエンターテインメントとして提供したりして人口に膾炙し伝承されたものが、いわゆる民話（民間説話）というジャンルに該当する文芸だ。インドは「民話の宝庫」と見なされるように、言語の違いを容易に乗り越えて、世界中に伝播した多くの民話の故郷がインドだと指摘する研究も少なくない。実際には、交易に文化交流がともなう道理から、民話も洋の東西縦横な双方向の伝承交流があったものと思われる。

インドにおいて太古より、そうした民話が存在し伝承されつづけていたことを間接的ながら証明してくれる事実が幾つかある。たとえば『リグ・ヴェーダ讃歌』に収録された対話讃歌だ。登場人物2人の会話だけではどんなストーリーをもつ物語か不明なのだが、数百年後に編纂された祭式由来解説書のなかに、対話讃歌を包み込む物語が散文で紹介され、聖典化されている。いずれのソースも語り部たちによって口承されていた民話だと想定できるのだ。

また、ブッダがこの世で覚り、教えを説くに至ったのは過去世における善業によるとして、ブッダが様々な人間、動物として生まれた過去世の物語（本生譚）をパーリ語で547話まとめた『パーリ・ジャータカ』と、サンスクリット語で編纂された動物寓話集ともいえる『パンチャタントラ』に全く同じ物語が収録されているのは、一方から他方への書承ではなく、同じ伝承民話を両書がそれぞれ翻案採録しているとしか観測できないのである。さらには、二大叙事詩『マハーバーラタ』『ラーマーヤナ』や、ヒンドゥー聖典ながら百科全書ともいえる18種それぞれ浩瀚なプラーナ文献にも採録され共有されている民話も数多い。

名も無き一介の民たちによる、こうした文芸創作・伝承は、散文による物語形式のものに限らない。季節の風物詩を詠んだり、遠方の出稼ぎ先の夫や恋人に恋心を伝えようと詠んだりする、いわゆる抒情詩形式の文芸創作も、かなり古くから行われていたようなのだ。サンスクリット語に比べて子音の数が少ないことから母音連続が頻発するプラークリット諸語には同音異義語が多く、それゆえ掛詞をつくるのが容易で、短い詩節に深長な情感を詠み込むことが可能なのだ。事実、抒情詩集として作品化され記録された最初期のものは、パーリ語やマハーラーシュトリー語というプラークリット語によるものである。

こうした太古よりの詩作における諸々の不文律がいつしかインド文芸界に共有されていた。10世紀頃に登場した詩論学者によって「カヴィ・サマヤ（詩人の約束事）」と名づけられたが、アーリヤン移住前の先住文化に起源を発すると見られている。そのひとつに「草木の異常開花（ヴリクシャ・ドーハアダ）」という項目があり、例えば、無憂樹（アショーカの木）は美女によって幹に足蹴りが加えられると花を咲かせる、といったような自然界にはありえない現象でも文芸世界では誰もが共有する認識となっているものだ。

カーヴィヤ文学とは

「カーヴィヤ（kāvya）」とは「詩人（kavi）」の派生語で「詩人により創作されたもの」すなわち「詩（作品）」を意味するサンスクリット語だ。天賦の才に与り百科万般の知識をもっている人が「カヴィ」であり、そういう才人によって生み出されたものがカーヴィヤなのである。それが朗詠、披露される場は、王族や教養ある諸々の職種の人々が集まる王宮文学サロンであった。

カヴィたちは、民話や二大叙事詩などから物語を翻案したり、モチーフを拝借したり、諸学問の知識を織り込んだりして、叙事詩・抒情詩（以上2者は聴くためのカーヴィヤ）、戯曲作品（見るためのカーヴィヤ）などを創作した。鑑賞者たちは、ストーリー展開の新規性を楽しむのではなく、むしろ既知のストーリーを歓迎し、「この詩人は、次のあのシーンを、どれほど優美で、かつ巧みにレトリックを施した言葉で表現するだろうか」と期待した。洗練されたサンスクリットの優美な響きと巧みな仕掛けに感動するだけではなく、さらに、諸学問の知識がさり気なく織り込まれているのが理解できると、「分かった！　私も知っている」と知的快感を得て、一詩節朗詠されるたびに至福を得て楽しんだのである。忘れてならないのは、こうしたエリートたちのカーヴィヤ文学世界も、民間伝承文芸世界による下支えがなければ成り立ち得なかったということだ。

二大叙事詩のひとつ『ラーマーヤナ』（初めてサンスクリット語で編集されたラーマ物語）が「最初のカーヴィヤ」であると伝統的に言われるのは、『マハーバーラタ』に比して、洗練された美麗な言語表現を評してのことである。王宮文学サロンでのカーヴィヤ文学の草創は、仏教を奉じたカニシカ王（１世紀頃）の出たクシャーナ朝期の仏教詩人たちによっていた。ヒンドゥー王朝であるグプタ期、４世紀、いよいよカーリダーサが登場する。

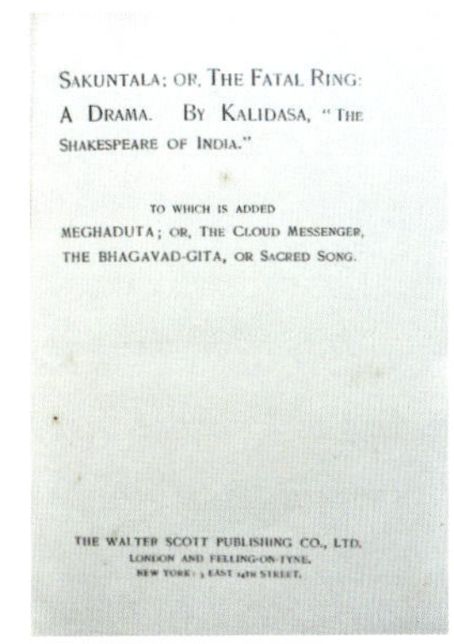
SAKUNTALA; OR, THE FATAL RING:
A DRAMA. BY KALIDASA, "THE SHAKESPEARE OF INDIA."

TO WHICH IS ADDED
MEGHADUTA; OR, THE CLOUD MESSENGER,
THE BHAGAVAD-GITA, OR SACRED SONG.

THE WALTER SCOTT PUBLISHING CO., LTD.
LONDON AND FELLING-ON-TYNE.
NEW YORK: 3 EAST 14TH STREET.

1902 年刊の英訳本(筆者所有)

カーリダーサ：インドのシェイクスピア

サンスクリット・カヴィの最高峰カーリダーサは、創作に膨大な労力と時間を要するカーヴィヤ作品ゆえ、他の多くのカヴィたち同様、寡作で、真作とされるのは叙事詩２編、抒情詩篇１編、戯曲３編、編纂担当が定かでない抒情詩集が１編あるだけだ。

カーリダーサの紹介や研究において、しばしばイギリスのウィリアム・シェイクスピア（William Shakespeare、1564-1616）と比較される。ここでは、「シェイクスピアの戯曲には、…数え切れぬほどの民間説話のモチーフが散りばめられているのである」（三宅忠明『比較文化論―民間説話の国際性』大学教育出版、2000年：92）という指摘を受けて、同様の観点からカーリダーサが民間伝承文芸から拾い上げたと思われる点をいくつか指摘したい。

戯曲作品『シャクンタラー姫』の梗概は次の通り。

> 鹿狩りに遠出したドゥフシャンタ王は、紛れ込んだ苦行林で、カンヴァ仙人の養女シャクンタラーと恋に落ち、契りを結ぶ。王が自分の名を刻んだ指輪を彼女に渡してひとまず帰京したあと、夢虚ろなシャクンタラーは粗相を働いてしまった短気な来客悪仙人に呪いを掛けられる。王があの指輪を再度目にするまでは、王の記憶のなかからシャクンタラーが消えてしまう、という呪詛だった。王の再来を待ち倦(あぐ)ねた彼女が遠路城まで訪ね行っても、取り合ってくれない王に思い出の指輪を見せようするが、旅の途で落としてしまっていた。彼女が天に召されてしまったのち、漁夫から王のもとに、魚の腹にあった指輪がとどけられ、王は一切を思い出すが傷心の日々。天界での対悪魔戦に招集され参戦した王が凱旋の帰途、シャクンタ

ラーが産んだ我が子に遭遇、彼女とも再会する。

〔辻 1977〕

同様のストーリーをもつ物語は『マハーバーラタ』のみならず、幾つかのプラーナにも採録されていることから、カーリダーサのオリジナルでないことは確かだ。底本とした民話の存在は影すらもうかがえないが、契りの証拠として指輪を渡すモチーフはパーリ・ジャータカの一話にあることから民話起源と推測される。また、魚の腹のなかから指輪が見つかるモチーフをもつ民話は世界各地に分布していることが、モチーフ分類番号ATU673、ATU930A［Uther, Hans-Jörg, *The Types of International Folktales, A Classification and Bibliography, based on the System of Antti Aarne and Stith Thompson,* 3 parts, Helsinki, 2004］から分かる。

戯曲『ヴィクラマ王に契られし天女ウルヴァシー』は、先に紹介した『リグ・ヴェーダ讃歌』のなかに対話讃歌として先ず2人の男女の会話部分のみが汲み上げられ、後代、祭式解説書のなかで散文のストーリーを補うべく汲み上げられた口承民話を翻案したものだ。その民話の原形は定かでないが、人間と天女が結ばれる点で異類婚姻譚と見なされ、のちに世界中に拡散する異類婚姻譚の一モチーフの起源とも目されている。

戯曲『公女マーラヴィカーとアグニミトラ王』の第3幕は、先述のカヴィ・サマヤ「草木の異常開花」をテーマとしており、カーリダーサが民間伝承文芸から着想をえていたことを裏づける確かな例といえる。

叙事詩『ラグ・ヴァンシャ』は『ラーマーヤナ』の翻案だが、ラーマ物語自体、ヴァールミーキ編サンスクリット語版成立以前にも、以降にも、無数の口承版があったはずで、カーリダーサにモチーフを提供していたかもしれない。

● おわりに

我々もごく一部ながら、『シャクンタラー姫』を味わってみよう。シャクンタラーがドゥフシャンタ王の城に向かうため、育ての親であるカンヴァ仙人に暇乞いし、住み慣れた苦行林を後にしようとしている場面で、女友だちのひとりがその情景を詠った。マハーラーシュトリー語の韻文なので、聴衆は耳に心地よさを感じている。

牝鹿は　食みし若草　口より落とし、 雌孔雀は　舞の足どり　はたとやめ、朽葉ふるいし蔓草は、梢しなだる

〔辻 1977：96〕

苦行林の動植物がシャクンタラーとの別離を悲しんでいる様子であることは容易に味得できよう。「若草」と訳された原語（サンスクリット語）はダルバ草（darbha）で、それはアーユル・ヴェーダ（インド医学）でも規定される薬草であることを知っていれば、薬草なのに反芻の最中に吐きだしてしまうほど鹿の悲しみが甚だしいことを感じとれる。後代の性愛書で規定されることになる「鹿目の女性（mṛga-nayanī）」は、鹿のように常時潤んだ眼をしている美女のこと、ダルバ草はまた供犠祭にもちいる神聖な草木であることを踏まえれば、「牝鹿」であるシャクンタラーが、「若草」である神聖な庵を捨てる姿と二重写しに見て取れる。出稼ぎ夫が帰郷する雨季の到来時期は孔雀の発情期でもあるから、再会を喜ぶ夫妻は羽を広げる孔雀たちに連想されるのがインド文芸での常套だ。こうした文化的土壌にあれば、雌孔雀が踊りを止めたのは別離を暗示していることが瞬時に思い浮かぶ。また、雌孔雀だから、シャクンタラー自身の逡巡ともとれよう。常緑なる蔓草（latā）が朽葉（原文では「朽ちて黄色い葉」）の黄色になってしまっている色彩から、つよい衝撃をうける。更にその「黄色い（pāṇḍu）」という形容詞は「青白い」でもあるので、シャクンタラーが顔面蒼白、頭を撓垂れている様子と、重ね合わさって聴こえてこよう。

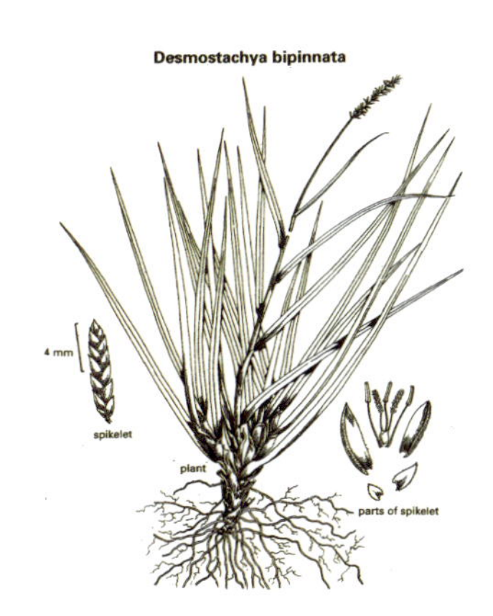

ダルバ草
（Arya Vidya Sala ed., *Indian Medical Plants*, vol.2, Hyderabad, 1994,p.327）

読書案内

・カーリダーサ『シャクンタラー姫』辻直四郎訳、岩波文庫、1977年
・カーリダーサ『公女マーラヴィカーとアグニミトラ王、他一篇』大地原豊訳、岩波文庫、1989年
・カーリダーサ『長編叙事詩 ラグフヴァンシャ』野部了衆訳、永田文昌堂、1991年

ルーミー著『精神的マスナヴィー』より「葦の嘆き」

佐々木あや乃

●ペルシア古典文学について

ペルシア古典文学は、7世紀中葉のササン朝崩壊の後、現在のイラン北東部から中央アジアに及ぶホラーサーンと称される地で、9世紀頃から始まる近世ペルシア語による文学である。

イスラーム化してもアラブ化しなかったイランでは、イスラーム化以前からの伝統に基づき、詩を中心とした宮廷文学が発展を遂げ、それを基底として次々に優れた詩人が輩出された。イラン民族英雄叙事詩『王書』を編纂したフェルドウスィー（934-1025）、世界中で愛読される『ルバイヤート』の作者オマル・ハイヤーム（1048-1131）などは日本でも広く知られている。

こうした伝統的ペルシア文学の発展と並行して、厭世的傾向を持つ神秘主義的思想を表現するペルシア文学作品が登場する。本来のイスラームの精神とは乖離した政権への批判的精神に基づき、9世紀頃から禁欲主義と神への畏怖の念から次第に神への愛が表現されるようになり、10世紀頃にはイスラーム神智学（イルファーン）と呼ばれる思想が、神秘的直観に基づいて詩で表現されるようになる。伝統的ペルシア文学の詩形——抒情詩（ガザル）と叙事詩（マスナヴィー）——で神秘主義詩を詠ったサナーイー（1074-1134）、ペルシア語神秘主義詩の完成に至る道程を継承し、神秘主義道の修行の階梯を詩で表現したアッタール（1145?-1221頃）が特に名高い。

この流れを受け継ぎ、ペルシア語神秘主義詩を頂点に達せしめたのが、ジャラールッディーン・ムハンマド・ルーミー（Rūmī, Jalāl al-Dīn Muḥammad、1207-1273、以下ルーミー）である。ここでは、「ペルシア語のクルアーン」とも「神秘主義の百科全書」とも評される一大神秘主義叙事詩『精神的マスナヴィー（*Mathnawī-yi ma'nawī*）』の冒頭18句、「葦の嘆き」を通して、ペルシア古典文学の真髄に触れ

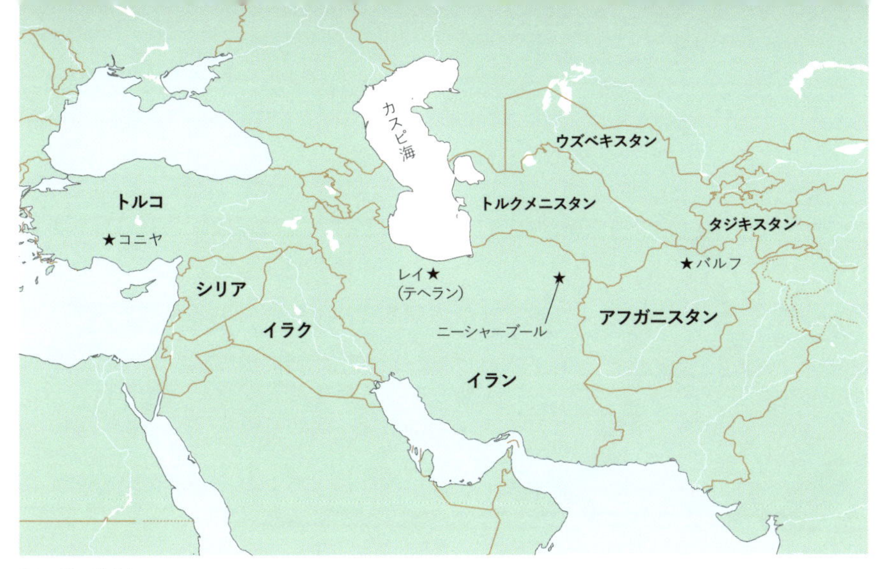

西アジア地図

てみたい。

●詩人ルーミーについて

ペルシア語圏では、モウラヴィーまたはモウラーナーと称されるルーミーは、世界で最も偉大な思想家かつ最も驚異的人物のひとりである。その生涯はあまりにドラマチックで謎めいている。

ペルシア文学揺籃の地ホラーサーンのバルフに生まれたルーミーは、「学識者の王」と呼ばれた学者の父に従い、少年時代に一家で故郷を発ち、ルーム・セルジューク朝の首都コニヤに定住する。途中、ニーシャーブールで少年ルーミーに会ったその地の神秘主義詩人アッタールは、ルーミーの父に「あなたのご子息は、この世の愛を知った人々に、ほどなく愛の火をつけるであろう」と言い、10代の若者だったルーミーに自分の叙事詩『神秘の書（*Asrār-nāmah*）』を贈ったという。既に詩人として名声を得ていたアッタールが若きルーミーの才能に気づき、ルーミーの将来を予言した逸話である。

父亡き後、コニヤで父の後継者として多くの門弟を抱える学者となり、さらに真なる神秘的直観知（マアリファ）を得るため修行に励み、ほどなくルーミーは宗教的指導者・イスラーム法の揺るぎなき体現者として名声を手にする。その一方で、父の弟子であったブルハーヌッディーン・ムハッキク・ティルミズィーの下で神秘主義も学び始め、やがてサマーウと呼ばれる音楽や舞踊を伴うスーフィーの修行法で知

ルーミー肖像画

られるメヴレヴィー教団を創始するに至る。

ところが、人々の尊敬を一身に集めていたルーミーの身に、稲妻が落ちたかのような衝撃が走る。シャムス・タブリーズィー（以下シャムス）との出会いである。外見は物乞い僧か正気を失っているようにしか見えないシャムスにルーミーは心酔する。しかし、突然師を奪われたルーミーの弟子たちはシャムスを誹謗や非難の的としたため、シャムスはルーミーの前から姿を消す。一度は再会を果たすも、民衆や狂信的な人々の反発の炎が再燃し、1247年シャムスは忽然と姿を消す。ルーミーは取り乱し、我を忘れて師を探し求めたが、シャムスは二度と戻ることはなかった。ルーミーの『シャムス・タブリーズ詩集（*Ghazaliyāt-i Shams-i Tabrīz*）』（または『大詩集（*Dīvān-i kabīr*）』）は、2人がともに過ごす中で生じた火花によって生み出された情熱的な抒情詩集である。

シャムスを失った後、ルーミーはサラーフッディーン・ザルクーブ（ザルクーブは金箔師の意、以下サラーフ）という清らかな魂の持ち主と出会い、サラーフの娘がルーミーの長男と縁組するほど、両者は固い絆で結ばれた。サラーフの死後、ルーミーはサラーフの弟子のフサームッディーン・チャラビー（以下フサーム）をサラーフの後継者、ハーンカー（スーフィーの修行所）の導師とし、フサームに並々ならぬ信頼と関心を寄せた。このフサームの存在が、ルーミーの作詩の才能を開花させた。1261年、ルーミーは『精神的マスナヴィー』の詩作に着手する。第1巻を終えた後、第2巻開始までに2年の空白期間はあったものの、1273年にこの世を去るまでルーミーは詠み、フサームは書き留め続けた。ルーミーが亡くなった時、コニヤの町は静まり返り、宗教や信仰にかかわらずすべての人が40日間喪に服したという。コニヤにある彼の廟は、今でも多くの人々が訪れる聖地である。

『精神的マスナヴィー』

叙事詩（マスナヴィー）とはペルシア詩の主要な詩形のひとつで、各詩行の半句の脚韻が互いに押韻し、物語を紡ぐのに適したイラン独自の詩形である。が、今やマスナヴィーといえばルーミーの本作を指すほど、ペルシア文学において『精神的マスナヴィー』の地位は揺るぎないものとなっている。この大作は、「人類が生んだ最も偉大な精神的英雄叙事詩であり、イラン文化を永遠のものとするための、ペルシア語による神からの贈り物」とも言われる。

『精神的マスナヴィー』は、愛弟子フサームに「サナーイーの『真理の園』の形式で、アッタールの『鳥の言葉』の韻律で作詩なされば、弟子たちは他の書物を読まなくなりますゆえ」と叙事詩形での作詩を乞われ、ルーミーが最初の18句を詠ったことに端を発する。全6巻、約2万7,000句の大半は、ルーミーが語るそばからフサームや弟子たちが筆記したが、最後の「王子たちの物語」は未完である。

神秘主義思想や教義への理解を深めるため、ルーミーは哲学や神学の術語をふりかざすことなく、比喩や寓話、逸話をペルシア詩の流麗なリズムで紡ぎながら、極めて哲学的な内容を物語詩で表現している。そして各物語を語り終えると、他愛もない逸話を用いた意図や物語の解釈を、決して自分の意見を押し付けることなく、読者や聞き手に委ねる。ルーミーに多少なりとも影響を与えたアッタールが『神の書』において、逸話を語り終えると自分なりの結論を読者や聞き手に明示しているのとは対照的な姿勢である。ルーミーの教師たる一面が垣間見えるように感じられる。

この超大作の主題が凝縮された、冒頭の18句——自我滅却による人間存在の本源的真理への帰還をうたった「葦の嘆き」——は、「人間はどこから来てどこへ行くのか」という根源的な哲学的命題に対して、ルーミーの内からほとばしりでたことばである。

●「葦の嘆き」

聞きなさい、この嗟嘆する葦笛の音色を　　別離の愁いを語っている

「言いなさい、告げよ（qul）」を多用するイスラームの聖典クルアーンを意識したのだろうか、ルーミーは対照的に「お聞きなさい」と語り始める。葦笛(ネイ)は日本の尺八に似た楽器で哀愁に満ちた音色を奏でる。メヴレヴィー教団を見ればわか

るように、ルーミーは音楽の役割と重要性に注目している。当時の法学者たちが反対しようとも、ルーミーは音楽を聴くと天国への扉が開くと考え、自らサマーウを実践し、美声で朗詠される詩に聴き入った。

「嗟嘆する（shekāyat）」という語は、ルーミーにはふさわしからぬ表現である。後半句ではルーミーは神との別れの愁いを「語る（ḥekāyat）」と言い換えて語り続ける。ルーミーが語るのは「別離」であって決して「孤独」ではない。「孤独」であれば不満は生じ得るが、「別離」なので不満はない。ルーミーは、神は常にわれらとともに在り、その存在は常に感じられ、われらも神の許へ戻りたいと願っているという確固たる信念を持っている。イスラームでは、創造主たる神が手ずから土を捏ねて作った体という形骸に息を吹き込んで霊魂を注入し、御許から降下させて、われら人間をこの世界へ送り込んだと考えられている。ルーミーは、人間は永遠に神の御許に留まることは許されず、魂がこの世へと送り出されることは不可避だと知っている。別離は必然なのである。

葦笛の語りに耳を傾けていくことにしよう。

葦原から刈り取られて以来　　啜り泣く私の調べに男も女も涙に咽ぶ

「葦の嘆き」の主題は、人間が葦原から刈り取られて悲嘆に暮れていることである。この世界ではわれらは異者（よそもの）で、本来のわれらの居場所はここではないという悲哀を帯びた疎外感に苛（さいな）まれたルーミーは、神が咥（くわ）えた葦笛に自らを喩え、神が息を吹き込むと全人類の別離の嘆きの物語を自らが語り出す、と表現する。ルーミーは、葦笛の憂いを含んだ音色を通してすべての人の嘆きを語る。ルーミーの弁舌の才も、葦笛を聴くことで開花したのかもしれない。

全能の創造主が人間を創造し、明確な目的があって人間をこの物質界に送り込んだという考え方によると、人間はこの世界へと降下され、負わされた義務を終えると再び、降下以前の世界に戻らなければならない。これが、葦原から刈り取られ、再び始原へ戻るということである。

人間は始原たる葦原から刈り取られ、それによって生じた別離の痛みに苦しんでいるが、この別離は神秘的直観知（マアリファ）的な別離であり、実在的な別離ではない。人間がそこから刈り取られた葦原は形姿のない世界であったが、人間はこの世界に来たことで形姿を得、唯一の存在たる神から離れてしまった。ルーミーは、長年にわたる神秘主義修行道の苦行や階梯を経て、シャムスと時を過ごした結果、別離に苛まれていることに気づいたのである。

別離の悲しみに私の胸は引き裂かれ　　逢いたくてたまらず苦痛を語る
始原から遠く引き離された者は誰もが切に願う
かつて結ばれていた頃に戻りたいと

葦笛の語りの続きである。ルーミーの世界観には、葦原の世界から刈り取られた結果生じる別離と異郷の念という悲しみだけが存在する。その苦痛をルーミーが語り始める。われらはこの悲しみと共に生まれ、太源へと戻るという目的をもってこの世を去る。帰りたいという願望が、この否応なしに歩む旅に意味を与えるのだ、と。

どの集いでも私は嘆きの調べを奏で
不運な人とも幸せな人とも共に過ごした
誰もが思い思いにわが友となったが
わが心の内の秘密には気づかなかった

葦笛は語り続ける。「さまざまな集いで、私を吹いて喜びに溢れ溌剌と明るい曲調を演奏する人も、悲しみを心に抱いて哀愁を帯びた旋律を奏でる人もいた。誰もが自分の心情と目的のままに私を奏でたが、誰もわが本質を識らず、わが心の秘密に触れることはなかった」と。葦笛の心に秘めた秘密とは何なのか。答えは次の詩行にある。

わが秘密はわが嘆きからは離れていないが
どの目と耳もそれに気づく光がない

目と耳は葦笛をくまなく知るための十分な能力と才能を持ち合わせない。葦笛は「あなたは私の内からもっと多くを得、読み取ることができるのに、私を単なる手段とだけ見做せば、重要な秘密を知らぬままでいることになる」と言う。われらは形姿のない世界から降下し、形姿をもってこの世に存在する。葦笛は、最初形姿がなかったが形姿を受け容れた一例であり、これがさまざまな旋律を奏でることのできる葦笛の秘密である。よって、誰もが自らの形姿を葦笛に与えはするが、葦笛の内にある、元来形姿を持たないという秘密には至らないのである。葦笛は中空であるため、本質において内に形姿がないという点で最も適した象徴である。ルーミーは、人間には形姿を超え、形姿のないものを視る目もあると語る。形姿について語る際、ルーミーは海と泡沫の喩えを用いる。通常、海の表面の泡沫と海面は誰にも見えるが、その下に隠された海や海中の泡沫を視る目を持つ人がいる。泡沫はこの世の物資的形姿の象徴で、壊れやすく儚い層で、われらから海を隔てる。水がなければ生まれ得ない泡沫は、われらが不変や堅固さを信じる日々の営みの象徴である。

体は魂から、魂は体から隠れていないが　　誰も魂を視ることを許されない

葦笛が語る、最後の句である。遥か昔から人々の一般的な信念の中に存在した霊魂論の話である。アダムの体に魂が注入される話は最初にユダヤ教で語られ、次にキリスト教、そしてクルアーンの中でも言及されている。神が土塊で作ったアダムの体に自ら吹き込んだ息は、人間の中の神の存在を象徴的に表す。ルーミーも他の神智家同様、命を超えて人間の魂は永続し、決して衰退しないとする。人は主たる魂と副次的な身体で構成されているのである。

ここから、葦笛の語りを受けたルーミーのことばが始まる。

葦笛のこの叫びは火であって風ではない
この火を持たぬ者は誰でも無になれ

葦笛は、吹き込まれた息で炎が勢いづく炭のように、火を生じる。乾いた葦が生い茂る葦原を想像しよう。叫びに似た葦笛の音色も思想という茂みについた火である。この詩行では、火をつける行為が破壊と発火という2つの意味で用いられている。燃えるような心から火が立ち上り破壊する時、思念の森を覆い尽くし

て破壊するイメージと、葦の茂みと思念の森を照らすイメージとが想起される。「思念（andīshe）」という語には「思考」と「悲哀」という2つの意味が含まれる。「思考に火をつける」と言えば、悲哀を除去する意味とも解釈できる。ルーミーは自らの意図を、さまざまな意味を含み多様に解釈されうることばを用いて表現する。

葦笛に燃えついたのは愛の火　　葡萄酒に泡立ったのは愛の熱情

息を吹いて、火を消すことも、火を煽って勢いづけることもできる。ここでのルーミーの意図は後者である。葦笛から出てくる火は愛の火である。思念の林に愛の火がつくと、人の苦痛や悲哀、そして思考そのものが焼失する。ルーミーは葡萄酒の泡立ちや葦笛の嘆く音色を愛の顕れと見なす。愛に基づく世界の基盤は、イスラーム哲学者、特に純正同胞団の間に存在する古い考えであり、ムッラー・サドラー（1571/2-1640）も著書『知性の四つの旅の超越論的哲学』の1章をそれに捧げている。

葦笛は友から離れた者すべての仲間
その響きはわが心の秘密を明らかにする
葦笛のごとき毒と解毒剤をいったい誰が見ただろう
葦笛のごとき親しき友、恋しくてたまらぬ者をいったい誰が見ただろう

葦笛はルーミーが参加するどの集いでも奏でられていた。シャムスとの出会い以降、葦笛はルーミーの魂と人生すべてを包み込んだ。葦笛の音色は別離に苦しむ人、愛する人や全能者から遠く離れた人に寄り添う。そして、葦笛の奏でる旋律を聴けば、その演奏者の心境が明らかになるのである。

神には優美な側面と畏怖を与える側面という二面性がある。葦笛は神との邂逅（かいこう）を果たした完全人間の象徴であり、おそらくはルーミー自身を表す。葦笛は神の性質同様、毒のように冷酷で厳しい側面も、その毒を消してくれる側面も持ち合わせる。優しさだけでなく怒りが子どものためになると知っている親や教師の姿とも重なる。いかなる状態であろうとも、葦笛は常にわれらと共に在ることを望むのである。

葦笛は血に塗れた愛の道を語り　　マジュヌーンの愛の話を語る

ルーミーの思想において、愛は当初より困難と苦しみから始まる。葦笛は血に塗れた愛について語る。葦笛は誠実な恋人として、ライラを狂おしくひたすらに愛したマジュヌーンを語る。誰もが愛に十分強いわけではなく、ライラを思い続けるマジュヌーンの愛情は、最初からマジュヌーンにその鋭い歯と血まみれの爪を示すからである。

愛について、詩聖ハーフェズ（1326?-1390頃）は『ハーフェズ詩集』冒頭の有名な詩で、「愛ははじめたやすく見えたが幾多の困難が生じた」と詠んでおり、こちらのほうが現代イラン人には広く受容されているようである。ハーフェズは約１世紀前に登場した巨匠たち――神秘主義詩におけるルーミー、恋愛抒情詩におけるサアディー（1210頃-1292頃）――を、自らが凌駕しえないと悟ったのであろう、神秘主義詩とも恋愛詩とも解釈可能な美しい抒情詩を詠んだ詩人である。当然、ルーミーの愛に対する見解にも精通し、それを意識して詠んだと考えられる。

この意識の秘密を識るのは意識なき者のみ
　　　　　　　　　　　　　舌が語ることに聴き入るのは耳だけ

無意識とはいかなるものか、無意識の世界で得られる理性や感覚を超えた概念とはどのようなものなのか。ルーミーは、無意識の人々すなわち完全人間を自分の大切な親友と見なす。誰もが神秘的直観知（マアリファ）を持つ完全人間の意識を理解できるわけではない。完全人間の心的境地を理解するために理性や感覚は必要ないのである。その比喩として、舌が語ることばを聴くのは他の部位ではなく耳のみとルーミーは表現する。

わが悲しみの中で日々は時を失くし　　日々は苦悶をともなっていた

ここではルーミーは珍しく、過去――時を失くした日々と消え去った機会――に思いを馳せる。が、そこに留まることはしない。ルーミーは、過去を悔やまず、未来を見据えることに重きを置く。彼は常に新しいことを考え、古いものには目もくれないのである。

人の一生は刻一刻と古びていく。人生の真実は現在、この瞬間に他ならない。ルーミーによれば、悔悟は過去への回帰であり、過去は埋められるべきもので、意味も意義もないのである。

時が過ぎようともいっこうにかまわない
でもあなた（神）は留まっていておくれ、最も清らかで美しいお方よ

人も物事も時の中を流れ行く。時はわれらのありとあらゆる事柄に絡み合っており、そこから逃れることはできない。しかし、完全人間となることを目指す神智家は時を超越し、時という概念を超えて非物質界に到達しようと努める。彼らは常に現在を生きていて、過去を振り返らない。時空間が消滅した世界には人間が合理的に理解できない別の世界が確立されており、そこが神の在（お）わすところなのである。だからこそ、ルーミーは神に詩的にたおやかに呼びかける。「時（空）が消えようともかまわない。だが、神よ、あなたは消えずに留まっていておくれ」と。

魚以外その水に飽きぬ者は誰もおらず
日々の糧なき者には時の経つのは遅い
未熟者に熟達者の心的境地はわからぬ　さあ、話はここまでとしよう

魚は神智家、水（や海）は神の象徴である。魚は決して水に飽くことはない。それどころか、水がある限り魚は生きていける。目を開けたまま水の中をひたすらに泳ぎ続ける魚は、まさに神秘主義道をたゆまず歩み続ける、神を愛してやまない神智家の姿と重なる。この世で糧のない者は生活が苦しい。苦しい生活を送る者には、時間はとてつもなく長く感じられる。自分の好きなことに熱中していれば時が経つのは早いのに、退屈でつまらない時には時計の針がなかなか進まないと感じるのと同じである。

「未熟者」は神との邂逅を約束されていない凡人、「熟達者」は神智家である。

神智家の心のさまは神秘主義とは縁遠い者には理解しがたい。「あれこれ言葉を尽くして説明しようとも、誰にも等しく理解されるわけでもない」と、はたと気づいたルーミーは、ここで「葦の嘆き」に幕を下ろしたのである。

おわりに

「我々はどこから来たのか 我々は何者か 我々はどこへ行くのか」――フランスの画家ゴーギャンの有名な絵画のタイトルとしても知られ、誰しも一度は考えたことがあるこの哲学的問いに、13世紀のルーミーは『精神的マスナヴィー』という大著により、既にひとつの答えを示していたのだ。実に驚くべき人物である。

『精神的マスナヴィー』は、多くの逸話と作者ルーミーの強烈な連想力によって次々と話が展開していく特有の魅力がある。原語で触れると、ことばの響きの美しさ、リズムの心地よさ、さらに酩酊や高揚感にも包まれ、読者を温かく包み込む。これこそが、ルーミーの根底にあって他の詩人たちの追随を許さない「愛」のなせる技であろう。彼の抒情詩の世界にもいつかどっぷりと浸ってみたいものである。

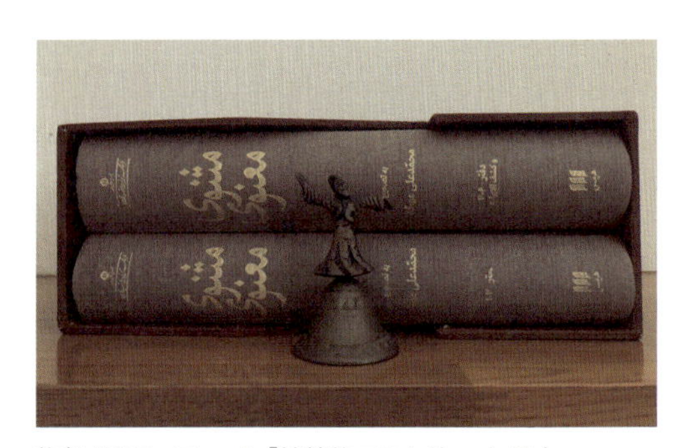

旋舞するスーフィーと『精神的マスナヴィー』原本

読書案内

- ルーミー『ルーミー語録』井筒俊彦訳・解説、岩波書店、1978年
- アッタール『イスラーム神秘主義聖者列伝』藤井守男訳、国書刊行会、1998年
- アッタール『鳥の言葉―ペルシア神秘主義比喩物語詩』黒柳恒男訳、平凡社（東洋文庫シリーズ821）、2012年
- アッタール『神の書―イスラーム神秘主義と自分探しの旅』佐々木あや乃訳注、平凡社（東洋文庫シリーズ896）、2019年
- ハーフィズ『ハーフィズ詩集』黒柳恒男訳、平凡社（東洋文庫シリーズ259）、1976年
- ニザーミー『ライラとマジュヌーン』岡田恵美子訳、平凡社（東洋文庫シリーズ394）、1981年

カンボジアはメコン川の賜物

水とともに紡がれる物語

岡田知子

●水から生まれた国

カンボジアは熱帯モンスーンの影響を受け、5月から11月の雨季と12月から4月の乾季に分けられる。雨季のはじめには、その年の農作物の豊凶と社会の吉相を占う王室始耕祭、雨季が終わった頃には僧侶に日常生活品を捧げ、寺院に献金する僧衣献上祭り、その後、全国各地の川で開催されるボートレースが盛況な水祭りが行われる。

チベット高原から南シナ海に至る約4,200キロメートルのうち500キロメートルをカンボジアの北から南へと流れるメコン川は、カンボジア語で「大河」とも呼ばれ、昔から重要な交通網となっていた。日本の半分ほどの面積のカンボジアの国土は、まわりが山で縁取られた盆地で、そのほぼ中心に位置する首都プノンペンでメコン川は4つの支流に分かれる。このうちの1本がトンレサープ湖につながっている。「淡水の川」を意味するトンレサープは東南アジア最大の淡水湖で、琵琶湖の4倍程度の大きさを持ち、雨季にはメコン川の水が逆流することで3倍から6倍に拡がる。乾季になれば天然のポンプのように、大小の河川や湖沼に水を送り込み、多種多様な生物の宝庫を作り上げ、肥沃な土地を生み出す。

ひとの一生も川に始まり、川に終わる。出産は「川を渡る」といい、お産の大変さは流れの激しい川を渡ることに喩えられる。葬儀ではお骨拾いの後、お骨をココナツの汁、または川の水を混ぜて洗う、あるいは遺灰を川の真ん中で撒く儀式がある。いずれも、ひんやりした清らかな水で魂が落ち着くように慰め、涅槃(ねはん)にたどりつくことを願ってのことである。眠っていても川と離れることはできない。川の夢を見れば「病気にかかる」、大きな川なら「将来、大きな危険に遭う」、川で溺れたなら「大金持ちの子女と結婚できる」という夢占いもある。

タオン王がニアン・ニアク姫の肩布の端を持っている銅像。2022年にカンボジア唯一の大水深港を持つシハヌークビル州に設置された。台座も含めて高さ約30メートル、重さ60トン。「カンボジアの土地、文化、伝統と文明を象徴するもの」とされている（写真提供：Yeng Chheangly）

伝統的なカンボジアの結婚式での儀式
（写真提供：Yeng Chheangly）

カンボジアの歴史も水によって紡ぎだされた。18世紀以降に数代の王の命によって編纂された『王の年代記』によると、建国神話は次のようなものである。あるとき、コーク・トローク国のタオン王が引き潮のときに歩いてトローク丘に遊びに出かけたが、夜になると潮が満ちて帰れなくなった。ちょうど天女の姿をした蛇神ナーガの姫ニアン・ニアクが遊びにやってきて、2人は恋に落ちた。ナーガの王は2人の結婚に同意し、神通力で海水を吸い込み、城壁を備えた完全な都と宮殿を出現させた。結婚式の後、タオン王の希望から、ニアン･ニアクはタオン王を肩布の端につかまらせ、ナーガの世界の見物に連れていったという。現在でも結婚式で花婿が花嫁の婚礼衣装の肩布の端を持って歩く儀式があるのは、この物語が由来とされている。

首都プノンペンの起源も水とかかわる物語だ。現在、プノンペンの行政上の町名、合計約100のうち、ほぼ半分が、沼、池、川、水路といった水に関するもの、あるいは丘、台、山など、水面から盛り上がった場所を示す地名となっているのもうなずける。

14世紀頃、ペンという名の裕福な老婦人が、メコン川が4本の支流に分かれる地点のほとりに住んでいた。ある日、大雨が降り、川は氾濫して洪水が起こった。ペンが様子を見に舟着き場に降りると、流れてきたコキー樹の大木が、あたりをぐるぐると回っていた。ペンが村人に命じてその木を引き上げさせてみると、洞に仏像と神像が入っていた。ペンは土を盛って丘を造らせ、そこに寺院を建て、仏像を祀った。このことから、ここは「ペンおばあさんの丘の寺院」、略して「ペンの丘（プノンペン）」と呼ばれるようになった。現在でもペンの丘には、仏像や神像だけでなく、ペン婦人とされる彫像が祀られており、家内安全を願う人びとの供物が絶えない。

全国各地に伝わる民話や伝説は、多くが水辺に暮らす人びとと動物の世界である。タニシやカエルが知恵を駆使して、オオカミやトラのような4本足の動物をうち負かす。雨天時に地上を這いまわることができるキノボリウオは水生生物のメッセンジャーとして活躍する。獰猛で愚か者の代表格であるワニは、丸太のような図体で悠然と川を行き来し、人間を丸呑みする。孵化したときから僧侶や姫に大切に育てられた結果、強い忠誠心を持つようなワニもいる。しかしそれが仇となって無残な死に至るという話も少なくない。

メコン川で生息が確認される川イルカの由来の物語は、ロマンチックなおとぎ話に胸を膨らませたいところだが、美しい人魚姫と王子の物語ではない。強欲な両親のせいで、大蛇に飲み込まれた村娘は腹から救出されたものの、その体液でまみれた体を洗おうと川に身体を沈めたところ、そのままイルカになってしまった。娘が水を掬（すく）うのに使う鉢を頭にかぶったまま入水したので、川イルカの頭は丸い形だといわれている。

近代小説の始まりは『トンレサープの水』

カンボジア文学史上初の近代文学も、メコン川につながるトンレサープ湖が舞台となった。文学とは20世紀初頭までは叙事詩のことであり、作家といえば詩人を意味していた。厳格で複雑な韻を踏む形式は50種類を超え、サンスクリットやパーリ語源の雅やかで難解な言葉であふれた格調高いものであった。王族が住まう宮廷や神々が集う天上が物語の舞台となり、冒険の旅に出た王子たちを魔物が翻弄し、仙人が援護するという奇想天外な冒険譚が多かった。
散文形式の作品が登場したのは近代に向けて大きく変わろうとする時期だった。当時、カンボジアはフランス領インドシナに属する保護国で、ベトナム人や中国人が商業、行政分野を独占していた。保護国政府に奉仕するエリート養成機関と期待され開校された国内唯一の高等学校では、中国人、ベトナム人がともに学んでいた。そのような環境にあって、カンボジア人学生たちは民族意識に目覚めていく。フランス語で教育を受ける傍ら、ベトナム語や中国語の小説の存在を知り、自分たちの言葉で作品を生み出したい、と強く望むようになっていった。
それを形にしたのが、若き官吏キム・ハックによる『トンレサープの水』(1941)だった。カンボジア人によるカンボジア人のための作品を標榜したからだろうか、アンコール王朝とトンレサープ湖というカンボジア唯一無二の要素が舞台となっている。庶民の日常生活に焦点が当てられ、表現形式が韻文から散文になり、庶民の言葉で戯曲風に物語が進む。
アンコールワットが完成したばかりの頃、15歳になる美しく淑(しと)やかな女性マーラは、トンレサープ湖畔の村で両親と暮らしていた。婚約者候補にヘマサイとサッタの2人がいた。ヘマサイは貧しい家の出身だったが、善良で教養もあり年配者を敬う青年だった。サッタは裕福な家の出身で、父親は王宮付きの将校であった。ビルマで修行を積み学識も高かったが、高慢だった。マーラは自分に相応しいのはヘマサイであるとし、母親の同意を得て、2人は結婚する。
ある日、2人がトンレサープ湖に水遊びに行ったとき、ヘマサイが大波にのまれ湖畔の反対側に流れ着く。そこに盗賊首領の妻ムリヒが水汲みに現れ、ヘマサイの命を救う。ムリヒは夫が不在であることを理由に、ヘマサイを不倫相手にしようとする。ヘマサイは命の恩人であるムリヒを無下にすることもできず受け入れてしまう。
一方、マーラはヘマサイの消息を求めて占い師コアムの元を訪れる。悪賢いコアムは、ヘマサイはワニに食われて死んだと伝える。マーラは絶望し、生涯結婚しないことを誓う。それを知ったサッタはマーラとの結婚を強く希望し、マーラの父親は同意する。結婚式の当日、マーラはトンレサープ湖に身を投げる。愕然としたサッタは、木から身を投げて即死する。片やトンレサープ湖に舟を出していたヘマサイは、流れてきたマーラを救う。2人はムリヒの家にあった金銀財宝を持って家に戻り、幸せに暮らす。

いわゆる「近代文学」に見られるとされる「自我の目覚め」は描かれないものの、婿選びを巡るマーラの両親の大喧嘩、披露宴客たちの女性の品定め、ムリヒがヘマサイを誘惑する手練手管、コアムと若妻の修羅場など、脇役たちの下世話なやり取りが、アンコール王朝時代の湖畔地域という時空間を超えて、物語にリアリティをもたせ、読者を飽きさせない。古典文学の特徴である仏教的思想は色濃く残してあり、前世での行為が現世の報いをもたらすという業がストーリーの展開の要となっている。新婚のマーラとヘマサイにとって、ある夕暮れ時が「2人の業のとき」となる。トンレサープ湖畔に水浴びにいった折に、ヘマサイは強い流れに流されてしまう。語り手はその悲しみを川に例える。

> 愛する人との別離は、あらゆるものにもたらされることで、誰もそれを避けることはできない。人間だけではなく、畜生であろうと草木であろうとも、いつかは必ず別離がおとずれる。ただ畜生は、人間よりも苦しみを感じることが少ないだけなのだ。ああ、なんと哀れなことか、この世の生きとし生けるものの眼から流れる水に想いを馳せる。日々、いったい何本の川となるのか見当もつかない。

その後「マーラとヘマサイの過去における善行のおかげで再会できる」ことになる。マーラが入水自殺を図ったときに、ムリヒの意向で、ヘマサイはトンレサープ湖で舟遊びに出かけるのである。

若い男女の恋愛模様を描く小説や演歌調の歌で、現在でも使われるフレーズ「水よ、なぜまったく疲れずに流れるのか、男が約束した言葉は真実だったことがない」は、ここですでに健在だ。川の水は常に流れているのが事実であるように、男性が女性に誓った言葉は誠実ではないことは事実である、と、男性の不実を意味する。ただこの常套句は、ムリヒがヘマサイに投げかけるのだが。

自然の恵みと愁いを描いた国民文学『萎(しお)れた花』

カンボジアは1953年に独立した後、政府は「独立近代国家」に相応しい国民を育成することを急務とした。新カリキュラムでは、これまでのフランス語偏重を改めて、カンボジア語を教授言語とし、カンボジア語の教科書、教材を使用する教育政策をとった。国語カリキュラムに入ったのが、現在でも人気の高いヌー・ハーイ（1916-1975？）の『萎れた花』（1947）である。伝統的価値観に阻まれ苦悩する若い男女の悲恋物語で、『トンレサープの水』と同様、トンレサープ湖畔地域を舞台とし、アンコール遺跡の素晴らしさにも言及するのがもはやお約束になっている。規範文法に沿った卓越した描写技巧、封建的思考および非科学的思考への批判、カンボジアの自然や文化遺産の称賛、愛国心の育成促進といった点が高く評価されたのだった。

作者がこの作品を書いた動機は、出身地ソンカエ川地域への郷愁からだった。カンボジア北西部のバッタンバン州を流れるソンカエ川は全長250キロメートルに及び、トンレサープ湖に流れ込む。1940年にフランスでヴィシー政権が成立すると、それを好機ととらえたタイは「失地回復」としてバッタンバン州を含むカンボジア西北部３州を返還要求し、1941年に同３州はタイに割譲されてしまったという状況下での執筆だったのだ。

ヌー・ハーイは、『風車小屋だより』（ドーデ、1869）などフランス文学の影響を受けており、特に美しい南の島での牧歌的な暮らしと悲恋を描いた『ポールとヴィルジニー』（サン・ピエール、1788）は、おそらくカンボジアの同時代の読者には親しまれていた作品だったのだろう。『萎れた花』の主人公たちは互いに「ポール」「ヴィルジニー」と呼び合い、読者には主人公たちの純愛を示すのと同時に、不穏な結末を予想させるのである。

500リエル札にデザインされたメコン川に架かる「つばさ橋」。４年にわたる日本の援助によって2015年に完成した。カンボジア国内でメコン川に架けられた初めての橋で全長約640メートル

『萎れた花』のあらすじは次のとおりである。1930年代の地方出身のブントゥアンは、官吏を目指して首都プノンペンにある有名高校で寮生活をしながら勉学に励んでいた。幼馴染みのヴィティアヴィーと相思相愛の仲だっ

たが、彼の父親がトンレサープ湖およびメコン川経由のサイゴンへの米の輸送に失敗すると、ヴィティアヴィーの母親ヌオンは、娘の将来を思って、財産家の息子ナイソートと強引に結婚させようとする。ヴィティアヴィーはブントゥアンへの愛を諦められず、徐々に体調を崩し、ブントゥアンに形見の指環と手紙を残して衰弱死してしまうのだった。

『萎れた花』は12章構成である。ブントゥアンとヴィティアヴィーが会い、わずかな言葉を交わしあうのは第4章のみで、それ以外は2人の物語が章ごとに交互に進んでいく。第1章は学生たちの夏休みの帰省シーズンの7月に始まり、最終章は乾季も終盤に近づく5月頃なので、この作品を読み終える頃には、カンボジア北西部の自然と人々の生活の風景、農業暦をほぼ1サイクル味わうことができる。途中、読者は、ヴィティアヴィーとともにアンコール遺跡見物を、ブントゥアンとともにソンカエ川沿岸の湿地帯トレッキングを脳内体験できる。この「トレッキング」が楽しめる第11章は、ほかの章と比較しても突出して分量が多い。メインストーリーの展開から意図的に外すことで、悲劇的な結末を知ることになる読者に一瞬の心の清涼剤となる時間を設けている、という分析もあるが、ヌー・ハーイにとっては最も精魂を傾けて描いた章だったに違いない。湿地帯の自然の恵みを享受する農閑期の村人たちの営みが映し出される。牛に引かせた荷車20台の車列で、「野宿しながら半月ほど行く」ものであり、そこで薪を集め、蜂の子、蜂蜜、蜜蠟を採取し、魚を捕って塩辛、干物、燻製にする。粘土で覆って蒸し焼きにした雷魚をハナモツヤクノキの葉で包んで焼いた魚の塩辛と一緒に食べるものや、おこげに蜂蜜をつけて食べるものなど、カンボジアのアウトドア・クッキングも楽しめる。気性が激しい野生のオス象に襲われそうになったときには高い木に登って身を守る。ブントゥアンは「自然の持つ力は、どんなときも苦しみを和らげてくれる天の賜物」によって癒やされていく。

> 沼の真ん中にキバナツノクサネムやヨザキスイレンのような水草が、真紅や純白の花を咲かせていて目を奪われる。一度このさわやかな光景を見たら、そう簡単にここを立ち去ることはできない。鷺、ロニアル、バンが沼いっぱいに餌を取りに来ていて、それがまた景色に彩りを添え、この場を支配する静謐も増すのだった。水草たちは、澄んだ水に映った絵のような太陽

の光と青空のもとで、鮮やかに微笑む。

ここで描かれる湿地帯は、フランスの地理学者ジャン・デルヴェール（1921-2005）の大著『カンボジアの農民』（1961）によれば、湖沼の周辺または川の辺縁の「洪水林」とよばれるエリアであり、60～70万ヘクタール（東京都の面積の３倍）を占める。雨季にはこの林が水に浸かり、プランクトンのたまり場となり、また魚の産卵場となる。

「萎れた花」とは、「美しく咲き誇っていた花々も、太陽の熱に当たるか、もしくは何かで覆われてしまえば、萎れて地面に散ってしまう」ような悲恋に心を病んでいく乙女の姿ではなく、政治的に翻弄されるカンボジアの姿を描こうとしていたのかもしれない。実際、カンボジアは独立以降の一時の繁栄の後、東西冷戦に巻き込まれていくことを、予言することになってしまったのである。

●「水あるところに魚あり」

ヌー・ハーイがソンカエ川沿いの湿地帯を愛したように、いつの時代も、故郷カンボジアを離れた人々が懐かしく思い出す風景は、アンコールワット遺跡ではない。それは川、沼といった故郷の風景と、家族で囲んだ魚中心の料理だった。メコン川流域の豊かな大地コンポンチャム州出身の作家チュット・カイ（1940-）は、短編小説集『怪談』（1973）が大当たりした売れっ子作家だった。約４年にも及ぶポル・ポト政権の崩壊後、難民として家族とともにフランスに渡った。パリでタクシー運転手として生計をたてながら、自伝的小説である『寺の子ども』（1990）、『フランス学校の子ども』（1995）、『かわいい水牛の子』（1990）の3部作を執筆した。メコン川沿いの村々を舞台とし、個性豊かな登場人物が大勢登場する。僧侶や教師への愛情と俗物ぶりへの批判、寺や学校でのいたずら、規則違反や下ネタなどカンボジア人の笑いのツボやユーモアがふんだんに盛り込まれている。このように満ち足りた追憶は、雪の降る寒いパリで始まる。「カンボジアが懐かしい。熟していないタマリンドの葉を入れた小魚の酸っぱいスープ。田んぼ、さとうやし、そして川や沼」と。その後、カンボジアを離れて32年、『失われた時を求めて』の紅茶に浸されたマドレーヌのように、胡瓜の漬物を口にしたことで郷愁が頂点に達してしまったチュット・カイは、突然一時帰国を果たす。しかしそこで見たメコン川は経済発展のために汚染され、川岸に暮らす人びとの日常生活からは切り離されていた。「自然を殺している者たちにはいつか天誅が下る。自然と人間は、母と子のようなもの。子どもは母親の乳が必要で、人間が自然を必要とするのと同じなのだ」(『32年後』2018) と憤慨するのだった。

映像に自由詩をつける表現方法を得意とする詩人イエン・チアンリー (1988-) の「メコン川」(2023) では、擬人化されたメコン川の視点で、川岸に住む人びとの劣悪化した生活環境を描き出す。

みな泣き叫んで私を責める　私が非情だと
家を飲み込み　土地を飲み込み　無慈悲に飲み込む　毎年飲み込む
みな胸を叩きながら　わんわんと泣き　こう仰ぐのだ
ああ大空よ　記録してくれ　欲張りな私の顔を覚えておけと
みな声を震わせながら罵るのだ　私が渦巻き　休みなく叩きつけるせいで
岸辺は呪術をかけられ　年々見る見るうちに削られていく
涙がみなの顔に流れひろがる　私の激しい営みのせいで
みなの土地に亀裂をいれていると　私が丸呑みするために
だがみなは知らない　私の底にはぼこぼこの深い穴
土砂吸い上げポンプの仕業　躊躇なく運び出され
みなは知らない　私がいかに憂慮しているか
カンボジア人が　慣れ親しんできた自分の岸辺を失うのを
私は平穏だったことはない　ひどく崩れた土地をかき抱くのは
家の柱、食器や鍋を飲み込んでしまう　崩れた岸辺とともに
私は涙を味わいたくない　愛おしい場所を失い流れる涙を
私は何も見えていない川だといわれようとも　心はカンボジア人を憐れむ
人びとは赤貧の中にもがき　同胞の争いから逃れ
心地着いた途端に　再び同胞のせいで寄る辺ない者となる

近隣諸国に埋め立て資材として輸出するために、大量の砂が採掘され、それによって洪水が起こっている。災害は人災なのだが、メコン川による自然災害だと思い込んでいる村人を、メコン川は憐れみ、嘆き悲しむのだ。

ジャン・デルヴェールは、メコンは「肥沃な土地の創造者」、カンボジアは「メコンの賜物」と著した。文学もまたメコン川によって育まれてきた。カンボジアとその文学のこれからはメコン川次第なのだ。次のカンボジアの古い言葉は示唆的であろう。

川はその水を飲まない　森の木々はその果物を食べない
大空はひとところに雨や風をもたらさない
善良な人びとの宝は富み栄え　多くの人びとにいきわたる
人びとの良き恵みは　涅槃にまで届く。

イエン・チアンリー編著による詩集『わたしたちの水の流れ』（2024年）

読書案内

※本文中で言及した本のうち、日本語訳があるものは以下のとおり（順不同）。
・チュット・カイ『追憶のカンボジア』岡田知子訳、東京外国語大学出版会、2014年
・ヌー・ハーイ『萎れた花・心の花輪』岡田知子編訳、大同生命国際文化基金、2015年（電子版あり、無料ダウンロード可）
・ジャン・デルヴェール『カンボジアの農民』石澤良昭監修・及川浩吉訳、風響社、2002年
・『カンボジア　王の年代記』坂本恭章訳、上田広美編、明石書店、2006年

Ⅳ

〈政治〉の力学のなかで

初期ソ連の「映画的」偽翻訳文学

マリエッタ・シャギニャン『メス・メンド』を中心に

古宮路子

●「偽翻訳文学」

現代の国際情勢下における、ロシアによる自己の位置づけにもよく表れているように、ロシアは近代以降、常に欧米との関係性を模索してきた。ロシアにとって、18世紀前半にピョートル大帝が開始した「近代化」とは、西欧の社会システムや文化を、積極的に自国に取り入れることを意味した。他方、急速な近代化＝西欧化が、社会においてひずみを生じさせる事態も呼ぶなかで、無条件な西欧化を批判し、ロシアはむしろ古来のスラヴの伝統に立ちかえるべきであるとする議論も現れ、19世紀には「西欧派」対「スラヴ派」の論争が起こった。欧米に対するスタンスをめぐるこうしたジレンマは、1917年の革命によってロシア帝国が崩壊し、やがてソ連が成立する状況下においても、解消することはなかった。そして、欧米にいかなる姿勢で対峙するかという問題は、ソ連政権のその時々の文化政策にも反映した。そのため、政権がイデオロギー教育の重要な手段と見なしていた文学、とりわけ大衆文学もまた、欧米文化に対する国家のスタンスの推移に連動して、刻一刻とあり方を変化させた。

革命直後の戦時共産主義体制の時期には、資本主義列強による干渉戦争から自国を防衛する必要上、欧米文学はシャットアウトされ、アヴァンギャルド詩人を中心的担い手としたハイカルチャーが、大衆にも「上から」推奨された。だが、干渉戦争が終わり、戦時共産主義体制も緩和されて、1921年に新経済政策（ネップ）が始まると、欧米の大衆文学が雪崩をうってソ連国内に流入し、瞬く間に絶大な人気を得るに至った。大衆は、ロシアの「国文学」よりも欧米文学を好むようになり、「ターザン」や「ピンカートン」といった翻訳ものの娯楽冒険小説に熱中したのである。

欧米文学に魅せられたのは大衆のみではない。従来、ハイカルチャーの領域にいたソ連の知識人たちの中にも、西側文化が自国文学にもたらしてくれる可能性に期待をかける人々がいた。たとえば、文学の刷新を目指すペテルブルクのグループである「セラピオン兄弟」の代表的論客レフ・ルンツは、「西へ！」(1923) という論文を著した。そこでルンツは、イギリスの作家アーサー・コナン・ドイルや、アメリカの作家ジェイムズ・クーパーを取り上げ、彼らの手になるような冒険小説こそ、ソ連文学が目を向けるべきものであると主張している。ルンツが欧米の冒険小説を称揚したのは、ストーリーの展開によって読者を惹きつける性格が希薄な、ロシアの伝統的リアリズム小説を刷新するための起爆剤になるのではないかという期待からのことであった。

こうして、文化シーンの上から下までが欧米文学に夢中になっている1920年代のソ連では、ついに「偽翻訳文学」と呼ばれるジャンルまで登場するに至ったと、ロシアの研究者M・マリコワは指摘している。偽翻訳文学とは、欧米の翻訳文学が国文学を人気のうえで凌駕する当時の状況下で、ロシアの作家が欧米風の筆名を用いて書き、あたかも外国文学であるかのように装って、売れ行きを狙った文学作品のことである。マリコワによると、1924-1928年頃を中心に、様々な作家によって手掛けられたという。

● マリエッタ・シャギニャン『メス・メンド』

アメリカのプロレタリア作家ジム・ダラーの作品であるという触れ込みで1924年に刊行された、マリエッタ・シャギニャン (1888-1982) の大衆小説『メス・メンド』もまた、偽翻訳文学である。

シャギニャンは、モスクワで、アルメニア系の医師の家庭に生まれた。20代であった1910年代から文筆活動を始める。革命が起こると、ソ連体制にうまく順応し、大テロルの時代も生き延びた。やがて、スターリン賞 (1951) やレーニン賞 (1972) を受賞し、社会主義労働英雄の

マリエッタ・シャギニャン

称号（1976）も得ている。シャギニャンは総じて、時流に乗ることに長け、ソ連体制をしたたかに生き抜いた作家であったと言うことができよう。

『メス・メンド』は、アメリカの大富豪ロックフェラー家をはじめとする欧米の資本家や貴族がソ連に対して陰謀を企てる一方、ロックフェラーの工場のストライキを計画する職工長のミックを中心とする労働者のネットワークが、その陰謀を食い止めようと闘う、という冒険物語である。題名である「メス・メンド」とは、作中の労働者たちの合言葉で、「mend mess」すなわち「混乱を収拾する」という「世直し」が念頭に置かれている。だが、この単純明快な勧善懲悪の作品は、前書きが付くことによって、「入れ子構造」になっている。「M. Ш.」（マリエッタ・シャギニャンのイニシャル）のもとに書かれたこの前書きで、シャギニャンは、『メス・メンド』の作者として、ジム・ダラーを紹介し、あたかも実話であるかのように、ダラーの数奇な生涯を語っている。捨て子だった赤子のダラーは赤帽に拾われ（ダラーという名字は、赤帽が1ドルで彼を預かったことによる）、苦労を重ねて成長し、工場労働者となる。やがて創作に興味を持ち『メス・メンド』を著すも、最初は出版社から全く相手にされなかった。だが、真の親からの多額の遺産が降ってわいたように手に入ると、ダラーはそれを元手に出版社と再交渉し、ついに『メス・メンド』を刊行した。そして、プロレタリア作家として大成功し、今日に至るという。つまり、実際の『メス・メンド』は「入れ子式」の構造を持つ作品で、偽翻訳文学として、架空の作家ダラーの生涯についての物語の内側に、ダラーが書いたとされる物語内物語があるという、二重構造になっているのである。

では、作品が刊行された1920年代当時の読者大衆は、『メス・メンド』の真の作者がダラーではなくシャギニャンであるということに、気づいていたのであろうか。この小説の翻訳が初めて日本で刊行されたのは1928（昭和3）年である。翻訳は人気が高かったようで、翌1929（昭和4）年にはすぐに再版された。その際、訳者の広尾猛（大竹博吉の筆名）は、本の冒頭で次のように書いている。

> 正確なことを言へば、この「メス・メンド」の作者ジム・ドルとは誰なのか未だに明らかにされてはゐない様だ。その後、可なりに廣く傳はつてゐるものに、有名な女流本格小説家シャギニャン女史だといふ説がある。

けれども、それも筆觸から見ての推測にとどまるらしい。

　譯者はまた別の源泉から、これがソヴェト現代一流の作家十人の協力合作になるものだといふ話を聴いた。

「プロレタリア大衆文藝をあたへよ！」——かういふ要求にこたへるために、國立出版社が某々三人の大家に囑してプランを立てさせ、そのプランによつて、創作委員十人は、書き繼ぎの方法によらず、まづ一つ一つの功を分擔にしたがつて書きあげ、後でそれをつきあはせて、批評委員会に廻す。そして批評を聴いた上で、讀みつぎのちぐはぐな點その他を創作委員の方で書きかへて、分冊一巻づゝを完成して行つた……。

　この話が、假りに一つの説であつても、私は面白いやり方だと思ふ。そこに「メス・メンド」が誰にも模倣のできない多角性の源泉がひそんでゐるのであるかも知れない。

〔ドル『メス・メンド第1巻（職工長ミック）』広尾猛訳、同人社書店、1929年〕

　広尾によるこの記述からうかがえるように、『メス・メンド』の真の作者がシャギニャンであるということに、1920年代当時のソ連の読者は薄々気づいていたようである。しかしその一方で、この小説が、労働の集団化が進む当時のソ連で生まれた作品らしく、複数の作家による集団創作であるという説もあったらしいことを、広尾の前置きは示している。結局のところ、真の作者が謎であるというミステリアスな点もまた、好奇心をくすぐり、読者大衆を面白がらせるための、巧みな仕掛けとなっていたのであろう。そして、日本語への翻訳の際には、「偽翻訳文学」特有のこの仕掛けもまた、そのまま取り入れられたのである。

●「赤いピンカートン」

　ところで、シャギニャンの『メス・メンド』は、「赤いピンカートン」というジャンルの散文作品である。

　そもそも「ピンカートンもの」と呼ばれる一連の探偵冒険小説は、20世紀初頭からヨーロッパの広い範囲で、大衆的人気を博していた。「ピンカートンもの」の主人公のモデルとなったのは、実在するアメリカの探偵アラン・ピンカートン（1819-1884）である。この人物は、1850年代にアメリカ初の私立探偵社であるピンカートン探偵社を設立し、南北戦争中にはリンカーン大統領の身辺警護にあたるなど、歴史の裏側で暗躍した。このアラン・ピンカートンをモデルにした、ナット・ピンカートンを主人公とする探偵小説が、「ピンカートンもの」である。

ネップ期のソ連で、欧米の大衆文学の人気が高まると、ボリシェヴィキ政権はこれをプロパガンダに利用できると考えた。政府の機関紙『プラウダ』で編集長を務めるなど、ジャーナリズムの場で大きな発言力を持っていた政治家ニコライ・ブハーリンは、探偵小説に熱中するあまり会議に遅刻してしまったという逸話も残るほどの、大衆文学のファンであった。このブハーリンが旗振り役となって、革命前からロシア国内で人気のあった「ピンカートンもの」のようなスタイルで、正統マルクス主義を宣伝する「赤いピンカートン」を作ることが、作家たちに呼びかけられたのである。「赤いピンカートン」は特に党員の若者をターゲットとしていて、彼らを退廃的な気分から守り、教育することが目的であった。革命直後の国内戦時代とは異なり、ネップ期の若者には刺激的で雄々しい課題が与えられていない。よって、戦争ではなく、「赤いピンカートン」のような文化によって、若者の気持ちを社会主義国家建設に向けて高揚させようと、ブハーリンは狙ったのである。こうして生み出されるようになった「赤いピンカートン」は、無数の親モデルを拠りどころにした幅広い作品を包含する広義の冒険小説であり、そこでは推理もの、映画小説（後述）、古典的冒険小説、メロドラマ、スパイものなど、革命前の大衆文学の要素がないまぜになっていた。

シャギニャンは、1956年に『メス・メンド』の新版を刊行した際、前書きで、「1923年に『プラウダ』紙に、作家たちへの呼びかけが掲載された。若者のために、冒険ものの反ファシズム文学を創り出そう、というのである。私はこの呼びかけに『「メス・メンド」あるいはペトログラードのヤンキー』で応えた」と述べている。また、1923年に『メス・メンド』初版を刊行した国立出版社社長のニコライ・メシチェリャコフは、1929年に日本で出版された翻訳に寄稿し、「これは物に憑かれたやうな興味をもつて讀まれるであらう。多くの同志たちそのうちにはエヌ・ブハーリン君も含まれるのであるが、彼はこの小説を原稿で讀んだ時、途中で巻を措くことが出来なかつた」（広尾猛訳）と述べている。こうした記述からは、『メス・メンド』が、ブハーリンによる「赤いピンカートン」に応えた様々な小説の中でも、党上層部の覚えが特にめでたい鳴り物入りの作品として、日本に入ってきたことがうかがえる。

●「映画小説」

ところで、架空の作者ダラーを紹介する『メス・メンド』冒頭の「はしがき（ジムドルの生ひ立ち）」には、次のような記述がある。

> そして活動寫眞は『現代の世界に大衆的な愛好者を有つてゐる都會的な小説だ』――といふ理論へ彼を引つぱつて行つたのだ。
>
> パリーの生活に題材をとつた本格的なドラマ映畫を見てなんの感興も起こさずに歸つて來たジム・ドルは、熱狂的に、自分の仕事仲間のために映畫脚本を書き卸しはじめた。彼は工場の晝休み時間に自分の周圍へ若い連中を集めて、書き卸したばかりの脚本を、巧みに工場の機械や仕事臺を背景に使つて演出して見せた。
>
> （中略）その工場には彼を中心にマッチ職工の一つの團體が出來てゐたといつていゝだらう。そして彼等はジム・ドルの處女作である大きな映畫小説を見た。それは彼が十二時間の間に作り上げたものである。だが、こゝにジムが小説家として世に出るのに長いあひだ邪魔をしてゐた宿命的な特異點がある。第一に、彼の書くものは讀者よりは觀客に重きを置いてゐた（讀み物としてゞなしに、觀るものとして畫面に中心をおいてゐた）。ジムは原稿の中へ必らずその主人公を繪に描いて、映畫製作所に役立たせるために畫稿を挿入した。
>
> 〔ドル『メス・メンド 第1巻（職工長ミック）』広尾猛訳、同人社書店、1929年〕

つまり、『メス・メンド』は、文学作品でありながらも、映画の影響を強く受けて書かれたというのである。ダラーが創作を始めたきっかけは、欧米の大衆娯楽映画から刺激を受けたことであった。そして、小説を書く際にも、彼はプロットを「映画のスクリーン上に見るように」視覚的に把握した。こうしたイメジャリーの特性はテクストにも表れ、ダラーはそこに自ら視覚的イラストを描き加えている（ところで、本人の自負に反して、このイラストは出来の悪いものであったため、『メス・メンド』の出版を目指す際に、むしろ妨げになってしまう）。こ

『メス・メンド』初版本。デザインはアヴァンギャルド芸術家のアレクサンドル・ロトチェンコによる

のような、視覚的性格の強い『メス・メンド』は「кино-роман」と呼ばれている。ロシア語で「кино」は映画、「роман」は長編小説を意味し、広尾もこの表現を「映畫小説」と翻訳した。

だが、「映画のような小説」と言われても、おそらく現代の読者には、想像するのが難しいことであろう。視覚芸術のような言語芸術とは、どのようなものなのであろうか。そもそも「映画小説」という表現は、『メス・メンド』に限って用いられたものではない。「赤いピンカートン」を含む1920年代の大衆文学を評価する際に、広く適用された用語であった。アメリカの研究者ボリス・ドラリュクによると、当時のメディアにおいて勝者として他のジャンルにも波及していたのは映画であった。批評家や文学研究者たちは、映画小説の本質をプロットの構成に見ていた。文学作品における語りもまた、映画の方法論をモデルとするものになっていたのである。特に、冒険小説に対する大衆娯楽映画の影響は、絶大なものであったという。

だが、映画小説という表現は、実際には、ドラリュクの指摘するようなプロット構成上の問題という範囲を超え、もっと広く、漠然と「映画のような小説」という意味合いで用いられていた可能性が高い。事実、『メス・メンド』の前書きで挙げられている視覚的性格は、ドラリュクが念頭に置いていない映画的特質のひとつである。また、『メス・メンド』の初版刊行を手がけたメシチェリャコフは、「『ペトログラードの洋鬼』――は映畫小説である。この小説は動作と筋のはこびとで目まぐるしく展開する。この點で、『洋鬼』――は、まつたく映畫的な速度で次から次へと時局の轉變する現代にふさはしい小説である。現代の小説は、長つたらしい、細々とした自然の描寫や、心理の根の先つぽまで掘りかへしてゐるやうなものであつてはならない。緊張した、充實した、動作によつて表現されるのでなければならない。そこでジム・ドルの小説のうちでは我々はたゞ行動だけを見るであらう」（広尾猛訳）と述べている。ここでは明らかに、『メス・メンド』の「映画性」は、リアリズム小説の正確な自然描写や心理主義と対置されている。この作品において、登場人物は、古典的小説のように深い心理描写によって造形されるのではなく、当時のサイレント映画において顕著だったように、行動によって描かれ、性格づけられてゆくのである。そして、作品の筋もまた、リアリズム文学におけるような、詳細な描写を伴ったゆっくりした歩みではなく、映画のような急速なテンポで、次から次へと展開する。メシチェリャコフはこうした点に、『メス・メンド』の「映画性」を見ていたのである。

映画的性格は、シャギニャンの創作のみならず、たとえば同時代のアヴァンギャルドによる散文作品にも、はっきりと表れていた。アヴァンギャルドの理論家・作家であるオシープ・ブリークによる冒険小説『女同伴者にあらず』（1923）は、全編が映画シナリオのスタイルで書かれている。また、詩人・劇作家・ルポライターのセルゲイ・トレチヤコフは、自身の中国への旅を題材にした紀行文『モスクワ—北京』（1925）に「путьфильма」という奇妙なジャンル名を付している。「путь」は「道」「旅行」、「фильма」（当時は、男性名詞「фильм」ではなく女性名詞であった）は「映画」という意味であるから、「путьфильма」は「ロード・ムービー」とでも訳出できるであろうか。中国出張の間、トレチヤコフは、見聞きしたことを映画撮影機で記録することに憧れ続けていたという。『モスクワ—北京』を執筆するにあたり、中国での経験を、映画を見ているイメージで脳裏に再現していたのかもしれない。つまり、この紀行文もまた、映画を念頭に置いた作品なのである。このように、映画小説という発想は、広く「映画を理念上のモデルとした文学作品」として、1920年代のソ連で共有されていたものと考えられる。

● 徳永直と「映画小説」

ソ連の映画小説は日本文学にも影響を与えている。日本文学研究者の和田崇によれば、プロレタリア作家の徳永直（1899-1958）は、シャギニャンの『メス・メンド』を読み、自身の大衆小説『太陽のない街』（1929）の参考にしたという。

『太陽のない街』は次のように始まる。

電車が停まった。自動車が停まった。——自転車も、トラックも、サイドカアも、まっしぐらに飛んで来ては、次から、次へと繋がって停まった。

〔徳永直『太陽のない街』岩波文庫〕

徳永直

短いセンテンスがテンポよく繋がれ、名詞が羅列されたこの冒頭は、まるで映像を見るかのように、その瞬間の光景を一気に読者へ認識させる、と和田は指摘する。映画におけるショットのモンタージュのように電車や自動車が次々と停まっていく、スピード感のある視覚的描写には、たしかに『メス・メンド』に通ずる「映画性」がある。

和田によれば、『太陽のない街』は、ソ連の大衆小説を参考にしたことによって、労働者の読者を獲得することに成功したという。ソ連において、欧米文学の影響下で、大衆の読者を惹きつけるために生み出された、「偽翻訳文学」や「赤いピンカートン」といったジャンルの枠組みは、やがて日本に取り入れられた。そして、ロシアからの翻訳小説として楽しまれたのみならず、新たな文学創作のインスピレーション源としても受容され、プロレタリア文学をはじめとする領域で、戦略的に利用されたのである。

読書案内

・ドル『メス・メンド 第1巻（職工長ミック）』広尾猛訳、同人社書店、1929年
・徳永直『太陽のない街』岩波文庫、2018年
・和田崇『徳永直の創作と理論—プロレタリア文学における労働者作家の大衆性』論創社、2023年
・古宮路子「映画から新聞へ—セルゲイ・トレチヤコフとファクトの文学」『SLAVISTIKA』2020年、第35号、509-524頁
・古宮路子「リアリズムと心理主義—1920年代文壇におけるレフとラップの闘争をめぐって」『SLAVISTIKA』2022年、第36号、29-42頁

ナギーブ・マフフーズ、アラブ近代小説の成熟

八木久美子

●人と作品

ナギーブ・マフフーズ（1911-2006）は、アラブ世界を代表するエジプトの小説家である。アラブ世界では、伝統的に詩が高尚な文学ジャンルとされるのに対して、小説は単なる娯楽とみなされていたが、彼はこれを変えた。彼以前にもいくつか試みはあったものの、アラブの近代小説を大成したのはマフフーズだとされる。海外でも評価は高く、その作品は各国語に翻訳されている。1988年にはノーベル文学賞を受賞している。

マフフーズは1911年に、カイロの下町に暮らす下級官吏の子として生まれている。エジプト大学（カイロ大学の前身）で哲学を学び、卒業後はいったん修士課程に進むが、西洋の小説、とりわけロシアの作家に魅了され、研究の道を捨てて文学の世界に踏み入る。版権すら確立していなかった時代、駆け出しの作家が執筆だけで食べていくことは難しく、その後は長く、公務員と作家という二足の草鞋を履くことになる。

彼の生きた時代のエジプトは、大きなうねりのなかにあった。19世紀に始まる急激な近代化・西洋化政策は、イスラム教徒にとって、とまどいを感じさせるものであったに違いない。さらにはその近代化・西洋化政策が頓挫し、エジプトがイギリスの保護領となることで、人々は、自分たちはいったい何者なのかという問いを突き付けられることになる。マフフーズの前半生は、イギリスからの独立のための闘い、そして新しい国造りを目指す模索の時代であった。現在の共和国体制ができたのは、1952年のことである。しかし共和国誕生はすべての問題を解決したわけではなかった。イギリスが去った後も、エジプトから抑圧、不正、搾取が消えることはなかったからである。マフフーズは、その後半生において、エ

مبارك يكرم نجيب محفوظ فى حفل يحضره أدباء مصر والعالم ..
العالم يتحدث عن نجيب محفوظ
وكالات الأنباء والتليفزيون والصحافة تحيط بمنزل الأديب المصرى طوال أمس
أخبار اليوم
عام ١٩٨٩ سيشهد
إكتمال صدور الثلاثية الكبرى بالفرنسية
فى انتظار المزيد ..
نجيب محفوظ .. الباب الملكى لعبور المحيط العربى
بقلم: أنيس منصور
أدباء مصر والعالم العربى وافريقيا يشاركون فى حفل تكريم نجيب محفوظ
نجيب محفوظ .. لا ينام !

マフフーズのノーベル文学賞受賞を報じる現地の新聞

ジプト社会の奥深くに潜む問題と向き合うことになる。

マフフーズは、変わりゆくエジプト社会を民衆の目を通して克明に描くことを得意とする。その描写の緻密さはプルーストを思わせる。家族のために食事を用意する女たちの手際の良さ、カフェに集まり議論する男たちの熱の入りよう、買い物客であふれる市場の賑わいが、みごとに写し取られるのだ。それでいながら、時間と空間の制約を超えるような普遍的なテーマを掘り下げてみせるところがマフフーズの魅力である。だからこそ、世界的な評価につながったのだろう。

彼の作品については、時代によってかなり明確な区分が可能である。最初期の「歴史的作品」群は20世紀初頭のナショナリズムの高揚のなかで、エジプト人の誇りとして古代エジプト文明が注目を集めていたことを受け、古代エジプトを舞台にして暗示的に同時代のエジプト社会の問題を扱ったものである。その後の「社会的作品」群は舞台を現代のエジプトに移し、イギリスからの独立を果たしたあとも解決されることのないさまざまな社会問題について描き出している。これに続くのが「哲学的作品」群と呼ばれるものだ。ナセルというカリスマ的な指導者の登場により、言論の自由を奪われ、存在意義を失った知識人たちの苦悩が暗い色調とともに描かれる。これ以降の作品については明確な区分はできないが、それまでに登場したテーマを再度取り上げ、掘り下げたものが多い。

1988年のノーベル文学賞受賞は彼の名を世界に知らしめたが、しかしこうした名声は、彼に大きな代償を払わせることにもなった。1994年、日課であった朝の散歩中、急進的なイスラム主義者の若者によって刺されたのである。リベラルな思想家としても知られ、その作品が欧米でも評価されていたマフフーズは、犯人にとってイスラムの敵と映ったのだ。1990年代のエジプトは、テロが繰り返され、不安定な状況にあった。当局から警護の申し出がなされていたが、散歩の途中で人々と会話を交わすことができなくなることを恐れ、マフフーズはその申し出を断っていたという。一命をとりとめはしたものの、数多くの作品を世に送り出した彼の右手は自由に動かなくなった。

本当にマフフーズはイスラムに対して否定的な態度を示していたのであろうか。マフフーズには数多くの作品があるが、そのなかから代表的なものを取り上げ、彼の生きた時代背景とすり合わせながら、その思想を取り出してみたい。

●「三部作」

マフフーズの代表作と言われるのが、一般に「三部作」と呼ばれる『バイナルカスライニ』(1956)、『カスルッシャウク』(1957)、『アッスッカリーヤ』(1957)である。これらは、「社会的作品」に分類される。タイトルはどれも、カイロの下町の一角の名だ。舞台となっているのは、両大戦間、エジプトの歴史で言えば、1919年革命前夜から、1952年のナセルら「自由将校団」による革命を目前に控えた時代のカイロである。下町に暮らす大商人の一家3世代の目をとおして、激動の時代のエジプトが描かれている。主人公である第二世代のカマールは、マフフーズの分身であると言われる。

カイロの下町は、生涯、マフフーズが愛する場所であり続けた。彼は下町で生まれ、少年時代を過ごした。のちに郊外に引っ越したあとも、その雰囲気を愛し、下町にあるカフェに通い続けたという。西洋の新しい思想に魅了される当時の知識人としては珍しく、彼には留学の経験がない。それどころか、国外に出たことすらほとんどない。彼はエジプトから離れず、カイロの下町を心から愛し、そこに生きる民衆のなかにエジプト文化の神髄を見ていたのである。彼の多くの作品が下町を舞台にしている。

作品の時代背景を簡単に見ておこう。作品のなかでもっとも重要な位置に置かれているのが、1919年革命だ。民衆の一斉蜂起によって、エジプトは王国として独立を勝ちとる。マフフーズは子ども時代にこれを経験しているのである。作品では少年カマールの目をとおして、激しい抗議行動の様子が書かれている。

この闘いでは宗教の違いを超えて、全エジプトが団結したと言われている。エジプト人として生きているのはイスラム教徒だけではない。エジプトには土着のキリスト教徒がおり、当時――1948年のイスラエル建国以前――は、ユダヤ教徒も存在した。1919年革命は、今日も国民統合を象徴する出来事として記憶されているが、この1919年革命の精神は生涯、マフフーズの思想の根幹にあった。

しかしながら、1919年革命はエジプトのすべての問題を解決したわけではなかった。それが達成した独立は、イギリスが介入する余地を残しており、名ばか

カイロの下町の様子

りのものとも言えた。さらには革命時の高揚が収まると、エジプトをイスラム教徒の国と捉え、非イスラム教徒をエジプト社会の周縁に追いやろうとする動きも見えるようになった。

青年となったカマールが、キリスト教徒の親友とエジプトの未来について語り合う場面が幾度も登場することは見逃すことができない。その親友との対比のなかで明確になるのは、カマールがどれほど新しい西洋の思想に触れようとも、イスラムへの愛着を捨てることができないという事実である。イスラム教徒であること、エジプト人であること、そして科学に触れ、近代という時代に生きる人間であること、これらをいかに調和させるのか。科学と宗教があたかも対立する概念であるかのように言われるなかで格闘しているマフフーズの姿が、カマールの苦悩をとおして描かれる。

象徴的な場面がある。カマールの父親は当時の多くのエジプト人がそうであったように、迷信とも慣習とも分かちがたいようなものとして宗教を捉えているが、その父親とのやりとりのなかで、カマールは次のように独白する。「僕は不信仰者ではない。今でも神を信じている。しかし宗教は？　宗教はどこにあるのだ？それはどこかへ行ってしまった！」

そしてカマールが行きつくのは、「神の光」「真実の光」として科学を捉えることだった。カマールは「宗教から自由になったことによって、これまでよりもさらに神に近づくだろう。真の宗教とは科学にほかならない」と確信する。マフフーズは、エジプト人が世代を超えて受け継いできた信仰と科学は矛盾するものではない、という境地に至るのである。

●『わが町内の子供たち』

非常に多作で、毎年のように作品を発表していたマフフーズであるが、彼にも沈黙した時期がある。それは1952年革命が起きた後のことだ。1919年革命後もエジプトがエジプト人の手に完全に戻ったとは言い切れない状態が長く続いていたが、この若き将校たちによる革命は、それに終止符を打ったとされる。王政を倒し、イギリスの影響力を排除し、今日の共和国の体制を生み出したのである。その一方で、ナセルというカリスマ的な指導者の登場は、知識人たちの口を封じ、その無力さをあぶりだした。

沈黙を破って発表されたのが『わが町内の子供たち』(1959)である。一般的には「哲学的作品」群の1作目とされるが、この作品にはそれ以前の「社会的作品」群とのつながりが強く感じられる。他の多くの作品と同様、当初は新聞に連載される形で発表されたが、連載当時からこの作品は物議を醸した。というのは、カイロの下町を舞台にし、寓話的に書かれてはいるものの、イスラムについて最低限の知識をもつ者が読めば、この作品が預言者たちを軸にした人類史を語っていることはすぐにわかるからだ。それだけではなく、この作品は114の短い章からなっており、イスラム教徒であれば間違いなくコーランを連想する。114とはコーランの章の数だからだ。あらたなコーランを書こうとでもしているのか、という印象を与えかねず、この作品をとおしてマフフーズが自らの宗教的な見解を示そうとしているという印象は避けられない。

作品の大枠は次のようだ。町の住民には共通の先祖がいる。先祖は人々のために財産を寄進し、そこから得られる利益が分配されるようにしたと言われている。しかし実際にはその寄進財産の管財人が利益を独占し、暴君となっている。久しく邸宅から姿を現すことはないが、人々は先祖がまだ生きていると信じ、いつか先祖が自分たちを苦難から救いだしてくれることをひたすら待っている。

この先祖とはまさに神のことである。そして預言者たちの代役として登場するのは、時代ごとにこの町に登場する5人の指導者たちである。最初の4人がそれぞれ、アダム、モーゼ、イエス、そしてムハンマドであることは、その人物造形から明らかだ。

この作品が批判された理由には、ムハンマド役のカーシムという人物の描き方もあったが、それ以上に大きな問題は、最後にアラファという名の魔術師を登場させたことであった。アラファという名は「知る」という意味のアラビア語の動詞を連想させる。先祖の力に頼らず、自ら編み出した魔術によって現状を打破しようとするこの人物が、科学者を意味することは言うまでもない。科学者を歴代の預言者と並べおくという大胆な試みをマフフーズは行ったのだ。ムハンマドは最後の預言者である、というイスラムの教義への挑戦とも見える。しかしこの作品を注意深く読んでみると、科学者の位置づけはそれほど単純ではないことがわかる。

アラファは、先祖が今もまだ存在するのか、確信できない。彼は妻にこう言う。

「僕たちはその屋敷のすぐそばに住んでいながら姿を見たことは一度もない。それなのにその先祖のことを信じているなんて、そんな僕たちのような人の話、聞いたことがあるかい？　それに財産を寄進しておいて、管財人がやりたい放題をしているのをそのままにして、まったく何もしないなんて、そんな話聞いたことあるかい？」と。

彼は先祖がまだ生きているのかを自分の手で確かめようとするが、そのことが意図せずして先祖の死につながってしまう。その死を知った町の住民たちの絶望を目にしたとき、彼は先祖の存在がいかに大きかったかを知ることになる。さらにアラファは、彼が先祖の死のきっかけを作り出したことをかぎつけた管財人の脅しに屈してしまう。先祖殺しの犯人であることを明かさないという条件で、管財人との戦いのための武器として編み出した魔術を、当の管財人に渡してしまうのだった。

しかしある夜、自暴自棄になっていた彼のもとへ、先祖の召使であったひとりの女がやってくる。召使は先祖が遺したことばをアラファに伝える。先祖は「魔術師のアラファのところへ行け。そして先祖はおまえに満足していると伝えてくれ」と言ったというのだ。さらにアラファは、実は先祖は自分のせいで死んだのではなく、召使の腕のなかで穏やかに息を引き取ったことをも知らされる。これを聞いて、アラファは立ち直る。彼は危険を顧みず、ただひとり管財人に立ち向かっていった。しかし当然のように、彼はすぐに捕らえられ、殺されてしまう。ところがその後、町の人々のあいだに少しずつ変化が起きる。いつの間にか、彼の最後の志を知った人々が、少しずつ動き出す。若者たちが魔術について学び始めるのである。

この作品が伝えるのは、神を否定する科学者は無力であり、社会を変えることはできない、というメッセージだ。しかしそれと同時に、神は科学者の存在を好ましく思っている、とされている点は見逃すことができない。マフフーズは単純に科学者を現代の預言者としたのではなく、神と出会った科学者が力を発揮しうる可能性を示唆したのである。

●『ハラーフィーシュの詩』

『わが町内の子供たち』では、神への信仰と科学をつなぐ可能性が示された。

しかし、重要な問題があいまいなまま残っている。マフフーズのような知識人が科学——彼の言う科学とは自然科学ではなく、広く、合理的な方法、実践を指すと考えられるが——に信頼を寄せるのに対して、民衆はいまだ伝統的な、閉ざされた世界に生きている。そうした現実を前に、いかにして民衆と理想を共有し、民衆と連帯するのか。民衆にはどのように語りかければよいのか。この問題は「哲学的作品」のなかに繰り返し登場する。

この問題に対するマフフーズの回答が、文学作品としてもっとも成熟した形で描かれるのが、『ハラーフィーシュの詩』(1977)である。ハラーフィーシュとは、歴史的には、民衆あるいは一般庶民を指す語で、この作品のなかでは町内に暮らす普通の人々のことを指している。

舞台は『わが町内の子供たち』と同じカイロの下町で、枠組みも共通しており、軸にあるのは抑圧、不正に苦しむ人々がいかにして救済されうるか、という問いである。町内の住民は同じ先祖をもち、その先祖は理想的な社会を作り上げたという記憶を共有するが、いつのまにか理想郷は失われ、不正がはびこっているという設定も同じである。この作品では、やくざ者たちが横暴を振るい、人々を苦しめている。預言者の姿を直ちに連想させはしないが、この作品でもまた、住民たちの窮状を救おうとする指導者が次々と登場する。

それだけに、両者の間にある違いは注目に値する。『ハラーフィーシュの詩』ではイスラムの神秘主義、つまりスーフィズムのもつ可能性が強調されている。最後に登場するのは神と出会う科学者ではなく、神秘主義に接近し、神秘的な体験から閃きを得ることで、人々に語りかけることばを見出し、人々を突き動かす力を獲得した人物なのである。

このアーシュールという男は、名家の出でもなく、高い教育を受けているわけでもない。政治的権力からも、宗教的権威からも、遠いところに生きている。それどころか、彼は町の人々から蔑まれ、町を追われ、町の外にある墓地の片隅で生活していた。偉大な先祖がかつて実現したという理想郷を取り戻すことを強く願いつつ、彼は町の様子を遠くから見ていたのである。

こうしたアーシュールの姿は、俗世を離れ、修行に励む神秘主義者、スーフィーを連想させる。人里離れたところで暮らす彼が惹きつけられたのは、スーフィーの修道場、タキーヤであった。意味は理解できないにもかかわらず、なかから聞こえてくるスーフィーたちの歌声は彼を魅了し、彼はいつまでもそれを聴き続けた。アーシュールはいつか、自分がタキーヤに迎え入れられる日がくることを夢見ていた。彼の心のうちはこう描かれる。

「神に仕える人々は、神が創られたものに何が起きているか、関心はないのだろうか。彼は訊いてみたくなった」。「いったいこの町はいつまで苦しみ、試練を受けなければならないのか。なぜ身勝手な奴や犯罪者がよい思いをするのか。なぜ善人や愛すべき人々が挫折させられるのか。なぜハラーフィーシュは深い眠りに落ちたままなのか」

ある日、彼は町に帰る決意をする。人々が彼を迎え入れない可能性があることを彼はよく理解していた。それでも彼が町に戻ったのには理由があった。彼は夢のなかで、あの偉大な先祖に出会っていたのだ。

「その人は、微笑んではいたが明らかに叱責するような声で言った。『私の手でやるのか、それともおまえの手でやるのか？』この問いを2回繰り返した。アーシュールはあたかもその質問の意味が分かったかのように、こう答えていた。『私の手で。』」

アーシュールは町に戻り、軽口をたたくように、わかりやすいことばで人々に語りかける。彼を拒絶する人もいたが、彼の話に耳を傾ける者も少なくはなかった。先祖のような人物が再びやって来て、やくざ者たちを退治してくれるのを待っているだけではだめであり、自分たちの手で勝ちとった理想郷でなければまた失われてしまう、というのが彼のメッセージであった。

彼の言うことは、その場では一笑に付されたかのように思われた。しかしながらそのあと奇跡が起きる。彼が危険を顧みず、たったひとりでやくざ者たちと対決しようと立ちあがったとき、人々が続々と彼に続いたのであった。

「その時、驚愕が地震のように街を襲う。誰もが予期せぬことが起きた。廃墟から、小路から、ハラーフィーシュたちが叫び声をあげ、手当たり次第にレンガや木の枝や椅子や杖をふりかざしてやって来たのだ」

やくざ者たちが逃げ去ったあと、町の歴史で初めて、ハラーフィーシュ自身が町を支配する時代がやってくる。搾取のない社会が実現し、この革命の理想は町のすべての人々に共有され、次の世代に語り継がれていくことになる。

このあとに印象的な場面が登場する。戦いを終え、あのタキーヤのそばで休んでいるアーシュールは不思議な経験をする。夜のとばりの向こうからきしむような音が聞こえ振り向くと、タキーヤの門がゆっくりと開くのが見える。スーフィーのひとりが彼のほうにやって来てこう話しかける。「横笛と太鼓を準備しなさい。明日、長老がお籠りからお出ましになる。光に包まれて町内を練り歩かれるだろう」と。町の人々とともに勝ちとったアーシュールの勝利は祝福されるのである。

マフフーズがイスラムのなかでもスーフィズム、神秘主義の流れに期待を寄せたのは、そこに知識人と民衆の出会いの場を見出したからであろう。法学、神学といったいわば「公的」なイスラムはウラマーの独壇場である。その長い歴史は社会に確固とした基盤を提供する一方で、変化への足かせともなる。それに対して神秘主義の流れは、論理を超え、直観を重視することで、精神の躍動を可能にする。それはダイナミックな発想を生み出し、その力に突き動かされた者は人々に語りかけることばを獲得する。

● おわりに

マフフーズの作品から見えてくるのは、彼がその知的な遍歴のなかで、イスラムあるいは宗教の意味について問いながら、一度たりともそれを否定し去ることはなかったという点である。イスラムの内側にとどまりながら、これほどに自由な思索を彼は行った。イスラムは彼の精神を封じ込めるどころか、彼が考えをめぐらすための軸となったと言うべきだろう。さらには小説というジャンルがもった意味も重要である。それは彼にとって、自由な発想を可能にし、思索の幅を押し広げるものであったに違いないからである。

読書案内

- ナギーブ・マフフーズ『張り出し窓の街』塙治夫訳、国書刊行会、2011年（原題は『バイナルカスライニ』）
- ナギーブ・マフフーズ『欲望の裏通り』塙治夫訳、国書刊行会、2012年（原題は『カスルッシャウク』）
- ナギーブ・マフフーズ『夜明け』塙治夫訳、国書刊行会、2012年（原題は『アッスッカリーヤ』）
- 八木久美子『マフフーズ・文学・イスラム：エジプト知性の閃き』第三書館、2006年

中国語文学

〈文の学〉は異人の声のほうへ

中国大陸の言語作品が地球の生命を聴く

橋本雄一

●永き時間に異人の声を聴くニンゲン

今東方介氏之国，其国民数数解六畜之語者，蓋偏知之所得。太古神聖之人備知万物情態，悉解異類音声。
（現在、東方の地に介という者の国があり、その国のヒトの多くが六種類の動物による言葉を理解するのだが、それは世にも珍しい知性のなせる技である。太古の偉大なヒトは、まずは万物の動きを知ろうと、そのために異類の動物たちの声をすべて理解した。）

中国の古代思想書《列子》（黄帝篇、第18）が言うことばである。毎日の地球の生命体たち（ニンゲン以外の）は、どんなにニンゲンの政治と隣にいるとしても、どんなに沈黙を強いられようとも、孤りで／群れで、一つに声を挙げる。やはり政治に生存を左右される〈ひと〉〈たみ〉の隣人＝隣心である。

同じ中国大陸の長い古典文学の中にあっても、異人という生命体たる動物の言語への表現は、違っている。《列子》はニンゲンが異人の声を理解しようとする方角だが、次の詩人はニンゲンの声を理解してくれという異人への要請の方角を指し示す。唐代の「辺境異民族」との戦争の時において、軍務のために赴任すべく西方に旅立った詩人の言語である。

西向輪台万里余　也知郷信日応疎
隴山鸚鵡能言語　為報家人数寄書

〔《赴北庭度隴思家》岑参〕

（西方の辺境都市輪台へと万里を過ぎ　日増しに故郷からの便りが少なくなる
隴山の鸚鵡はニンゲンの言葉が喋れるという　家族にもっと手紙をくれと伝えておくれ
「北庭に赴くに隴の地をゆくも故郷の家を思う」）

〈文の学〉にある思考と言語は、多様な方角の視線で異人を感じ、異人に学び託す全方位線である。

● 近現代日中の〈文の学〉が聴く異人たちの生命

「おまえは死にたいのか？ それとも生きたいのか？」
ツキノワグマはまたしてもニンゲンのことばを彼にしゃべった。
「生きたい。」彼は言った。

中国陝西省の西安の南、秦嶺山脈。西安城から一人の都会人が友人らに自慢しようと、ツキノワグマを狩るため、古代からの森林に自動車でやって来る。狩られて食されるはずだったその熊は、彼と遭遇し、人語をしゃべり、「取り引き」に彼の身体を反復して欲望する。「二人」の生命の行方が逆転する場面が、繰り返される歴史のシークエンスのように、何回も展開する。地球上の幻想＝地球の実情への予感によって、結末が刻印される。ニンゲンによる異人たちの危機である。森林伐採と都市拡張の原因と責任が誰にあるかということも含め、それによる異人たちの生息と生命圏そして生命文化の危機を予感させるテクスト。賈平凹（かへいおう）（チア・ピンワー）の短篇小説《猟人》（2001年）だ。
長く中国大陸内陸の人びとの往来と清濁した歴史、そして日常にある性愛の問題を交差させることで、何かに抗う作家。広大な地理と歴史の秦嶺山脈には、あの陰陽ツートンカラーを纏った“大熊猫”＝ジャイアント・パンダも生きている。しかし主人公が遭遇する異人とは、ツキノワグマ＝“黒熊”＝“狗熊”なのだ。外部から眺めていては通常は分からない大陸の〈異人〉とその生命世界。それがニンゲンの都市の隣に確かに在るのを記す文学は、日本列島における両者・両地を巡って近年報道される実情と、パラレルだ。日本では双方のあいだの距離がより至近的であるという違いはあれど。

しかし日本語の文学による次のような幻想＝実情への予感、はどうだろう。

> ぴしゃというように鉄砲の音が小十郎に聞こえた。ところが熊は少しも倒れないであらしのように黒くゆらいでやって来たようだった。犬がその足もとにかみ付いた。と思うと小十郎はがあんと頭が鳴って、まわりがいちめんまっ青になった。それから遠くでこう言うことばを聞いた。
> 「おお小十郎、おまえを殺すつもりはなかった。」
> もうおれは死んだ、と小十郎は思った。そして、ちらちらちらちら青い星のような光が、そこいらいちめんに見えた。
> 「これが死んだしるしだ。死ぬとき見る火だ。熊ども、ゆるせよ。」と小十郎は思った。
>
> 〔宮沢賢治「なめとこ山の熊」〕

猟師の小十郎は熊など山の異人を撃つことで生計を立てている。彼にとって大切な生命でもある熊の皮や胆を、買い付け問屋は安く買い叩く。熊の言語を小十郎は聴き取れるが、彼が最期に聴いたような気がした異人の声とは、彼が撃った熊に逆に襲われ彼自身が生命を失う時だった。異人本人による死んだニンゲンへの直接話法だった。小十郎によるその熊への謝罪のような直接話法の返答も、彼は心に思っただけだ。ニンゲンと異人の交感が、時間を遅れてすれ違うしかないものとして「記録」される。

対して、賈平凹《猟人》では、生きているニンゲンと異人とが、もちろん大変な修羅場なのだが、そのまま人語を持って会話する。主人公は熊の質問に答えているからだ。対等な会話が立ち上げられ、幻想と実情への予感が、双方同じ生命体のように、ユーモアのように「記録」される。

これはしかし、中国語文学と日本語文学との違いだとは言えない。お互いぞれぞれの文学ジャンルが、一方は読者が一般的多層の小説であり、他方は童話風である、という違いもあろう。しかし似ているように思えるのは同じ類の異人のイメージを扱うというだけでは無いだろう。結末のプロットを握っているのは、ど

宮沢賢治『セロひきのゴーシュ』、絵：茂田井武、福音館書店、1966年

ちらも異人であるということが重要である。「文学」ではなく、〈文の学〉とは、地域性だけではない。どちらも、地球の各所に生きるネイティブであるニンゲンと異人のどちらもが互いに関係しあっている生命だとして記録する。その実情の始まりあるいは終わりを、共有し合っている。このことは当然ながら、まずは各地それぞれの中国語（方言）と日本語（方言）で知るしかない。このように究極、ニンゲン言語の〈文の学〉なのだが、両地の物語は、各地の異人の ＞＞＞声＜＜＜ によってのみ、繋がっているのだ。登場して最後まで生き残る異人は、その言語が、何語か・どこの外国語かという次元を遥かに超えることで、揺るぎなき地球の生命として在るからだ。

このことは例えば、渡り鳥の生態と声を思ってみるのが有益だ。飛び去ってしまった異人に主人公が言う、かっこうに。自分のチェロの練習につきあってくれた愛らしい鳥を邪けんに追い出してしまったずっとのちに。

「ああ、かっこう。あの時はすまなかったなあ。おれはおこったんじゃなかったんだ。」
〔宮沢賢治「セロひきのゴーシュ」〕

●いつニンゲンは〈異人〉になるか ～近代植民地にされた場所の人と異人の声～

「満洲国」下に創作活動を続けた中国人作家、爵青（しゃくせい）（チュエチン。1917～62年）。短篇小説《芸人楊崑》は、「満洲事変」から語られる。日本語が「満洲」と一貫して名付け今なお言語感覚的に「領土化」するその場所に、引き起こされた歴史事実と地理の植民地戦争・戦闘だ。物語の舞台は、その戦争が始まった都市、瀋陽（当時「奉天」）である。

都市の一角に遊び群れる中国人「浮浪少年」たちは、幼い時分の心と空気の「自由」を謳歌して集団化していた。そこへ「事変」が暗い手を伸ばす。もちろん小説内に明確に言われてはいないが、日本関東軍が1931年9月18日に始め、のち植民地「満洲国」を造る出発となった戦争だった。これに応戦したのは、三年前に地方軍閥としての父親がこれも関東軍によって爆殺された張学良の軍隊。北伐と統一が完成した「中華民国」政府への帰属を鮮明にしていたこの東北中国側だった。中国では"九一八事変"と呼ぶ。張学良軍は敗退、中国大陸西北部に後退する。

「事変」当日、瀋陽では「浮浪少年」たちの遊び場が、戦争によって引き裂かれ、日常と学校教育も停滞、少年らの友情も散り散りとなる。現地ネイティヴの側＝「事変」を起こした者ではない側、でなければ知らない・言えない〈文の学〉による実情のシンタックスが続いていく。

瀋陽で共に集った少年グループにいた語り手「僕」は文学作家の道へ進み、グループのリーダー格だった楊崑はのち肉体労働者として東北の他都市を漂流しながら紆余曲折を経てサーカス団に入り、戦火と植民地「満洲」（故郷たる中国東北）を回避するように、中国大陸を遥か上海など南方にまで巡業周遊する。

楊崑の行動の軌跡は、傀儡帝国「満洲国」という地政学を跳ねて飛び出て脱出し、言語や生活や出自のルーツたる中国大陸（東北は南方からの移民が多い）へと向かう地図である。「満洲国」に執筆することとなった〈文の学〉の作者とそれが造形した語り手は、「いま・ここ」からの跳躍と脱出の眼線を持っていた。

跳躍と脱出の作法は、主人公がサーカス団で演じる役柄と演目にも投射された。楊崑が演ずるのは、動物のゴリラに徹したピエロだった。

植民地に育ちかつ無頼と浮浪の経歴から文字教育と距離のあった楊崑から、長い年月ののちに手紙をもらった「僕」。サーカス団は「新京」（「満洲国」の首都。元の長春）に近い村にも巡業でやってくる。「僕」は彼の舞台場に会いに行く。

ニンゲンが〈異人〉になるのはどういう時だろう。それは、自分が生存し生活する場所と時間が、暴力的に変えられようとする時ではないか、とこの物語は訴えているように思えてならない。しかも、その全てを明確に訴えることが困難な植民地の場所に発表したこのテクストが、実情を訴えている。日本語が優位になって、左右されるネイティヴの言語の場所。話す言語は変えられない。楊崑は生命をかけてゴリラになろうとし、顔の造形まで手術を受けて変えるのだった。

そのような場から避難して中華民国の中央に亡命して言論を復活させた先輩作家たちが別にいた。世代が微妙に違うこともあり、そうしなかった爵青たち若い作家たちに対しては、当時の民国中央文壇からも、日本敗戦と国共内戦を経た新中国という新たな文学政治の場からも、批判が繰り返された。その全てを旧宗主国としての「戦後」日本はわれ関せずとした。

しかし、「満洲国」において発せられた〈異人〉言語と脱東北植民地化感覚の結晶のような《芸人楊崑》を始め、こんにち丹念にたどるべきテクストたちが確かに残されている。それらは何らかの微細な異和と移動をもって、自分のネイティヴ地の現時の実情を露わにしたのだ。そこを見つめない限り、植民地は今も「宗主国」的な帝国言語の感覚が続く日本語の地平によっては、大きな歴史政治確認にとどまる時のネイティヴ側による中国語の地平によっては、植民地にされた側のネイティヴの〈文の学〉が何であったか、分からなくなってしまう。

違う他なる者に変身し、その〈異人〉の姿と声そのものになって、ニンゲンに何かを言うしかないニンゲンが、テクストの中に今も生き続けている。声を外界に発することが困難な植民地と戦争の歴史は、実は歴史ではなく、現地球の現在だ。その場所で、声を発しようとするなら、その者が〈異人〉に変身するしかないのか。ゴリラに。あの偉大に自分の圏域を守り続けるだけの優しい地球生命そのものに成るしかないのか。不可能な変身への、遂げられない真摯な挑戦という営為。そのあとはもはや断ち切られた崖でしかない言語。不可能なままにその営為の「意味」が政治のように暴露されれば、現時の検閲と監視に問われてしまう。その実情と共に、自ら望む言語が崖の手前でそれでしかあり得ない。あとが不可能なのに挑戦し続けるしかない、それがあの時のそして現在の地球の楊崑だった。

文学作家はそのような〈文の学〉を創ろうと挑戦した。自分が居る時間と場所に対峙するに、そもそもニンゲンの領野を高度に脱領土化して〈異人〉になること。その行為・表現は、読者にさらに想像を与え、植民地化される場所を高度に異化することへの予感になっている。植民地と戦争の場所にいて、強制される軌道から微細に外れようとする文学言語。読者へ喚起するこの予感こそ、唯一の生命の場所である。この場所こそ〈文の学〉だと思われる。

●「比喩」という「文学」の暴力をやめる

ドゥルーズ＝ガタリはこう言ったのだと思われる。その動物とは、ニンゲンによってニンゲン化されたイメージではなく、その固い内臓と外皮の部分ごとの実情であると。それを「記録」するようにしか文学はあり得ない、と。人間によって領土化される形容とイメージの手前の、「記録」としての〈文の学〉。異人が外側と内側に秘匿した何かを、しかし透明ゆえに見える〈そのもの〉を、スピードを持って記録し可能なら描写すること。卑俗的にそこを迂回して悦に入って、自分のために相手を領土化して占有するのをやめること。これだ。しかもそのような領土化と占有は、ニンゲン自身の近代的家父長制（を説明する行為も含めて）に貢献する準備ともなるのだ。

相手をこの比喩物のように語ってしまう暴力を、やめること。比喩しないこと。ニンゲンが地球を領土化した「文学」ではなく、地球上の生命体たちに語らせるにはどうするべきか。〈文の学〉ならそれができる。ニンゲンの言語を、ニンゲンだけのための技法としてはいけない。直線的にマシンのように、その者を〈異人〉として現前させ、形骸をなぞるようにすぐに提示すべきなのだ。その生命の始めから終わりまでのスピードのように、恐ろしいことだが、そのままに。

> フロイトは、狼たちがもたらす魅惑について、狼たちの無言の呼びかけが意味するもの、つまり〈狼になること〉への誘いについて、何も知らずにいる。

> 問題は表象ではない——自分が狼であると思いこむとか、狼として自己を表象するとかいったことでは全然ないのだ。狼、狼たち、それはもろもろの強度、速度、温度、可変的で分解不能な隔たりである。それは蝟集であり、（中略——引用者）逃走線の、あるいは脱領土化線の数々、〈狼になること〉、脱領土化された強度が非人間的なものになること、多様体とはこうしたものである。狼になること、孔になること、それは錯綜した互いに異なるさまざまな線にしたがって、自己を脱領土化することなのだ。

〔ジル・ドゥルーズ、フェリックス・ガタリ『千のプラトー —資本主義と分裂症』（宇野邦一ほか訳、上巻、河出書房新社、2010年）、69頁、76頁〕

賈平凹《懐念狼》、絵：曹全弘、作家出版社、2000年

ここで言われていることは、まさに楊崑の生命ではないか。

先に紹介した小説《猟人》の作者賈平凹に、さらなる長篇小説がある。人語を遥かに出でて人間界にニンゲンの顔を真似て入り混じり、ニンゲン社会に風を巻き起こしニンゲン界を問う狼の姿を記録する。長篇小説《懐念狼》（作家出版社、2000年）である。タイトルは「失われた狼を想う」と訳したい。中国文学が永く描いてきたニンゲン界のすぐ隣に生き、ときにニンゲンと交感しときにニンゲンと闘う異人たち。ニンゲンが近代化する時間に沿って、日本列島では20世紀初頭に絶滅させられ、中国大陸では中原の広範囲の山間部で絶滅させられたとされ、現在内モンゴルとシベリヤ原野でのみ生命をつなぐ狼。彼・彼女らにもう一度、ニンゲン現代社会の町と山脈に来てもらったような小説だ。語り手「僕」は西安の新聞記者として、秦嶺山脈一帯に最後に残された15頭の狼を、山脈と麓の町に取材で探す旅に出る。もと狼ハンターの叔父＝主人公に先導してもらう。取材の途上の各所で、地上の生き物が自分たちの家族のままに姿と声を現わす。ドゥルーズ＝ガタリの言う「群れ」が、ここにある。作家と語り手は、決して父＝母＝子というシステムを前提にした個体として提示することはない。

ニンゲンによって比喩され所有された「オオカミ男」のような単体、では決してない。人間が比喩という「文学」暴力（ニンゲンが見る「不道徳」な誰かを比喩するために利用される動物、という装置システム）を持って、動物をニンゲン言語の中で一方的にイメージするような閉じられた領土の占有物としてはいけない。実情の狼について領土化をやめれば、いわゆる現実世界にはもはやニンゲンと境界線を隔てて同じ地球に住む他者という生命体の事実だけだ。狼たち、熊たち、カラスたち、鳶たち、ジュゴンたち、ミツバチたち、大王イカたち、、、珊瑚たち、、、、、。そのことを確かめるようにしかし人語で表現するのが、〈文の学〉である。

狼探しの旅に出る一行（ニンゲンと異人）
絵：曹全弘

● 動詞を異人に預けるということ

〈文の学〉もつまりは、ニンゲンの言語に発する。今後地球上であの地平線と水平線を、そこに住まう生命すべてを、可能な限り一度に確かめて大切にすること（“万物”を一度に一挙に確かめるように大切にするには、まさにニンゲンは「言う」ことしかできないのだが）。この「言う」とは相手の声を「聴く」ということと、必ず同じでなければならない。それが可能な〈文の学〉は＞＞＞声＜＜＜を聴く。これを証明するのが、《懐念狼》に現れる動物たちに託した動詞たち（もとはニンゲンが自分のために定義した言語の「動詞」）である。

> 狗説着什麽話。（イヌが何かのことばを言っている）
> 富貴説了三声：汪！汪！汪！（富貴が、三回言った：ワン！ワン！ワン！引用者注：“富貴”とは狼を探す旅を共にする犬の名前）
>
> “翠花，翠花，”我説，“你願意跟着我嗎？”
> “喵児。”翠花説。
> （「ツェィホアー、ツェィホアー」と僕は言った、「おまえ、僕について来たいかい？」
> 「ニャア」とツェィホアーは言った。引用者注：“翠花：ツェィホアー”とは狼を探す旅を共にする猫の名前）
>
> 〔いずれも《懐念狼》より〕

ニンゲンが自らの動詞“説”(「言う、話す」)を、動物たちに預けている、ということだと受け取りたい。ニンゲンの言語を、〈異人〉に委託した文のカタチである。普通、中国語では動物による「鳴く、吠える」というアクションには“叫喚”“咆哮”といった「動詞」を使い、“説”はニンゲンにしか使わない。

こうしたニンゲンと地続きの異人ワールドであるのを担うのが同じ一つの動詞である、という実情を見渡せる小説の主人公である。すなわち元狼ハンターの傅山であり、ニンゲンが日常では無意識に同定するニンゲン「文学」の品詞を、違う方角にずらすことのできる能力を持つ。「狼語を聴いて理解できる」のだ。動詞を異人に託すという〈文の学〉の言語を実践し、《列子》に登場する異類の声を解する太古の特異なニンゲンを、踏襲する。中国大陸の〈文の学〉が、遥かな時間を越えてつながっているのだ。

海外にいて中国語を初級から学ぶ者は今日、動詞を第一に大切に意識することが、ただちに中国語を学ぶことと同義である(ヴィジュアル文の場合、とくにそうであり、語順がより分かりやすくなるという利点もあるゆえ)。現代話し言葉(音声。そこには方言というアポリアもある)と古来続く書き言葉(漢字文)との差異が著しい中国語。つまり、ニンゲンが発声して喋る時の音の文章(しかもそれを書き起こした時の様相さえ)と、漢字を学んで語ろうとする時の(簡便な)ヴィジュアル文とは、同じ一つの事象や生命を名指すときにも、文字の字面に亀裂が走る。後者の伝統的漢字文を発音しても、それは前者とはまた新たに違う異世界なのだった。しかし、それらを瞬時につなぎ合わせる要は、〈動詞〉という文法=語順なのだ。つまり、ニンゲンの話しコトバこそ、異人のコトバに近づくのである。

この動詞という言語をそのままマシンのように、つまりは万物対等に、〈異人〉に担ってもらった表現。それが先に挙げた例のような《懐念狼》のいわば「地球例文」だ。

そこにフロイト的まったき家庭としての頑固な前提たる比喩、「父=母=子」正三角形は無い。あるいは「父+母=子」という二等辺なトライアングルの比喩は無い。ニンゲンが勝手に決めた〈動詞〉が一つ一つ持つ音声とその意味だけ、〈異人〉に担ってもらう。ニンゲンが相手を領土化することをやめるための、〈言語〉の受け渡しであろう。小説《猟人》にも、海を超えた宮沢《なめとこ山の熊》にも、結末で生き残る動物たちのすべての言語にそれがある。

異人との交流コスモス・アンソロジーの極北に、中国大陸では《聊斎志異》（清）がある。その中には、あたかも今見てきた事実のように記された「狡い」狼のイメージが、多用されている。のち魯迅の短篇小説《祝福》にも、子供をさらう狼という、主人公＝女性によって反復される語りが創っていくイメージがある。「文学」はそう語りがちなのだ。しかしそう語ってしまうと、イメージは別の次元＝「現実」を装ったステレオタイプの地へと着地するのに貢献することになる。

イメージ＝比喩を拒否した話法で、《懐念狼》は何かを証明する。〈文の学〉の登場だろう。地球とそこに生きるニンゲン以外の万物に対して、ニンゲンは生存の行為と場所（動詞と文）を実は借りているに過ぎない。という証明である。

再び大陸の地と空を駆ける異なる生命とニンゲン

> 存亡自在, 翻交四時, 冬起雷, 夏造冰, 飛者走, 走者飛。
>
> 〔《列子》（周穆王篇、第2）〕
>
> （自由に生死を扱い、四季を入れ替え、冬に雷を鳴らし、夏に氷を生み、空飛ぶ者を地に走らせ、地を走る者を空に飛ばす）

古代の宇宙を旅する偉大なニンゲンはこれが出来た、とこの〈文の学〉は言う。しかし、これは現代版の野放図な二酸化炭素排出者、原子力発電所の創設・既得富財という剰余資本のための再生産・間違えて永遠を企図する運営、、、、それらを岩盤とした軍事基地維持・運営・新建造を、進めるニンゲンの姿かも知れない。“太古神聖之人”は相手の声を聴くだけだが、現代は相手の生態世界を侵犯している。

ゆえにこそ《列子》は続けている、その太古動物を自由自在に動かせた技術者は、その技を書き記さず、後代の誰にも伝えなかった、と。行為することで天地を変える、という実情が万が一にもあってはいけない、と知って誓っていたのだ。この知って誓う言語こそ、〈文の学〉だろう。「文学」ではない。古代なら軌道修正が地球的にまだ間に合っただろうが、現代の地球でそれをいま知って誓うには遅すぎる、いや、まだ遅くはない、〈文の学〉とアクションを今すぐに起こすなら。

このことを地球その人とニンゲン以外の生命体が、ニンゲン的な物の言い方をクロスしながら、知って誓っている。《列子》の言った天地とは、現代のニンゲンの小さな科学が進んだ今、地球そのものだろう。

頭の上に、今日（まで）の地球の歴史を見て、心の想像とアクションへ進むことに尽きる。それを可能にするのが〈文の学〉だ。ニンゲンによる言語と表現は、地球の他の生命体にとってどうなのかと考える。国境を挟んで○○国語や○○方言と決めて生きようとする政治とニンゲンがしていることは、その地ごとの内部の異人にはどう聴こえて見えているのか。あの空をゆく渡り鳥が言うことばは、何の外国語でもないから、渡って行けた。地球が今何たるかという事実からの危機を最も知っている。そのような順番でついに異人に学びたい人間の言語がこれだ：

白日依山尽　黄河入海流
欲窮千里目　更上一層楼

〔《登鸛雀楼》王之渙〕

(昼の太陽は山の向こうに沈み　黄河は海へ入って流れる
千里の眼を手に入れようと　また一つ上階へとのぼる

「鸛と雀の楼閣に登る」)

その場所に眼と心を移動させられ、促されるアクション。ここにあるのは自分を「脱領土化」するということだろう。自分と異なる他者が持つ生命への関心と尊重。想像し学ぶために、動物と対話を可能にする上層階へと動く。獲得したそれまでの自分の知覚ヴィジョンを、なお同時に移し動かし更新していく言語だ。眼線と言語の展開は、カメラがパンして広がっていく映像のようだ。しかも地球の一角を更に遠望しようとするニンゲンは、結局は楼閣の最上階の屋根に巣食う鸛(コウノトリ)や雀、カササギ、の世界へと近づいていく。“鵲”(カササギ)は“雀”と同音であり、一説には七夕伝説にも登場する宇宙のこの鳥のことだともされる。

〈文の学〉の言語を通して、地球に住まう曠大な万物と宇宙を予感すること。予感できたら自らさらに知ってみようとすること。なのかも知れない。

いつも自分のすぐ上には、鸛が雀が鵲がカラスが鶴が猫が狼がペンギンたちが居てくれるだろう。いや、これからも居てくれますように。眼と心と身体を動かそうとすること。そのためにニンゲンなるあまりに喋りすぎる生命体は、しかもそのようなニンゲンの生命と心の証しでもあるかも知れぬテクストは、今後どこへ向かうべきか？　地球じしんの言語とは、本当は誰の言語なのか？

異人たちは黙ったままそれに応える。地球について“説”する。ニンゲンには何の贅沢な言語が必要なのか。いや、要るのか。自分を含めた〈ひと〉〈たみ〉の言語が。地球の表面の全部の〈ひと〉〈たみ〉と全部の〈異人〉の声が、地球のためにいま必要である。

●何が反復されるべきか

さらに、《列子》による〈文の学〉を引用することは、＞＞＞声＜＜＜ をあらためて感考するにふさわしい。これを何回反復しても、まだ、し足りない。しかしこれを何回反復しても、まだ、これに近づけない。

> 天地万物，與我並生類也。類無貴賤。
> （天地の万物は、わたしと共に生きる種類である。種類に貴賤は無い。説符篇、第29）

読書案内

・『賈平凹―野山―鶏巣村の人びと・他』現代中国文学選集4、井口晃訳、徳間書店、1987年
・駒田信二『漢詩名句 はなしの話』文春文庫、1982年
・西原和海・川俣優編『満洲国の文化―中国東北のひとつの時代』せらび書房、2005年
・姉崎等・片山龍峯『クマにあったらどうするか―アイヌ民族最後の狩人 姉崎等』ちくま文庫、2014年

韓国・朝鮮文学

韓国社会と文学の距離

記憶の忘却に抗うナラティブ

吉良佳奈江

●どうして謝っているのだろう？

韓国の現代文学に接して筆者が最初に感じたことは「この人たちはどうしてこんなに謝ってばかりいるのだろう？」という疑問だった。「申し訳ない（ミアナダ）」と謝罪する相手は誰で、何について謝っているのか、どうしても気になってしまう。朝鮮戦争で亡くなった人たちを思い出しては、国境の北に残した人に思いを馳せる。また、民主化運動の中で斃（たお）れた友人を思い、運動の中で思いがけず被害者となった人、加害者にしてしまった人を思い、民主化された世の中になっても心や体に傷の残る人を申し訳なく思う。旅先のモンゴルでは朝鮮戦争の孤児として引き取られた老人に会ってその孤独を思い、朝鮮人民共和国が運営するレストランの従業員たちに浴びせられる悪意を目にして、申し訳なく思う。自分たちと同じく植民地であった第三世界の国に連帯を寄せながら、先に豊かになったことを誇らしくも後ろめたくも思う。イデオロギー対立による朝鮮戦争を経験した分断国家でありながら、同じくイデオロギーの対立によるベトナム戦争に参加し、のちに残虐行為があったことを知って、自らが加害者であったことに激しくショックを受けて謝罪する。国境を越えてきた同胞や、結婚のために移住してきた女性たち、移住労働者たちに対

ハン・ガン『少年が来る』井手俊作訳、CUON、2016年
表紙のろうそくは、光州事件で亡くなった人たちへの哀悼であり、その後の社会運動のシンボルともなった

して自分たちが差別的ではないかと疑ってみる。船の事故で亡くなった学生たちを思い、事故が結局は人災であることを、自分たちもそんな社会の一員であることを申し訳なく思う。最初に感じた疑問に向かい合うことは、現在の韓国社会に到る現代史を学びなおすことだった。

●「多文化小説」のブーム

2000年代後半から2010年代前半にかけて、韓国では自国に流入してきた移住者たちを主題とした「多文化小説」と呼ばれる作品群が多く発表された。統計によると韓国に滞在する外国人は1998年には30万人だったが、20年後の2017年には218万人と7倍以上に増加している。背景には、韓国の経済成長がもたらした2つの問題、嫁不足と労働者不足がある。産業化によって都市部に多くの人口が流入すると、地方の農漁村に残された男性たちは結婚相手を探すのが難しくなった。韓国ではいまだに長男が結婚して子どもをもうけ、家を継がなければならないという意識が強く残る。そこで1990年以降、地方の嫁不足が深刻化した韓国の地方では、日本で行われていた取り組みを真似て、発展途上にある外国から嫁を探してくる業者が増えた。結婚相手は初期には同じ言葉のできる中国の朝鮮族と、その後は東南アジアや中央アジアの女性たちへとシフトしていった。また経済成長によって労働力が不足し、さらに国内の労働力が3D（Dirty＝汚い、Dangerous＝危険、Difficult＝きつい）業種を忌避する傾向がある中で、技能実習生から雇用許可制へと制度を変えながら、外国人の労働者の受け入れを増やしていった。また、韓国が受け入れた北韓離脱民、いわゆる脱北者も2002年から新型コロナ前までは毎年1,000人以上で推移し、一時期は3,000人近くまで増えた。彼らの存在感も無視できない。

このように、流入経路から分類すると、結婚移住者、移住労働者、脱北者と分けることができるが、中でも中国の朝鮮族とベトナム人はエスニックマイノリティとして目立っている。ベトナム人は男女問わず労働者としても働いているのだが、小説の中では結婚移住女性として描かれることが際立って多い。

初期の作品で典型的なのがイ・スンウォンの「ごめんなさい、ホーおじさん（ミアネヨ、ホーアジョシ）」(2003、未邦訳）である。主人公の‘私’は、ソウルと一山（イルサン）の市境でベトナム女性との国際結婚を勧める業者の横断幕を目にする。その後同窓会に参加するために故郷にもどり、廃校寸前の母校で故郷の過疎化と嫁不足の話を聞く。ベトナム人女性と結婚予定の後輩に会い、同級生たちからその結婚について話を聞き、業者を介した国際結婚に思いを巡らす話である。結婚相手が中国の朝鮮族女性から、東南アジアの女性たちへと変化していく過程も、この作品には描かれている。

話者の後輩オイギは、都会から田舎へ連れてきた最初の嫁に逃げられ、中国の延辺から来た次の嫁には騙され、45歳にして3度目の結婚相手をベトナムで見つけてきたという。故郷の村にもベトナム女性との結婚を呼びかける横断幕があるらしく、同級生から「『絶対に逃げません!!』ってビックリマークまで2つばっちりつけてあって」と聞かされる。その後、故郷で見た横断幕は「初婚、再婚、ベトナム娘と結婚なさい。障碍者、お年を召した方、絶対に逃げません!!　ソウルで見たものと同じく、'初婚、再婚、障碍者、お年を召した方'は緑の文字で、'ベトナム娘と結婚なさい。絶対に逃げません!!'は赤、その横の電話番号は黒い文字だった」と、文字の色まで詳しく描写されている。それを見た'私'は「これまで見てきたどんな横断幕よりも猟奇的どころか、人間に対する最低限の尊厳さえ投げうったもの」だと感じ、「それを出す人も、眺める人も、聞く人も、この土地の誰ひとりとして例外なく、ひとつの価値の下に形成してきた集団的な卑劣さに他ならな」いと考える。

また彼らが'ベトナム遠征結婚'と呼んでいるツアーの金額についても、最初の見合いで500万ウォン（日本円で約50万円)、途中で400万ウォン、女性を連れてくるときに300万ウォン、相手の親に持参金として1,000ドル支払うと決まっており、オイギは相手の女性とその両親にそれぞれ500ドルと300ドルを追加で渡したというところまで同級生が詳しく話してくれる。業者を介して外国人女性と結婚するのは、韓国内では結婚に不利な条件を持つ中年男性たちである。それでも金を支払い業者の力を借りれば、韓国人男性ひとりが親子ほど年の離れた若いベトナム人女性10人との見合いを15回繰り返し、まずは15人、そこから5人、最後にはひとりを自分の好みで選ぶことができる。さらに親に挨拶した日には同じ部屋に泊まるのだという。彼女たちは家族のために結婚するのだという話を聞いて「そんなことはよくない」と否定的な発言をする女性もいるが、障がいがあって松葉杖が必要な未婚の弟を持つソンヒはかなり乗り気で、熱心に聞き入っている。

この作品では、結婚仲介業者の横断幕の台詞や色、紹介に必要な金額などが具体的に書かれている一方で、結婚移住女性の姿は出てこない。横断幕で広告を出し、大金を払って商品のように女性を選ぶ金を介した不釣り合いな結婚に、'私'は「卑劣さ」を感じ、ベトナムの少女に出会う夢を見る。「しかし、どうしてもその少女につけてやる名前が思い浮かばない」。そこで'私'が謝罪する相手はベトナムの象徴としてのホー・チ・ミンになる、というわけだ。

母校のグラウンドで結婚話に浮かれている'私'たちに、今では大学教授になっている元学級委員長のテレはこう釘をさす。「かつて我々と同じ植民地生活を送ってはいたが、独立のためにフランスとも闘って勝ち、アメリカとも闘って勝って、中国とも闘って勝った国だ。今になって私たちが小金を持って行って適当にあしらっていい国ではないよ」と。過疎化が進む韓国の田舎町から見て、ベトナムというのは全くなじみのない遠い国というわけではない。同じ村の少し上の世代は何人もベトナム戦争に参加していて、彼らの土産物や土産話の記憶を'私'たちは共有している。同じ小学校の先輩のひとりはベトナムに参戦して稼いだ金を元手に会社を興して財を成し、ベトナム戦争のトラウマでひどいアルコール中毒になって亡くなった者もいる。現地での残虐行為を武勇伝として語っていた男性が「体が下の方からだんだんと腐っていく病」で亡くなったのは、ベトナムの山を枯らした薬に触れていたからではないかとも考える。この作品が発表された2003年当時であれば韓国経済はベトナムに比べてかなり発展しているが、ベトナム戦争の当時は韓国も貧しかった。だから、若者たちはベトナムに行ったのだ。

まず、この小説の「ごめんなさい、ホーおじさん(ミアネヨ、ホーアジョシ)」というタイトルは、「ごめんなさい、ベトナム(ミアネヨ、ベトナム)」という言葉を想起させる。韓国は1964年からのべ32万人の韓国軍人をベトナム戦争に派兵し、戦争の特需は経済発展の一翼を担った。しかし、1999年になって戦争当時、現地で多くの民間人虐殺被害者を出していたことが雑誌『ハンギョレ21』で報じられた。報道は、大きな反響と反発を呼んだ。「外敵に侵略されることが多かった歴史のために(中略)その歴史認識を覆し、自分たちも加害者側に回ったことがあるという事実を認めることは、相当な心の葛藤を伴うもの」であった(伊藤正子『戦争記憶の政治学』平凡社、2013年)。報道の後、「ごめんなさい、ベトナム（ミアネヨ、ベトナム）」という言葉のもとで、募金活動や医療奉仕、慰霊碑の建立や平和紀行など様々な運動が進められた。韓国軍による民間人虐殺は2017年の市民平和法廷を経て、2023年にはソウルの中央地裁で国家賠償命令が下された。

●「多文化小説」の背景にあるもの

ベトナムと韓国・朝鮮は共通点が多い。中国の隣国として冊封体制に組み入れられ、漢字文化と儒教思想を共有してきて、前述の同級生、テレの言葉にもある通り、近代に入って植民地化された点も共通だ。ベトナムの儒学者ファン・ボイ・チャウ（1867-1940）が記した歴史書『越南（ベトナム）亡国史』は、近代開化期の朝鮮で最もよく読まれた本のひとつに挙げられている。この本は、日本に亡命していたファン・ボイ・チャウが1905年に漢文で書き、同年上海で出版された。翌年の1906年には玄采（ヒョン・チェ）によってその一部が『皇城新聞』にハングル漢字併用文体で翻訳連載され、同年11月には単行本となっている。また、1907年には国語学者の周時経（チュ・シギョン）がハングルのみを使用して翻訳している（イ・ジョンミ、2016）。韓国文学には、自分たちと同じく植民地支配を経験した国々への共感がある。

人の移動に関していえば、1960年から1987年までは韓国は移民を送り出す側だった。前述のベトナム派兵だけでなく、1960年代に始まったドイツへの人材輸出や、1970年代の中東の都市建設現場への派遣、1960年代から続いた海外船舶への就業は1975年には1万人を超えた。これらの送り出し事業のために1965年には韓国海外開発公社（～1991年）が設立された。公的な送り出しだけにとどまらず、留学や事業のために海外に出て、またその家族を頼って海外に移住する者も多かった。移住者として慣れない外国で生きる人々の物語は、小説や映画の主題となって繰り返し表現されてきた。そのため、韓国社会に入ってきた移住者は、少し前の自分たちのような見過ごせない存在だったのではないか。

移住労働者を描く作品では過酷な労働の現場が描かれる。これらは、趙世熙（チョ・セヒ、1942-2022）の『小人が打ち上げた小さなボール』（1978＝2016、2023に文庫化）に代表される1970、1980年代の民衆文学の系譜に連なるものだ。キム・ジェヨンの「象」（2004、未邦訳）では、工場で切断された指を庭に埋め

韓国軍による民間人虐殺地にある慰霊碑。定期的に平和紀行が行われている

て墓を作るエピソードが出てくるが、これは労働詩人、朴労海（パク・ノヘ、1957-）の詩を彷彿とさせる。軍事独裁政権の下では、貧富の格差や労働環境の劣悪さを文学として描くこと自体が抵抗で、時には命がけだった。政権に批判的な雑誌は休刊に追い込まれることもあったので、『小人が打ち上げた小さなボール』は連載ではなく連作小説として、1976年から1978年にかけて8種類もの月刊あるいは季刊の文芸誌に発表され、単行本としてまとめる際には一部作品の順序を入れ替えている。朴労海は労働者として働きながら夜間学校を卒業し、労働の現場から詩を書いた。1984年にペンネームで発表した詩集『労働の夜明け』は禁止図書に指定されながらも100万部を売りあげた。この詩集で指名手配となった朴労海は7年の潜伏生活の末に逮捕されると死刑判決が下された。のちに無期懲役に減刑となり、金大中（キム・デジュン）大統領の赦免を受けるまで7年以上投獄されていた。現在はカメラマンとして、また反戦平和活動家として活躍している。

かつては自分たちが支配される側であったという自覚が、韓国社会で疎外され支配される移住者を、小説という形で可視化させるのだろう。それらは常に「申し訳ない（ミアナダ）」という思いを表明してきた。このような「多文化小説」が急に減ったきっかけが、2014年に起きたセウォル号沈没事故だ。

● セウォル号の衝撃

2014年4月16日、仁川港から済州島へ向かっていた大型旅客船セウォル号が珍島沖で転覆・沈没した。ニュースでは傾いた船の映像とともに様々な報道が交錯したが、結局船は沈んで死者299人、行方不明者5人を出す惨事となった。船には300人を超す修学旅行中の高校生が乗っていて「じっとしていなさい」という館内放送に従った多くの生徒が犠牲になった。

乗員の不誠実な対応、運航会社の不備と慢性的な過積載、連絡が取れない大統領、船内救助に向かわず手をこまねいていた海洋警察。様々な要因が重なり合った結果の惨事を目の当たりにして、韓国の人たちが口にした言葉もまた「ミアネヨ（ごめんなさい）」だった。批判すべき対象はもちろんある。しかし、原因は何かと考えた時に、経済優先で走り続けてしまった自分たちの社会を、そんな社会を作ってしまった自分たちの責任を振り返って出る言葉はほかになかった。

文学者たちもすぐに反応した。文芸誌『文学トンネ』では、2014年の夏号からセウォル号について書かれた文章が掲載された。秋号には「セウォル号を考える」と題した特集が組まれ、それらから単行本『目の眩んだ者たちの国家』（2014＝2018）が発売された。また、イェオク出版社からはセウォル号惨事の犠牲者を追慕する小説集『私たちは幸せでいられるか』（2015、未邦訳）が出版されている。

『目の眩んだ者たちの国家』でパク・ミンギュは傾いて沈没した船と、韓国という国を重ねて次のように書いている。

> 降りられない船だ。／日本が三十六年間運航してきた船だった。私たちが自力で購入した船ではなかった。一種の戦利品だった。戦勝国の米国は、軍政を通じて船のバラスト水を調節し、船の管理は、以前から操舵室と機関室で働いてきた船員たちに任された。あるとき、彼らは勝手に片方のバラストバルブを開けてみた。バラスト水を減らせば減らすほど、船に積み込める貨物の量は増えた。積んで、積んで、さらに積んで（中略）私たち

はそれを奇跡だと思った。船はいつも統制されて管理されてきた。二階の客室から三階の客室へ、そして四階の客室へと上がる階段はいつも狭くてぎゅうぎゅうだった。混雑する通路で、あるいは廊下で、私たちはいつも放送を聞いた。もっと豊かに生きよう、やればできるという放送だった。上にのぼるため、一つでも上の階に上がるために私たちは努力した。発展と繁栄は宗教になり、どうしてこんなに船が傾いているの？　と疑問の声をあげれば、従北という名の異端に追い込まれなければならなかった。私たちは、生まれながらに傾いていなければならなかった国民だ。傾いた船で生涯を過ごしてきた人間にとって、／この傾きは／安定したものだった。

（p.70、71. ／は改行）

この作品には、キム・エラン、キム・ヨンス、パク・ミンギュ、ファン・ジョンウン、ペ・ミョンフンなど、日本語の翻訳もある名だたる作家たちが参加している。彼らの「セウォル号以後」の作品を読むだけでも、この事故が韓国社会にどれだけ大きなインパクトを残したかわかるだろう。

● 文学と政治の近さ

実は、韓国の現代文学を研究するのはなかなか厄介だ。実際に、「現代文学？作家を殺しておいで」という物騒なアドバイスをいただいたこともある。なぜなら、生きている作家を研究対象とする場合、その作家がどのように変節するかわからないし、韓国社会もまた、どのように変化するかわからないからだ。

金芝河（キム・ジハ／きんしが、1941-2022）という詩人がいる。大江健三郎、谷川俊太郎、サルトルやチョムスキー、ボーヴォワールらによる国際的な釈放要求運動を記憶している方もいるかもしれない。きっかけは1970年に発表した長編詩「五賊」。この風刺のきいた作品は権力に連なる特権階級を痛烈に批判しており、金芝河は1974年には朴正熙（パク・チョンヒ）大統領によって死刑判決を受けた。のちに減刑され、釈放されたが、獄中生活は計7年にも及び、彼は独裁に立ち向かう抵抗文学の象徴とも呼ばれた。しかし、その後2012年の大統領選挙では、自分に死刑判決を下した元大統領の娘を支持すると宣言して周囲から大きな批判を浴びた。

済州島の虐殺の地のモニュメント

1987年の民主化宣言をもって軍事独裁政権は終わった。大統領は国民による直接選挙で選ばれ、2022年の選挙の投票率は77%を超える。民主化されたとは言っても、保守系の大統領と革新系の大統領では文化政策に大きな違いが出る。革新系の大統領の政権下では、独裁政治を経たほかの国と同じく、真実和解委員会が結成されて自国の歴史に向き合い解決を図る。保守系の大統領のもとでは真実和解委員会は活動できず、その資料が作家に託されることもある。2008年から2016年まで李明博（イ・ミョンバク）から朴槿恵（パク・クネ）へと保守系の大統領が続いた時代に、光州事件を扱ったハン・ガンの『少年が来る』(2014=2016)、1980年代の社会を長いスパンで寓話的に描いたキム・ヨンスの『ワンダーボーイ』(2012 = 2016)、民主化運動弾圧でもある三清教育隊が登場するチョン・ミョングァンの『僕のおじさん、ブルース・リー』(2012、未邦訳）など、民主化前の時代を背景にした作品が発表されたことにも意味があるように思う。

2012年の大統領選挙で朴槿恵が当選すると、2013年には文芸誌『現代文学』は、朴槿恵大統領のエッセイとそれを高く評価する文章を掲載する一方で、朴正熙時代を批判的に描いた小説の掲載を拒否した。これに反発して、若手を中心とした多くの作家たちが寄稿拒否を表明し、直後の『現代文学』は非常に薄い雑誌になってしまったことを覚えている。

朴槿恵が弾劾裁判を経て罷免されたのちの選挙では、革新系の文在寅（ムン・ジェイン）が大統領に選出された。文大統領の下で文化体育観光部長官を務めたのが、都鍾煥（ト・ジョンファン）だ。彼は、中学教師から教職員労働組合の活動を経た政治家であると同時に、『葵のようなあなた』が有名な国民的詩人でもある。

文政権下の真相調査によって、朴槿恵大統領の下では政権にとって好ましくない文化芸術家たちのブラックリストが作られていたことが明らかになった。そこには2024年ノーベル文学賞を受賞することになるハン・ガンの名前もあった。

文学の話と言いつつ、政治の話ばかりになってしまった。ことほどさように、韓国では文学は政治と近いのだ。それは本を書く人も読む人も政治と近く、世の中のことが自分事としてつながっているという自覚が強いからだろう。それは奇想天外なSF小説であっても同じだ。ペ・ミョンフンは『タワー』（2009、2020＝2022）の新版あとがきにこう書いている。「それでも韓国人は、『民主主義を自ら勝ち取った人々の品格』を『何度も』示してきたわけですから、この信念をさっさと撤回したりはしないでしょう」と。大統領の任期を終えた文在寅は2023年の春に慶尚南道の山里に書店をオープンして店主になった。ちなみに、韓国では本は無税だ。

映画案内

・アン・ソンギ主演『ディープ・ブルー・ナイト』、1988年
・ファン・ジョンミン主演『国際市場で逢いましょう』、2015年

読書案内

・キム・エランほか『目の眩んだ者たちの国家』矢島暁子訳、新泉社、2018年
・チェ・ウニョン『ショウコの微笑』牧野美加ほか訳、CUON、2018年
・ソン・ホンギュ『イスラーム精肉店』橋本智保訳、新泉社、2022年

チベット語文学

危機を乗り越える文学

チベット語現代文学の創成とその背景

星 泉

●はじめに

世界で最も多くのチベット人が居住している国は中国である。中国国内でチベット族という民族籍をもつ人々は706万人にのぼる。この他、インド、ネパールに推計10万人、ヨーロッパに2万4,000人、北米に3万5,000人のチベット人が居住している。合計すれば722万人になるその数は決して少なくはないが、彼らには独立した国家はない。チベット語を母語としながらも、居住地域の威信言語である漢語やヒンディー語、ネパール語、英語、フランス語、ドイツ語などを使って日常生活を送らざるを得ず、チベット語の継承が危ぶまれている。

そんな中、チベット語で作品を書き続けている作家がいる。上述のような社会状況であるから、漢語や英語でしか書けない作家、あるいはあえて大言語で作品を書くことを選択する作家もいる。だが、ここではより困難な状況に置かれているチベット語現代文学の営みに注目し、歴史的な背景とともに現在の状況を紹介したい。

● チベット語を母語とする人々

中国に居住するチベット人の大半は、平均標高4,000メートルを超える、冷涼で乾燥したチベット高原に居住している。2021年の人口統計によれば、チベット族人口706万人のうち、44%にあたる約314万人がチベット自治区、23%にあたる約163万人が四川省、21%にあたる約151万人が青海省、残りは甘粛省、雲南省のチベット地区やその他の地域といった具合に複数の省区に分かれて居住している。その多くがチベット語母語話者である。

約250万平方キロメートルという広大な高原にチベット語母語話者が居住して

いるのには歴史的な経緯がある。7世紀にソンツェン・ガンポ王が周辺諸国を統一して国家を築き、強大な軍事力を背景に版図を拡大したチベット帝国は、7世紀半ばに北インドに流通していた文字に倣って独自の文字体系を確立し、8世紀に仏教を国教と定めるとインドから仏教僧を招いてチベット人とともにサンスクリット語の仏教経典をチベット語に全訳するという国家プロジェクトを実施した。このことは、経典の翻訳によって書記言語としてのチベット語の確立に寄与するとともに、経典に含まれた大量の仏教説話が古来継承されてきた語りの文化に流入し、チベット独自の口承文芸が形成される契機ともなった。帝国が9世紀半ばに崩壊すると仏教の布教も中断を余儀なくされるが、仏教は11世紀半ば頃から再興し、土地神信仰と折り合いをつけながらチベット高原全域に浸透していった。こうした経緯で形成された文化的伝統は、現在でも、チベット語母語話者のアイデンティティの根幹に息づいているのだ。

●社会主義改革が引き起こしたトラウマ

チベット高原で長らく支配的だったチベット語の地位を脅かしたのが、1949年に成立した中華人民共和国である。1951年に締結された「十七か条協定」によって現在のチベット自治区が中国に併合されると、チベット高原の大半が中国の主権下に置かれることとなった。チベット自治区の区都であるラサでは融和的な政策が取られていたために1950年代後半に至っても比較的穏やかな時間が流れていたが、チベット高原東部に位置する青海省や四川省では状況が全く異なっていた。それらの地域で断行された社会主義改革は、チベット人の強い反発を引き起こし、各地で反乱が起こった。鎮圧に躍起になった中国政府当局は、人民解放軍を投入して、現地の人々にとって抵抗の砦であった僧院を空爆によって破壊するなど壊滅的な打撃を与えた。清代末期から中華民国期にかけて漢語を話す為政者に侵略された傷もまだ癒えていなかった当地のチベット人にとって、この改革は新たな漢人為政者によるさらなる蹂躙でしかなく、中国政府への不信感は募るばかりだった。

1959年にはそうした緊迫した状況がラサの人々にも伝わった。その年の3月10日、政教両面の指導者であるダライ・ラマ14世を中国政府から守ろうと決起した民衆が、ダライ・ラマの住まいであるポタラ宮を取り囲んだ。その後ラサ駐留の人民解放軍との間で小競り合いが始まったことを契機として、大きな動乱に発展していった。このとき密かに亡命したダライ・ラマは、同年、インドで臨時亡命政権樹立を宣言し、その後現在に至るまでチベットの地に戻ることができていない。

1966年には、共産党内部の権力抗争に端を発した毛沢東主導による文化大革命（以下、文革と略）が始まり、その影響はチベット高原にも広く及んだ。宗教文化を否定する方針が徹底され、多くの僧院が破壊され、経典や仏像も焼き尽くされ、僧侶はみな還俗させられ、一般の人々も密告に怯える日々を送らざるを得なかった。人々の娯楽であった物語文化も否定され、伝統文化の継承の面でも大きな打撃があった。チベットに持ち込まれた階級闘争は人々の分断を引き起こし、長年にわたる傷痕を残すこととなった。

● 活版印刷された口承文芸を心の糧に

こうした傷だらけの状態から、いかにして現代文学が始まっていったのだろうか。それにはいくつかの準備段階を踏まえる必要があった。中でも重要なのは、皮肉にも中国政府によって1950年代に半ば強制的に導入された教育制度やチベット語の現代化、そして活版印刷である。ここでは活版印刷について述べよう。

共産党の政治的宣伝を効率的に行う目的で導入された活版印刷技術は、チベット語版プロパガンダ雑誌の印刷などに使われる一方で、当時出版に携わっていた人々の尽力により、伝統文学の印刷にも使われた。このとき文学が印刷されたのは、その後の現代文学誕生につながる伏線となった。中には口承文芸も含まれており、文革前の1962年には『ケサル王物語　ホル・リン大戦』（未邦訳）の上下巻が、また1963年には『しかばねの物語』（『チベットのむかしばなし　しかばねの物語』星泉訳、のら書店、2023年）が印刷されている。

このとき出版された伝統文学の書籍は、文革の苦しい10年間の間にも、人々が厳しい経験を乗り越えていくために重要な役割を果たした。文革で還俗させられた経験のある高僧は、同じ境遇の仲間がこっそり『しかばねの物語』を読み聞かせてくれた出来事を回想し、主人公の若者が黙々としかばねを運ぶさまが、強制労働収容所で生き延びなければならず不安定な状況にあった自分に、真の勇気と忍耐を教えてくれたと述懐している。筆者もチベット人から『ケサル王物語　ホル・リン大戦』に『毛沢東選集』の赤いビニールカバーをかけかえてこっそり読んでいたというエピソードを聞いたことがある。文学が精神安定剤となり、苦しみの最中にある人々の心を救ったことを示すエピソードだ。チベットの人々は、プロパガンダのために導入された新しい技術を得て、自らの伝統文学を記録し、流布することで迫りくる民族の危機を乗り越えるための武器としたのである。

● チベット語による現代文学の創成

1976年、毛沢東の死によって文革が終わり、1978年からは鄧小平主導による改革開放政策が始まる。チベットでも破壊された僧院の再建が始まり、禁止されていた民謡や語りが許可され、ラジオ局は民謡や語りを電波に乗せるようになる。そして文革の間ずっと中断されていた出版活動も再開の時を迎える。

1980年、ラサで初めてのチベット語文芸誌『チベット文芸』が創刊されたのを皮切りに、翌年には青海省の西寧で『ダンチャル』が刊行、1982年にかけて四川省や甘粛省でも続々と文芸誌が創刊される。口承文芸を収集することを目的とした雑誌もスタートするなど、出版に携わる人々が文芸復興の気運を盛り上げようとしていた。文芸誌の編集部は、この時を逃すなとばかりに試行錯誤しながら書き手と読者を育て、また読者の憧れをかきたてつつ、次の書き手を育てる役割を担ったのである。

ここではチベット語現代文学の創成期に大きな役割を果たした2人の作家とその作品について紹介しよう。

ひとり目はラサの貴族の家に生まれたペンジョル（1941-2013）である。彼は当初幹部候補生として北京の中央民族学院で教育を受け1959年に卒業するが、文革時に貴族の出自ゆえに下放され、農作業に従事する日々を送る。文学好きの彼が当時繰り返し読んだのが、18世紀に書かれた古典文学の名作長編『比類ない王子の物語』（未邦訳）だった。自分もいつかこんな物語を書きたいと思っていた。だがペンジョルは、文革後、チベット語の担当教員として教壇に立った際、学生たちがチベット語を学ぶ意欲を失っているのを目の当たりにして愕然とする。

若者たちを惹きつけるような魅力的な物語が必要だと考えた彼は、チベット語で小説を書き始める。1981年から『チベット文芸』で連載を開始した長編小説『トルコ石の頭飾り』（未邦訳）は、少年の成長物語を描いた作品だ。舞台は1930年代のラサ。両親に早く先立たれ、天涯孤独の身となった田舎育ちの少年は、家宝のトルコ石の頭飾りを、両親の供養のためにラサのチョカン寺の本尊に供えるが、あろうことかそれが欲深い貴族に盗まれてしまう。復讐に燃えた少年はトルコ石を奪い返そうとするが分厚い壁に阻まれて果たすことができず、ラサで出会い、支えてくれた恋人と手を携え、都を去る、という作品だ。

この作品は風俗習慣の描写が精緻かつ魅力的で、往時のラサの雰囲気をリアルに伝えてくれるが、現代の小説技巧に慣れた読者からすれば、その叙事的な展開と心理描写の少なさに物足りなさを感じるかもしれない。だが、口承文芸に慣れ親しんだ当時のチベットの読者にとっては、時間軸の操作を行わないシンプルなストーリーは馴染みやすいものだっただろうし、心理描写の少なさはそのまま口承文芸の特徴であった。実際この小説は当時の読者にすこぶる評判がよく、ラサの茶館に集まる人々の間ではこの物語の話題でもちきりだったという。古典チベット語を適度に使った平易でいきいきとした文体はラサ以外の地域でも広く読まれ、その後のチベット語小説のモデルともなった。口承文芸の特徴を持ち合わせたこの小説は、作家にとっても読者にとっても、伝統文学と現代文学の架け橋のような存在だったのである。

もうひとりは、青海省出身のトンドゥプジャ（1953-1985）である。農耕と牧畜を営む山村に生まれ育った彼は、当時まだ十分に整っていなかった村の簡素な小学校でチベット語を学び、州都の町にある教員養成の民族師範学校に進学してチベット語の研鑽を積むとともに、新たに漢語を学んだ。16歳で学校を卒業した彼は、西寧のラジオ局に就職し、翻訳という異なる言語を媒介する仕事で揉まれることとなった。その後、ラジオ局からの推薦で北京の中央民族学院で翻訳の職業訓練を受ける。当時20歳前後だった彼は様々な民族的背景をもつ若者たちとともに過ごし

トンドゥプジャ（『トンドゥプジャ著作集』（全6巻）の第3巻の口絵より）

たことで、チベットの民族や言語、そして伝統的な文学について深く考えるようになった。漢語を本格的に学び、古典から現代文学まで様々な作品に出会い、刺激を受けた。

3年後、北京から戻ってラジオ局に復帰した彼は、仕事の傍ら青海チベット語新聞などに詩を発表するようになり、徐々に頭角を現していく。当時の彼の詩は彼の愛する古典詩の伝統に則ったものだったが、いつしか古典にとらわれない新しいスタイルの詩や小説の創作にも挑戦するようになる。1979年には中央民族学院に設置されたばかりのチベット研究専攻の大学院を受験して合格し、研究と創作に熱中するようになる。1981年には作品集『曙光』の刊行に至った。この本は文革で打ちのめされたチベットの人々にとってまさに夜明けの光であり、文化復興の象徴的な存在となっていく。

彼の名声を決定的なものにしたのは1983年に発表した「青春の滝」(『ここにも激しく躍動する生きた心臓がある』勉誠出版、2012年)という詩である。古典詩の格調高い雰囲気を湛えながらも、伝統的な形式から解放された自由な形式でチベット人の誇りと気概を謳い上げたこの詩は、若者たちの熱狂を呼び、詩の創作ブームを巻き起こした。

トンドゥプジャはまた、古典文学の比喩を巧みに織り交ぜながらも、口語表現を取り入れたいきいきとしたチベット語で、若者たちの悩ましい心の内や、男女の格差をはじめとする家庭や社会に潜む問題を映し出した小説を世に送り出した。そのような物語を読んだことのなかった若者たちは、自分たちの物語が自分たちの言葉で書かれていることに衝撃を受けた。多くの若者たちが憧れを抱き、自ら小説を書くようになったのである。

ペンジョルとトンドゥプジャ——この2人が伝統文学と現代文学の架け橋となる作品を書いたことが読者に大きなインパクトを与えた。

● 現代社会を写し取る鏡としての文学

チベット語文学の創成期の熱気を引き継いだのが1960年代生まれから1970年代生まれの作家たちである。この世代は、ペンジョルやトンドゥプジャのようなロールモデルがおり、ガルシア=マルケスの『百年の孤独』——よく知られているように当時は海賊版だった——のような世界の文学作品を漢語でばりばり読む

ツェラン・トンドゥプ。作家会議に出席した際のスナップ。ネームホルダーが漢語表記（本人提供）

ことができた。彼らは漢語を通じて中国文学やロシア文学、フランス文学、ドイツ文学、英米文学、ラテンアメリカ文学などの影響を受けつつ、次なるチベット語文学に向けて実験的な創作に挑むことができた初めての世代であると言えよう。

ここからはそうした作家たちの作品の中から、代表的なものを3点紹介しよう。まず取り上げたいのは、ブラックユーモアの効いた社会風刺に定評のある作家ツェラン・トンドゥプ（1961-）の短編小説「地獄堕ち」（『黒狐の谷』勉誠出版、2017年）である。賄賂や汚職を重ねて県長まで上りつめた男がぽっくり死んで閻魔の裁定を受けることになるが、地獄へ堕ちたくない男は獄卒にまで賄賂を使って抜け出そうとする。閻魔大王の前で男の善行を証言するのは彼の右肩にいる弁護人たる倶生神（くしょうじん）、悪行を証言するのは彼の左肩にいる告訴人たる常随魔（じょうずいま）。この神と魔によるプレゼン対決は軽妙な歌のやりとりとなっているのだが、そこには1950年代から1980年代にかけての激動の歴史に翻弄され、羅針盤を失った船のように生きるしかなかった人々の経験の数々が刻まれている。『ケサル王物語』を下敷きにしたリズミカルな歌合戦を創作のアイディアとして用いた本作品は、民族の経験と記憶を語り継ぐ強い意志が感じられる作品である。この作家の代表作のひとつに1950年代後半に青海省南部で起きた共産党に対する反乱とそれに伴う虐殺事件を正面から取り上げた長編小説『赤い砂塵』（未邦訳）がある。政治状況の変化を斟酌して私家版で出版せざるを得なかった本作品は、忘却への抵抗を象徴する作品としてチベット人の間で広く読まれるとともに、2020年にはフランスで「モンリュック抵抗と自由賞」を受賞するなど高く評価された。

ラシャムジャ（1977-）の長編小説『雪を待つ』（星泉訳、勉誠出版、2015年。

オンデマンド版は2020年）は、1980年代に山村で少年時代を送った著者の自伝的小説である。この作品は故郷を離れて大都会に就職した20代後半の主人公が、失って初めて知る故郷の豊かな言語空間を回想するという構成になっている。前編では主人公と幼なじみ3人が遊びながら『ケサル王物語』を語る長老や親たちの繰り出すことわざを自然に体得していく様子をはじめとした土地の風俗習慣が魅力たっぷりに描かれ、読者はまるで当時の山村に暮らしているような感覚を味わうことができる。後編では出稼ぎ人口の増加で村落部が空洞化し、急激に変容していく2000年代に移り、離れ離れになってそれぞれの苦しみを抱えて生きる20代の4人の人生が次第に重なり合ってゆくさまが描かれる。この小説は、帰る場所を失った人々に寄り添うような筆致で民族に共通する記憶を解きほぐす物語であるとともに、1980年代と対比する見事な語りにより、2000年代にチベット人が味わった強烈な喪失感を読者に味わわせてくれる作品でもある。西部大開発は田舎だけでなくラサのような都会をも大きく変貌させた。2006年には青海とチベットをつなぐ青蔵鉄道が開通し、人流と物流の勢いが大きく変わる。裕福なビジネスマンから低所得の出稼ぎ労働者まで、ラサに移住する漢人が激増した。チベット人にも経済発展の中で利益を得る者がいる一方で、大半のチベット人たちは発展に取り残され、就職口もなく、社会には閉塞感が漂っていた。こうした社会変化の影響は文学作品にも如実に現れ、生きづらさを覚える若い人たちの姿が描かれた小説が多く生み出された。

ラシャムジャ。僧院調査のため訪れた西チベットでのスナップ。背景は聖山カイラス山（本人提供）

　その様は『雪を待つ』の後編にもよく表れているが、よりインパクトのある形で表現されているのが女性作家ツェリン・ヤンキー（1963-）による長編小説『花と夢』（星泉訳、春秋社、2024年）である。本作品は10代から20代の地方出身の

ツェリン・ヤンキー。チベット服での盛装（本人提供）

若い女性たち4人（チベット人3人と漢人1人）を主人公に据えた物語である。みな様々な苦しい事情を抱えてラサに出稼ぎにやってくるのだが、弱い立場ゆえに性暴力やハラスメント、ストーカーなどの被害に遭い、挙げ句の果てにナイトクラブでホステスとして働くようになる。男たちの欲望にまみれた夜の世界で、セックスワークにも従事しなくてはならない彼女たちは、チベット人なら仏教の輪廻転生と業報思想を頼りに、漢人なら貯金通帳を眺めることを支えに何とか精神の安定を保ち、互いを思いやりながら共同生活を送っていた。だが、そうした支えでは乗り越えられないほど深い傷を負っていることに自ら気づいた彼女たちは、社会への怒りと絶望の念を抱き、その生活を止める決意をするのである。これまで光が当てられてこなかった女性を巡る社会問題をあぶり出した本作品は、チベットで熱烈な支持を得た。女性の書き手の重要性が証明された記念碑的な作品ともなった。

『花と夢』の原書は、チベット語の小説としては異例の累計2万9,000部のベストセラー（日本でいえば50万部に相当）となった。海賊版も多く出回ったというから実際にはもっと多く出回ったようだ。厳しいロックダウンが行われたコロナ禍では、誰かが朗読した音源がネットにアップされて出回り、多くの人がスマホでアクセスして物語に耳を傾けたという。チベット語作品がこれほどの大ヒットを記録したのは明るいニュースだ。「物語を耳で聴く」ことを好むチベット人の志向性は、今後、作家たちがチベット語で書き続けるモチベーションを保ち続けるためにも、そして困難な状況にあるチベット語が継承されていくためにも、福音となるかもしれない。

チベット語文学のゆくえ

現在中堅以上の作家たちが幼少期から学齢期に経験した豊かな家庭教育や学校教育は、実はもう存在しない。学校教育ではチベット語の授業時間は大きく縮減され、チベット語の読み書きを継承するのが難しい現状だ。今後漢語で書くことを選択する作家が増えることは間違いないだろう。

だが、同時にチベット語を根絶やしにしてはならないという意識が高まっているのも事実だ。今後のチベット語文学がどうなるのかは、若者たちにかかっている。2010年代初頭、チベット高原にもチベット文字が搭載されたiPhoneが急速に普及し、SNSアプリWeChatが普及してからはチベット語による通信環境は急激に向上したとも言える。現代の若者たちは、チベット語母語話者が歴史上経験したことのない環境に身を置いているのだ。例えば『ガンダム』が好きで劉慈欣の『三体』に夢中だという10代のチベット人の若者が、チベット語で文学作品を書くとしたらどんなものになるだろう。いにしえより外来のものを自らのものとし、それを土台に新たなものを生み出してきた高原の民のことだから、きっと新たなチベット語文学でわれわれを驚かせてくれることだろう。

青海省西寧のチベット語書籍を扱う書店（筆者撮影）

読書案内

- 星泉・三浦順子・海老原志穂編訳『チベット幻想奇譚』春陽堂書店、2022年
- タクブンジャ『ハバ犬を育てる話』海老原志穂・大川謙作・星泉・三浦順子編訳、東京外国語大学出版会、2015年
- ラシャムジャ『路上の陽光』星泉編訳、書肆侃侃房、2022年
- ペマ・ツェテン『風船　ペマ・ツェテン作品集』大川謙作編訳、春陽堂書店、2020年
- ツェワン・イシェ・ペンバ『白い鶴よ、翼を貸しておくれ』星泉訳、書肆侃侃房、2020年

V

〈歴史〉のなかでの受容と変容

イタリア語文学

変化する心(クオーレ)

イタリアと日本におけるデ・アミーチス

小久保真理江

●「母をたずねて三千里」と『クオーレ』

エドモンド・デ・アミーチスという作家の名は知らなくても、「母をたずねて三千里」なら知っている（あるいはこの邦題に聞き覚えがある）という人は多いだろう。日本では特に1976年のテレビアニメ版「母をたずねて三千里」がよく知られている。このアニメ版「母をたずねて三千里」は、デ・アミーチスの代表作『クオーレ』（1886）のごく一部の挿話を下敷きに作られた。ちなみに「クオーレ」とはイタリア語で「心」や「心臓」などの意味を持つ言葉で、「母をたずねて三千里」の原題を直訳すると「アペニン山脈からアンデス山脈まで」である。

『クオーレ』は多層的な構成の作品である。主要部分は、エンリーコという名のトリノの小学生が自らの学校生活について綴った約１年間（1881年10月から1882年7月まで）の日記という設定の文章だが、作中には家族からの手紙（主にエンリーコへの忠告）や、小学校の担任教員が語る９つの「今月のお話」の文章が挿入されている。「母をたずねて三千里」は、これらの「今月のお話」のうちのひとつである。

さらに、エンリーコの文章そのものもやや複雑な設定になっている。デ·アミーチスは短い序文のなかで、エンリーコの日記には父親によって添削されているほか、４年後に中学生になった本人によってさらに推敲されていると述べているのである。

『クオーレ』は1861年のイタリア統一後まだ20年ほどしか経っていない時期に書かれた。そのため、新国家イタリアの国民のあるべき姿についての作者の理想が色濃く投影されており、特に愛国心、自己犠牲、勤労、勤勉、勇気、友情、家族愛などの作者の理想が繰り返し説かれている。貧困や階級差別などの当時の深刻な社会問題を描いている箇所もあるが、そうした問題を深く掘り下げたり、徹底的なリアリズムで描き通して社会を告発したりするのではなく、作者の理想を投影した感傷的な美談に回収している傾向が強い。

● エドモンド・デ・アミーチス（1846-1908）

『クオーレ』の作者デ・アミーチスは、1846年にイタリアの北西部リグリア州のオネリア（現在のインペリア）に生まれた。2歳のときに隣のピエモンテ州に家族で移り住み、17歳でモデナの陸軍士官学校に入学した。1866年、19歳のときには第三次イタリア独立戦争に参加し、翌1867年からは軍隊生活を描いた短編作品を雑誌に発表しはじめた。これらの短編は人気を呼び、翌年には短編集『軍隊生活』が単行本として出版された。1870年代には軍隊を離れ、新聞・雑誌の特派員としてさまざまな土地（スペイン、パリ、オランダ、ロンドン、モロッコ、イスタンブール）を訪れた。こうした経験をもとに各地域について紀行文を執筆・出版し、紀行文の作家としても成功を収めている。1878年頃からは小説『クオーレ』を構想しはじめ、その8年後の1886年に出版した。『クオーレ』は出版直後から爆発的に売れ、数多くの言語に翻訳された。その後デ・アミーチスは数々の作品を執筆・出版したが、それらが『クオーレ』を超えるような人気を得ることはなかった。1890年代には社会主義に強く傾倒し、自らの社会主義思想を語る政治的な文章も数多く発表した。

エドモンド・デ・アミーチス
（https://commons.wikimedia.org/wiki/File:Portrait_of_Edmondo_De_Amicis.jpg）

● イタリアでの受容

デ・アミーチスには、「感傷的でお説教くさい作家」というイメージがはりついている。生前のデ・アミーチスは非常に人気の高い作家で、代表作『クオーレ』は出版直後からベストセラーとなったが、感傷的な側面についての批判は当時から存在した。また、登場人物が類型的であるという批判や、文学的価値のない教育的読み物であるという評価も存在した。

デ・アミーチスの死後、ファシズム政権時代（1922-1943）には、その人気はやや衰えていた。ファシズムと『クオーレ』はアンビバレントな関係であったと指摘されている。『クオーレ』の愛国主義や軍隊賛美、自己犠牲の思想は、ファシズム政権にとって都合の良いものである一方、博愛主義的な側面、穏健な側面、古臭い側面はファシズム政権にとって必ずしも好ましいものではなかった。

第二次世界大戦後には、『クオーレ』を時代遅れの書物と捉える傾向もあった一方で、人間愛や優しさなど、戦後の新たな国家・国民形成のために立ち戻るべき価値が描かれている作品として好意的に再評価する傾向もあった。また、「今月のお話」のなかのリソルジメント（イタリア統一戦争）に貢献する少年たちを、レジスタンス（第二次世界大戦中のナチ・ファシストに対する抵抗運動）に協力した少年たちに重ね合わせる読み方も存在した。

カウンターカルチャーの時期と部分的に重なる1960年代から1970年代にかけてのイタリアにおいては、『クオーレ』の愛国主義や軍隊賛美、自己犠牲、階級協調主義、パターナリズムなどが厳しい批判の対象となった。この時代の批評のなかで最も有名で後々まで強い影響力を持ったのが、ウンベルト・エーコのエッセイ「フランティ礼賛」(1962）である。エーコは、『クオーレ』のなかで「善」として描かれるものを痛烈に批判しながら、フランティの「笑い」に肯定的な価値を見出した。フランティとは、エンリーコの日記のなかで意地の悪い不良少年として常に否定的に描かれる同級生である。フランティが人や物事を頻繁にあざ笑うことにエーコは注目し、だからこそフランティはエンリーコの目から絶対的な「悪」として描かれるのだと指摘している。言い換えれば、エンリーコが無批判に信じる「善」の絶対性を揺るがす可能性がフランティの「笑い」にあるからこそ、エンリーコの目にフランティは「悪」として映るということである。さらにエーコは、物語半ばでフランティが喧嘩で少年院送りとなり、作品から排除されてしまうことに注目している。そして、支配的な秩序を破壊し別の何かを生み出すという「笑い」の役割を示すことすらできないままフランティはあまりにも早くに消されてしまったのだとエーコは述べ、この作品における批評性の欠如を指摘している。

ナタリア・ギンズブルグは1970年の文章で、子ども時代に『クオーレ』が好きだったことに触れ、それは自分の現実世界よりも整っていて安心できる世界に惹かれていたからなのだろうと分析している。また、その世界が本のなかにしか存在しない「偽りの世界」であったことに子ども時代の自分は気づいていなかったのだと記している。そして、『クオーレ』は「正直や犠牲、名誉、勇気について偽りを書いていた時代の産物」であり、このような本は、今の時代には「読むに堪えないし、もちろん書くこともできない」と述べている。

1970年代から1980年代にかけては、デ・アミーチスの受容の変化のきっかけとなる出来事がいくつかあった。まず、1971年にデ・アミーチスの作品『愛と体育』(1892初版)が作家イタロ・カルヴィーノの序文・編集で再出版された(この作品はその後1973年に映画化もされている)。そして、1972年には優れた注釈と序文のついた『クオーレ』が出版された。さらに1980年には、生前未発表であったデ・アミーチスの社会主義的小説『五月一日』が初めて出版された。こうして、デ・アミーチスの多様な作品を歴史的文脈のなかで客観的に研究・再評価する動きが進んだ。

2000年代以降には、デ・アミーチスについての研究がさらに活性化した。特に『クオーレ』以外の作品についての研究や再評価が進んでおり、従来のレッテルでは捉えきれないデ・アミーチスの多面性が明らかにされている。

文学だけに注目すると『クオーレ』の人気・評価は19世紀に比べ20世紀には大きく衰退したように見えるが、20世紀のイタリアでは『クオーレ』が盛んに映像化されている。

1910年代、特に第一次世界大戦中の1915年から1916年にかけての時期には『クオーレ』の「今月のお話」をもとにしたサイレント映画が数多く作られた。ファシズム期における映画化は少ないが、1942年の『カルメーラ』(『軍隊生活』の挿話が原作)や1943年の『アペニン山脈からアンデス山脈まで』が挙げられる。

20世紀後半以降には4つの映像版『クオーレ』がイタリアで作られた(1948年・1973年の映画版と1984年・2001年のテレビドラマ版)。これら映像版『クオーレ』は、制作されたそれぞれの時代の価値観や考え方に合わせるような形でアダプテーションされており、原作とは異なる設定や物語が加えられている。

例えば、1984年のテレビドラマ版(ルイジ・コメンチーニ監督)では、第一次世界大戦に参加している20代後半のエンリーコの視点から小学校時代のことが回想される。回想部分にあたる子ども時代の物語の時代設定は1898-1899年頃に変更されている（原作では1881-1882年）。そして、第一次世界大戦の戦場を経験したエンリーコが、戦争、軍隊、父親、学校教育などに対して批判意識を抱くようになる様子も描かれている。また、この映画版ではフランティの描かれ方は原作ほど否定的ではなく、フランティの登場場面が多い。逆に、クラス一の優等生であるデロッシは、原作では頭脳明晰で性格の良い少年として繰り返し賛美されるが、このテレビドラマ版では存在感が薄く、やや否定的に描かれている。

上記の4つの映像版『クオーレ』に加え、「今月のお話」のなかで特に人気の高い「アペニン山脈からアンデス山脈まで」は、1959年に再び映画化され、1990年にはテレビドラマ化された。

●日本での受容

日本ではまず1902年5月に原抱一庵（ほういつあん）による『クオーレ』の抄訳が『十二健児』という題名で出版された。これは「アペニン山脈からアンデス山脈まで」を除く8つの「今月のお話」とエンリーコの日記の一部のみを英語から翻訳したものである。その後、同年11月に原は「アペニン山脈からアンデス山脈まで」の挿話のみを『三千里』という題名で翻訳・出版している。

杉谷代水『學童日誌』（1902年）の口絵

同年12月には、杉谷代水（だいすい）による『學童日誌』も出版された。これは物語の舞台を明治時代の日本に移した翻案であり、作品中の人名や地名だけでなく内容にもかなり変更が加えられている。例えば、家族からの手紙の部分が削除されているほか、原作にたびたび登場するリソルジメントの話は日清戦争の話に置きかえられている。序文のなかで杉谷は、イタリアの国情・風俗・宗教・歴史・社会・

学校制度に関わる部分を日本の事情に合わせて変更したことや、日本社会に合わない教訓や倫理思想の部分を削除したことを断っている。ただし「アペニン山脈からアンデス山脈まで」（杉谷の訳では「親を尋ねて三千里」という題名）の挿話は翻案ではなく翻訳になっている。その理由について杉谷は、無理に翻案すれば感動を損ねてしまうため綿密に訳出したのだと序文のなかで述べている。

『クオーレ』はいち早く国語教材にも取り入れられた。府川源一郎の研究（『明治初等国語教科書と子ども読み物に関する研究―リテラシー形成メディアの教育文化史』）によると、原抱一庵の翻訳出版（1902）より前である1900年に、『クオーレ』のなかの耳の聞こえない女の子に関する挿話の翻訳が『国語読本』に教材として取り入れられている。また、尾崎有紀子の研究（「戦前日本における「クオーレ」受容―国定国語教科書を中心に」）によると、1904年から1909年にかけての時期に発行された『高等小学読本』にはすでに「道徳教育的要素のとくに強い３つの章」の翻案が掲載されている。『クオーレ』の初の全訳である三浦修吾『愛の学校』（1912）は、とりわけ教育界から高い評価を受け、三浦の訳文やその翻案は国語読本にたびたび採用されたという。

『クオーレ』は英語学習の教材としても早くから利用されてきた。1899年には大和屋書店からイザベル・フローレンス・ハプグッドの英語抄訳*Stories from Cuore: a book for boys*が出版されている。1910年には楠山正雄訳『なさけ』が出版された。これは英文と日本語訳が見開きで左右に並ぶ対訳で、英語学習者のための語注が多く付けられている。訳者は前書きにおいて、この作品の英文が初学者にとっても読みやすい日常語で書かれた文章であるため英語学習に適していることに触れた上で、よくある「冒険譚」や「滑稽小説」とは異なる本書を通して「西洋文学の清心な泉を汲んでみる」のも新鮮で面白いだろうと述べている。

1920年代には、前田晁の全訳（1920）をはじめとして数多くの『クオーレ』や「母をたずねて三千里（アペニン山脈からアンデス山脈まで）」の翻訳・抄訳が出版された。これらの訳書の序文を読むと、『クオーレ』で理想的に描かれる「愛」や「やさしさ」に訳者が感動していることや、『クオーレ』を道徳教育・情操教育に適した読み物と捉えていることが伝わってくる。『クオレ（學童日記）』（1924）の序文で訳者の石井真峰は、昔の日本にあったような「やさしさ」が今の日本にはないと嘆き、それをどうにかする一助としてこの本を子どもに読ませるべきであると唱えている。『ゼノアよりアメリカへ—母を慕うて三千里』（1926）の序文で訳者の京谷大助は、知識の詰め込みばかりの日本の教育には情操教育が欠けていると嘆き、その不足を補う一助として本書が役立つだろうと述べている。『クオレ』（1927）の序文で訳者の菊池寛は、「小学生の人格的基礎」を築くのに最も適した本であると述べている。

1930年代から1940年代にかけても『クオーレ』や「母をたずねて三千里」の翻訳・出版はつづき、1950年代には急増した。1950年に柏熊達生による『クオーレ』（イタリア語からの全訳）が出版されたほか、『クオーレ』や「母をたずねて三千里」の抄訳や再話が非常に数多く出版された。1950年には川端康成による再話も出版されている。訳者や再話著者の言葉を読むと、やはり「人間愛」や「家族愛」「友情」「やさしさ」「気高い心」「美しい心」などを讃えているものが多い。

日本における『クオーレ』の受容においてはアニメ版の影響も非常に大きいだろう。1976年に『フランダースの犬』に次ぐ「世界名作劇場」の2作目として『母をたずねて三千里』（演出：高畑勲）が放送され高い人気を得た。アニメ版には原作にないオリジナルの設定や物語が数多く追加されている。例えば、アニメ版で重要な役割を果たすペッピーノ一座は原作には存在しない。高畑勲は、想像の飛躍に乏しいこの作品をアニメ化する意義について悩んだことや、安心して気楽に観られる作品にはしたくなかったこと、ネオレアリズモ映画を意識していたことなどをのちに語っている。高畑は、常に前向きなたくましい少年が一宿一飯以上の恩返しをしながら明るく旅する物語（気楽に気持ちよく観ることができる物語）にもしたくなかったし、『フランダースの犬』のような無垢で可愛い少年が徹底的に可哀想な目に遭う物語（安心して涙を流せる物語）にもしたくなかった。人に頼りたくないのに頼らざるをえず、自我があるゆえに傷つけられ、嫌がったりしながら生きていかなければならない現実的な子どもの姿（必ずしも可愛く見えない姿）を描きたかったのだという。

1981年には『クオーレ』全体を下敷きにして作られたアニメ『愛の学校—クオレ物語』（演出：岡部英二）が放送された。この作品にも原作と異なる部分がいろいろとある。例えば、原作では物語の半ばで消えてしまう不良少年フランティは、このアニメ版では最初から最後まで頻繁に登場しつづけ、終盤には担任教員の語る「今月のお話（ロマーニャの血）」に感動して改心する。

その後1993年には、『クオーレ』の歴史的背景について詳しく論じる藤澤房俊の『『クオーレ』の時代—近代イタリアの子供と国家』が出版された。さらに、1999年には和田忠彦の翻訳が訳者による優れた解説付きで出版された。こうした書籍の出版によって、日本の大人の読者が歴史的背景やイタリアでの批判もふまえながら『クオーレ』を批評的に読むことが促進されたと言えるだろう。

●『クオーレ』以降に出版された作品—デ・アミーチスの多面性

先に述べたように、特に2000年代以降のイタリアでは『クオーレ』以外のデ・アミーチスの作品についての研究が進んでいるが、日本ではほとんど翻訳・紹介されていない。デ・アミーチスの作品は数多いためここでは、『クオーレ』以後に出版された作品のうちいくつかを簡単に紹介しておきたい。

『大西洋にて（*Sull'oceano*）』（1889）は、デ・アミーチスが1884年にジェノヴァからアルゼンチンまで22日間かけて渡った際の経験をもとに書かれた作品である（デ・アミーチスはリソルジメントについての講演の依頼を受けてアルゼンチンに渡った）。さまざまなタイプの船員や乗客をデ・アミーチスは観察・描写し、彼らのドラマを語っている。乗客の大半は移住や出稼ぎのために南米に渡る3等室の貧しいイタリア人たちであった。彼らの姿からは、イタリアの農民の悲惨な生活状況や、統一後のイタリアに対する失望感なども浮かび上がる。

『ある教師の小説（*Il romanzo d'un maestro*）』（1890）は、師範学校卒業後にいろいろな村の学校に赴任する小学校教師を主人公にした物語である。若い教師が経験するさまざまな困難や苦悩を通して、当時の小学校の教育現場の実際的な問題が生々しく描かれており、そこからは当時のイタリア社会の問題も見えてくる。この作品は1959年にテレビドラマ化もされた。

『愛と体育（*Amore e ginnastica*）』（1892）は、トリノの30代のブルジョワ男性が同じアパートに住む体育教師の女性に恋をする物語である。主人公の男性が引っ込み思案でおとなしい人物として描かれているのとは対照的に、女性教師ペダーニは活動的でエネルギーに満ちあふれた人物として描かれている。ペダーニは、体育に関して強い情熱と使命感を持っており、学校で体育を教えるだけではなく、バウマンの体育理論を普及させるために熱心に雑誌に記事を書いたり、演説をしたりしている（当時のイタリアではオーベルマンとバウマンという2人の人物の体育理論の対立・論争があった)。『クオーレ』に登場する女性のイメージとはかなり異なる、モダンでエネルギッシュな女性が描かれており、ジェンダー表象やセクシャリティー表象の観点からも興味深い作品である。イタロ・カルヴィーノはこの本を「デ・アミーチスの作品のなかでおそらく最も優れていて、最もユーモア、邪心、官能性、心理的な鋭さに富んでいる作品」と評した。

※本稿の執筆にあたっては下記の読書案内に記載した文献のほか、以下のイタリア語文献を参照した。Natalia Ginzburg, *False e consolanti le fiabe di "Cuore"*, in «La Stampa», il 14 gennaio 1970; Bruno Traversetti, *Introduzione a De Amicis*, Bari, Laterza, 1991; Angelo Nobile, *Cuore in 120 anni di critica deamicisiana*, Roma, Aracne, 2009; Simonetta Polenghi, *La scuola di ieri "vista" oggi. Le trasposizioni filmiche del libro* Cuore *nell'Italia repubblicana (1948-2001)*, in *Immagini dei nostri maestri: memorie di scuola nel cinema*, Roma, Armando editore, 2019, pp. 19–52; Umberto Eco, *Elogio di Franti*, in *Diario minimo*, Milano, La nave di Teseo, Kindle, 2022; Roberto Ubbidiente (a cura di), *De Amicis*, Milano, Pelago, Kindle, 2023.

読書案内

- エドモンド・デ・アミーチス『クオーレ』和田忠彦訳、岩波文庫、2019年
- 藤澤房俊『『クオーレ』の時代―近代イタリアの子供と国家』ちくま学芸文庫、1998年
- 西槇偉「日本と中国における『クオーレ』の翻訳受容―杉谷代水『学童日誌』と包天笑『馨児就学記』をめぐって」『近代アジアの文学と翻訳―西洋受容・植民地・日本』勉誠社、2023年、pp. 103-116
- 高畑勲「「母をたずねて三千里」で目指したもの」『映画を作りながら考えたことII』徳間書店、1999年、pp. 319-331
- 川戸道昭、榊原貴教編『児童文学翻訳作品総覧―明治大正昭和平成の135年翻訳目録』第5巻(北欧・南欧編)、大空社、2005年
- 児童文学翻訳大事典編集委員会編『図説児童文学翻訳大事典』(全4巻)、大空社、2007年

バスク語文学の挑戦

少数言語で書くことが当たり前になるまで

金子奈美

●はじめに

スペイン北部とフランス南西部にまたがるバスク地方の固有語であるバスク語は、話者数が100万人弱（総人口の約3割）の少数言語だ。周囲のロマンス諸語とは似ても似つかないこの系統不明の言語は、スペイン語とフランス語という強大な国家語の狭間で衰退の一途を辿り、消滅すら予言されていたが、1960年代以降に急激な言語復興の進展を経験した。それとともに、それまであまり書かれることのなかったバスク語による文学が著しい発展を遂げ、20世紀末から今世紀初めにかけては国際的にも知られるようになった。本稿では、日本でも少しずつ紹介が進みつつあるこのバスク語文学の歴史を、大まかながら素描してみたいと思う。

●バスク語で書くということ

現在、バスク地方は、スペイン領のバスク自治州（アラバ、ギプスコア、ビスカイアの3県からなる）とナファロア（ナバラ）自治州、フランス領バスク（ラプルディ、低ナファロア、スベロアの3領域からなる）とに分かれて存在し、「南バスク」と呼ばれるスペイン側ではスペイン（カスティーリャ）語が、「北バスク」と呼ばれるフランス側ではフランス語が、国家語として隅々まで普及している。しかし、バスク語（euskara）ではこの領域全体が「バスク語のくに（Euskal Herria）」と呼ばれてきたことが示すように、かつてはバスク語話者が人口の大部分を占めていたと見られる。

ただ、バスク語は中世から一貫して、政治的・文化的威光においてはるかに強大な言語との接触にさらされてきた。言語復興が進んだ今でこそ、バスク語アカ

バスク地図（Wikimedia Commons（© Zorion, CC-BY-SA）より引用・改変）

デミーが規範化した標準語が普及し、特に公用語化が実現した南バスク（バスク自治州全域とナファロア自治州の一部）では行政や教育、メディアといった幅広い分野で使用されるようになったが、バスク語がそのような社会的地位を得たのは1980年代以降のことだ。20世紀前半まで、バスク語は主にモノリンガルの民衆のあいだで継承され、豊かな口承文芸を生み出した一方で、ラテン語やスペイン語、フランス語に通じたエリート層からはほとんど顧みられず、書き言葉としての発展が遅れたうえ、高尚な文学表現にふさわしくない劣った言語という烙印を押されてきた。しかし、こうした支配的言語との間の社会的な上下関係と使い分け（社会言語学の用語で「ダイグロシア」と呼ばれる）の固定化にあらがい、バスク語を書き言葉として用いることで、その威信を高め、文学的な可能性を押し広げようとする書き手たちが少しずつ登場してきた。

バスク語を含む多くの少数言語は、近代国民国家の確立とともに国家語の普及が徹底されるにつれ、使用領域が地理的にも社会的にも縮小の一途を辿っていった歴史を持つ。そのため、1960年代以降に展開したバスク語復興運動は、少数言語が社会のあらゆる場面において支配的言語と対等に使用されるようになることを目指す「正常化」という理念を掲げ、ダイグロシア状況を打ち破ろうとしてきた。少数言語を「正常化」するためには、その広範な使用を妨げてきた社会的な制約を取り除くだけでなく、もっぱら否定的なイメージを付与されてきた言語に対する人々の意識を変革することも大きな課題となる。

この「正常化」の概念は、バスク語文学の歴史を理解するにあたってもきわめて重要だ。なぜなら、バスク語で書くという行為は、その歴史の大部分において、バスク語が排除されてきた文学の諸分野へと言語使用を拡大し、バスク語でも他の言語に引けをとらない優れた作品を生み出せる、と証明してみせることと深く結びついてきたからである。今日の作家たちが、あくまで自然体でバスク語で書くことを選択できるようになったとすれば、それはあらゆる逆境にもかかわらず、「バスク語で書く」という挑戦の系譜が途切れることなく続いてきたからなのだ。

●初期のバスク語文学（16～18世紀）

先述のように、バスク語が歴史的に置かれてきたダイグロシア状況において、書き言葉にはもっぱら他の言語（ラテン語やスペイン語、フランス語）が用いられてきた。さらに、バスク語で執筆・出版することを妨げてきたさまざまな要因（義務教育における国家語の強制と地域語の禁止、国家語以外での出版の制限や検閲など）により、20世紀に入るまでにバスク語で刊行された本はきわめて少ない。しかも、バスク語による著述活動の主な担い手は、バスク語モノリンガルの民衆の教化にあたったカトリック聖職者たちだったので、20世紀初頭までにバスク語で刊行された本（約2,000点）の大半は宗教書か他の言語からの翻訳で、厳密にバスク語で書かれた文学作品とみなせるものはごくわずかである。

初期のバスク語作品は、北バスクを中心として現れた。バスク語で出版された最古の書物として知られるのは、1545年に刊行されたベルナト・エチェパレの詩集『バスク初文集』だ。低ナファロアのカトリック司祭だったエチェパレは、宗教的かつ世俗的なテーマで綴った18篇のバスク語の詩を、当時最先端の技術だった活版印刷で出版した。この前例のない試みは、ラテン語に対して「俗語」を書き言葉とし、教養語の地位へ押し上げようとしたルネサンス人文主義と宗教改革の文脈に位置づけられるが、エチェパレは詩集の序文で、当時バスク語が置かれていた状況を次のように論じている。

バスク人は如才なく、勤勉（中略）しかも、あらゆる学問において教養があるというのに、なぜ今までみずからの固有の言語であるバスク語でものを書いてこなかったのか、バスク語がよそのさまざまな言語と同じく、書き言葉としてもまことに素晴らしい言語であることを全世界に示してこなかったのか（中略）。そうしてこなかったがために、バスク語は過小評価され、何の名声も得られず、世界中の人びとから書くのには適さない言語なのだとも思われてしまうのです。

〔萩尾生・吉田浩美訳〕

エチェパレは、自らバスク語で本を出版する最初の書き手となることで、バスク語がいかに素晴らしい言語であるかを広く知らしめ、その発展に寄与するとともに、続く世代を鼓舞しようとした。その思いは、詩集の最後に置かれた2篇「コントラパス」と「サウトレラ」に韻文詩として表現されている。とりわけ「バスク語よ、世界に出でよ」と高らかに謳い上げた「コントラパス」は、400年以上のちに、現代のバスク語復興運動の文脈で再評価され、広く親しまれることになる。しかし刊行当時、『バスク初文集』はその遠大な企図にもかかわらずほとんど反響を呼ぶことなく、エチェパレの期待に反して、彼の後に続く者はなかなか現れなかった。

17世紀に入ると、ラプルディを中心に短いながらバスク語文学の開花期が見られ、なかでも、司祭アシュラルの散文作品『あとで』（1643）は、今日も模範的とされる優雅で洗練された文体で知られる。『あとで』は物事を後回しにすることの弊害を説いた禁欲主義の書だが、その序文で、アシュラルもやはりバスク語の状況を次のように憂慮している。

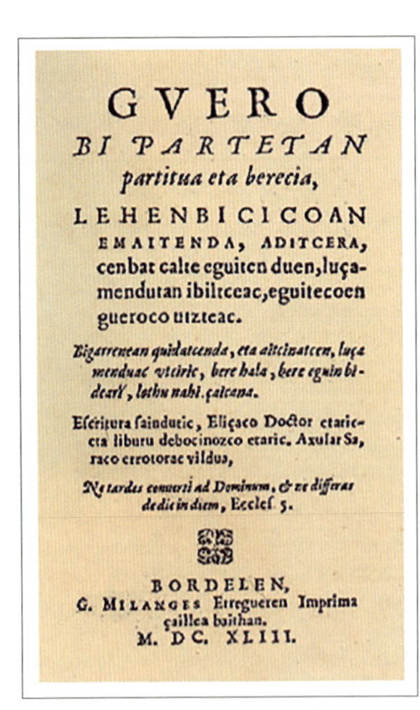
GVERO
BI PARTETAN
partitua eta berecia,
LEHENBICICOAN
EMAITENDA, ADITCERA,
cenbat calte eguiten duen, luçamendutan ibiltceac, eguitecoen gueroco utzteac.
Bigarrenean quidatcenda, eta aitcinatcen, luçamenduac vtciric, bere hala, bere eguin bidearY, lothu nahi.çaicana.
Escritura saindutic, Eliçaco Doctor etaricceta liburu debocinozco etaric. Axular Saraco errotorac vildua,
Ne tardes conuerti ad Dominum, & ne differas de die in diem, Eccles. 5.
BORDELEN,
G. MILANGES Erregueren Imprimaçaillea baithan.
M. DC. XLIII.

アシュラル『あとで』初版の表紙

今、バスク語は自らが奇妙な言語であり、人前に出るに値しない、能力もなく、優れてもいなければ巧みでもない、と恥じているように思われる。なぜなら、当地の人々のあいだでさえ、書き方も読み方も知らない者がいるからである。

もしもバスク語で、ラテン語、フランス語、その他のさまざまな言語と同様に多くの本が書かれたなら、バスク語もまたそれらの言語と同様に、豊かで完全な言語となるであろう。もしそうでないとすれば、その罪はバスク人にあるのであって、バスク語にあるのではない。

バスク語を劣ったものとする認識を諫め、バスク語でも他のさまざまな言語と同じように優れた文学が書かれうるのであり、バスク人はバスク語で書くことでそれを当たり前のことにしていかなければならない、と説くこのような文章は、バスク語文学の最初期から繰り返し現れる。このことから、バスク語文学はまず、鋭敏な問題意識を持ったごく少数の書き手によって、バスク語の書き言葉としての「正常化」を呼びかけることから始められなければならなかったことがわかる。

18世紀には、ギプスコア出身のイエズス会士マヌエル・ララメンディが、『征服された不可能事』(1729) と題した史上初のバスク語文法書を著したほか、『スペインにおけるバスク語の古さと普遍性、その完璧さと他の言語に優る長所について』(1728) をスペイン語で発表し、バスク語蔑視の風潮に抗するとともに、南バスクでのバスク語による著述活動の活発化に貢献した。バスク語の古さや優越性を礼賛するバスク語擁護論は、特にスペイン語で多くの論者を生んだが、バスク語に象徴されるバスク人の「古く高貴な由来」や独自性を主張する彼らの言論は、19世紀末に勃興したバスク・ナショナリズムに少なからぬ影響を与えた。

● バスク・ルネサンス(19世紀後半〜1930年代)

フランス革命後の近代国民国家建設の過程で、バスクの各領域は歴史的に享受してきた地域特権を徐々に失い、19世紀末までにフランスとスペインの2国家へと完全に統合されていった。とりわけ1876年、南バスクで地域特権が完全に撤廃されたことは、バスクの過去に対するノスタルジックな関心をかき立て、独自の歴史と文化に立脚したナショナル・アイデンティティの形成を促すこととなった。

それと並行するように、19世紀を通じて、ヴィルヘルム・フォン・フンボルト、ルイ＝リュシアン・ボナパルト、フーゴー・シューハルトらヨーロッパ各地の学者がバスクを訪れ、バスクに対する言語学的・民俗学的関心が高まった。そして、言語と民衆の伝統文化に「民族」精神を見出したロマン主義の風潮のなか、19世紀後半から20世紀初頭にかけて、「バスク・ルネサンス」と呼ばれるバスク語文芸復興の時代が到来する。

その先駆けとなったのが、1853年に北バスクで始まった「花の宴」だ。プロヴァンス語などで先例のあった「花の宴」は、中世に起源をもつ詩歌の祭典である。バスクにおいては、主に詩を対象としたバスク語文芸コンクールのほかに、伝統スポーツや舞踊なども含み、昔ながらのバスクの農村世界の価値を称揚する、保守的かつフォークロア的な性質が色濃いものだったが、バスク語文化を振興しようとした最初の組織的な試みといえる。1879年からは国境の両側で催されるようになり、そこから南北バスク全域の結束を表す「七つは一つ（Zazpiak bat）」の標語が生まれた。「花の宴」はやがて、南バスクで急速に発展したナショナリズムの潮流に取り込まれていった。

南バスクでは、1876年の地域特権の撤廃と、工業化に伴うスペイン人労働者の大量流入への反発を背景に、主要都市ビルバオを中心としてバスク・ナショナリズムが勃興した。1895年にバスク・ナショナリスト党を創設したサビノ・アラナは、政治活動の傍ら、「バスク民族」性の重要な要素としたバスク語（ビスカイア方言）での詩作や正書法の整備に励んだ。アラナは、「バスク国（Euzkadi）」や「祖国（aberri）」など数々の造語を考案し、周囲のロマンス系言語からの借用語を排して、「純粋」なバスク語の規範を打ち立てようとした。

1918年に創設されたバスク語アカデミーでは、それまでの書記伝統において重要な位置を占めてきたギプスコア方言とラプルディ方言をベースとした標準語の創出が検討されたが、ナショナリズムのイデオロギーに支えられた「純粋主義」の影響力は甚大だった。アカデミーでの議論はまとまらず、アラナが提唱したかなり極端なバスク語のモデルは、20世紀半ばまで彼のナショナリズム思想とともに強い影響力を奮うことになる。

最初のバスク語小説は、ナショナリズムの浸透と同時期に登場した。1898年に発表された、ビスカイアの司祭チョミン・アギレによる『ピレネーの花』である。アギレは続く『潮』（1906）や『羊歯』（1912）でも、古きよき伝統とバスク語が保持される空間としてナショナリズムに理想化されたバスクの農漁村部を舞台に、風俗描写的な小説を好んで書いた。

当時まだ萌芽期にあった小説に対し、バスク・ルネサンスが真に花開いたのは、詩の分野においてだった。それまで、バスク語でもっとも盛んだった文芸ジャンルは、主に即興で歌われる民衆詩（ベルチョラリツァ）で、書かれたものとしての詩も、ベルチョラリツァの韻律に強い影響を受けていた。15世紀まで遡るベルチョラリツァの口承的な伝統は、今日まで継承されて根強い人気を博しているが、それとは道を分かち、バスク語近代詩の地平を切り拓いたのが、1930年代前半に台頭したリサルディ、ラウアシェタといった詩人たちだ。彼らの多くはバスク・ナショナリスト党員だったが、農村世界や伝統の礼賛といった従来の典型的な主題や様式から離れて、近代的な感性から、より抽象性の高い純粋詩の表現を模索した。

ラプルディで行われたベルチョラリツァの競技会の様子
（1936、© Jesus Elosegi Irazusta - Aranzadi Zientzia Elkartea (AZE), CC-BY-SA）

なかでも、凝縮されたミニマルな文体で、独特の抒情詩の世界を構築したリサルディの1932年の詩集『心の奥に、眼差しの中に』は、現代の書き手たちにも繰り返し参照される珠玉の古典だ。象徴主義の影響を感じさせる18篇の詩のなかで、リサルディは、目まぐるしく移り変わる車窓の風景のようなモダンな題材を情感豊かに描いたほか、擬人化したバスク語を農村から連れ出し、「あらゆる人間の側面や考えを表現できる」「普遍的な言葉」となるために見聞を広めさせる世界一周の旅を、希望を込めて軽やかに謳い上げた。

リサルディらの詩は、バスク語詩にかつてなかった審美的かつ知的な魅力に溢れている。しかし、書き言葉の規範が確立されていなかったどころか、バスク語の識字教育すらほぼ不在だった当時のバスクで、日常の言葉とかけ離れた彼らの詩を理解できる読者層はほとんど存在しなかった。多くの人に理解可能な口語体に近いバスク語か、アラナの純粋主義モデルに従って練り上げた文語体か。民衆

リサルディの詩集『心の奥に、眼差しの中に』初版の表紙
(Biblioteca Virtual del Patrimonio Bibliográfico (CC-BY))

への普及か、文学的な挑戦か。当時の議論には、そうしたジレンマに直面した書き手たちの苦悩が滲み出ている。

●「沈黙の時代」から復興へ(1940～1960年代)

1930年代前半に頂点を迎えたバスク・ルネサンスは、1936年のスペイン内戦勃発によって中断された。内戦では多くの作家や知識人が命を落としたり亡命を余儀なくされ、さらにその後のフランコ独裁下で、バスク語文化は「沈黙の時代」に入る。とりわけ独裁初期には、戦後の混乱と厳しい弾圧や検閲によってバスク語による文化活動全般が困難となり、フランス領バスクも第二次世界大戦に見舞われたため、南米への亡命者たちがバスク語による出版活動を細々と継続した。

しかし、バスク語の公的な使用を禁じたフランコ独裁の長期化が避けられなくなった1950年代の終わり頃から、バスク本土でも言語の存続に対する危機意識がかつてなく高まっていった。そして1960年代にかけて、旧植民地の独立やカウンターカルチャーの隆盛といった世界的な潮流を受けて、大衆による反体制の抵抗運動としてのバスク語文化復興運動が、バスク内外の広範な支持を受けて盛り上がっていく(のちにバスクの分離・独立を目指す過激派テロ組織として世界的に知られた「祖国バスクと自由(ETA)」が結成されたのも同時期だ)。この頃、バスク語の出版社や雑誌が次々と立ち上げられ、若手の新たな書き手たちに執筆の機会と議論の場を提供した。また、子どもたちにバスク語で教育を行う学校(イカストラ)や、成人向けのバスク語塾が各地で密かに作られ、バスク語の作家と読者の形成に貢献した。

文学においては、長らく聖職者が大半を占めていたバスク語の書き手の世俗化が進んだ。1950年代末からは、ヨーロッパの新しい文学の潮流を吸収した作家たちが現れ始め、パリでスベロア出身の家庭に生まれたヨン・ミランデ、ビルバオの詩人ガブリエル・アレスティらが活躍した。特に、アレスティの詩集『石と国』(1963) は、平易で明瞭な文体で、バスク語話者と労働者一般を取り巻く社会問題に対して強いメッセージを発し、当時の若い世代に大きな影響を与えた。

歴史の浅い小説のジャンルでも、高等教育を受けた都市部の書き手たちが登場し、現代小説が書かれるようになった。チリャルデギの実存主義小説『レトゥリアの秘密の日記』(1957) が先駆的で、ヌーヴォー・ロマンの影響を受けたラモン・サイサルビトリアの『毎日が始まりだから』(1969) が続いた。1968年にはついに、それまでさまざまな方言で綴られていた書き言葉を統一すべく、バスク語アカデミーが標準語・正書法（共通バスク語）の制定に着手し、多くの言語学者や作家がそのプロセスに加わった。

●「自律の世代」とバスク語文学の黄金時代（1970年代～現在）

1970～1980年代は、南バスクの政治体制とともに、バスク語文学をめぐる状況が大きく変化した時期である。反体制運動の機運が高まるなか、1975年に独裁者フランコが死去し、スペインの民主化と地方分権のプロセスで、バスク自治州 (1979年) とナファロア自治州 (1982年) が成立した。特にバスク自治州では、バスク語が州全域においてスペイン語と並ぶ公用語とされたのに伴い、バスク語での教育やメディアの普及、それに伴う読者層と出版市場の拡大、作家活動に対する公的支援や文学賞の創設などが進み、バスク語作家たちはかつてない社会的条件に恵まれるようになった。一方、フランコ独裁下で抑圧されたバスク語の回復が重要課題とされたこの時代、バスク語による文化活動は強い政治的意味合いを帯び、ナショナリズムの大義とほぼ不可分のものとなっていた。

それ以前のバスク語の書き手たちの活動が、もっぱら言語状況に対する危機感や政治的な関心に突き動かされたものであったのに対し、この時期に台頭した新たな世代のグループはそれに反発し、自由で自律した文学のあり方を主張した。「自律の世代」と呼ばれるこのグループを主導したのが、のちに世界的に著名な作家となるベルナルド・アチャガである。

アチャガは1970年代後半に相次いで立ち上げた前衛的な同人誌で、仲間たちと活発な創作・批評活動を繰り広げた。そこで、バスク語擁護や「民族」解放といった政治目的のために文学を利用するのでなく、他の「正常」な文学では当たり前に行われているように、バスク語で自然に文学を為す、そして世界のあらゆる文学的伝統との関係のなかで書く、という姿勢を打ち出した。アチャガの1978年の詩集『エチオピア』は、その姿勢を具現化したもので、過去のバスク語詩の伝統と西欧近代詩における前衛の歴史を踏まえた高い文学性、そしてマスカルチャーが溢れかえる現代都市の周縁に生きる人々を描いた新鮮な文体で衝撃を与えた。

アチャガとともに活動した「自律の世代」の書き手には、ETAとの関わりによってその後長い亡命生活を送ったカルト的作家ヨセバ・サリオナンディアなどがいるが、彼らは1980年代から1990年代にかけて、詩、児童文学、短篇・長篇小説、評論へとジャンルの幅を広げ、バスク語文学を大きく刷新していった。そして、特に決定的な出来事となったのが、アチャガの連作短篇集『オババコアック』(1988)が、バスク語作品として初めてスペイン国民小説賞を受賞したのをきっかけに、世界の約30の言語に翻訳され、国際的な注目を集めたことだ。そこから、「黄金時代」とも称されるバスク語文学の新たな時代が始まった。

アチャガの成功により、バスク語で書かれた文学は史上初めて、バスク内外でその存在を広く認知されるようになり、さまざまな言語への翻訳が進んだ。また、バスク語でも優れた現代文学を書き、翻訳を通じて世界中の読者に読まれることが可能だ、と誰の目にも明らかになったことは、作家や読者たちの意識も大きく変えた。以後、バスク語文学は質・量ともに著しい発展を遂げ、現在では1,700点以上の作品が50言語に翻訳されるに至っている。

ベルナルド・アチャガ『オババコアック』日本語訳の表紙

1970年代の詩における前衛的実験、1980年代の『オババコアック』に代表される幻想的な短篇小説の台頭を経て、1990年代のバスク語文学ではリアリズム小説が主流となり、2000年代にかけては特に、スペイン内戦からETAのテロリズムへと至る暴力の歴史を問い直す小説が増えていった。アチャガの『アコーディオン弾きの息子』(2003) はその好例である。近年ではさらに、SFや官能小説、グラフィックノベルまでジャンルが多様化しているほか、ベテランから若手まで複数の世代が刺激を与え合って活動していること、女性作家の台頭が目立つことなどが大きな特徴だ。邦訳のある作家を中心に挙げると、まず、バスク随一の短篇作家であるイバン・サルドゥア（『嘘、嘘、嘘』2000)、アチャガに次いで国際的に注目されるキルメン・ウリベ（『ビルバオ－ニューヨーク－ビルバオ』2008)、多彩なジャンルで活躍するアルカイツ・カノ（『ツイスト』2011）らの男性作家がいる。さらに、フェミニズム文学の先駆者であるアランチャ・ウレタビスカイア（『なぜなの、坊や？』1979)、北バスクから批評性に富んだ作品を発表しているイチャロ・ボルダ（『100%バスク』2001)、近年バスク内外で評価が高まるカティシャ・アギレ（『雨が止むまで待って』2015）ら女性作家の紹介も待たれるところだ。

読書案内

- ベルナト・エチェパレ『バスク初文集』萩尾生・吉田浩美訳、平凡社、2014年
- ベルナルド・アチャーガ『オババコアック』西村英一郎訳、中央公論新社、2004年
- ベルナルド・アチャガ『アコーディオン弾きの息子』金子奈美訳、新潮社、2020年
- キルメン・ウリベ『ビルバオ－ニューヨーク－ビルバオ』金子奈美訳、白水社、2012年
- イバン・サルドゥア「ある本の来歴」金子奈美訳、奥彩子ほか編『世界の文学、文学の世界』松籟社、2020年、pp.186-193
- 萩尾生・吉田浩美編著『現代バスクを知るための60章【第2版】』明石書店、2023年

アラブ文学とは何か

山本 薫

● 世界に影響を与えたアラビア語古典文学

アラブ文学と聞いて、みなさんは具体的な作品や作家の名前が思い浮かぶだろうか？ そもそも、アラブ文学って何だろう、と疑問に思われる方もいるかもしれない。アラブ文学の定義はなかなか厄介なので、細かい定義や議論はさておいて、まずは世界的に最も知られていると思われる2つの作品を紹介するところから始めたい。

ひとつは間違いなく『アラビアン・ナイト』あるいは『千夜一夜物語』と呼ばれる物語集だ。筆者が子どもの頃は児童文学の定番中の定番だったが、最近はアラビアン・ナイトや千夜一夜物語といってもピンとこない学生が増えている。しかし「アラジン」といえば、知らないと答える人は世代を問わず少数派になる。大半はディズニーアニメで知っているだけで、原作はもちろん、絵本で読んだと

『アラビアン・ナイト』の舞台のひとつイラク・バグダードのアッバース宮殿跡地

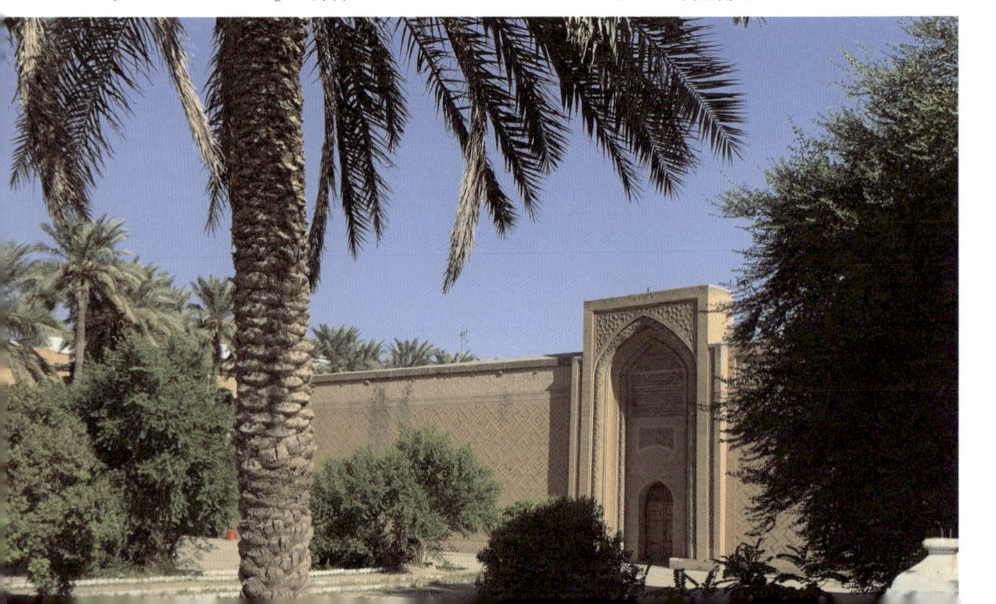

いう人もかなり少なくなってはいるだろう。それでもまだアラジンの知名度は圧倒的だ。さらに、昔ほどではないにしても、「船乗りシンドバード」や「アリババと40人の盗賊」などのタイトルにも、それなりになじみがある人はまだまだ多いのではないだろうか。

『アラビアン・ナイト』は非常に複雑な成り立ちの物語集だ。ペルシアやインドなど、各地の民話がサーサーン朝期に当時のペルシア語で編纂されたものが、9世紀頃にアラビア語に翻訳され、そこにアラビア語の物語が新たに付け加わって15世紀頃までに形作られたものと考えられている。大枠のストーリーとしては、サーサーン朝ペルシアの王シャフリヤールが、妻の不貞をきっかけに深刻な女性不振に陥り、夜ごとに若い女性を宮殿に呼び入れては朝に処刑するという恐ろしい行為を繰り返すようになる。大臣の娘シャハラザードはこれを止めるために自ら王に嫁ぎ、毎夜、王の興味をそそる話を語り聞かせる。続きが聞きたい王が彼女を生かし続けるうちに1,000日が経ち、その間に語られた大小の物語が収められたのがアラビアン・ナイトだということになるのだが、定本となるアラビア語版はなく、これまでに様々な写本が見つかっている。

18世紀初頭にフランスの学者ガランがそのうちのひとつをフランス語に翻訳し、アラビアン・ナイトはヨーロッパ中に大ブームを巻き起こした。更なる物語を求めてアラビアン・ナイト以外の民話も付け加えられ、偽の写本まで作られた。実はアラビアン・ナイトの中でも最も有名なアラジン、シンドバード、アリババの物語はいずれも、元々はアラビアン・ナイトに含まれていなかったという。様々な言語に翻訳され、さらに翻案もされていく中で、アラビアン・ナイトには複数のバージョンが生まれていった。また、アラビアン・ナイトはオペラやバレエ、映画からアニメに至るまで、さまざまな派生作品を生み出し続けている。文学においては、ヨーロッパの民話や童話、ファンタジー小説、ボルヘスやカルヴィーノなどの現代文学に至るまで、多岐にわたる影響を与え続けてきた。

日本には早くも1875（明治8）年に、英語版からの抄訳という形で伝えられ、英語やフランス語の様々な版から日本語に翻訳されてきたアラビアン・ナイトは、日本人のアラブ世界に対するオリエンタリズム的なイメージ形成に多大な影響を及ぼしてきた。それはあくまでも西洋のレンズを通したイメージであり、アラビアン・ナイトという作品自体、日本ではアラブ文学ではなく、西洋文学の一部として受容されたものであるといえる。たしかに、先に説明したように、アラビアン・ナイトは西洋とアラブ・イスラーム圏との間の交渉の過程で変容を遂げ、西洋古典の一部になったという側面がある。また、そもそもペルシアやインド起源の物語集であるものを、アラブ文学といっていいのだろうかという疑問も湧く。

この点について私は、むしろこうした越境性や世界性は前近代のアラブ文学の魅力のひとつなのではないかと考える。前近代においてアラビア語は、イスラーム圏の知的共通語として非常に広範囲に用いられ、アラビア語による文芸という意味でのアラブ文学の担い手には、非アラブ人も多数含まれていた。たとえば、日本語に翻訳されている代表的なアラビア語文芸の古典のひとつに、イブン・ムカッファアによる『カリーラとディムナ』がある（イブヌ・ル・ムカッファイ『カリーラとディムナ—アラビアの寓話』菊池淑子訳、平凡社、1978年）。アラビア語散文の大家として後世に多大な影響を与えた8世紀の文人イブン・ムカッファアはペルシア人の改宗者だった。また、アラビア語散文の手本とされる『カリーラとディムナ』という作品自体が、インドの寓話パンチャタントラのパフラヴィー語訳からの翻訳であり、のちに中世ヨーロッパに伝えられてグリムやアンデルセンなどの童話にも影響を与えたといわれている。

イラク・バグダード市内の歴史的な書店街。
イラク戦争後に再建された

口語表現を多く含み、娯楽の要素が強いアラビアン・ナイトは、アラブ圏では高尚な文学作品とは長らくみなされてこなかった。また、飲酒や性的なシーンなども多く含むため、現代の価値観から見て不道徳だと非難されることもある。しかし、世界的な評価や文学研究の潮流の変化も受けて、そうした民衆的な要素が強い作品も、近年ではアラブ文学の遺産として再評価されるようになっている。世界に開かれたアラブ文学のひとつとして、アラビアン・ナイトを再読してみたい方は、イスラーム史研究者である前嶋信次がアラビア語から翻訳した『アラビアン・ナイト』(平凡社東洋文庫)全19巻に挑戦してみてはいかがだろうか。

●東洋と西洋のはざまで開いたアラブ近代文学

2つ目に紹介したいのは、ジュブラーン・ハリール・ジュブラーンの『預言者』である。こちらは『アラビアン・ナイト』と比べて知名度はかなり落ちるだろう。だが、少し調べれば、日本でも数種類の翻訳が出ており、根強い人気があることが分かっていただけるのではないかと思う。

ジュブラーンは19世紀末から20世紀初頭にかけて生きたレバノン出身の詩人・画家で、12歳の頃に母親に連れられてアメリカ・ボストンに移住した。高校時代をレバノンで過ごした後は、ボストンやニューヨークを拠点に活躍し、特に1923年に英語で刊行した『預言者』は大成功を収めた。

『預言者』は、異国の地に12年暮らした預言者アルムスタファが、故郷に帰る迎えの船に乗り込む前に、自分を慕うその地の人々に請われて、愛とは何か、生きるとは何かといった真理を説いて聴かせるという、寓話風の詩散文作品だ。ジュブラーン自身による幻想的な挿絵が入った美しい特装本も刊行されている(カリール・ジブラン『預言者』佐久間彪訳、至光社、1984年)。英語圏の書店ではニューエイジやスピリチュアル文学として人気があり、アメリカでは累計900万部を超える大ロングセラーになっているという。また、世界100以上の言語に翻訳され、史上最も多く翻訳された本のひとつともいわれている。

だが、その後のアメリカ文化にも大きなインパクトを与えてきたというこの作品を、アラブ文学のひとつとして読む者は少数派だろう。主人公のアルムスタファという名前はいかにもアラブ風であるが、異国情緒と神秘性の演出くらいに受け止める人が大半かもしれない。実際、ジュブラーンがアメリカで成功した一因には、聖書の舞台であるレバント地方からやってきたエキゾチックな芸術家という、自己演出に長けた側面があったという指摘がある。それにこの作品は最初から英語で書かれている。アメリカ文学の系譜に連ねることに何の違和感もないし、むしろ移民として生きたジュブラーンをその出自によってアラブ文学の枠に押し込める方が問題かもしれない。

それでもこの作品をアラブ文学として読むことには大きな意義がある。ジュブラーンはアメリカを西洋の一部、レバノンを東洋(オリエント)の一部と捉え、両文明の融和を目指す思想を抱いていた。両者の間を地理的だけでなく知的にも往還しながら育まれたジュブラーンの文学は、アラブ近代文学の形成過程に重要な貢献を果たした。また、そうした知的葛藤の成果として読むことによって、『預言者』は単なる気の利いた警句集という以上の意味を持つようになると考えるからだ。

英語圏ではもっぱら『預言者』の著者として知られるジュブラーンだが、アラビア語詩人として彼がアラブの近代文学に与えた影響はきわめて大きなものだった。19世紀、オスマン帝国の支配下に置かれ、あるいは西洋列強の圧力にさらされていたアラブ人の間で、ナフダ(アラブ文芸復興。「ナフダ」はアラビア語で「覚醒」や「ルネッサンス」に相当する語)が興った。西洋の進んだ知識や技術を取り入れると同時に、アラブ・イスラームの知的・文化的価値を再発見し、アラビア語とアラブ文化に活力を取り戻そうとするこの動きの中で、多数の新聞・雑誌が創刊され、近代教育を受けた読者層が拡大していった。同時期に、伝統的なアラブ詩の様式を刷新したり、西洋の小説や戯曲をアラブの土壌に根付かせようとしたりする試みも続けられた。

キリスト教徒の割合が高く、西洋の宣教団によっていち早く近代的な学校教育が導入され、印刷所なども建てられていたレバノンは、エジプトと並ぶナフダの中心地となった。ジュブラーンはレバノンで過ごした高校時代にナフダの文人たちの作品と思想に触れて大いに感化され、自身の文才を育んだ。さらには、ウィリアム・ブレイクらヨーロッパのロマン主義と、エマソンやソローの超越主義、さらにはスピリチュアリズムや神秘主義といった、当時のアメリカの知的・芸術的傾向にも大きく影響されながら、近代産業文明への懐疑と自然への回帰、既存の宗教や政治制度への批判と人間の解放、輪廻転生や汎神論的な大いなる霊的存在といった、ジュブラーンの芸術的テーマが形成されていった。

彼の主要な作品は散文詩、あるいは詩的散文といえるもので、伝統的なアラビア語詩のテーマにも、古典的な韻律や修辞にも縛られない、自由なスタイルをとっていた。新鮮な言葉と生き生きとした感性で、封建的な社会制度に反旗を翻し、個人の解放と崇高な理想を説くジュブラーンの文学は、アメリカで移民向けに刊行されていたアラビア語新聞を主な発表場所としていたが、それがアラブ圏にも紹介されることで、アラブ近代文学の革新の動きを加速させたのである。

『預言者』刊行から8年後の1931年にニューヨークで病死したジュブラーンは、アラブ文学史にその名を刻むと同時に、レバノンの国民的な詩人として絶大な人気を今も得ている。日本にジュブラーンを広めたひとりに精神科医でエッセイストの神谷美恵子がいる（神谷美恵子『ハリール・ジブラーンの詩』角川文庫、2003年）。彼女がジュブラーンを知ったのは、当時皇太子妃だった美智子上皇后がレバノン大統領から贈られた『預言者』を愛読するようになり、それを相談役だった神谷に勧めたことがきっかけだったという。レバノンの国民的詩人としてのジュブラーンとアメリカのベストセラー作家としてのジュブラーンが、日本において結び付いたエピソードとして興味深い。

国境の自明性を問うパレスチナ人の文学

ところで、ジュブラーンが生きた時代には、まだレバノンという国家は誕生していなかった。オスマン帝国支配下での苦しい生活から逃れるために、1880年代から1910年代にかけて、現在のレバノン、シリア、パレスチナ一帯からは、南北アメリカを目指す大量のアラブ人移民の波が起きた。その大半は現在のレバノン、特に貧しい山間部のキリスト教徒であり、ジュブラーンもそうしたひとりだった。当時のアラブ人移民の中には積極的な言論活動を行い、ジュブラーンのように本国の文化芸術に影響をもたらす者や、オスマン帝国や西洋諸国の支配からの脱却を目指すアラブ・ナショナリズムの運動に参画する者たちも少なくなかった。

第一次世界大戦でオスマン帝国が敗北すると、アラブ統一国家の独立が叶うかに見えたが、その希望は戦勝国となったイギリス、フランスによって踏みにじられ、旧オスマン帝国領内のアラブ人は分割統治されることになる。その頃すでにエジプトやアルジェリアなど北アフリカのアラブ人地域はヨーロッパ列強の支配下に入っていた。こうして西アジアから北アフリカにかけての広い領域に暮らしていたアラブ人の間には、ヨーロッパ列強によって国境線が引かれることになった。ジュブラーンの出身地レバノンがフランスから独立し、ひとつの国として成立したのは1943年のことだ。

現在、二十数カ国あるアラブ諸国は、20世紀後半までにそれぞれ独立を果たしたが、ただひとつ、現在まで国家を持てていない地域がある。それがパレスチナだ。第一次世界大戦後に旧オスマン帝国領のアラブ人地域をイギリス、フランスが分割した際、パレスチナはイギリスの委任統治領となった。イラク、レバノン、シリア、ヨルダンと、周辺のアラブ諸国が次々にイギリス、フランスからの独立を達成する中、パレスチナのアラブ人だけが独立国家を持つことができなかった。それはイギリスが、パレスチナの地にユダヤ人の国家を作ろうとするシオニズム運動を支援したためだ。イギリス委任統治時代に急増したヨーロッパからのユダヤ人移民と地元のアラブ人との間の軋轢はどんどん高まり、統治の混乱状態の中で1948年にイギリスはパレスチナから撤退する。それに合わせてユダヤ人国家イスラエルの独立が宣言され、パレスチナ地域のアラブ人70万〜80万人が難民となった。パレスチナのアラブ人すなわちパレスチナ人は、自分たちの独立国家を求め続けているが、いまだに実現できていない。

2023年10月7日、イスラエル占領下にあるパレスチナのガザ地区からイスラエル領内への攻撃が行われ、それに対する報復としてイスラエルによる苛烈な攻撃が、この原稿を執筆している5カ月経った今も続いている。ガザ攻撃の開始にあたり、イスラエル国防相は「われわれはヒューマン・アニマルズと戦っている」と言った。このようにパレスチナ人を非人間化し、そのナショナリズムを否定する試みは、イスラエル建国時からずっと続けられてきた。それに対して、同胞であるはずのアラブ諸国を含む世界が沈黙してきたことに抗い、自ら声を上げる文学がパレスチナ人たちの間から生み出されてきた。

ガッサーン・カナファーニーの『太陽の男たち』はその代表的なひとつだ（ガッサーン・カナファーニー『ハイファに戻って／太陽の男たち』黒田寿郎・奴田原睦明訳、河出文庫、2017年）。1936年、イギリス委任統治下のパレスチナで生まれたカナファーニーは、12歳で難民になり、シリアやクウェートなどを転々としながら短編を書き始めた。1960年以降はレバノンでジャーナリスト・作家として本格的な活動を始め、1963年に初の中編小説となる『太陽の男たち』を発表した。

物語は1950年代末頃の8月のある日、産油国クウェートへの密入国の拠点であったイラクの町、バスラで4人のパレスチナ難民が出会うところから始まる。4人がそれぞれ難民として味わってきた苦難の回想と、給水車のタンクに隠れて砂漠の国境を突破しようとする決死の旅路の描写が入り混じりながら、緊迫感あふれるストーリーが悲劇的な結末に向けて突き進む。

パレスチナ難民は第二次世界大戦後に世界が直面した、最も大規模かつ長期化した難民問題とされる。だが、世界各地ではその後も大量の難民が生じ続けており、国境に阻まれて沈黙の中で死んでいく人々は絶えない。『太陽の男たち』はきわめてパレスチナ的な状況から生まれた物語でありながら、普遍的に読み継がれることが可能な強度を持ち、日本でも最も読まれ続けている現代アラブ文学の代表作である。

最後にもうひとつ、難民とは別の形で故国を喪失したパレスチナ人作家、エミール・ハビービーの『悲楽観屋サイードの失踪にまつわる奇妙な出来事』を紹介しておきたい（山本薫訳、作品社、2006年）。ハビービーはカナファーニーと同じく、イギリス委任統治下のパレスチナで生まれた。1921年生まれのハビービーは、イスラエルが建国した1948年にはすでに家庭を持ち、パレスチナの共産主義運動の活動家でもあった。いったんは難民となって国外に逃れたものの、密入国して故郷に戻ったハビービーは、その後、イスラエル国籍を与えられた。彼のように様々な経緯から難民になることを免れ、イスラエルで暮らすことになったパレスチナ人（イスラエル国内の定義ではアラブ系イスラエル人）は、現在ではイスラエル人口の2割を占めている。イスラエル国内ではいわば潜在的な敵、アラブ諸国の側からすれば敵国に暮らす裏切り者とみなされる、板挟みの立場にある。

1974年に発表されたハビービーの代表作『悲楽観屋サイードの失踪にまつわる奇妙な出来事』は、そうしたイスラエルに暮らすパレスチナ人の矛盾と苦悩に満ちた生を、逆説的な笑いに転換させた傑作だ。主人公のサイードは愛する故郷パレスチナで生きのびるために、イスラエル政府のスパイとなる道を選ぶ。しかし、イスラエルへの忠誠を示そうとすればするほど、忘れえぬパレスチナへの愛との間に矛盾が生じ、奇妙なドタバタ劇が巻き起こる。そこからくる笑いは喪失の痛みや悲しみと同時に、理不尽な現実を転覆させようとする抵抗の表現となって、読む者の胸を突く。

この作品は、イスラエルの支配下で消し去られていくパレスチナ人の存在の記録であると同時に、その地で連綿と育まれてきた豊かで開かれた文明の記録でもある。パレスチナは古来、様々な民族や文明が往来した場所であり、それらが地層のように積み重なってパレスチナの社会や文化は形成されてきた。イスラエル国家はその中のひとつの層だけに価値を認め、1,400年以上続いたアラブ・イスラー

ハビービーが愛した故郷ハイファの街並み。カナファーニーの『ハイファに戻って』の舞台でもある

ム文明の層を無視し、破壊しようとしている。ハビービーはキリスト教徒家庭の出身であり、本人は共産主義者であったが、様々な時代や民族の知的遺産を柔軟に取り入れたアラブ・イスラームの古典文芸をこよなく愛した。『悲楽観屋サイードの失踪にまつわる奇妙な出来事』はそうした古典への言及にあふれており、中でもアラビアン・ナイトは形式面にも影響を与えている。

今日、アラブ文学というと一般には、西アジアから北アフリカにかけての二十数カ国にまたがって暮らしているアラブ人が、母語であるアラビア語で著した文学ということになるだろう。しかし、今回紹介した作品を通じて、こした近代以降のナショナルな定義には収まりきらない、いやむしろそうした定義の自明性を常に問うような側面がアラブ文学にはあることが伝われば幸いである。

読書案内

- 西尾哲夫『新装版　図説　アラビアンナイト』河出書房新社、2021年
- 岡崎弘樹『アラブ近代思想家の専制批判―オリエンタリズムと〈裏返しのオリエンタリズム〉の間』東京大学出版会、2021年
- 岡真理『アラブ、祈りとしての文学〈新装版〉』みすず書房、2015年

ベトナム文学

『翹伝（ぎょうでん）』とその心

野平宗弘

世界文学の中の『翹伝』

仮に「世界文学」なる概念を想定してそれを私たちが日本語で考える時、「世界」という語が元を辿ればサンスクリット語のローカ＝ダートゥ（loka-dhātu）の漢訳語なのだといったことや、三千大千世界を思い浮かべ、三蔵法師たちの仏典漢訳の偉業に思いを馳せることなどさらさらなく、「世界」が英語のワールド（語源的には「人間の時代」を意味するらしい）の訳語で、それと等価の意味であることが意識にのぼることすらなく素通りできるような今日、欧州からのキリスト教伝播と植民地支配によって非欧州の蛮族どもとその野蛮文化の否定を通じて地球全体を欧州中心のひとつの「世界」にしていった近代以降の時代の中に、ベトナム語を含め「世界」という単語を用いている今日の東アジアの人々は、語彙も思惟も組み込まれて生きているのだというごく当たり前の事実の確認はともかく、世界的巨匠ヤコペッティの映画『モンド・カルネ』に由来するらしい「モンド映画」という言い方にあやかるだけで不足だと言うなら、お菓子の世界的権威たる「モンド

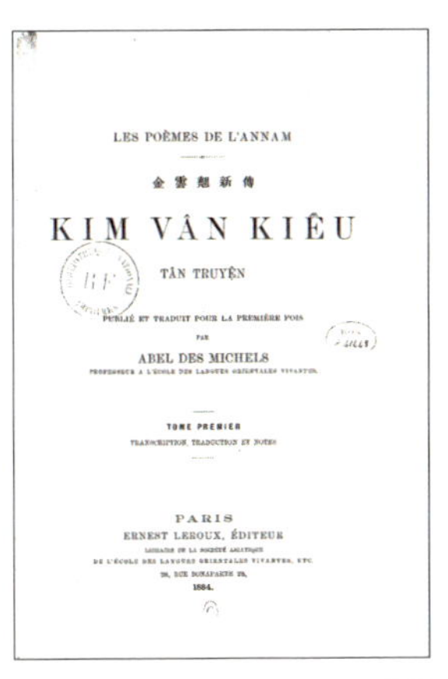

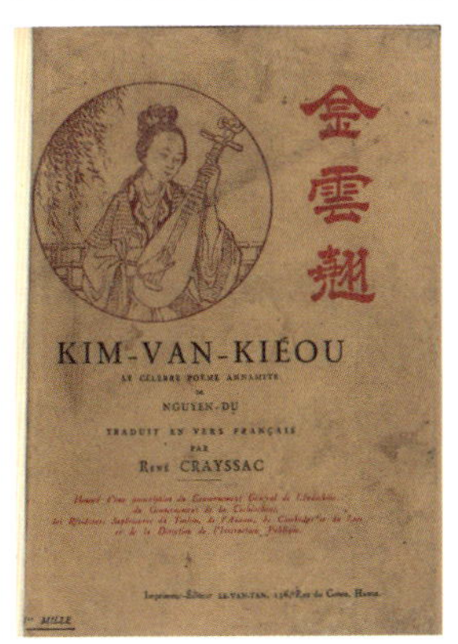

上▶最古のフランス語訳『翹伝』（1884 年）
（フランス国家図書館：https://gallica.bnf.fr/ark:/12148/bpt6k5439461n.r=kim%20van%20kieu%20abel?rk=21459;2）
下▶クレイサック訳フランス語版『翹伝』（1926 年）
（https://indomemoires.hypotheses.org/19875）

これまでに出版された日本語訳『翹伝』。上段左から小松清訳（1942 年）、竹内與之助訳（1975 年および 1985 年）、下段、秋山時夫訳（1996 年）、佐藤清二・黒田佳子訳（2005 年）（著者撮影）

セレクション」にもついでにあやかって、「世界文学」よりはいっそのこと「モンド文学」と命名したほうが、異化の効果が際立つのではないか、といった新訳のささやかな提案もここではさておき、世界的に知られたベトナムの代表的な文学作品をひとつ選ぶとするなら、1884年に植民地宗主国の言語フランス語に初めて翻訳されて以降、20以上の言語に翻訳紹介されてきた『翹伝』こそが最もふさわしい作品であると思われる。ベトナムが世界に誇るこの作品の最初の日本語訳も、日本軍の仏印進駐期の1942年に、フランス文学者の小松清がフランス語からの重訳で出版し、それ以降これまで直訳・重訳あわせて全部で5冊の日本語訳が存在している。

『翹伝』を巡っては、それがベトナムの著者の純粋なオリジナルの作品ではなく、元をたどれば原作は中国の小説であるという作品の成立事情に関しても、「ある作品が世界文学として実りある生を送りうるのは、いついかなる場所であれ、発祥文化を越えた別の文学体系においてアクティヴに存在するときだ」（『世界文学とは何か？』）というダムロッシュの言葉が示す文学的出来事の興味深い好例のひとつとしても提示することができると思われる。そして、オリジナルの作品でない時に、原作に比してどこに価値を見出すか、あるいはそこに込められた作者の思想というものがもし存在するとしたらそれは何なのか――『翹伝』の作者の場合、それは「無い」のだとこれから示すつもりだが――という問題を考えるのにも『翹伝』はふさわしい作品であると思われる。

元は中国の話だった『翹伝』

作品名は、19世紀の板刻本では『金雲翹新伝』となっているものが多く、他に『断腸新声』という名もあるが、現在のベトナムでは「Truyện Kiều（伝翹）」＝「翹伝」「翹の物語」という呼び方が一般的である。翹というのは女性主人公の王翠翹のことで、略して翹あるいは翠翹と呼ばれる。作者は阮攸（1765-1820）という詩人で、19世紀初頭にベトナムの王朝の阮朝（1802-1945）に仕えた官人でもあった。ベトナム語古典文学作品の最高傑作とされている『翹伝』ではあるが、先に触れたように阮攸がゼロから創作した作品ではなく、中国の章回小説『金雲翹伝』を元にした翻案作品である。阮攸は、この原作のあらすじや登場人物、時代背景や場所もそのままに、単音節でひとつの単語になるベトナム語の、6音節＝6語と8音節＝8語が交互に続く「六八体」という詩体で、3,254行に渡るベトナム語の長編韻文作品として語り直したのである。ベトナムではこのように、漢文の原作をベトナム語韻文に翻案した作品が多く、このような翻案を「演音」「演喃」とも言う。『翹伝』の執筆時期にまだ定説はないが、遅くとも19世紀前半までには作られている。

『翹伝』の原作『金雲翹伝』の元をさらにずっと遡っていくと、中国明朝期の嘉靖35（1556）年に、明の武将の胡宗憲（?-1562）が倭寇の首領のひとりであった徐海（?-1556）を討伐したという史実にまで行き着く。この徐海の愛妾だったと伝えられているのが、音曲の才に秀でた、臨淄（山東省）の妓女の王翠翹で、『翹伝』の主人公の元型である。胡宗憲の幕僚だった茅坤（1512-1601）が徐海討伐の顛末を記録した「紀剿除徐海本末」（徐海討伐の顛末の記録）の末尾には、この王翠翹の出自や徐海との出会いが記され、その最期は次のように記されている。徐海の愛妾の翠翹は徐海に対し朝廷に帰順するよう説得して投降させ、その計略のせいで徐海は殺される。翠翹は胡宗憲の勝利の祝宴に侍らされて一夜妻となり、夜が明けて、地方の酋長のもとに嫁がされる途中、銭唐江（浙江省）に身投げして死んだ、と。徐海の敗北にかかわった王翠翹の伝承は、明清時代に小説化されていく。そのうちのひとつ、明末清初の余懐の小説「王翠翹伝」（『虞初新志』巻八）を元に虚構の人物たちも多く登場させて話を大きく膨らませたのが、清朝康熙時代（1662-1729）に青心才人によって書かれた20回から成る章回小説『金雲翹伝』であるという。作者の青心才人なる人物の詳細はいまだに不明のままである。作品題名の「金」は翠翹の初恋相手の金重から、「雲」は妹の王翠雲から、「翹」は主人公の名と登場人物の名を1文字ずつとったものである。

『金雲翹伝』では、翹の徐海との出会いとその後の胡宗憲による討伐があって、翹は銭塘江に入水するという「王翠翹伝」の話の前後にさらに創作が加わっている。前半には、翹が妓女になる前に金重と出会い、2人は将来を誓い合ったものの、翹の父親が誣告にあって借金返済のため翹が身売りして家族や金重と別れ、だまされて2度の青楼勤めをするという話が加わる。話の後半、翹の入水の後には、翹は死んだかと思ったものの、以前にも助けられたことのある尼僧に救われ、ついには家族や金重との15年ぶりの再会を果たすという話が加わって物語が締めくくられる。この青心才人作『金雲翹伝』の骨子はそのままに、ベトナム語の定型韻文で物語ったのが阮攸の『翹伝』である。

ちなみに青心才人の『金雲翹伝』は、江戸時代の日本にも輸入され翻訳されている。ベトナムでは『翹伝』を誇りに思うあまり、『翹伝』が先に書かれそれを中国で小説化して『金雲翹伝』ができたのだという説も近年現れた。しかし、江戸時代の『商舶載来書目』（宝暦4（1754）年）の記録に「金雲翹」が残っていて、阮攸が生まれるよりも早くに中国の『金雲翹伝』は日本に将来されていることが確認でき、先の説は歴史的事実に反していることが分かる。日本に入ってきた『金雲翹伝』は西田維則（?-1765）が日本語に訳し、『通俗金翹伝』という題で1763年に世に出ている。江戸時代の人気作家、曲亭馬琴も先の題名をもじった『風俗金魚伝』（1829-1839）という題名の翻案小説にしている。話の筋は原作に沿っているものの、ベトナムの『翹伝』とは異なり、すべて日本での出来事に置き換えられ、時代は日本の室町戦国時代、登場人物名

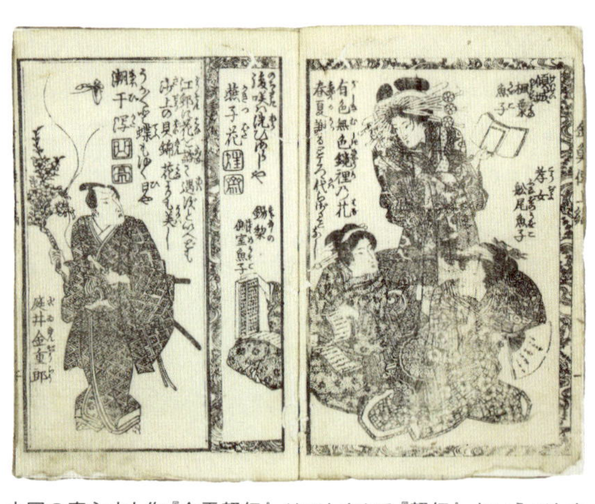

中国の青心才人作『金雲翹伝』はベトナムで『翹伝』というベトナム語文学の傑作になった他、日本でも曲亭馬琴によって『風俗金魚伝』として翻案されている
（早稲田大学図書館古典籍総合データベース https://archive.wul.waseda.ac.jp/kosho/he13/he13_03067/he13_03067_0001/he13_03067_0001_p0004.jpg）

はすべて和名に変えられ、翹は金魚屋の娘の魚子（うをこ）という名になっている。青心才人の『金雲翹伝』は中国では長い間忘れられてきたし、馬琴の『風俗金魚伝』は『南総里見八犬伝』ほどの知名度はないが、現代のベトナムならびに中華圏や日本の研究者たちが、『翹伝』という傑作がベトナムに残されていたが故に、明末清初の小説や戯曲のモデルになった王翠翹の伝承や、『金雲翹伝』の東アジアへの伝播に再注目するに至っていることは興味深い現象であるし、それだけベトナム人にとって『翹伝』は世界に誇れる文学なのだと言えよう。

阮攸の思い

では、あらすじは『金雲翹伝』に忠実であって、話の展開の妙は青心才人に帰せられるものであるとするなら、『翹伝』というベトナム語翻案作品のどこに文学的な独自性や価値を見出すことができるのか。

ひとつには、阮攸が、（漢文に対し）俗語であったベトナム語の巧みな韻文表現によって、庶民が用いていた六八体という形式を用いて、豊富な漢籍からの引用や漢語の成句と共にベトナム語の歌謡や慣用表現も織り交ぜながら語り上げ、高度な言語芸術にまで高めたということが挙げられる。原作の口語散文から定型韻文への語り口の変化と、俗語であるベトナム語での語りという翻訳行為を通じて、中国語の『金雲翹伝』はベトナム語の『翹伝』として生まれ変わったのである。

だが、単音節の声調言語であるベトナム語そのものの特徴を活かした定型韻文作品は、日本語や欧米諸語のような他言語に翻訳された際には、ベトナム語そのものの韻文の押韻や平仄（ひょうそく）の特徴は消えざるをえない——それでもクレイサックはアレクサンドラン体でフランス語に訳し（1924）、竹内

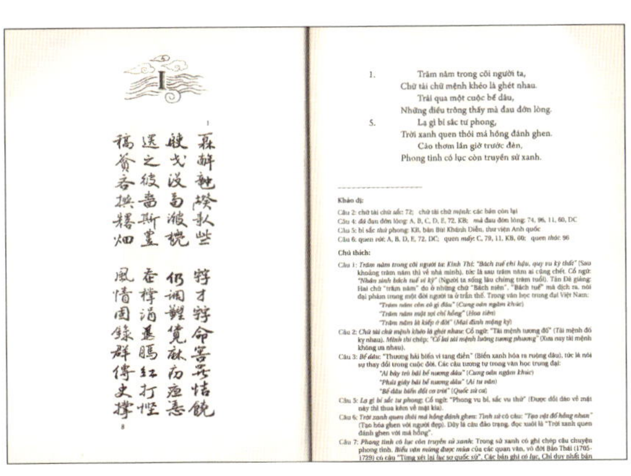
1. Trăm năm trong cõi người ta,
Chữ tài chữ mệnh khéo là ghét nhau.
Trải qua một cuộc bể dâu,
Những điều trông thấy mà đau đớn lòng.
5. Lạ gì bỉ sắc tư phong,
Trời xanh quen thói má hồng đánh ghen.
Cảo thơm lần giở trước đèn,
Phong tình có lục còn truyền sử xanh.

阮攸生誕250周年記念に出版された『翹伝』（2015年）。左ページはかつてベトナム語表記のために使われていたチュノムで、右ページはローマ字を基にした現在のベトナム語表記で綴られている

與之助は日本語口語散文訳と共に、七五調の文語訳も作って一冊に収め（1975）、秋山時夫も文語詩体の訳（1996）で詩的な趣を与えているが。翻訳によって消えざるをえない形式的な要素を除外してもなお『翹伝』が傑作として人々に感銘を与えている要因として考えられるのは、原作の客観的な第三者的立場からの通俗的な語りから、登場人物たちの感情、心理に重きを置いた語りになっている点である。阮攸自身、原作からベトナム語で語り直していく中で、翹の苦難の人生を自らの人生と重ね合わせ、自分が人生の中で出会った人々や自分自身のことのように翹に寄り添っていたからこそ、その思いが言葉に滲み出ているのではないか。そのように阮攸の心情にも想像を膨らませることができるのは、生前 に250首あまりの漢詩を彼は遺しており、そこに、翻案を通じてではなく直接的な形で、彼の人生における苦悩や心情の吐露、あるいは彼の思想が現れているからである。彼の漢詩を知ることで、『翹伝』に託された阮攸の思いの理解がより深まるのではないか。

そこで、ベトナム阮朝（1802-1945）の使者として中国清朝の都北京に阮攸が赴いた道中（1813-1814）に書かれた『北行雑録』の中から、彼の漢詩作品のいくつかをここで簡単に紹介したい。「龍城琴者歌」という詩では、翹の境遇に似た琴弾きの女性が描かれている。阮攸が清朝北京へ北使として旅する途中、かつての都だった昇龍（現在のハノイ）に立ち寄った際の餞別の宴席で、彼が若い頃に出会いおそらく恋もした琴弾きの女性と再会し、最初の出会いの時の思い出と、月日を隔てて再会した際の思いが綴られる。この琴弾きは、かつて黎朝（1428-1789）の宮廷楽団にいたものの、黎朝は西山朝（1788-1802）に倒され、市井の琴弾きとなる。西山朝に仕えていた兄のもとを訪ねた宴席で、若かりし頃の阮攸は、西山朝の臣下たちから山のような褒美を受けていた彼女を目にする。宴の後、兄の家に彼女も来て、阮攸は、美人とは言えないものの陽気で魅力的な彼女と酒を楽しんだ。それから20年後、北京に行く際に立ち寄った昇龍で催された餞別の宴で、聞き覚えのある琴の調べが聞こえてくる。それは、落ちぶれてぼろをまとい、すっかりやつれ、かつての面影は消えてしまったものの、たしかに20年前に会ったあの琴弾きの女性だった、というのがこの詩の内容である。阮攸は、才ありながら時代の波に飲み込まれ凋落していった女性に深い同情の眼差しを向ける。阮攸が『翹伝』を著したのがこの出来事の前後いずれかは不明だが、阮攸の人生の中に、翹の境遇に似た女性との出会いがあったことが分かる。

中国領内に入ってからの旅の道中の詩でも、阮攸は苦しみを背負って生きざるをえない人々に同情の眼差しを向けている。広西省太平を船で進んでいた時の出来事を記した「太平売歌者」では、流しの目の不自由な歌うたいの姿が描かれている。懸命に長いこと歌を披露しても得られる金は僅かばかりの一方で、自分たちのような使者の船団には多くの食べ物が支給され、余った残飯は川底に沈んでいる。この様子に阮攸は「中華では衣食が十分足りていると聞いていたが、このような人もいるのだ」と嘆いている。

湖北省を通過した際に書いた「所見行」では、路上で3人の子どもを抱えた物乞いの母親の惨めな姿が描かれている。この物乞いの親子とは対照的に、昨晩、現地の役人たちにもてなしを受けた際には、役人らは豪華な食事にほとんど手をつけず、それどころか近くにいた犬も飽きて食べようとしなかった。この不公平、社会の矛盾に阮攸は「この様子を絵に描いて王に持って行ったらどうか」と憤る。

宋玉が屈原（BC343?-BC277?）の魂を呼び戻すために書いたと言われる『楚辞』の有名な「招魂」とは対照的に、阮攸は「反招魂」という詩も旅の道中で書いている。この世の中は、清らかな屈原の魂が戻るべきところではないとして、「今は、入水した屈原の体を魚龍が食べるのではない。山犬や虎のように残酷な悪人どもが、あなたのような善良な心の持ち主に食らいついてくるのだ」と屈原の魂に向け訴えかけ、世の腐敗を嘆いている。

このような、社会的な弱者や敗者、周縁者に向ける阮攸の同情あるいは慈悲心は、彼が経てきた人生とも無関係ではないだろう。阮攸は父親が黎朝の宰相という名家に生まれ、18歳で秀才試験に合格し、将来は黎朝の官僚になるかと思われたものの、西山朝によって黎朝は滅び、彼は都を離れて隠遁せざるをえない境遇に追いやられている。役人になるのは30代半ば過ぎのことである。隠遁暮らしの時の詩には、「百年の人生、風塵に身をゆだね／河や海のほとりを旅して暮らしている／官僚として出世する夢に高ぶることは久しくないが／上辺だけ名声は白頭の人をまだ放さないでいる／病になって三度の春だが、貧しく薬もなく／三十年の定まりのないはかない人生の中で、体をわずらわしくひきずっている」（「漫興」『清軒詩集』）といった貧しく不安定な暮らしの様子とやるせない思いも多く綴られている。阮攸自身、時代や運命に翻弄され人の世の苦しみ、悲しみを身に染みて分かっていたからこそ、弱者や敗者に心寄り添い、心分かち合い、彼らのような人々の人生そして自分自身の人生を翹に仮託して『翹伝』を綴ったのではないかと想像は膨らむのである。

● 阮攸の思想と『翹伝』

さらに、漢詩から読み取ることのできる彼の思想もあわせて読むことで、『翹伝』に込められた彼の思想も読み解くことができると思われる。この時、とりわけ注目したいのが「梁昭明太子分経石台」という作品である。南北朝時代の『文選』の編者として有名な梁昭明太子蕭統（501-531）が、漢訳仏典『金剛般若経』を32品（章）に分ける作業を行ったと伝えられる分経石台の跡地（安徽省）に阮攸が立ち寄った際の詩である。この詩で阮攸は、昭明太子とその親の梁武帝（464-549）を徹底的に批判する。昭明太子は経典を分けたというが、仏の教えとは「空」であって、それが物に宿ることはないのだから、経典を幾章かに分けることなど意味がない。太子がやったことは事態を混乱させただけだったし、その親の武帝も、仏教を厚く信奉したものの、愚かな心で仏に執着したがために、仏ではなく魔物を生じさせ、そのせいで侯景の乱が起こり王朝は滅びてしまったではないか。経典は焼かれて灰になり、石台も崩れ、後に残ったのは、喧しく騒ぐ愚かな僧だけになってしまったではないか、というように、仏教の教えの本質を分かっていなかったとして梁武帝親子を批判する。

梁武帝親子の仏教に対する無理解、執着心を批判する一方で、阮攸は禅の六祖慧能（638-713）の、「悟りには樹のような実体はない。明鏡にも台などない。本来、物などひとつもないのだ。どうして物もないのに埃がつくことなどあろうか」という有名な偈（仏教の教えを詩の形で表現したもの）の一節を引用する。物や実体に固執した梁武帝親子に対して、阮攸は「本来無一物」の慧能禅の思想を突き付けているのである。中国での旅の道中、自嘲気味に自らを「南夷」（「蒼梧竹枝歌十五章」）とも呼んでいた阮攸である。文字さえ読めない「嶺南の獦獠」（南方の蛮族）と馬鹿にされてもいた慧能に、もしかすると自らを重ね合わせながら、そのような蛮族であっても、慧能がかつて言ったように悟りに北も南も関係ないのだ、自分は梁武帝や昭明太子などよりもはるかに禅の心を了悟しているのだ、という、中華の権威に対しても臆することのない彼の強い矜持を、「分経石台」

を通して読み取ることもできるだろう。『翹伝』終盤、翹と再会した際の金重の言葉にある「明鏡（めいきょう）には僅かな世俗の塵（ちり）もついてはいない」も、上の慧能の偈を想起し重ねて読むことで、この言葉の禅的意味は増幅する。

さらに「分経石台」の終局で阮攸は言う、「私はこれまで千回以上、『金剛般若経』を読んできたが、その奥深い意味はよく分からなかった。しかし、この梁の昭明太子が分経をしたと言われる石台のもとに来て、ついに、はっと知ったのだ、無字こそ真の経典であるのだと」。千回以上も繰り返し経典を読み続け文字を追い理知的理解を得ようと苦心惨憺（さんたん）した末に、阮攸は、文字、言葉頼りの理解を全否定する〈無字〉の覚醒に到る。洋の東西の根本的な世界観の違いを浮かび上がらせるため、近い時代に書かれた（そしてダムロッシュの本にも出てくる）『共産党宣言』（1848）の中から、「プロレタリアートには獲得すべきひとつの世界がある」という有名な言葉と対照させるなら、西洋では世界は思想によって獲得されるべきものである一方、阮攸の禅思想では獲得できるものなど何も〈無〉いのだ。もちろん、ここでの「無字」は、有の単純な否定として二項対立的に捉えるべきではなく、「無字」と言いながらそれが字で示されているという矛盾を抱えた緊張感と共に考えるべき、二元論的有無を超越した〈無字〉と考えなければならないだろうが、この「無字」がまず私たちに突き付けるのは、言葉を頼りにして世界の事物事象を実体として捉えることができると考えるような世俗な世界観に対する絶対否定である。この強烈な否定は『翹伝』で言えば、運命にさ

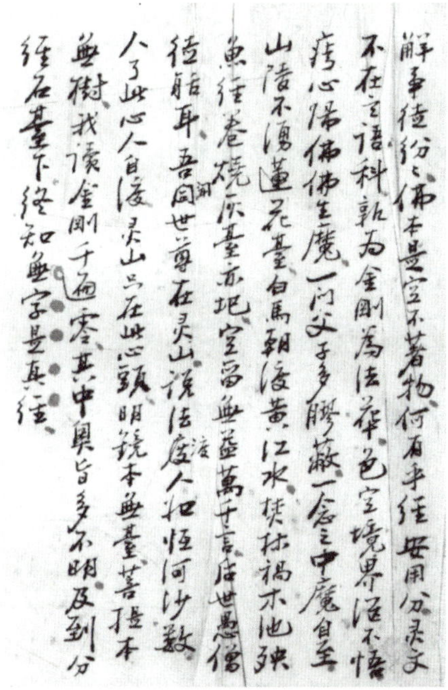

阮攸の漢詩「分経石台」の中後半部分。阮攸は『金剛般若経』を千回あまり読んだ末にそれを全否定し「無字こそ真の教え」という思想を炸裂させている
出典：中国・復旦大学文史研究院、越南・漢喃研究院合編『越南漢文燕行文献集成』（越南所蔵編）、第十冊、復旦大学出版社、上海、2010 年

んざん翻弄された翹が銭塘江に飛び込み、自らが背負ってきた業を無に返す場面に相応すると見なすことができる。翹自らの運命の否定はあまりに悲劇的ではあるものの、その破局の裏には、自らを弄ぶ運命の因果も、四苦も八苦も実体として存在などしないのだという覚醒的な「無」の炸裂が伏在する。

「分経石台」では「無字」によって経典が否定される代わりに、言語化されることのない「心」が称揚される。仏は霊山（悟りの世界）で真理の教えを説き、無数の人を霊山へと導いたと聞くが、霊山とは自分の心の中にあるものであり、心を知ることこそが悟りなのだ、と阮攸は言う。ここにも禅の不立文字、以心伝心の思想を読み取ることができるが、この「心」の思想も、『翹伝』に見出すことができる。自らの命を絶ったと思った翹であったが、かつて翹を助けたことのある尼僧に再び救われ「再生」し、翹はそのまま仏道に生きる。家族や金重との再会を果たしても翹は尼僧のままで暮らして話は終わる。これは原作にもある筋書きだが、仏教的な解脱が示唆されていると読み取れる。最後の数行には、原作にはない阮攸自身の言葉で、「善根は私たちの心にある。その心は多くの才能に匹敵している」と記されている。才能のみを頼りにしてはいけないという倫理的な評語としてももちろん受け取ることができるだろうが、「分経石台」の「心」を付け合わせて見るなら、そして、先に触れた『翹伝』の「明鏡」が心の比喩であることを考えるなら、ここでの心も禅的な〈心〉と捉えることができるだろう。

その〈心〉は本質的に「空」「無一物」であって、世界を切り分け隔てはしない。そのような差別相のない場から、悲惨を背負って生きざるをえない人たちと苦を共にする感情、分け隔てのない慈悲心が現れる。こうして阮攸は、私たちが生きていく中で経験せざるをえない理不尽な運命の苦しみや悲しみも、実際（bhūta-koṭi）には〈無〉いものなのだと『翹伝』や漢詩を通じて語りかける。その慈悲心の響きが、世界各地で用いる言葉は違えども、一切世界の基底としての〈心〉を分かち合う私たち一人ひとりの心に届くのではないのだろうか。

おわりに

阮攸の漢詩から読み取れる仏教や禅思想を通じての阮攸および『翹伝』の評価は、ベトナムではあったものの、ベトナム国外では『翹伝』の翻訳紹介に比して、彼の漢詩の紹介が十分ではなかったこともあって、あまり知られてはこなかった。

文献学的な調査・研究もいまだ不十分なところがあるものの、彼の漢詩が一層知られ、それらと共に読むという読み方ができるようになれば、翻案作品である『翹伝』に込められた阮攸自身の思いも一層深く味わうことができるのではないかと筆者には思える。

今回提示したような、作品の思想を作者に還元するような読み方はもしかすると、20世紀後半にロラン・バルトが宣言した「作者の死」に逆行する、あまりに時代遅れの読み方なのかもしれない。ただ筆者としては、この「作者の死」に関する検討は、「一切の事物事象はみな夢の如きものなのだ。話す者も、聞く者も、知る者も存在しないのだ（一切諸法皆如夢。無説無聴無知者）」という『摩訶般若波羅蜜経』巻七（および『大智度論』「釈天主品」第二十七巻五十四）の一節の意味を心底了悟しえたその後の課題としたい。

読書案内

・川本邦衛『ベトナムの詩と歴史』文藝春秋、1967年
・阮攸『金雲翹』竹内與之助訳、講談社、1975年
・阮攸「龍城琴者歌」「太平賣歌者」野平宗弘訳、東南アジア文学会『東南アジア文学』16号、2018年、pp. 105-117
・野平宗弘「ベトナムの酒と文学　阮攸作品における酒を中心に」、沓掛良彦・阿部賢一編『バッカナリア　酒と文学の饗宴』成文社、2012年、pp. 337-372
・野平宗弘「ベトナムの詩人、阮攸の19世紀初頭漢詩作品における屈原」、東京外国語大学日本専攻編『東京外国語大学日本研究教育年報』19号、2015年、pp. 175-190
・野平宗弘「阮攸の北使経路の再考」、東京外国語大学『総合文化研究』20号、2017年、pp. 6-26

ドイツ語文学

主観性の表現をめぐって

山口裕之

●「ドイツ的内面性」という一つの伝統

「ドイツ的内面性」という言葉がある。18世紀末から20世紀前半の「ドイツ文化」の担い手であったドイツ教養市民層にとっての重要な価値観の一つであり、それにともなってこの言葉はかつて「ドイツ人」の特質を言い表すものとして理解されていた。それはドイツの知識人の自己意識であるとともに、また、ドイツの外からドイツ人に向けられた評価でもある。そのことを受けて、「内面性（Innerlichkeit）」というキーワードは、ドイツの一部の文学・哲学事典の項目にも含まれているし、まさに「ドイツ的内面性」を表題とする本さえ20世紀前半に複数出版されていた。ドイツが第二次世界大戦で降伏した直後に、トーマス・マンが亡命先のアメリカで行った有名な講演「ドイツとドイツ人」の中でも、彼はドイツ的な特質を表すものとして「内面性」について言及している。

トーマス・マン（1929年）

> あるいは、ドイツ人のおそらく最も有名な特質、はなはだ翻訳しにくい、「内面性（インナーリヒカイト）」という言葉で表される特質のことを考えてごらんなさい。繊細さ、心の深遠さ、非世俗的なものへの没入、自然への敬虔さ、思想と良心とのこの上なく純粋な真剣さ、要するに高度な抒情詩の持つあらゆる本質的特色が、この中でまじり合っております。そして、世界がこのドイツ人

の内面性に負うているものを、世界は今日といえども忘れることはできません。ドイツの形而上学、ドイツ音楽、とりわけドイツ歌曲(リート)の奇跡、他の民族にはまったく類例のないもの、比類なきもの、これがその果実であります。ドイツ人の内面性の偉大な歴史的事業は、ルターの宗教改革であります

〔トーマス・マン『講演集 ドイツとドイツ人 他五篇』青木順三訳、岩波文庫、1990年〕

とはいえ、このような特質を「ドイツ的」という言葉によって言い表すことは、戦後のドイツではもはや素朴に口にすることのできないものにさえなっていく。ナチズムが「ドイツ的」なものを称揚し、その言葉がいわば汚染されてしまったために、かつてのナショナリズムを喚起するようなイメージが忌避されるのはもちろんのこと、「ドイツ的」という特質への言及一切に対して批判的に距離をとる雰囲気が作り上げられたからである。その風向きがやや変わってきたのは、半世紀以上もたった21世紀に入ってからのことだ。

しかし、そのような「ドイツ的」なものという言葉に対する拒否反応が戦後長きにわたって存在したにせよ、18世紀後半から20世紀前半にかけてドイツ人が「内面的」なものを追求し、それに価値を見出す言説があふれかえっていた事実そのものは否定しようがない。文学・芸術・思想の領域では、感傷主義(Empfindsamkeit)、疾風怒濤(Sturm und Drang)、ロマン派、象徴主義、表現主義などのうちに、そのような内面的で場合によっては極度に主観的な感覚が追い求められていった。実際には、その反対の方向性も、主観性の反動のようにあいだに生まれていったし、内面的な世界を追い求めることは、ドイツ人の専売特許というわけではもちろんない。しかしそれでも、内面的なものを志向しようとする性向は、ドイツの文化・文学をとらえようとするときに、やはり見落とすことができない特質である。

そのように内面へと向かう性向は、同じドイツ人の中でも特定の人々がもっていると(そのような人たちのあいだで)考えられていた。社会の中で実際的な仕事に関わる人たちに対して、精神的な世界、とりわけ「芸術」の領域に関わっていると自らについて考えている知識人・思想家・作家たちにとっては、「内面的」

「精神的」な価値こそが何よりも重要であった。初期ロマン派を代表する作家の一人であるノヴァーリスは、彼の代表作である『青い花』（1802）の中でこれら2種類の人間を、「商売や実務に生まれついた人たち」と、「その世界は心情であり、その行為は観照であり、その生活は自らの内的な力を小さな声で形成することであるような、物静かな名もなき人たち」と言い表している（『ノヴァーリス作品集 第2巻』今泉文子訳、ちくま文庫、2006年）。そして後者を端的に「詩人（Dichter）」と呼ぶ。このDichterという言葉は、狭い意味で「詩」を書く人であるだけでなく、広い意味での文学（Dichtung、Poesie）、そして芸術全般に関わる人を指している。

この2つの類型は、「市民」と「芸術家」という対置関係となって、ロマン派を通じて現れる。もちろんそこでは、内面の領域に関わる「芸術家」という自己意識をもつ作家が、社会という外面の世界に関わる「市民」とは異なる存在として、多かれ少なかれ、自らをより価値あるものとみなしているのだ。

こういった価値観の枠組みは、100年後の20世紀前半にまで引き継がれている。さすがにかなり批判的な描き方をともないながらであるとはいえ、例えば、トーマス・マン『トーニオ・クレーガー』（1903）やヘルマン・ヘッセ『荒野のおおかみ』（1927）では、「市民」対「芸術家」という主題がくっきりと浮かび上がっている。トーマス・マンの自伝的内容を含む小説『トーニオ・クレーガー』の中で、青年となり作家として文学に関わるようになった主人公トーニオは、自らの「芸術家」としての矜持と迷いを女友達である画家に語る。その長い話を聞き終えたあと、女友達はトーニオが予期していなかった「返事」を次のように伝える。「今日聞いた話の全部にぴったり合うだけじゃない、あなたをそんなに悩ませた問題も解決できる、そういう返事をね。いい？　言うわよ。つまり、今そこに座っているあなたはね、何のことはない、要するに〈普通の人〉だってこと」（『トーニオ・クレーガー』平野卿子訳、河出文庫、2011年）。ここでのとどめの一言となる言葉は、日本語の翻訳では「普通の人」「俗人」などの言い方になっているのだが、実は、この言葉こそがまさに「市民（Bürger）」なのである。自ら市民の社会のうちに生きながらも、自分は内面の世界に生きている「芸術家」であるというこの時代の「ドイツ文化」に特有の意識が、ここでの2人の対話の場面にはある。

内面性の表現

「芸術家」「詩人」の自己意識をもつ作家がみな、外の社会に対して一様に距離をとっているわけではないにせよ、内面により価値を置く傾向を強く示してきたことは、やはりドイツに特徴的な事象といえそうだ。「ドイツ的」特質と考えられていた「内面性」は、単純に個人の主観的感覚をどのように表現するかということではないのだが、ただ深く結びついていることはまちがいない。内面性をどのように表現しているかは、もちろん時代や作家・作品により、さまざまなかたちがある。例えば、「疾風怒濤（シュトゥルム・ウント・ドラング）」の時代の最も有名な作品であり、激しい感情の起伏をストレートに表現しているゲーテの『若きウェルテルの悩み』（1774）の中の一つの場面をとりあげてみよう。

> ロッテは肘（ひじ）をついて窓にもたれて、眼差（まなざ）しをじっとかなたの風景にそそいでいた。彼女は空を仰ぎ、また私を見たが、眸（ひとみ）には涙が溢れているのが分かった。彼女は自分の手を私の手の上にかさねて、いった。――「ああ、クロップシュトック！」――彼女の想念の中にうかんだあの荘厳な頌歌（しょうか）を、私はすぐに察した。彼女のこの合言葉はさまざまの感傷の潮を私の全身に浴せ、私はその中に溺れた。私は自分を抑えかねて、あのひとの手の上に身をかがめて、歓喜の涙もろとも口づけた。そして、再びあの目に見入った。
>
> 〔ゲーテ『若きウェルテルの悩み』竹山道雄訳、岩波文庫、1951年〕

主人公のウェルテルが初めてロッテに出会った日、多くの人たちが集まってダンスを楽しんでいるときに突然、雷雨となる。それが過ぎ去ったのを窓辺で2人並んで見ていたときのシーンである。ロッテが窓の外の風景を見て感極まっていたのは、激しい雷雨を神の力の顕現として歌うクロップシュトックの頌歌（オーデ）とその詩の強い宗教性をともなう心情が、先ほどまでの外での雨の情景と、彼女の頭の中で結びついたからだった。ロッテがただ一言「クロップシュトック！」と口にしただけで、ウェルテルもたちどころにこの「感傷主義」の詩人の言葉と感情を共有し、この日初めて出会い、婚約者がいると知りながらも抑えようのない好感を抱いていたこの女性に対して、感情の嵐を溢れさせる。この異様な感情の昂まりは、疾風怒濤（シュトゥルム・ウント・ドラング）という思潮の中で理解されるものであり、主人公が気の置けない友人に対して日々の出来事を手紙で知らせるというこの小説の形式（一人称によるありのままの心情の吐露）も、ここでの感情表現のあり方の前提の一つとなっている。

しかし、同じように一人称によって書かれた日記のかたちをとりながらも、約130年後に書かれたリルケの『マルテの手記』（1910）では､内面性の表れ方はまったく様相を変えている。書き出しの箇所を見てみよう。

> こうして人々は生きるためにこの都会へ集まって来るのだが、僕にはそれがここで死ぬためのように考えられる。僕は外出して来た。そしていくつもの病院を見た。一人の男がよろめいて倒れるのを見た。人々がその男のまわりに立って、そのために僕はそのあとを見ずにすんだ。僕はまた孕んだ女を見た。その女は陽であたたまった高い壁にそって苦しそうに足を運び、ときどき思い出したように壁へ手をふれてみた。壁がまだつづいているかを確かめるようであった。壁はまだつづいていた。壁のうしろにはなにがあったろう？　地図を開いて見た。産院であった。（中略）
>
> 僕は見る目ができかけている。自分でもどういうのかよくわからないが、なにもが今までよりも心の深くへはいりこみ、いつもとどまる場所よりも奥へ入る。きょうまで自分でも知らなかった心の隅があって、今はなにもがそこまではいりこんで行くのだ。その隅でどんな事が起こるかは知らない。
>
> 〔リルケ『マルテの手記』望月市恵訳、岩波文庫、1946年〕

リルケ自身が1902年にパリにやってきたときの体験と感覚が、虚構の登場人物「マルテ」の書いたスケッチ風の文章というかたちでここに書かれている。確かにここでは、彼が目にするさまざまな事象が描き出されているのだが、その外部の出来事は客観的に説明されるようなものとして提示されるというよりも、あくまでもマルテの目を通じ、マルテの感覚の中でとらえられたものである。出来事は、それらを「見る」私自身の感覚のフィルターを通してそこに描かれていることが読者には感じとられる。そのため、読者がここに読みとるのは、外側に描かれている出来事そのものというよりも、むしろその出来事を見ている主人公の心の深みそのものなのだ。

ここには、『若きウェルテルの悩み』に見られるような劇的な情景や出来事もなければ、激しい感情の表出もない。しかし、ここにはまったく別の意味での深く沈み込んだ主観性が色濃く立ち現れている。それはどのようにして生み出されているのだろうか。

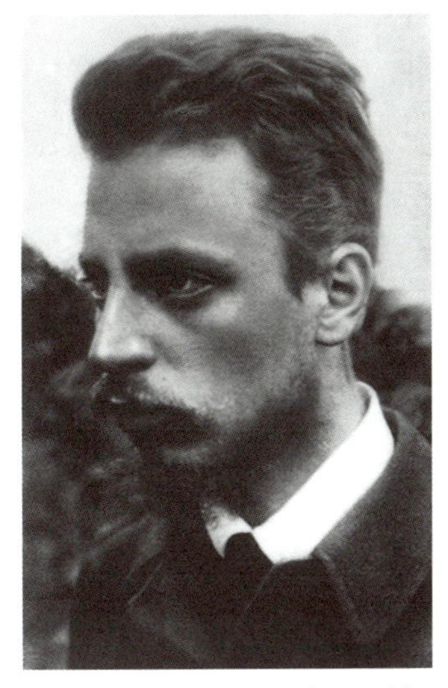
ライナー・マリア・リルケ（1900 年）

これらの作品では、ともに主人公は自らが語り手となって、自分自身の強い情感を描き出しているのだが、リルケの『マルテの手記』では、何を語っていても、それを語っているマルテ自身の内側へとつねに語り手の意識が入り込んでゆく。自分の外側の出来事を描き出すときにも、そこにはつねにそれをとらえて語っているマルテ自身の眼差しと意識がある。読者はそのようにして、語り手の内面に寄り添うよう導かれる。

『若きウェルテルの悩み』で語り出される主人公のウェルテルの感情の起伏、その意味での内面性の表出の程度は、確かにきわめて大きい。「ああ、全身の血脈がおののく。ふとこの指があのひとの指にふれるとき、この足が食卓の下であのひとの足に出会うとき！　思わず私は火から身をひくが、奇しき力がふたたび前へと牽く。五感はくるめく。――おお、しかもあのひとの汚れのなさ、うちとけた心は、こうした小さな親しみがいかに私を苛むかを感じない」（前掲書）。しかし、小説の中の書簡の一つ一つで報告されるさまざまな出来事や情景も、ここで引用したような心の内面そのものでさえも、語られている対象自体に焦点が当てられている。語られているものが心の奥底の思いであるとしても、それはいわば客観的に対象化されて語られ、その思いをいまそのとき語っている語り手の内側に読者が入り込んでゆく感覚が生まれにくいのかもしれない。読者がこの主人公に感情移入するとすれば、それは語られ対象化された「内面」に対してであって、それを語っている語り手の内面に対してではないのだろう。

● 自由間接話法（体験話法）と主観性

同じような主観性の微妙な感覚の対比は、話法をめぐる問題にも現れているように思われる。『ウェルテル』や『マルテの手記』では、一人称の語り手が自らの内面を描き出しているのだが、それに対して、物語世界の外側にいる語り手が、登場人物を三人称で物語る語りの形式の場合、他者の内面はどのように表現されるだろうか。三人称で語られる他者の心の内側をありありと提示する最もシンプルな方法は、その登場人物の心の中の声を、内的独白（モノローグ）として描き出すことである。『トーニオ・クレーガー』から再び引用しよう。「誠実！　トーニオ・クレーガーは思った。ぼくは誠実でいよう。そして、命ある限り、インゲボルク、君を愛そう」。第２章で、16歳の主人公が恋した少女、金髪のインゲに対して心の中で誓う言葉である。「ぼくは誠実でいよう」という言葉の箇所から、語り手によって三人称で語られる主人公の心の中の声は、ここでは一人称の現在形で書かれている。

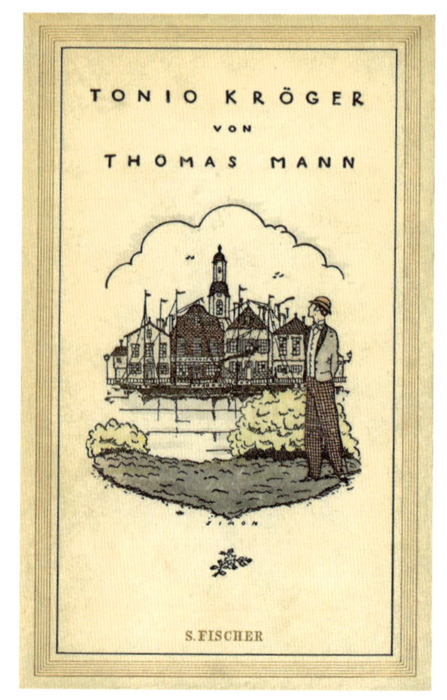

トーマス・マン『トーニオ・クレーガー』初版表紙

しかし、この小説に現れる心の中の声の大半は、日本語への翻訳ではわかりにくい場合が多いのだが、実は内的独白（自由直接話法）ではなく、体験話法（自由間接話法）と呼ばれる語りによって書かれている。『トーニオ・クレーガー』の同じ章の少し前の部分をとりあげてみたい。

> だが、トーニオは見ていたのだ。哀しみと憧れではりさけそうな自分の心の中を。なぜ、どうして、ぼくはここにいるのか。どうして自分の部屋にいないのだ？　なぜ、窓辺でシュトルムの『みずうみ』を読みながら、年老いた胡桃（くるみ）の木が大儀そうにきしむ夕暮れの庭にときどき目をやっていないのか。あそここそ、ぼくの居場所だろうに。やつらはダンスをすれば

いいのだ、一心不乱に踊ればいい…いや、いや、やっぱりぼくのいるべき場所はここだ。ここならインゲのそばなのだから。

「なぜ、どうして」という箇所から、トーニオの心の中の声となり、ここに引用した箇所のあとも、しばらくこのような心の中の声の描写が続いてゆく。しかし、日本語の翻訳としては「ぼく」となっている言葉も、実はドイツ語の主語としては「彼」となっているのである。また、「ここにいる」「自分の部屋にいない」という言葉は、現在形ではなく過去形で書かれている。つまり、もしドイツ語の原文をその通り日本語にしたとすれば、「なぜ、どうして彼はここにいたのか。どうして彼の部屋にいなかったのだ？」ということになる。にもかかわらず、ここでは引用したように翻訳されているわけだが、それはここで使われている体験話法（自由間接話法）という語りが、物語の語り手の語る言葉であると同時に、登場人物（ここではトーニオ）の心の中の声を表すものでもあるからだ。この自由間接話法のように、語り手の声に登場人物の声が重ね合わされる感覚が日本語にはないために、翻訳するときにはどちらかに軸足を置いた表現にせざるをえない。この翻訳では、登場人物であるトーニオの心の中の声に重心を置いた表現が選択されているということになる。

自由間接話法は、フロベールの『ボヴァリー夫人』（1856）であらたな内面の表現方法として意識的に使われ始め、そののち、とりわけ20世紀前半のジェイムズ・ジョイス、ヴァージニア・ウルフ、アルトゥール・シュニッツラー、フランツ・カフカ、トーマス・マン等の作品でしばしば用いられるようになる。その意味で、自由間接話法はもとよりドイツ固有の内面性の表現ではないし、そしてまた、とりわけ翻訳されたものを読む場合には、完全に翻訳の問題に大きく関わってくる。しかし、それでもこの自由間接話法（ドイツ語では「体験話法」と呼ばれる）に浮かび上がる主観性の表現の問題は、先ほどとりあげたゲーテとリルケの表現の差異に触れるものを含んでいる。

さきに引用したトーニオの心の中の声は、日本語で翻訳されている通りの表現であるとすれば、主語は一人称単数の「ぼく」であり、時制は現在の自分の状況・行為を表すものとして現在形で語ることも可能である。「なぜ、どうして、ぼくはここにいるのか。どうして自分の部屋にいないのだ？」のように、登場人物の心の中の声をそのまま描く内的独白は、話法としては直接話法（自由直接話法）である。それに対して、この箇所では実際には、登場人物の心の中の声を表現しながらも、言葉そのものとしては「なぜ、どうして彼はここにいたのか。どうして彼の部屋にいなかったのだ？」となっている。ここでは登場人物の心の中の声を、語り手の視点から見ているため、主人公のトーニオは「彼」であり、そして時制も語り手が過去形で語っている時間で表現されることになる。「とトーニオは思った」などの導入節を欠いているのだが、あくまでも語り手が登場人物の声を伝えるかたちの間接話法の一種である。

間接話法というのは、第三者（登場人物）の声を、話者（語り手）が文字通り間接的に、語り手の言葉の地平に落とし込んで伝達するので、登場人物の声の再現には必然的に一定の間接性の感覚が生まれる。「なぜ、どうして、ぼくはここにいるのか」のように直截（ちょくせつ）に心の中の声を再現した方が、登場人物の内面をそのまま表しているように見えるだろう。しかし、それでも登場人物の声を語り手の声と重ね合わせて表現する体験話法／自由間接話法には、ヨーロッパの言語でこの語りをそのまま読むとき、自由直接話法による内的独白以上の深く沈み込んだ主観性がそこに生み出されることが多いように思われる。それはなぜなのだろうか。

内的独白は確かに登場人物の内面をストレートに描き出す。しかし、心の内面であれ、直接話法による語りは、対象を直截に客観的に語り手が伝えていることになる。それに対して、体験話法／自由間接話法では、登場人物の内面そのものは語り手の言葉によって間接化されることになるのだが、登場人物の心の内側へと語り手が寄り添ってゆく感覚が、濃密に生み出される。読者が、そこに深く沈み込むような主観性を感じとるとすれば、それは語り手によって伝えられている登場人物の内面だけではなく、むしろそれを語っている語り手、登場人物の内面に深く入り込んでいる語り手の内面を経由している感覚によって生み出されているといえるだろう。

冒頭で言及した「ドイツ的内面性」といわれるものは、ドイツのナショナリズム意識の形成と深く結びついた特定の歴史的プロセスの中で生み出されたものである。ヨーロッパの言語に基本的に共通する自由間接話法の主観性の問題を、単純にそこに結びつけることはできない。「内面性」というかつての「ドイツ的」

特質は、確かにいまでは完全に過去の歴史的事象としてしか語りえない。しかし、19世紀末から20世紀前半にかけて、主観性の表現がヨーロッパの文学においてさまざまなかたちで追い求められていったとき、ドイツではその時点ではまだ、「ドイツ的内面性」という価値と結びついていた。戦後にそのような価値そのものが否定されることになったとしても、かつて「内面性」と結びついていた主観性の感覚そのものは、その後もそれぞれの時点の歴史的な文脈の中で、さまざまなかたちをとりながら深く息づいている。

読書案内

＊ここでは本文で立ち入って取り上げていない自由間接話法による語りがきわめて特徴的で重要な作品をあげている。と同時に、以下の翻訳では、いずれも翻訳者が巻末の解説で自由間接話法について詳しく語っていることがとても興味深い。

・フローベール『ボヴァリー夫人』芳川泰久訳、新潮文庫、2015年
・ジェイムズ・ジョイス『若い芸術家の肖像』大澤正佳訳、岩波文庫、2007年
・ヴァージニア・ウルフ『ダロウェイ夫人』丹治愛訳、集英社文庫、2007年（文庫版あとがき）
・バルガス＝リョサ『ラ・カテドラルでの対話』〈上・下〉、旦敬介訳、岩波文庫、2018年

サバルタン文学

ガルシア=ロルカの群島

スペイン、アイルランド、琉球におけるサバルタンな声の響鳴体

今福龍太

フェデリコ・ガルシア＝ロルカの『ジプシー歌集』*Romancero gitano*（1928）に収められた名篇「月、月のロマンセ」Romance de la luna, luna 。変奏曲として書かれる本稿の冒頭のアリア＝主題である。それを私は原著のスペイン語からつぎのように訳してみた。しかしこの訳詩の背後には、もう一篇の変奏、アイルランドのゲール語詩人マイケル・ハートネットが、スペイン語から彼にとっての異語である「英語」に移しかえた同じ詩に刻まれた異形の対位法的リズムが、静かに響き渡っている。

月が鍛冶屋にやってきた
縞と花柄の服を着て
子供は見つめる　月を見つめる
子供は月をじっと見つめる

ざわめく風のなかで
月はその腕を動かし
固い錫（すず）でできた胸をはだける
みだらに　清らかに

「逃げて　月さん　月　月！
もしジプシーたちがここへやって来たら
あなたの心臓を
白いネックレスや指輪にしてしまうから」

「坊や　踊らせて　踊らせて！
シプシーたちが来るころには
坊やは鉄床（かなとこ）の上に横になって
目をつむっているはず」

「逃げて　月さん　月　月！
もう馬のひづめの音が聞こえる」

「坊や　構わないで　糊のきいた
わたしの白無垢を踏みつけないで」

馬に乗った男がどんどん近づいてくる！
無表情に太鼓を打ち鳴らしながら！
鍛冶屋のなかで　子供は
ふたたび眼を閉じる

オリーヴの畑に沿って
青銅の夢　ジプシーたちがやって来る
顔をたかく上げ
眼を半分閉じて

聴きなさい　夜の鳥が歌う声を！
梢で歌うそのさえずりを！
月は子供の手を取って
空を渡ってゆく

鍛冶屋のなかで
ジプシーは叫び　さめざめと泣く
風が見ている　見ている
すべては風が見守っている

フェデリコ・ガルシア=ロルカ『ジプシー歌集』（1928）初版

〔Federico García Lorca, *Romancero gitano.* Madrid: Revista de Occidente, 1928. 私訳〕

この詩を、アイルランドの詩人マイケル・ハートネットはスペイン語からこう英語に移しかえた。もうひとつのアリア、本稿のアリア・ダカーポを早めに書きつけておこう。

The moon comes into the forge
in her dress of hoop and flower.
The child stares, stares at *her*:
the child is staring at her.
The moon moves her arms
in the agitated air,
exposes breasts of hard tin,
voluptuous and pure.
"Run away, moon, moon, moon!
for if the gypsies arrive
they will make of your heart
necklets and rings of white."
"Child, let me dance, dance!
When the Gypsies arrive
they will find you on the anvil
closing your eyes."
"Run away, moon, moon, moon!
for now I hear their horses"
"Child, leave alone: do not step
on my starched whiteness."
The horseman was coming nearer!
drumming the tambourine plain!
Inside the forge, the child

had closed his eyes again.
A bronze dream, they came
along the olive groves,
their heads held high
their eyes half-closed.

Listen --- the bird of night sings,
sings, sings in the tree. And
the moon moves through the sky
with a child by the hand.

Inside the forge
the Gypsies shout and weep.
The breeze watches, watches.
All is watched by the breeze.
(Translated from Spanish by Michael Hartnett)

〔Federico García Lorca, *Gipsy Ballads.* Translated by Michael Hartnett. Dublin: Goldsmith, 1973〕

ジプシーは月の美しさを奪い去る盗賊である。盗賊であり誘惑者である。ジプシーは、月の淡い輝きと無垢なフープドレスを愛でる秘術を知っているので、彼らは月に近く、つまりは死に近い存在なのである。ロルカの詩において、ジプシーは、人間が究極的には死に魅了されていること、彼らの呪われた運命、抑圧された民の悲哀を示す表象であり、それらは詩的および音楽的霊感が生まれでる重要な源でもあった。

私がロルカの王国を初めて発見したのはいつだったか、よく覚えていない。けれど24歳のとき、私はすでに慎ましい巡礼者として、アンダルシーア、グラナダ北東部ビスナール村の北の外れにある大きな泉〈フエンテ・グランデ〉の前に立っていた。1936年8月、ガルシア=ロルカはファシスト反乱軍の一味によってこの泉の傍らの木の下で銃殺されたのだった。

私にはいかなる幻想もなくそこにいた。いかなる魔法もなく。私には政治的な思想をめぐるいかなる執着もなかった。迫害された自由の殉教者と自分を、感傷的に重ねてみることもなかった。私はただ彼の月、彼のジプシー、彼が歌った聖ヤコブの日の前夜祭で魔法にかかった女、そして彼のアーモンドのネックレスに取り憑かれていた。彼の花火、彼の鏡の幻覚、そして彼の空に刻まれたパリンプセストに魅了されていた。

私は思いだす。1980年春の降誕祭、アリカンテ県アルコイの町で、ムーア人とキリスト教徒が模擬戦闘を行い、迷路のような狭い街路の至る所で空砲が撃ち鳴らされていたことを。人々の儀礼的な銃撃戦の騒音の背後で聞こえていた叫び声を。

「町を奪い返せ（レコンキスタ）！」

「邪悪なドラゴンを倒せ！」

「聖ジョルディ万歳！」

ムーア人を象徴する龍は、ついにキリスト教の聖人サン・ジョルディ（バレンシア語の聖ジョージ）によって退治された。キリスト教徒によるスペイン再征服（レコンキスタ）の栄光と、それに続くムーア人、ユダヤ人、ジプシー、黒人に対する抑圧の歴史を正当化することになった象徴的な叫び声……。騒々しい銃声が、私のなかに響くロルカの繊細な詩句をかき消した。それから私は国境の町ヘレス・デ・ラ・フロンテーラを彷徨（さまよ）い、ロルカの水と影の悲嘆を探した。コウノトリの恍惚を夢見た。私は、その呪われた鳥が私をどこか未知の場所に連れて行ってくれることを願った。そこには彼のジプシーの化身がまだ生きていて、言語は灰色に染まり、それは文字にならないものを語ることができた。ジプシーの住む洞窟のなかの迷宮から私のアリアドネの糸を取り出し、目に見えないサバルタンなことばの織物を織りあげるために。私は、この因習的な世界秩序をひっくり返すことができる、社会の制外者（パリア）たちの神聖なことばを探していた。

フェデリコ・ガルシア=ロルカは、その輝かしくも悲劇的な38年の人生を、つねにジプシーの人々への共感とともに生きた。彼の生まれ故郷グラナダでは、ジプシーは社会の除け者、厄介者、一種の文化的制外者だった。ロルカはジプシーと自分を強く同一視し、彼らの精神的な宇宙のなかに転生したいとさえ思っていた。20世紀初頭、カトリック国家主義的なスペインの政治文化と、本物の「スペイン人らしさ(イスパニダー)」への疑いなき精神主義のもとでは、ロルカは、スペイン文学の正統的位置づけにおいて、あまりに周縁的で脆く、異端的であり、中心から外れた存在だった。そのため、彼の放つ声の文学的な谺(こだま)はつねに、そして必然的に、カトリック・スペインを超え出てゆく遠心的、離散的、群島的なものでありつづけた。

ロルカの詩的な反響と共鳴現象は、彼の死後、世界に拡がっていった。アメリカ黒人による前衛的な文芸復興運動ハーレム・ルネッサンスの巨人ともいうべき詩人ラングストン・ヒューズは、ロルカの悲劇的な死からわずか1年後の1937年7月にスペインへ渡り、フランコ軍に抵抗する人民戦線に参加して、ボルティモアを拠点とするアフリカ系アメリカ人の新聞『アフロ・アメリカン』紙にスペイン内戦の一部始終を現場から伝えた。このとき、ヒューズは偶然ロルカの詩集『ジプシー歌集』を知り、閃きを得て、ただちにそれを英語に翻訳することを決意した。

ヒューズのスペインにたいする当初の関心は、黒人とアラブ人に関する政治的・民族的なねじれ、従属的なモロッコ人の脆弱性、そして当時危機に瀕していたスペイン共和制民主主義をアメリカの黒人運動が支援する可能性といった危急の主題をめぐるものだった。ヒューズはすぐにロルカの詩のなかに、アメリカの下層階級としての自分の人種的苦境を考えるためのヒントやインスピレーションを数多く発見した。彼の『ジプシー歌集』の翻訳は1951年にようやく出版された(Federico García Lorca, *Gypsy Ballads.* Translated by Langston Hughes. *The Beloit Poetry Journal,* Vol.2, No.1, Fall 1951)。これは、ロルカの詩をアメリカの社会・文化的文脈に持ち込もうとする、もっとも政治的かつ人種的に自覚的な試みのひとつであり、その本のインパクトは1950年代から1960年代にかけての革命的で反覇権的な公民権運動の底流において生きつづけた。

ロルカの『ジプシー歌集』の別の興味深い谺は、1970年代初頭のアイルランドにおいて静かに響き渡った。アイルランドは民族的および言語的に抑圧されたもうひとつの島であり、バラッドやリメリックなどの豊かなゲール語の口承詩の伝統を長く維持してきた土地だった。

マイケル・ハートネット訳『ジプシー歌集』（1973）初版

この中世からつづく叙事的な吟遊詩人（バラディーア）の伝統を20世紀においてもっとも意識的に継承したのが、アイルランド西部リムリック県クルームというゲール語地帯の周縁で生まれたマイケル・ハートネットだった。詩への渇望が疼く若い時代、ハートネットはガルシア＝ロルカの韻律の繊細さに魅了された。民の声から湧きだす古い口承伝統の優雅さにたいするロルカの無条件の信頼に。ジプシーの悲喜劇的な生にたいするロルカの深い感情的帰依に。

ハートネットは直観する。彼の生まれたゲール語世界とジプシー世界とのあいだには驚くべき類似点がある、と。どちらも完全なる下層階級（サバルタン）に属し、ことばは土俗的・秘儀的な過去につながり、叙事詩的な記憶に富み、いまや混合的な言語状況のなかでかろうじて生きのびていること。そしてやがてどちらも衰退してゆき、ついには消え去るだろうということ。

ハートネットはロルカの『ジプシー歌集』を熱心に読み、研究し、それを翻訳者自身の政治文化的立場（ポジショナリティ）とそこから生まれる信念に基づいた、特異な固有ヴァージョンとして英語に翻訳した。1973年のことだった。それは「翻訳」という以上に、自己の裡なる言語的宿業を祓う霊的な儀式のようなものに近かった。ハートネットは、生まれながらのジプシーが体内に宿す魔術的な霊感源である〈ドゥエンデ〉のスピリットに、このときほとんど取り憑かれていた。

> “Run away, moon, moon, moon!
> for if the gypsies arrive
> they will make of your heart
> necklets and rings of white.”

月の美しさを奪い返そうと裸馬に乗って疾駆するジプシーたちの影の背後に、

ハートネットは古いゲール語口承詩人たちの貧しくも荒々しい相貌を幻視した。ロルカのジプシー世界を独自に解釈するなかで、ハートネットは必然的に、彼が母胎言語から離れて公的に習得した「英語」という形式的な言語の詩的表現力の深度がゼロになる地点に導かれた。英語は蕩尽されたのである。こうして彼はついに覇権的で帝国主義的な英語を捨て、諧謔的で素朴な口承的ゲール語文学の祖先たちにむけて、言語的な償いをする道を選んだ。それまで英語で鮮烈で技巧的な詩を書いてきたハートネットは、1975年以降、ゲール語だけで詩を書くことを宣言する。彼は自らの遠い記憶に封印された、民の粗野な「舌」を求めて、あえて「乏しい声」meagre voice の領域に赴くのだと宣言した。そこには、彼のロルカへの若き憧憬の時代をすら振り切ろうとする、決死の覚悟があった。この強い信念が彼を、英語で書かれた最後の決定的な詩集『英語への別れ』*Farewell to English*（1975）へと導いた。静かで控えめな宣言。しかし極端でほとんど致命的でもある決断。それは過去へのノスタルジックな回帰ではなく、サバルタンな民族と少数言語の置かれた現在の危機的状況への戦闘的な介入だった。ロルカへの決別によって、ロルカへとより本質的な場所で邂逅(かいこう)すること。ハートネットは表題作「英語への別れ」のなかでこう書いている。

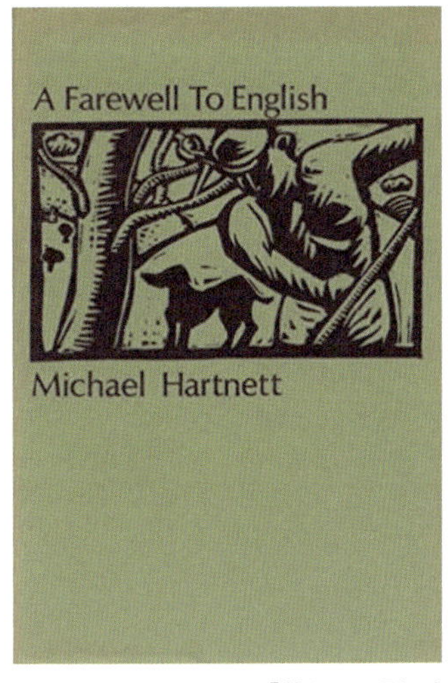

マイケル・ハートネット『英語への別れ』（1975）初版

私は英語の詩に別れを告げる
英語の網にからめとられた人々に
浴びせられる銃弾の美を愛そうと
腕を広げるわがロルカに、
スターリンよりも生き延び
有象無象のために死んだパステルナークに
私が愛したすべての詩人に

ワイアットからロバート・ブラウニング
にぎやかな墓地に眠るホプキンス神父
そして出来の悪い詩でみたされた群島に
私たちを追放した
恐ろしい化け物イェイツ氏に

この世の生を共にする仲間のなかに
私が愛さない詩人などいない
ある者はたしかに
心の中で苦々しく歌うにしても
彼らはひとつの芸術であり、私たちの数々の芸術である
前に進む詩人は
いかなる講和も協定も結ばない
詩という行為は
叛乱の行為なのだ

〔Michael Hartnett, *A Farewell To English.* Dublin: Gallery Books, 1978. 私訳〕

このような叛乱こそ、ジプシーのものでもあった。崇高な詩人たちの言語行為を振り切り、無学なジプシーたちの声に宿るドゥエンデに近づくこと。17世紀のゲール語詩人オ・ブルーダーの韻律が谺させる無名の民のしわがれ声に還ること。そのためには、彼は自らの言語的学びの歴史そのものからきっぱりと決別する必要があった。「貧しい」ことばにふたたび還り、その貧しさそのものに拠ることで、力ある言語の隠された政治性を暴き出すことができると彼は信じた。その試みは、『アナグマの角』*Adharca Broic* にはじまる彼の後期のゲール語詩集において、逡巡と歓喜とともに晩年までつづけられた。極小言語のなかで息を潜めるジプシーたちの囁き声が、そこには響いていた。

東アジアの群島世界に移り、ロルカのもうひとつの興味深い谺に耳を澄ませてみよう。琉球の島々の霊的な開祖アマミチュの座す珊瑚岩の陰に、一人の謙虚な

詩人が座し、遠くの水平線を眩しそうに眺めている。川満信一（かわみつしんいち）。1932年、宮古島の貧しい辺鄙の地、久松で私生児として生まれ、生まれジマの方言（「島口（スマフツ）」）である生き生きとした具体言語の世界で育ち、母や祖母が歌う古い神歌（ニーリ）や子守唄に浸った幼少期。それが彼自身の精神的なカンテ・ホンドとなり、ジプシーの魂の叫びに匹敵する感情の源泉となった。シマに響く聖なる旋律は、彼の故郷の島では「綾語（アヤグ）」と呼ばれ、それは琉球諸島でももっとも古い詩的な詠唱と踊りの様式のひとつだった。

だが彼もまた、ひとつの言語的離別を運命づけられていた。18歳で島を離れ、故郷の聖地と土着の言語的母胎（「ミクロ言語」の深淵）から追放された詩人であると自認する川満。2024年6月の死まで、70年余を那覇を拠点に暮らした川満は、宮古ことばと沖縄ことば、そして観念的な日本語が混淆する、独特のピジン語で詩を書いてきた。その声は、川満がいう「ミクロ言語の境界を洗われ、風化した言語」による独特の声だ。故郷の村（シマ）から島の中心の町、そして海を越えて那覇という大都市まで転々と流れ、近代的で文明的な主体になるために、彼は不本意にも数多くのミクロ言語の境界を越えなければならなかった。

「隔絶した異界への導き」（『かぞえてはいけない』所収）という作品で、川満は脳裡に残る痕跡から呼び出された宮古方言で詠唱し、母語の打ち重なる記憶の層に不可能な帰還を試みつつ、ミクロ言語の境界を越えていった彼自身の錯綜した別離の旅がけっして還りえない楽園を夢見た。

島口（スマフツ）の舌の扉を開くと
そこから先は異界だ
パピプペポの、軽快なリズムにのって
パナリのパナスがはじまる
（……）
ハイタンディートートゥ（ああ、何と尊い）
スマヌニーヤグミ（島の根畏れ多い）
ズヌニーヤグミ（大地の根畏れ多い）

川満信一『かぞえてはいけない』（2013）

ヤビシヌニーヤグミ（八重干瀬の根畏れ多い）
インムヌニーヤグミ（海の根畏れ多い）
(……)
そこから先は立ち入り不可
海の根を畏れるものだけが
奥の細道へ通れます

〔川満信一「隔絶した異界への導き」『かぞえてはいけない』
Fujisawa: Gato Azul, 2013〕

彼の内奥にあることばの冥界の入り口には「立ち入り不可」と書かれている。海の根に畏敬の念を抱きつつも、その先にあるはずの失われた深部へと続く狭い道を進むことは、彼にももうできない。海の根に至るか細い道の入り口が、彼の体内のどこかにいまだ隠されているはずだと祈りながらも……。2005年、73歳で『ジプシー歌集』を再読した川満は、若い頃にロルカの革命的で反ファシズム的な自由の探求に傾倒していたことを思い出しながら、自分の実存的起源、つまり自分が生まれた完全なる劣等性（サバルタン）の状態を思い出した。この『ジプシー歌集』の再読がひきがねとなって、彼は「ロルカよ！おまえ」という長い詩を書いた（『かぞえてはいけない』所収）。それはまさに、彼が愛したアンダルシーアの詩人への親密な呼びかけであり、そこにはロルカが呼び起こした追放され抑圧された存在、つまりジプシーの民にたいする川満の深い共鳴が込められていた。

ロルカよ！おまえ

北嶺の冬の氷と
人々の閉ざされた心のひだをくぐり抜けて
オリーヴ香るグラナダの丘に
やっと辿り着いたおまえの母に
足跡を訪ねてはいけないよ
ロルカ

おまえはジプシーの子
草原の風が孕ませた
星の飛礫の蒼い痣だ
でも母を恨んではいけない
ジプシーのあかさ（私生児）よ

〔川満信一「ロルカよ！おまえ」『かぞえてはいけない』以下につづく引用も同じ〕

ここで、川満はロルカの出生の秘密を比喩的に創造＝捏造している。ロルカにたいする彼の深い共感は、彼自身の私生児としての出生の秘密をロルカのサバルタンへの眼差しに重ねることで強調される。彼は宮古方言の俗語「あかさ」、つまり「私生児」という表現を使って、詩的な表現の水位を一気に高め、象徴的な「私生児」であるかもしれない人間存在の現実的かつ神話的な聖痕とそれゆえの可能性を呼び起こす。現実の公的生活では、川満は自らの出生の秘密を隠しつづけなければならなかった。国民国家と戦争の遂行をつねに代表（リプリゼント）＝表象する父親は、けっして彼を認知しないであろう。だが、母はすべてを知っていた。

ロルカ
神の懐深く、仏の胸深く
清涼の風となって吹く詩の魂よ
ヒヤシンス咲く季節にも
おまえは永遠に出自を偽り続けるがよい

緑の女ジプシーは知っていた
愛するおまえの、血の香りの秘密を
だがおまえは愚かな砂漠の戦争へ行った
帰らない面影を待ちわびる緑の女

恋い焦がれた女は
戦場の死線をさまようおまえと共に

夏の入道雲の不安に慄(おのの)いて
とうとう緑の手すりから身を投げた

おまえの詩の描き出す予言は緑の女のかなしい破滅
スペインの空につむじ風は狂い
時の権力は怯えて突然おまえを処刑した

川満はスペイン内戦の結末を、自らの島の現実の政治的苦境へと翻訳している。戦争が彼の島を襲った。彼自身の同胞のあいだでさえ容赦ない裏切りと殺戮があった。ロルカは、戦後社会の漠然とした霧のなかに半ば失われて見えなくなっていた琉球の極小の島々と詩人のことばに、いったい何が起こったのかを理解する新しい材料を与えた。

(……とはいえ絶えることのない幾多の不当な処刑にぼくは命かけて憤れるか
あのスペイン戦線に向かったアラゴンたちのようにもぼくは
……老いたる義勇兵になれるのか)
(……)
ああ、時を隔て、海を隔てた宿命の幻影
ジプシーのあかさロルカよ
緑の水の底、緑の女よ
ぼくもまた何かを失った未決のロルカさ

自分が本当に何を失ったのか永遠にわからない迷子の子供。たしかにロルカは武器を取らず、自由のためにスペイン内戦で戦うこともしなかった。彼は、権力に反抗する者の運命を身をもって告げる警告として、ナショナリスト民兵によって暗殺された。ロルカがしたことは、ジプシーや黒人にたいする実存的な共感を詩の形で表現したにすぎない。しかし権力はまさにこの、純血を疑う混淆的な世界観に大いなる危険（＝可能性）が存在することを怖れていた。
川満は、琉球の歴史における一連の破滅的な事実もまた、あらゆる混成主体、つまりあらゆる文化的雑種（バスタード）に敵対する、同質的な権力構造から生じたものであることをよく知っていた。アンダルシーアにおいても、アイルランドにおいても、琉球においても、「ロルカの群島」はこの混淆的で共生的な世界観を偏狭さという高慢な高潮から守るための、鬱蒼たるアダン樹が歌う歌でできた有機的な防波堤である。

最後に、友人であり先達である川満信一に捧げる私自身の小さな「ロルカ変奏曲」を、コーダとして付け加えよう。島の根の入り口をこじ開けて、ついにニライへと旅だった彼に呼びかけるようにして。

川満さん、この詩的な断片は、2009年11月28日、沖縄の北部ヤンバルへの狭い道の先の先にある小さな集落、奥（おく）をあなたと一緒に訪れたときに、私の前に現れました。そのとき、あなたの詩「ブルー　ブルース」のこんな一節が私の頭を離れませんでした。

酔えぬこころは
雨の夜の墓標
私は背中をえぐって深まる
深夜の線路に
熱い頬をおいて
……では皆さんお先に…と目を閉じる
風は湿ったまま
幕の引き手もいない
滑稽な舞台だ

〔川満信一「ブルー　ブルース」『かぞえてはいけない』〕

川満さんの憂鬱（ブルー）の深さに卒然と気づいた私は、歴史と個人史のあいだに口を開ける深淵に足をとられそうになりました。と、その瞬間、私は村外れの海辺に鬱蒼と生い茂る糸芭蕉の木々が、アンダルシーアの果てしないオリーブ畑に一斉に変容する幻想を抱いたのです。そのとき私がとらえた風の声の断片は

「ブルーエスト・ブルース（もっとも青い）」と自ら名のりました。少なくとも私にはそう聞こえたのです。
　川満さん、ニライの島の薄紫の空の下で、こんな、ロルカとあなたの声が複雑に絡み合った反響する神歌（ニーリ）を、聞くともなく聞いてください。あなたの92年の命への反歌として。遠からずそちらで、酒精とともに、いつものように一緒に戯れ歌を掛け合いましょう。

Bluest Blues

円いオリーブの木の畝
波うつ赤い光の斜面
アンダルシーア！
大地のひだに露出した岩のはざま
洞窟の家から漏れるしわがれ声
　ゆらゆらとゆれ
　ギシギシときしみ
　ドクドクと低い鼓動を打ち
一節の叫び
止まる息
青い　もっとも青いブルースがはじまる

ジプシーよ　ヒターノよ
おまえたちの朝が夜へと雪崩込む
踊る両足は死者たちの骨を踏む
打ち鳴らす両のたなごころから
ドゥエンデが　精霊が　立ち上がる

「幻の風車に挑みかかるな！」
「蜃気楼の龍の首を取って何になる！」
「闇の奥の　奥の　そのまた奥に触れる指先を隠し持っておけ！」

silencio　silencio　silencio

青い　もっとも青いブルースが
静まってゆく
青い　もっとも青い海が
赤土の丘を満たしてゆく

〔今福龍太「Bluest Blues ブルーエスト・ブルース」『KANA』第19号, 2011年〕

読書案内

- Federico García Lorca, *Romancero gitano.* Madrid: Revista de Occidente, 1928
- Federico García Lorca, *Gipsy Ballads.* Translated by Michael Hartnett. Dublin: Goldsmith, 1973
- Federico García Lorca, *Gypsy Ballads.* Translated by Langston Hughes. *The Beloit Poetry Journal,* Vol.2, No.1, Fall 1951
- Michael Hartnett, *A Farewell To English.* Dublin: Gallery Books, 1978
- 川満信一「隔絶した異界への導き」『かぞえてはいけない』Fujisawa: Gato Azul, 2013年
- 川満信一「ロルカよ！おまえ」同前
- 川満信一「ブルー　ブルース」同前
- 今福龍太「Bluest Blues ブルーエスト・ブルース」『KANA』第19号, 2011年

あとがき

なぜ「地球の文学」なのか——「まえがき」でふれた問いに再び立ち返ることにしたい。

本書は、伝統的な意味での「世界文学」、つまり、世界のさまざまな国の「傑作」や「規範的」文学テクストをとりあげたガイドブック的なものではもちろんない。それとともに、21世紀の「世界文学」をめぐる議論とある程度関わるにしても、それらの議論を引き継ごうとしているわけでも、「世界文学」に対抗してあらたな別の概念を打ち立てようと目論んでいるわけでもない。しかし、本書の執筆者たちはみな、21世紀の「世界文学」の議論をたどってきた者として、多かれ少なかれ、いわば「ダムロッシュ以後」の人間である。執筆者はこれらの議論を踏まえつつ、批判的に対峙する視点を意識して書いていることもあれば、むしろもっと自由に、さまざまな地域や言語圏に固有の伝統・歴史・現在と関わりながら、それぞれの土地で鳴り響く文学に向かい合うということもあるだろう。

例えばダムロッシュは、『世界文学とは何か？』の中で、「流通」「翻訳」「生産」という三つの軸から世界文学としての「読みのモード」のあり方を提示しようとしている。多様な言語圏、きわめて広い歴史的な広がりの中で、多彩な文学テクストをきわめて具体的なコンテクストのうちにとらえるその手つきは、なかなか魅力的なものだ。これほどの多彩なテクストをこのように読むことができるのだというその読み方こそが、自らの主張する「世界文学」に対する「読みのモード」なのだと、ダムロッシュは身をもって示している。

しかし、そこで「世界文学」を語るために、そして「世界文学」として読者のうちに「流通」するために、きわめて重要な前提となるはずの「翻訳」とは、どの言語への翻訳なのか。原理的にはなかば抽象的な概念のように示される「翻訳」ではあるけれど、実際には「世界文学」が国際的なレベルで論じられるとき、圧倒的に「共通言語」としての「英語」に翻訳されることがほぼ暗黙のうちに想定され、また、「世界文学」をめぐる議論そのものが、基本的に「英語」をベースにして展開されている。たしかにそれは、実際的に何かを進めようとするための一つの有効な実践的手段である。しかし、「世界」のさまざまな地域・言語の文学の多様なあり方に触れるはずなのに、結局のところ、「英語」という支配力をもった共通のベースに一元化されてしまうとすれば、なにか割り切れないものを感じてしまう。

多くの読者に読んでいただくためには、もちろんどうしてもどこかの段階でなんらかの「翻訳」が必要になる。本書でも、ある文学テクストを引用するときには、執筆者自らによる、あるいは他の翻訳者による「翻訳」を用いて、みな「日本語」というある共通の土台の上で語っている。その点では、どのような意味合いのものにせよ、「世界文学」がやってきたことと基本的にかわりはないのかもしれない。さまざまな言語の文学テクストを集めた「世界文学」の書物があるとすれば、その書物の背後には、それぞれの言語に関わるそれだけの数の翻訳者がいる。

本書はもちろんそのような作品集ではないが、そういった単純な理由だけではなく、いわゆる「世界文学」に関わるような書物とは根本的に異なる性格が、本書を特徴づけているのではないかと思う。それは、一言でいえば、広い意味での地域研究に関わる専門家の仕事が姿を表す場になっているということである。その意味でも、本書はまさに『地球の音楽』や、さらにその前に出版されていた『世界を食べよう！』（沼野恭子編、東京外国語大学出版会、2015年）の続編である。さまざまな言語・地域を対象とする研究者たちが、それぞれの文化・社会・政治・歴史のうちに織り込まれた「食」や「音楽」の姿を浮かび上がらせてきたように、本書では広い意味で地域研究に関わる専門家たちによって、広い視野の中でとらえられた「文学」が描き出される。

とはいえ、これまでに出版された『世界を食べよう！』や『地球の音楽』とはまったく異なる点がある。本書の執筆者は、基本的に文学研究者（あるいは文学にとりわけ造詣が深い研究者）であるということだ。先に出版された2冊の執筆者（本書の執筆者と重なっていることも多い）は、ごく一部の例外を除いて、食や音楽の専門家というわけではない。しかし、対象地域に関わる豊富な知識と経験から、それぞれの文化の中での食・音楽の姿を生き生きと浮かび上がらせていた。「文学」についても、基本的なスタンスは同じである。ただし、文学は執筆者にとってまさに専門領域であり、これまで刊行されてきた2冊の続編でありながらも、執筆者たちはおそらく特別な思いを込めていたのではないだろうか。

「世界文学」として思い描かれているものとの違いにもう一度話を戻すと、この『地球の文学』では、翻訳される以前のそれぞれ異なる言語の中で、文学テクストがどのような姿をとり、どのように自らの文化・社会の中で生きているのかが描き出されているといえるだろう。もちろん、翻訳された言葉の中であらたに生まれ出たものに眼を向けたり、その変転のプロセスそのものに焦点を当てたりすることもあるが、その場合もやはり、地域研究者であるとともに文学研究者である執筆者がつねに視野に入れているのは、なによりももとの言語で書かれた文学のありのままの姿である。結果的に、全体として本書はそのような多様性がそのまま姿を表す場となっているのではないかと思う。それは、まさに東京外国語大学が日々行っている営みそのものでもある。

少し細かいことをあげると、各エッセイの冒頭に、主に関わる言語や地域が「○○文学」あるいは「○○語文学」などの表記で掲げられているが、その表記の仕方も統一されたものになっていない。例えば、「日本文学」と「日本語文学」、「ドイツ文学」と「ドイツ語文学」は、それぞれの言葉によって想定される異なる歴史の文脈が存在する。これらの表記は、どの地域や言語に関わるエッセイであるかを示すために、それぞれの執筆者に選んでいただいたものだが、このようなところにも多様性はそのまま残されている。

実は、本書の企画を考え、執筆者となっていただく方々にお声がけをしたときには、21世紀以降の世界文学をめぐる議論と関わり対峙してゆくというイメージが、編者にはまだそれなりにあった。しかし、東京外国語大学の現在あるいは過去の同僚、また東京外国語大学で学び育った人たち、関わりの深い人たちに、それぞれの地域での文学について（全体のコンセプトを示しながらも）自由に書いていただくと、結果的に、それぞれの言語圏・文化圏に根差した、まさに地域研究者の手になるエッセイ集と呼べるものができあがった、ということになるだろう。先にも述べたように、いずれにせよわれわれ執筆者は「ダムロッシュ以後」の時代にいるので、それぞれに世界文学の議論となんらかの関わりをもっている。しかし、それにもましてこのエッセイ集は、地域研究の専門家集団である東京外国語大学の個性が明確に表れた書物になったのではないかと、強く感じている。そこでは、文学のテクストがもともと置かれた場でそれぞれどのような生を営んでいるか、それがこの小さな書物の中で息づいている。本書に収録された26篇のエッセイは、「地球の文学」を名乗るには、とりあげている言語や地域も限られ、どうしても偏りは生じているのだが、それでも互いに交錯し合いながら、全体として「地球の文学」が鳴り響いていると読者のみなさまに感じとっていただけるとすれば、編者としてはこれ以上にうれしいことはない。

本書の執筆をご担当いただいた方々の多くは、すでにふれたように東京外国語大学の現在あるいはかつての心強い同僚たち、そしてここで学び育った優秀な研究者たちである。くぼたのぞみさんには、これまでにもいくどか東京外国語大学のイベントや著作物でお世話になっていたご縁で執筆をお願いすることになった。執筆者の方々に、この場をお借りして、執筆のご協力とご理解に心からの感謝を申し上げたい。

最後に、この本の編集作業を進めていただいた大内宏信さん、および東京外国語大学出版会のみなさまに心からお礼の言葉をお伝えしたい。本書が、先行する『世界を食べよう！』そして『地球の音楽』とともに、東京外国語大学出版会の企画として重要な刊行物となることができればと願っている。

2025年1月

山口裕之

執筆者紹介（編者以下、掲載順）

〈編者・執筆者〉

山口裕之 ● やまぐち ひろゆき

東京外国語大学教授。専門はドイツ文学・思想、表象文化論、メディア理論、翻訳理論。著書に『現代メディア哲学』（講談社、2022年）、『映画を見る歴史の天使』（岩波書店、2020年）他、翻訳にクライスト『ミヒャエル・コールハースチリの地震 他一篇』（岩波文庫、2024年）、イルマ・ラクーザ『ラングザマー――世界文学でたどる旅』（共和国、2016年）他、編著書に『多和田葉子／ハイナー・ミュラー――演劇表象の現場』（東京外国語大学出版会、2020年）、『地球の音楽』（同、2022年）他がある。

〈執筆者〉

荒原邦博 ● あらはら くにひろ

東京外国語大学教授。専門は近現代フランス文学、美術批評研究。著書に『プルースト、美術批評と横断線』（左右社、2013年）、共著に『ジュール・ヴェルヌとフィクションの冒険者たち』（水声社、2021年）、『アンドレ・マルローと現代』（上智大学出版、2021年）、『プルーストと芸術』（水声社、2022年）他、翻訳にヴェルヌ『蒸気で動く家』（インスクリプト、2017年）、『ハテラス船長の航海と冒険』（同、2021年）、ミシェル・ビュトール『レペルトワールI・II・III・IV』（共訳、幻戯書房、2020年・2021年・2023年・2024年）、マリー・ダリュセック『ここにあることの輝き』（東京外国語大学出版会、2023年）他がある。

阿部賢一 ● あべ けんいち

東京大学准教授。専門は中東欧文学、比較文学。著書に『複数形のプラハ』（人文書院、2012年）、『カレル・タイゲ』（水声社、2017年）、『翻訳とパラテクスト』（人文書院、2024年）他、訳書にオウジェドニーク『エウロペアナ――二〇世紀史概説』（共訳、白水社、2014年、第1回日本翻訳大賞受賞）、チャペック『白い病』（岩波文庫、2020年）、アイヴァス『もうひとつの街』（河出文庫、2024年）他。

久野量一 ● くの りょういち

東京外国語大学教授。専門はラテンアメリカ文学。著書に『島の「重さ」をめぐって――キューバの文学を読む』（松籟社、2018年）、共編著に『ラテンアメリカ文学を旅する58章』（松本健一と共編、明石書店、2024年）、訳書にロベルト・ボラーニョ『鼻持ちならないガウチョ』（白水社、2014年）、カルラ・スアレス『ハバナ零年』（共和国、2019年）、エドゥアルド・ガレアーノ『日々の子どもたち』（岩波書店、2019年）、フアン・ガブリエル・バスケス『歌、燃えあがる炎のために』（水声社、2024年）などがある。

武田千香 ● たけだ ちか

東京外国語大学大学院教授。博士(学術)。専門はブラジル文学・文化。著書に『千鳥足の弁証法——マシャード文学から読み解くブラジル世界』(東京外国語大学出版会、2013年)、『ブラジル人の処世術——ジェイチーニョの秘密』(平凡社新書、2014年)など。翻訳にジョルジ・アマード『果てなき大地』(新潮社、1996年)、マシャード・ジ・アシス『ブラス・クーバスの死後の回想』(光文社古典新訳、2012年)、『ドン・カズムッホ』(同、2014年)、シコ・ブアルキ『ブダペスト』(白水社、2006年)、ミウトン・ハトゥン『エルドラードの孤児』(水声社、2017年)、オスカール・ナカザト『ニホンジン』(同、2022年)など。共編書に『現代ポルトガル語辞典』(白水社、2014年)などがある。

邵丹 ● しょう たん

東京外国語大学講師。専門は世界文学論、女性文学、翻訳研究。著書に *Routledge Handbook of East Asian Translation* (Routledge, 2025年)、『翻訳を産む文学、文学を産む翻訳——藤本和子、村上春樹、SF小説家と複数の訳者たち』(松柏社、2022年)他、論文に Literary Translation as Re-creation in Postwar Japan: Feminist Agency and Intertextuality in Representative Works by Contemporary North American Black Women Writers, 1981-1982他。

くぼたのぞみ

翻訳家・詩人。1950年北海道生まれ。1968年4月フランス語科入学。69年4月の理不尽な学内への警察導入に抗議し、機動隊に守られた6月の進級試験を受けず留年、就職活動でさらに1年在学して74年卒業。子育てをしながら詩を書き翻訳を始める。J・M・クッツェー、サンドラ・シスネロス、チママンダ・ンゴズィ・アディーチェなどを翻訳紹介。詩集『記憶のゆきを踏んで』(インスクリプト、2014年)ほか訳書多数、著書『J・M・クッツェーと真実』(白水社、2021年)で第73回読売文学賞(研究・翻訳賞)を受賞。

関口時正 ● せきぐち ときまさ

東京外国語大学名誉教授。1992年4月〜2013年3月、同大でポーランド文化を教える。著書に『白水社 ポーランド語辞典』(共著)、『ポーランドと他者』(みすず書房、2014年)、*Eseje nie całkiem polskie* (Universitas、2016年)他、訳書にコハノフスキ『挽歌』(未知谷、2013年)、ミツキェーヴィチ『バラードとロマンス』(同、2014年)、共訳書に『ショパン全書簡 ポーランド時代』(岩波書店、2012年)、『ショパン全書簡 パリ時代(上)(下)』(同、2019年・2020年)他、編訳書に『ヘルベルト詩集』(未知谷、2024年)がある。

加藤雄二 ● かとう ゆうじ
東京外国語大学教授。専門はアメリカ文化、批評理論、比較文化論、音楽論。共著書としてGiorgio Mariani, Gordon Poole, John Bryant 編 *Facing Melville, Facing Italy: Democracy, Politics, Translation*（University of Rome, Sapienza, 2014）、Dean Conrad, Sayuri Hirano 編 *Gender Fluidity in Japanese Arts and Culture*（McFarland, 2024）など。共編書に柴田勝二、加藤雄二編『世界文学としての村上春樹』（東京外国語大学出版会、2015年）がある。ジャンルと国境を超え、国内外で活動している。

柳原孝敦 ● やなぎはら たかあつ
東京大学教授。専門はスペイン語圏の文学・文化研究、現代文芸論。著書に『ラテンアメリカ主義のレトリック』（エディマン、2007年）、『テクストとしての都市 メキシコDF』（東京外国語大学出版会、2019）など。翻訳書にアレホ・カルペンティエール『この世の王国』（岩波文庫、2025年予定）、ロベルト・ボラーニョ『第三帝国』（白水社、2016）、フアン・ガブリエル・バスケス『物が落ちる音』（松籟社、2016年）、セサル・アイラ『文学会議』（新潮社、2015年）などがある。

コースィット・ティップティエンポン
● โฆษิต ทิพย์เทียมพงษ์
東京外国語大学准教授。専門はタイ文化・文学。著書に『A Study of the Thai Political Novel: Temporal Trends and Discourse』（早稲田大学出版部、2012年）、『地球の音楽』（東京外国語大学出版会、2022年）、『オールカラー 超入門! 書いて覚えるタイ語ドリル』（ナツメ社、2023年）、『世界28言語図鑑―多言語を学ぶためのガイドブック』（大修館書店、2024年）、翻訳に江戸川乱歩『อสูรผมขาว（白髪鬼）』（JClass、2021年）などがある。

前田和泉 ● まえだ いずみ
東京外国語大学教授。専門はロシア文学・文化。著書に『マリーナ・ツヴェターエワ』（未知谷、2006年）、共著に『ロシア・東欧の抵抗精神――抑圧・弾圧の中での言葉と文化』（成文社、2023年）、翻訳にクルコフ『大統領の最後の恋』（新潮社、2006年）、ウリツカヤ『通訳ダニエル・シュタイン』（同、2009年）、『緑の天幕』（同、2021年）、『アルセーニイ・タルコフスキー詩集――白い、白い日』（ECRIT、2011年）、アンドレイ・タルコフスキー『ホフマニアーナ』（同、2015年）、レールモントフ『デーモン』（同、2020年）などがある。

丹羽京子 ● にわ きょうこ
東京外国語大学元教授。専門はベンガル文学、比較文学。訳書にカジ・ノズルル・イスラム『ノズルル詩集』（花神社、1995年）、モハッシェタ・デビ『ドラウパディー』（共訳、現代企画室、2003年）、ショイヨド・ワリウッラー『赤いシャールー』(大同生命国際文化基金、2004年)、『バングラデシュ詩選集』(同、2007年)、ラビーンドラナート・タゴール『新・完訳・日本旅行者』(本郷書森、2016年)、『地獄で温かい』(大同生命国際文化基金、2019年)、著書に『タゴール』(清水書院、2011年)などがある。

水野善文 ● みずの よしふみ
東京外国語大学名誉教授、公益財団法人東洋文庫研究員。専門はインド古典文献学(サンスクリット文学・中世ヒンディー文学)。共編著書に『言語別南アジア文学ガイドブック』(東京外国語大学南アジア研究センター、2021年)、共訳書に『バシャムのインド百科』(山喜房仏書林、2004年)、主な論文に「古代・中世インド文芸世界のなかにみる聖典——羽衣伝説モチーフと『阿弥陀経』を例として」(『印度学仏教学研究』71-1、2022年)、「初髭剃り式と三途の川の渡し賃——godāna をめぐって」(『東京外国語大学論集』100、2020年)などがある。

佐々木あや乃 ● ささき あやの
東京外国語大学教授。イランのテヘラン大学よりペルシア語・ペルシア文学の博士号(PhD)取得。専門はペルシア古典文学。共著に『地球の音楽』(東京外国語大学出版会、2022年)、*Indian and Persian Prosody and Recitation* (Saujanya Publication, 2012年)、『バッカナリア 酒と文学の饗宴』(成文社、2012年)他、訳書にF.アッタール『神の書—イスラーム神秘主義と自分探しの旅』(平凡社、2019年)がある。

岡田知子 ● おかだ ともこ
東京外国語大学教授。専門はカンボジア文学・文化。編著書に『カンボジアを知るための60章』(明石書店、2023年)、翻訳に『現代カンボジア短編集2』(大同生命国際文化基金、2023年)、『萎れた花・心の花輪』(同、2015年)、『地獄の一三六六日—ポル・ポト政権下での真実』(同、2007年)、『追憶のカンボジア』(東京外国語大学出版会、2014年)、『カンボジア 花のゆくえ』(段々社、2003年)他。

古宮路子 ● こみや みちこ
東京外国語大学講師。専門はロシア文学、批評理論。単著に『オレーシャ『羨望』草稿研究——人物造形の軌跡』(成文社、2021年)、*«Эманация изящества»: история создания романа Ю.К. Олеши «Зависть»* (Белгород: Логос, 2023)、共著に Shin'ichi Murata and Stefano Aloe, eds., *The Reception of East Slavic Literatures in the West and the East* (Firenze: Firenze University Press, 2023)他、翻訳にユーリー・オレーシャ「三人のふとっちょ」『小学館世界J文学館』(小学館、2022年)他がある。

八木 久美子 ● やぎ くみこ
名古屋外国語大学教授、東京外国語大学名誉教授。専門は宗教学、アラブ世界を中心にした近現代のイスラム研究。主な著書に『神の嘉する結婚――イスラムの規範と現代社会』（東京外国語大学出版会、2020年）、『慈悲深き神の食卓――イスラムを「食」からみる』（同、2015年）、『グローバル化とイスラム――エジプトの「俗人」説教師たち』（世界思想社、2011年）などがある。

橋本雄一 ● はしもと ゆういち
東京外国語大学准教授。専門は中国近現代文学、植民地社会事情・思想。共編著に『地球の音楽』（東京外国語大学出版会、2022年）、『大連・旅順 歴史ガイドマップ』（大修館書店、2019年）、『「満洲」に渡った朝鮮人たち――写真でたどる記憶と痕跡』（世織書房、2019年）、共著に『ようこそ中華世界へ』（昭和堂、2022年）、『ブラック・ライヴズ・マターから学ぶ――アメリカからグローバル世界へ』（東京外国語大学出版会、2022年）、『越境する視線――とらえ直すアジア・太平洋』（せらび書房、1996年）他がある。

吉良佳奈江 ● きら かなえ
翻訳家・語学講師。日本語学科を卒業し日本語教師をしたのちに東京外国語大学に戻り朝鮮語と韓国・朝鮮文学を学ぶ。主な訳書にチョン・ソンテ『二度の自画像』（東京外国語大学出版会、2021年）、ソン・アラム『大邱の夜、ソウルの夜』（ころから、2022年）、チャン・ガンミョン『鳥は飛ぶのが楽しいか』（堀之内出版、2022年）、スリーク、イ・ラン往復書簡『カッコの多い手紙』（書肆侃侃房、2023年）などがある。

星泉 ● ほし いずみ
東京外国語大学教授。専門はチベット語、チベット文学、牧畜文化論。著書に『古典チベット語文法』（アジア・アフリカ言語文化研究所、2017年）他、編著書に『チベット牧畜文化辞典』（同、2020年）他、翻訳にラシャムジャ『路上の陽光』（書肆侃侃房、2022年）、ツェリン・ヤンキー『花と夢』（春秋社、2024年）他、共編訳にタクブンジャ『ハバ犬を育てる話』（東京外国語大学出版会、2015年）、ツェラン・トンドゥプ『黒狐の谷』（勉誠出版、2017年）、『チベット幻想奇譚』（春陽堂書店、2022年）などがある。

小久保真理江 ● こくぼ まりえ
東京外国語大学准教授。専門はイタリア近現代文学・文化。共著に『イタリア文化55のキーワード』（ミネルヴァ書房、2015年）、共訳に『ウンベルト・エーコの小説講座――若き作家の告白』（筑摩書房、2017年）、『ウンベルト・エーコの世界文明講義』（河出書房新社、2018年）、『世界の文学、文学の世界』（松籟社、

2020年）などがある。

金子奈美●かねこ なみ
慶應義塾大学文学部助教。専門はバスク語文学、スペイン語圏現代文化、翻訳研究。翻訳にベルナルド・アチャガ『アコーディオン弾きの息子』（新潮社、2020年）、キルメン・ウリベ『ビルバオ－ニューヨーク－ビルバオ』（白水社、2012年）、同『ムシェ――小さな英雄の物語』（同、2015年）、『世界の文学、文学の世界』（共著訳、松籟社、2020年）他、論文に「バスク語文学の翻訳振興政策：少数言語文学の国際的普及の可能性と課題」（慶應義塾大学日吉紀要『言語・文化・コミュニケーション』第54号、2022年）他がある。

山本薫●やまもと かおる
慶應義塾大学准教授。専門はアラブ文学、アラブ社会文化論。著書に『言語文化とコミュニケーション』（共編、慶應義塾大学出版会、2023年）、『辺境のラッパーたち―立ち上がる「声の民族誌」』（分担執筆、青土社、2024年）、*Gaza Nakba 2023-2024: Background, Context, Consequences*（Co-author, Springer, 2025）など。翻訳にエミール・ハビービー『悲楽観屋サイードの失踪にまつわる奇妙な出来事』（作品社、2006年）、アダニーヤ・シブリー『とるに足りない細部』（河出書房新社、2024年）などがある。2015年度国際アラブ小説賞審査員。

野平宗弘●のひら むねひろ
東京外国語大学准教授。専門はベトナム文学・思想。著書に『新しい意識――ベトナムの亡命思想家ファム・コン・ティエン』（岩波書店、2009年）、論文に「雑誌『思想』とベトナム戦争」（『思想』1187号、2023年）他、エッセーに「『われらを救済したまうな』」（『世界』915号、2018年）、「屁みたいに生まれてきたぼくたち」（Pieria、2020年）、「ここは狂った世界だ」（Pieria、2022年）他がある。

今福龍太●いまふく りゅうた
文化人類学者・批評家。東京外国語大学名誉教授。カリブ海・メキシコ・ブラジルでクレオール文化を研究。奄美・沖縄・台湾を結ぶ遊動型の野外学舎〈奄美自由大学〉主宰。みずから三線・月琴を抱え、現代における「吟遊詩人」の可能性を探求する。サンパウロ大学客員教授、台湾・淡江大学客員教授などを歴任。サンパウロ・カトリック大学でも随時セミナーを持つ。著書に『群島-世界論』『ヘンリー・ソロー――野生の学舎』（讀売文学賞）『宮沢賢治　デクノボーの叡知』（宮沢賢治賞・角川財団学芸賞）ほか多数。

地球の文学

2025年3月27日　初版第1刷発行

編　者　　山口裕之
発行者　　林 佳世子
発行所　　東京外国語大学出版会
〒183-8534　東京都府中市朝日町3-11-1
TEL. 042-330-5559 FAX. 042-330-5199
e-mail　tufspub@tufs.ac.jp
デザイン　臼井新太郎装釘室（臼井新太郎＋佐野路子）
印刷・製本　シナノ印刷株式会社

ISBN978-4-910635-17-0